聊齋誌異

會校會注會評本

[清]蒲松齡 著
張友鶴 輯校

卷十

王貨郎*

濟南業酒人某翁，遣子小二如〔校〕抄本作往。齊河索貰價。〔校〕青本作債。〇〔何註〕貰音世。貰債，賒酒債也。史記，高祖本紀：常從王媼、武負貰酒。出西門，見兄阿大。——時大死已久。二驚問：「哥那得來？」答云：「冥府一疑案，須弟一證之。」二作色怨〔校〕抄本作怒。訕。〔何註〕訕，謗毀也。大指後一人如皂狀者，曰：「官役在此，我豈自由耶！」但引手招之，不覺從去，盡夜狂奔，至太山下。忽見官衙，方將並入，見羣衆紛出。皂拱〔校〕抄本無拱字。問：「事何如矣？」一人曰：「勿須復入，結矣。」皂乃釋令歸。大憂弟無資斧。皂思良久，即引二去，走二三十里，入村，至一家檐下。

囑云：「如有人出，便使相送；如其不肯，便道王貨郎言之矣。」遂去。二冥然而僵。既曉，第主出，見人死門外，大駭。守移時，微蘇；扶入餌之，始言里居，即求資送。主人難之。二如皂言。主人驚絶，急賃［校］抄本作僱。騎送之［校］青本下有以字。歸。償之，不受；問其故，亦不言，别而去。

疲龍[*]

膠州王侍御，出使琉球。舟行海中，忽自雲際墮一巨龍，激水高數丈。龍半浮半沉，仰其首，以舟承頷；睛半含，嗒然若喪。闔舟大恐，停橈不敢少動。舟人曰：「此天上行雨之疲龍也。」王懸勅於上，焚香共祝之。移時，悠然遂逝。舟方行，又一龍墮，如前狀。日凡三四。又踰日，舟人命多備白米，戒曰：「去清水潭不遠矣。如有所見，但糝米於水，寂無譁。」俄至一處，水清澈底。下有羣龍，五色，如盆如甕，條條盡伏。有蜿蜒者，鱗鬣爪牙，歷歷可數。衆神魂俱喪，閉息含眸，不惟不敢窺，並不能動。惟舟人握米自撒。久之［校］抄本作則。見海波深黑，始有呻者。因問擲米之故。答曰：「龍畏蛆，恐入其甲。白米類蛆，故龍見輒伏，舟行其上，可無害也。」［校］青本無此篇。

真生*

長安士人賈子龍，偶過鄰巷，見一客，風度灑如。[何注]灑如，瀟灑出塵之貌。問之，則真生，咸陽僦寓者也。心慕之。明日，往投刺，適值其亡；[校]抄本作出。凡三謁，皆不遇。乃陰使人窺其在舍而後過之，真走避不出；賈搜之始出。促膝傾談，大相知悦。賈就逆旅，遣僮行沽。真又善飲，能雅謔，樂甚。酒欲盡，真搜篋出飲器，玉卮無當，[呂注]韓非子：堂谿公見韓昭侯曰：人主泄漏羣臣語，猶玉卮之無當。皇甫謐三都賦序：玉卮無當，雖寶何用？按：當，去聲，底也。○[何評]見莊子。注杯酒其中，盎然[何注]盎然，充滿也。已滿；以小琖挹[校]青本無挹字。取入壺，並無少減。賈異之，堅求其術。真曰：「我不願相見者，君無他短，但貪心未淨[校]此據青本，稿本、抄本作静。耳。[但評]既知其貪，何以自炫其術？此乃仙家隱術，何能相授。」賈曰：「寃哉！我何貪，間萌奢想者，徒以貧耳。」[何評]如此便是短處。一笑而散。由是[校]抄本作此。往來無間，形骸盡忘。每值乏窘，真輒出黑石一塊，吹呪其上，以磨瓦礫，立刻化爲白金，便以贈生；僅足所用，未嘗贏餘。賈每求益。真曰：「我言君貪，如何，如何！」賈思明告必不可得，將乘其醉睡，竊石而要之。一日，飲既卧，賈潛起，搜諸[校]青本作之。衣底。真覺之曰：「子真喪心，不可處矣！」[校]抄本作也。遂辭别，移居而去。後年餘，賈遊河干，見一石瑩潔，絶類真生物。拾之，珍藏若寶。過數日，真忽至，⿰目條[校]青本作衈。按⿰目條應作⿰目有。然若有所失。賈慰問之。真曰：「君前所見，乃仙人點金石也。曩從抱真子游，彼憐我介，以此相貽。[何評]惟介者能有此。醉後失去，隱卜當在君所。如有還帶[呂註]芝田録：裴度質狀渺小，相者曰：君不至貴，即當餓死。一日，游香山寺，有婦人以父被罪，假得玉帶三、犀帶一，以賂要津，置于欄楯，忘收而去。度得而還之。後相者曰：君必有陰德及物，前途萬里，非某所知也。之恩，不敢忘報。」賈笑曰：「僕生平不敢欺友朋，誠如所卜。但知管仲之貧者，莫如鮑叔，[呂註]史記，管晏列傳：管仲曰：吾始困時，嘗與鮑叔賈，分財利多自與，鮑叔不以我爲貪，知我貧也。君且奈何？」真請以百金爲贈。賈曰：「百金非少，但授我口訣，[呂註]岑參詩：早年好金丹，方士傳口訣。一親試之，無憾矣。」真恐其寡信。賈曰：「君自[校]青本作是。仙人，豈不知賈某寧失信於朋友者哉！」[校]抄本作乎。真授其訣。賈顧砌上有巨石，將試之。真掣其肘，不聽前。賈乃俯掬半甎，置砧上曰：「若此者，非多耶？」真乃聽之。賈不磨甎而[校]青本無而字。磨砧；真變色欲與争，而砧已化爲渾金。反石於真。真[校]青本下有乃字。嘆曰：「業如此，復何言。然妄以福禄加人，必遭天譴。如逭我罪，施材百具、絮衣百領，肯之乎？」賈曰：「僕所以[校]抄本無以字。欲得錢者，原非欲窖藏之也。[但評]得錢而不欲窖藏，其人方可以得錢。蓋錢者，泉也，泉以言乎其流通也。守財鹵欲滯塞之，天亦惟有水之，火之，疾病之，盜賊之，而後可以望其流通耳。君尚視我爲守財鹵[呂註]未詳。○後漢書，馬援傳：凡殖貨財產，貴其能施賑也；否則守錢虜耳。[何註]鹵音魯，又通虜。漢書，鼂錯傳：攻城屠邑，則得其財鹵。又，衛青傳：車輜畜產，畢收爲鹵。耶？」真喜而去。賈得金，且施且賈；不三年，施數已滿。真忽至，握手曰：「君信義人也！别後被[校]青本無被字。福神奏帝，削去仙籍；蒙君博施，今以功德消[校]青本作削。罪。願勉之，勿替也。」賈問真係天上何曹。曰：「我乃有道之狐耳。出身綦微，不堪孽累，故生平自愛，一毫[校]青本無上二字。不敢妄作。」[馮評]今之身微者愈不自愛，何也？賈爲設酒，遂與懽飲如初。賈至九十餘，狐猶時至其家。

長山某，賣解信[校]抄本作砒。藥，即垂危，灌之無不活；然祕其方，即戚好不傳也。[校]上六字，抄本作不傳人。一日，以株累被逮。妻弟餉食獄中，[校]上四字，抄本作餉獄食。隱置信焉。[校]抄本作砒霜。坐待食已而後[校]上二字，抄本作乃。告之。甲[校]抄本無甲字。不信。少頃，腹中潰動，始大驚，罵曰：「畜產速行！家中雖有藥末，恐道遠難俟；急於城中物色薜荔爲末，[校]上四句，抄本作畜生速向城中物色薜荔爪爲末。清水一琖，速[校]抄本無速字。將來！」妻弟如其教。迨[校]上三字，抄本作言。覓至，某已嘔瀉欲死，急投[校]抄本作服。之，立刻而安。［校］抄本作愈。其方自此遂傳。［校］上四字，抄本作始傳。此亦猶狐之祕其石也。［馮評］以方濟人，不費之惠，其妻弟之智慧有取焉。

［何評］世傳呂祖能點鐵成金，以與一貧人，其人不取。呂祖謂其可與入道，問其所欲，曰：欲得祖師點金指頭耳。賈不磨石磨砧，可同發一笑。

［但評］已足用矣，而又求贏餘，是果貪心未淨也。欲竊石而要之，是謂富貴可妄加乎？斥其喪心而移居遠去，宜矣。乃搜之不得者，竟以無心得之，或者福禄本其所應有者乎？不作守財鹵，功德便不可思量。彼狐以出身綦微，尚知自愛；奈何靦然人面，敢妄作孽累，而自愛不如狐！

布商*

布商某，至青州境，偶入廢寺，見其院宇零落，歎悼不已。僧在側曰：「今如有〔校〕抄本無今字，青本無有字。善信，暫起山門，亦佛面之光。」客慨然自〔校〕上三字，抄本作即慨。任。僧喜，邀入方丈，款待殷勤。〔馮評〕廢寺不宜輕入，又僧之內房尤萬萬不可輕入。既而〔校〕抄本作僧又。舉內外殿閣，並請裝修；客辭以〔校〕抄本無以字。不能。僧固強之，詞色悍怒。客懼，請即傾囊，於是倒裝而出，〔校〕上十字，抄本作請傾囊倒裝。悉〔校〕抄本下有以字。授僧。將行，〔校〕抄本作欲出。僧止之曰：「君竭貲實非所願，得毋甘心於我乎？不如先之。」遂握〔校〕抄本作持。刀相向。〔校〕青本無上二字。客哀之〔校〕抄本作求。切，弗〔校〕抄本作不。聽；請自經，許之。逼置暗室而〔校〕抄本作且。迫促之。適有防海將軍經寺外，遙自缺牆外望見一紅裳女子入僧舍，疑之。下馬入寺，前後冥搜，竟〔校〕上五字，抄本作遍搜。不得。至暗室所，嚴扃雙扉，僧不肯開，託以[校]抄本作有。妖異。將軍怒，斬關入，則見客縊梁上。救之，片時[校]抄本無上二字。復甦，詰得其情。又械問[校]抄本下有僧字。女子所在，實則[校]抄本作爲。烏有，蓋神佛現化也。殺僧，財物仍以歸客。客益[校]抄本作重。募修廟宇，由[校]抄本作從。此香火大盛。趙孝廉豐原[呂註]字于京，號香坡，又號客亭，歷城人。康熙辛酉舉人，官河南府知府。言之最悉。

[何評]古人戒不遊寺院，有以也，未必處處有神。

[但評]假佛營私，持刀惡募。將軍何由而至？女子奚自而來？菩薩化身，真有不可稱量、不可思議者。

彭二挣*

禹城韓公甫自〔校〕抄本無自字。言：「與邑人彭二挣〔何註〕挣音鐺，刺也。並行於途，忽回首不見之，惟空蹇隨行。但聞號救〔校〕青本無救字。甚急，細聽則在被囊中。近視囊内纍然，雖則〔校〕抄本無則字。偏重，亦〔校〕抄本無亦字。不得墮。欲出之，則〔校〕抄本作而。囊口縫紉甚密；以刀斷綫，始見彭犬卧其中。既出，問何以入，亦茫不自知。〔校〕上十一字，抄本作出而問之，亦不自知其何以入。蓋其家有狐爲祟，事如此類甚多云。」〔校〕上七字，抄本作乃狐之所爲也。○〔但評〕此狐亦惡作劇。

何仙*

長山王公子瑞亭，能以乩卜。[吕註]正韻：乩音雞。説文：卜以問疑也。○按：乩或作卟，與稽同。今人以仙降爲批乩，名曰乩仙，亦曰箕仙，又謂之扶鸞。[何註]通典：西國用羊卜，卜師謂之斷乩。乩[校]青本無乩字。神自稱何仙，爲[校]抄本作乃。純陽弟子，或謂[校]抄本作云。是吕祖所[校]抄本無所字。跨鶴云。每降，輒與人論文作詩。李太史質君師事之，丹黃課藝，[何註]漢書藝文志有六藝略。理緒明切；太史揣摩[校]抄本作摹。成，賴[校]抄本無賴字。何仙力居多焉，因之[校]上二字，抄本作故。文學士多皈依之。然[校]抄本作每。爲人決疑難事，多憑理，不甚言休咎。[但評]易爲卜筮之書，言數甚詳；然盈虧消息，吉凶悔吝，皆以理主之。如二多譽，四多懼，三多凶，五多功，剛柔之用，貴賤之等，理在而數在焉。即言休咎，亦以理分，如小貞吉，大貞凶；婦人吉，夫子凶；大君有命，小人勿用之類皆是。辛未歲，[校]抄本無歲字。朱文宗[吕註]名軾，浙江石門人。案臨濟南，試後，諸友請決等第。[校]抄本作第等。何仙索試藝，悉月旦之。座中有與樂陵李忭相善者，李固好學深思之士，衆屬望之，[校]座中至望之句，抄本作有樂陵李忭，乃好學深思之士，其相好友在座。因[校]抄本無因字。出其文，代爲之請。乩註［校］抄本作批。云：「一等。」少間，又書［校］抄本作批。云：「適評李生，［校］青本作文。據文爲斷。然此生運數［校］抄本作氣。大晦，應犯夏楚。異哉！文與數適［校］青本無適字。不相符，豈文宗不論文耶？諸公少待，試一［校］抄本無一字。往探之。」少頃，又書云：「我［校］抄本無我字。適至提學署中，見文宗公事旁午，所焦慮者殊不在文也。一切置付［校］抄本作之。幕客［校］青本、抄本下有客字。六七人，粟生、例監，都在其中，［何評］是誰使之？前世［校］抄本作生。全無根氣，大半餓鬼道中遊魂，乞食於四方者也。［馮評］罵得痛。曾在黑暗獄［呂註］見西遊記。中八百年，損其目之精氣，［何評］可知。如人久在洞中，乍出，則天地異色，無正明也。［但評］天地異色，無正明，此等全無根氣之人，原不足責，所可怪者，焦慮殊不在文之文宗一切置付之耳。然此輩充滿四方，延之入幕者亦無足責。誰司黑暗獄、餓鬼道，而乃縱之乞食於四方耶？中有一二爲人身所化者，閱卷分曹，恐不能適相值耳。」衆問挽回之術。書云：「其術至實，人所共曉，何必問？」衆會其意，以告李。李懼，以文質孫太史子未，［呂註］名勷，號莪山，德州人。康熙辛酉解元，乙丑進士，官通政司參議。且訴以兆。太史贊其文，因［校］抄本作爲。解其惑。李以太史海内宗匠，［校］抄本無上七字。心益壯，乩語不復置懷。後［校］抄本無後字。案發，竟居四等。太史大駭，取其文復閱之，殊無疵摘。［何註］無疵摘，無疵謬可摘也。評云：「石門公祖，素有文名，必不悠謬至此。是[校]抄本作此。必幕中醉漢，不識句讀者所爲。」於是衆益服何仙之神，共焚香祝謝之。乩書曰：[校]抄本作乩又批云。「李生勿以暫時之屈，遂懷慚怍。當多寫試卷，益暴之，明歲可得優等。」李如其教。[校]上二字，抄本作言。久之[校]抄本作而。署中頗[校]抄本作亦。聞，懸牌特慰之。次歲果列前名，[校]抄本作科試果列優等。其靈應如此。[校]青本無上五字。

異史氏曰：「幕中多此輩客，無怪京都醜婦巷中，至夕無閒牀也。嗚呼！」[校]青本無此段，抄本無上二字。

［何評］惠鰭門學使，督學廣東，嘗自言幕中諸友，非聘金五六百者，不敢使之閱四卷；其餘落卷，必親翻閱，故時無棄才，人思自奮。至今粵東人言遊學使之賢者，以鰭門爲最。

*牛同人

〔校〕此篇僅見稿本，上半殘缺，據原目與正文參較，補録篇名。

（上缺）牛過父室，則翁卧牀上未醒，以此知爲狐。怒曰：「狐可忍也，胡敗我倫！關聖號爲『伏魔』，今何在，而任此類横行！」因作表上玉帝，内微訴關帝之不職。久之，關帝〔校〕上二字似衍文。忽聞空中喊嘶聲，則關帝也。怒叱曰：「書生何得無禮！我豈耑掌爲汝家驅狐耶？若稟訴不行，咎怨何辭矣。」即令杖牛二十，股肉幾脱。少間，有黑面將軍縛一狐至，牽之而去，其怪遂絶。後三年，濟南游擊女爲狐所惑，百術不能遣。狐語女曰：「我生平所畏惟牛同人而已。」游擊亦不知牛何里，無可物色。適提學按臨，牛赴試，在省偶被營兵迕辱，忿愬游擊之門。游擊一聞其名，不勝驚喜，傴僂甚恭。立捉兵至，捆責盡法。已，乃實告以情。牛不得已，爲之呈告關帝。俄頃，見金甲神降於其家。狐方在室，顔猝變，現形如犬，遶屋嗥竄。旋出自投階下。神言：「前帝不忍誅，今再犯不赦矣！」縶繫馬頸而去。

神女*

米生者，〔校〕抄本無者字。閩人，傳者忘其名字、郡邑。〔校〕抄本無上八字。偶入郡，醉過市廛，〔校〕抄本作飲醉過市。聞高門中簫鼓如雷。〔校〕上四字，抄本作有簫聲。問之居人，云是〔校〕上六字，抄本作詢知爲。開壽筵者，然門庭亦〔校〕抄本無亦字。殊清寂。聽之，笙歌繁響。醉中雅愛樂之，並不問其何家，〔但評〕醉中孟浪，乃得良緣，非偶然也。即街頭市祝儀，投晚生刺焉。〔馮評〕肯用晚生帖，何處不可。或見其衣冠樸陋，便問：「君係此翁何親？」答言：「無之。」或言：「此流寓者，僑居於此，不審何官，甚貴倨也。既非親屬，將何求？」〔馮評〕作一曲。生聞而悔之，而刺已入矣。〔但評〕不速之客，突如其來，固是醉中所爲，然亦有天緣在。無何，〔校〕聽之至無何句，抄本作醉中雅愛笙歌，因就街頭寫晚生刺，封祝壽儀投焉，人問君係此翁何親，米云並非，人又云，此流寓于此，不審何官，甚屬驕倨，既非親屬，又將何求，生悔之，而刺已投矣，未幾。兩少年出逆客，〔校〕青本、抄本逆作迎，抄本無客字。華裳眩目，丰采都雅，〔但評〕兩少年丰采都雅，不及琉璃屏内裙釵能識貞介士。揖生入。見一叟南向坐，東西列數筵，客六七人，皆似貴胄；見生至，盡〔校〕抄本作俱。起爲禮，叟亦杖而起。生久立，待與周旋，而〔校〕抄本無而字。叟殊不離席。兩少年致詞曰：「家君衰邁，起拜良艱，〔校〕抄本作難。予兄弟代謝高賢之見枉〔校〕抄本作枉駕。也。」生遜謝而罷。〔校〕抄本無上二字。遂增一筵於上，與叟接席。未幾，女樂作於下。座後設琉璃屏，以幛内眷。〔馮評〕屏内美人，隱隱約約，以後方見，卻早伏於此。〔但評〕屏内有物色人在。鼓吹大作，座客不復可以傾談。〔校〕上六字，抄本作無譁。筵將終，兩少年起，各以巨杯勸客，杯可容三斗，生有難色；然見客受，亦受。頃刻四顧，主客盡釂；生不得已，亦强盡之。少年復斟。生覺憊甚，起而告退。少年强挽其裾。生大醉逷地，〔何註〕逷音宕，失據而倒也。與離逷之逷不同，逷音逖，遠也。○〔馮評〕名山傾倒非人摧。但覺有人以冷水灑面，恍然若寤。起視，賓客盡散，惟一少年捉臂送之，遂别而歸。後再過其門，則已遷去矣。自郡歸，偶適市，一人自肆中出，招之飲。視之，〔校〕上二字，抄本作並。不識；姑從之入，則座上先有里人鮑莊在焉。〔馮評〕别取槐陰柳道行。問其人，乃諸姓，市中磨鏡〔何註〕磨鏡，徐孺子嘗事江夏黄瓊。瓊殁，徐往會葬，無資，齎磨鏡具而行。者也。問：「何相識？」曰：「前日上壽者，君識之否？」生言：〔校〕抄本作曰。「不識。」諸言：〔校〕抄本作曰。「予出入其門最稔。翁，傅姓，但不知〔校〕抄本無但字，知下有其字。何省〔校〕青本、抄本作籍。何官。先生上壽時，我方在墀下，故識之也。」日暮，飲散。鮑莊夜死於途。〔馮評〕畢竟何人殺之，後亦不説明，然亦不必說明。鮑父不識諸，執名訟生。檢得鮑莊體有重傷，生以謀殺論死，備歷械梏；以諸未獲，罪無申證，頌〔校〕青本作訟，抄本作禁。繫之。〔校〕上七字，稿本原作姑存疑案，塗改。年餘，直指巡方，廉知其冤，出〔校〕抄本作釋。之。家中田產蕩盡，而〔校〕抄本無而字。衣巾革褫，冀其可以辨〔校〕上四字，抄本作可開。復，於是攜囊入郡。日將暮，步履頗殆，〔校〕抄本無上四字。休於〔校〕抄本作憩。路側。遙見小車來，二青衣夾隨之。〔馮評〕一現。既過，忽命停輿。車中不知何言。俄〔校〕上五字，抄本作命。一青衣問生：「君非米姓乎？」生驚起諾之。〔校〕上四字，抄本作曰諾。問：「何貧窶若此？」生告以故。又〔校〕抄本無又字。問：「安之？」〔校〕抄本作往。○〔馮評〕此問何來，無情有情。又告之。青衣去，〔校〕抄本無去字。向車中語；俄〔校〕抄本無俄字。復返，請生至車前。車中以纖手搴簾，微睨之，絶〔校〕抄本絶上有乃字。代佳人也。謂生曰：「君不幸得無妄之禍，聞之〔校〕抄本作甚爲。太息。今日學使署中，〔校〕抄本無中字。非白手可以出入者，〔但評〕匪今斯今，振古如茲。途中無可解〔校〕抄本作爲。贈，……」乃於髻上摘珠花一朵，〔馮評〕又一閃。授生曰：「此物可〔校〕青本下有以字。鬻百金，請緘藏之。」〔但評〕停輿問故，憐贈珠花，憫無妄之災，爲開復之具，光明磊落，可對神天，惠我無私，米生豈虛語哉。○學使署中非白手可以出入，至神女摘花爲復衣頂計，學使可謂神乎其神。生下拜，欲問官閥，車行甚疾，其去已遠，〔校〕上八字，抄本作車發已遠。不解何人。執花懸想，

〔校〕青本作諦視。上綴明珠，非凡物也。珍藏而行。至郡，投狀，上下勒索甚苦；出花展視，不忍置去，〔校〕上八字，抄本作生又不忍貨花。○〔但評〕不辱没贈花主人。遂歸。歸而無家，〔校〕抄本無上四字。依於兄嫂。幸兄賢，爲之〔校〕青本無之字。經紀，貧不廢讀。過歲，赴郡應童子〔校〕抄本無上二字。試，誤入深山。會清明節，〔校〕抄本作時值清明。游人甚衆。有數女騎來，内一女郎，即曩年〔校〕青本作曩時，抄本作向年。車中人也。〔馮評〕又一現。見生停驂，問其所〔校〕抄本無其字，所作何。往。生具以〔校〕抄本無以字。對。女驚曰：「君衣頂尚未復耶？」生慘〔校〕青本作慚。然於衣下出珠花，曰：「不忍棄此，故猶童子〔校〕上三字，抄本作未復。也。」女郎暈紅上頰。〔但評〕慚然者何？慚其不忍棄此也。女暈紅上頰，無言而贈之金，不言之言，其味彌永。既，囑〔校〕上二字，抄本作囑云且。坐待路隅，款段而去。久之，一婢馳馬來，以裹物授生，曰：「娘子言：〔校〕抄本作説。今日〔校〕抄本作如今。學使之門如市，〔呂註〕前漢書，鄭崇傳：臣門如市，臣心如水。贈白金二百，爲進取之資。」〔但評〕重珠花而輕衣頂，非愛其財可知矣。出之者慚於顏，見之者紅上頰，果何故哉？囑待路隅，贈金二百，乃恍然悟矣。生辭曰：「娘子惠我〔但評〕娘子惠我四字，直從心肝中揭出。受恩深處，真是一語説不出來，惟有繡像焚香而已。多矣！自分掇芹非〔校〕抄本作不。難，重金〔校〕抄本作賜。所不敢受。〔但評〕可見其介。但告以姓名，繪一〔校〕青本作以。小像，焚香供之，足矣。」〔馮評〕又一閃。〔但評〕所謂辦一片至誠心也。婢不顧，委地下〔校〕上三字，抄本作委金于地上上馬。而去。生由此用度頗充，然〔校〕上七字，抄本作得金。終不屑貪緣。[但評]介處其品自在。後入邑庠第一。以[校]抄本以上有乃字。金授兄；兄善居積，[校]抄本作行運。三年，舊業盡復。適閩中巡撫[校]抄本作適有巡撫於閩者。爲[校]抄本作乃。生祖門人，優卹甚厚，[馮評]如此串插如神龍，然東雲現鱗，西雲現爪。兄弟稱巨家矣。[校]抄本無上六字。然生素清鯁，[呂註]韻會：骾音梗。說文：食骨留咽也。注：徐鍇曰：古有骨骾之臣，遇事敢刺骾，不從俗也。（按骾通鯁）雖屬大僚[校]抄本無上二字。通家，而[校]抄本無而字。未嘗有所[校]青本、抄本作不肯少有。干謁。[但評]介處其品難及。○門如市者，不屑貪緣；屬通家者，未嘗干謁。贈珠花者果是知己，重珠花者纔算解人。一日，有客裘馬至門，都無識者。[校]抄本作家人不識。出視，則傅公子也。揖而[校]抄本無而字。入，各道閒闊。治具相款。客辭以冗，然亦不竟言去。已而[校]抄本無上十二字。肴酒既陳，公子起而請閒，[何註]少閒，閒音閑，空閒也。禮，曲禮：侍坐於君子，若有告者曰：少閒願有復也。言須少空閒有所白也。相將入內，拜[校]抄本拜上有公子二字。伏於地。生驚問：「何事？」[校]上二字，抄本作故。愴[校]青本作悽，抄本愴上有則字。然曰：「家君適罹大禍，欲有求於撫臺，非兄不可。」生[校]抄本下有力字。辭曰：「渠雖世誼，而以私干人，生平所[校]抄本作從。不爲也。」[馮評]又曲一筆。公子伏地哀泣。生厲色曰：「小生與公子，一飲之知交耳，何遂以喪節强人！」[馮評]又一閃去。[但評]今之以一飲交而以喪節浼人者多矣，然亦其人先自喪節，故不待强之而已允之。公子大慚，起而別去。越日，方獨坐，有青衣人入，視之，即山中贈金者。生方[校]青本作乃。驚起，青衣曰：「君忘珠花否？」[校]抄本作耶。生曰：「唯唯，[校]抄本無上二字。不敢忘！」曰：「昨公子，即娘子胞兄也。」生聞之，竊喜，僞曰：「此難相信。若得娘子親見一言，則油鼎可蹈耳；不然，不敢奉命。」青衣出，馳馬而去。[校]抄本作青衣乃馳馬去。更盡[校]抄本作半。復返，扣扉入曰：「娘子來矣！」[校]抄本作已。言未已，[校]抄本作幾。女郎慘然入，向壁而哭，不作[校]抄本作出。一語。生拜曰：「小生非卿，[校]卿，抄本作娘子。無以有今日。但有驅策，敢不惟命！」女曰：「受人求者常驕人，求人者常畏人。中夜奔波，生平何解此苦，衹以畏人故耳，亦復何言！」生慰之曰：「小生所以不遽諸者，恐過此一見爲難耳。使卿夙夜蒙露，吾知罪矣！」因挽其袪，隱[校]稿本原作强，改隱。抑搔之。[但評]不忘珠花，真情也。曰不敢忘，敢問其不敢，何也？由驚起而然也。見青衣何足驚？驚其爲傳娘子之言而贈金者也。則青衣之來，青衣之問，非青衣也，娘子也。娘子來問忘珠花否；忘珠花，是忘娘子矣，如之何其敢也。公子即娘子胞兄，見公子即如見娘子，此青衣之意也。乃不敢之中，更有所不敢者，不敢忘珠花，不敢忘娘子也；不敢不親見娘子而遂敢奉命也。娘子來，娘子哭，哭其不敢不來也。而拜之慰之者，亦謂明知卿不敢不來，所以不敢遽諸耳。吾知罪，罪在不敢忘珠花。不敢忘珠花者，獲罪之由；不敢不見娘子者，獲罪之實也。獲罪之由出於感，獲罪之實出於要，此蓋娘子所深知而曲諒者。乘危而抑搔之，敢於爲此，則不能私恕矣。女怒[校]青本無怒字。曰：「子誠敝[校]稿本原無敝字，旁加。人[校]稿本下原有面而獸心者五字，塗去。○[呂註]後漢書，卓茂傳：人常有言部亭長受其米肉遺者。茂曰：汝爲敝人矣。凡人所以貴於禽獸者，以有仁愛，知相敬事也。今鄰里長老尚致饋遺，此乃人道所以相親，況吏與民乎。[何註]敝人，猶言非正人也，出漢書。也！不念疇昔之義，而欲乘人之厄。[校]青本作危。○[呂註]後漢書，蓋勳傳：爲漢陽長史，時武威太守倚恃權勢，恣行貪橫。從事武都蘇正和案致其罪。涼州刺史梁鵠畏懼貴戚，欲殺正和，乃訪之於勳；勳素與正和有仇，或勸勳可因此報隙。勳曰：乘人之危，非仁也。○[何評]責甚是。予過矣！予過矣！」

忿然而出，登車欲去。生追出謝過，長跪而要遮之。[但評] 先言珠花，是因其不忍棄此之言而動其心也。曰公子即娘子胞兄，亦謂其必聞之而奉命也。不意聞之竊喜者且有僞辭，而不敢不奉命，又不敢遽奉命：其不敢不奉命者，娘子意中事也；其不敢遽奉命者，娘子意外事也。事出意外，則彼因我之求而有驕心，我不能不因彼之驕而有畏心。脅我來，不能不來，不敢不來，惟有哭而已矣。然既曰畏人，而又曰生平何解此苦，是彼以來脅我，我即以來要之。挾其急欲一見之心，使認使我奔波之罪，即先以絶其乘人之危之心；而後借故而出，令彼長跪謝過，然後以舊義動之。青衣亦爲緩頰。女意稍解，就車中謂生曰：「實告君：妾非人，乃神女也。家君爲南岳都理司，[校] 抄本作司理。偶失禮於地官，將達帝聽；[校] 抄本作庭。非本[校] 抄本無本字。地都人官印信，不可解也。[馮評] 失禮地官何事，人官印信何以能解，文章縹緲，正在可解不可解之中，史記徵引蓋亦有之。[但評] 先以所求告之，復就其不敢遽奉命之本意而親切示之曰：爲妾求之。其言若齟齬不合，其意實針芥相投。寫生傳神，有此妙筆。君如不忘舊義，以黄紙一幅，爲妾求之。」[但評] 四字有十萬鈞力量。言已，車發遂去。生歸，悚懼不已。乃假驅祟，言於巡撫。巡撫謂其[校] 上二字，抄本作以。事近巫蠱，不許。生以厚金賂其心腹，諾之，而未得其便也。[校] 抄本無也字。既[校] 抄本作及。歸，青衣候門，生具告之，默然遂去，意似怨其不忠。[馮評] 又滉漾不定之筆。生追送[校] 抄本作語。之曰：「歸語[校] 抄本作告。娘子：如事不諧，我以身命殉之！」[但評] 娘子固言曰，爲伊求之，固當以身命殉之。既歸，終夜輾轉，不知計之所出。[校] 上十二字，抄本作歸而終夜思維，計無所出。適院署有寵姬[校] 抄本作妾。購珠，乃[校] 抄本乃上有生字。以珠花獻之。[馮評] 又用到珠花。姬大悦，竊印爲之[校] 抄本作生。嵌[校] 稿本、抄本均作篏，似嵌字之誤。青本作鈐。

〇［何註］鈐音箝，印也。今木戳爲鈐記。之。懷歸，青衣適至。笑曰：「幸不辱命。然［校］抄本作但。數年來［校］青本無來字。貧賤乞食所不忍鬻者，今還［校］抄本作仍。爲主人棄之矣！」因告以情；且曰：「黄金拋置，我都不惜；寄語娘子：珠花須要償也！」［但評］意若曰：我爲娘子求之娘子須償我也。珠花特借口耳。踰數日，傅公子登堂申謝，納黄金百兩。［但評］此一謝謬甚，然不可少。生作色曰：「所以然者，爲令妹之惠我無私［呂註］呂覽：孔子用魯三月，政化大行。魯人誦之曰：衮衣章甫，實獲我所；章甫衮衣，惠我無私。耳；［但評］無私二字，承上兩義字來，若曰所以然者，惟令妹知之。不然，即萬金豈足以易名節哉！」［馮評］又小曲折。再强之，聲［校］抄本作生。色益厲。［但評］數年不忍棄之物，還爲主人棄之。要償珠花，獨寄語娘子，則主人非他人矣。公子强作主人，以黄金償珠花，適逢彼之怒耳。公子慚而去，［校］上二字，抄本作退。曰：「此事殊未了！」［馮評］蜻蜓點水，一閃一閃。［但評］本不了了，如何能了。翼日，青衣奉女郎命，進明珠百顆，曰：「此足以償珠花否［校］青本、抄本無否字。耶？」［馮評］又小曲折。生曰：「重花者，非貴珠也。設當日贈我萬［校］抄本作百。鎰［何註］鎰音逸，二十兩也。之寶，直須賣作富家翁耳，什襲而甘貧賤，何爲乎？娘子神人，小生何敢他望，幸得報洪恩於萬一，死無憾矣！」［校］稿本下原有立卻之三字，塗去。〇［馮評］詞令妙品，左氏專長，茲雖説部，如將過之。［但評］已如其言而償珠花矣，若爲不知其意而百倍以償之，使之無可措辭。掩卷代爲設想，真是無可措辭矣。及觀其重花非貴珠數語，猶是意中所有；至謂娘子神人，何敢他望，則驚爲奇談；又謂得報恩，死無憾，在可解不可解之間，乃拍案呼曰：奇，奇，奇！〇重花非貴珠，所以什襲而藏者，非娘子之爲而誰爲？乃稱小生何敢他望，又曰幸得報洪恩，死且無憾，不知所謂他望者若何？所謂報恩者又若何？

自相矛盾，所言幾成兩橛。而娘子神人四字，亦將分作兩層：若曰：以神人而論，則小生誠不敢有他望；若以娘子而論，則小生不敢忘珠花，更不敢不報洪恩矣。青衣置珠案間，［校］此據青本、抄本，稿本無間字。生朝拜而後卻之。越數日，公子又至。生命治肴［校］抄本無肴字。酒。［校］青本作酒肴。公子使從人入廚下，自行烹調，相對縱飲，懽若一家。有客餽苦糯，公子飲而美之，［校］抄本無之字。引盡百琖，面頰微赬。乃謂生曰：「君貞介士，愚兄弟不能早知君，有愧裙釵多矣。［但評］所不貞介者，爲令妹之惠我無私耳。家君感大德，無以相報，欲以妹子附爲婚姻，恐以幽明見嫌也。」［馮評］卻如此輕輕落下。生喜懼［校］抄本作出。非常，不知所對。公子辭而［校］抄本無而字。出，曰：「明夜七月初九，新月鉤辰，［呂註］未詳。○漢書，天文志：星居於卯地，或辰星鉤月，主年豐國泰。天孫有少女下嫁，吉期也，可備青廬。」［馮評］無異正是異處。次夕，果送女郎至，一切無異常人。三日後，女自兄嫂以及婢僕，［校］抄本作僕婦。大小［校］抄本無上二字。皆有餽賞。又最賢，事嫂如姑。數年不育，勸納副室，［校］上二字，抄本作妾。生不肯。適兄賈於江淮，爲買少姬而歸。姬，顧姓，［校］抄本作姓顧。小字博士，貌亦清婉，夫婦皆喜。見髻上插珠花，甚［校］抄本作酷。似當年故物；［馮評］珠花至此又現，串插縈拂之妙，文章能事。摘視，果然。異而詰之。答云：「昔有巡撫愛［校］青本無愛字。妾死，其婢盜出鬻於市，先人廉其直，買而［校］抄本無而字。歸。妾愛之。先人無子，生妾一人，故所求無不得。[校] 抄本作先父止生妾，故與妾。後父死家落，妾寄養於顧媼之[校] 抄本無之字。家；顧，妾姨行，見珠，屢欲售去，妾投井覓死，故至今猶存也。」[校] 抄本作妾死不肯，故得存也。夫婦歎曰：「十年之物，復歸故主，豈非數哉！」[但評] 十年前爲主人棄之者，今還歸于故主矣。女另出珠花一朵，曰：「此物久無偶矣！」[馮評] 珠花有對，此文家不肯用單筆處。因並賜之，親爲簪於髻上。姬退，問女郎家世甚悉，家人皆諱言之。陰語生曰：「妾視娘子，非人間人也；其眉目間有神氣。[但評] 珠花復歸故主，不必果有其事，行文則不能不有其事，此跟章脈一定之法也。且借簪花時看出神氣，見其非人間人，爲神女二字作渲染，亦不可少。昨簪花時，得近視，其美麗出於肌裏，非若凡人以黑白位置中見長耳。」[馮評] 巨眼小妮子，如此明慧，贊神女正其自贊處，一筆是兩筆。生笑之。姬曰：「君勿言，妾將試之：如其神，但有所須，無人處焚香以求，彼當自知。」女郎繡襪精工，博士愛之，而未敢言，乃即閨中焚香祝之。女早起，忽檢篋中，出襪，遣婢贈博士。生見之[校] 抄本無之字。而笑。女問故，以實告。女曰：「黠哉婢乎！」因其慧，益憐愛之；然博士益恭，[但評] 兩面並寫，篇中屢用此筆。昧爽時，必熏沐[呂註] 國語，齊語：魯莊公將殺管仲；齊使者請生之，於是使束縛以予齊。比至，三釁而三浴之，桓公親逆之於郊，而與之坐，問焉。注：以香塗身曰釁，或作薰。○韓愈答呂毉山人書：方將坐足下，三浴而三熏之。以朝。後博士一舉兩男，兩人分字之。生年[校] 抄本無年字。八十，女貌猶如處子。生抱病，女鳩匠爲材，令寬大倍於尋常。既死，[校]抄本作生病，女置材倍加寬大，及死。女不哭；男女他適，則[校]抄本無則字。女已入材中死矣。因並[校]抄本作合。葬之。至今傳爲「大材家」云。

異史氏曰：「女則神矣，博士而能知之，是遵何術歟？乃知人之慧固有靈於神者矣！」

[何評]女既神矣，烏得又死乎？

湘裙*

晏仲，陝西延安人。與兄伯同居，友愛敦篤。[馮評]提筆。伯三十而卒，無嗣；妻[校]抄本作嫂。亦繼亡。仲痛悼之，每思生二子，則以一子爲[校]上四字，抄本作一繼。兄後。[馮評]伏下。甫舉一男，而仲妻又死。仲恐繼室不卹其子，[校]上五字，抄本作娶不賢。將購一妾。鄰村有貨婢者，仲往相之，略不稱意，情緒無聊，[校]抄本無上四字。被友人留酌，醺醉而歸。[校]抄本無醺字而字。途中遇故窗友梁生，握手殷殷，[校]抄本無上四字。邀過[校]抄本作至。其家。醉中[校]上二字，抄本作竟。忘其已死，從[校]抄本作隨。之而去。[馮評]醉人不怕鬼，以醉人即鬼也；醉人忘其死，以醉人無異死也。入其門，並非舊第，疑而[校]抄本無上二字。問之。答云：[校]上二字，抄本作曰。「新移此耳。」[校]抄本作于此。入而[校]抄本無而字。謀酒，則家釀已[校]上四字，抄本作又告。竭，囑仲坐待，挈瓶往沽。仲出立門外以[校]青本、抄本無以字。俟之。見[校]抄本見上有忽字。一婦人控驢而過，有童子隨之，年可八九歲，[校]抄本作有八九歲童子隨之。

面[校]抄本面上有其字。目神色，絶類其兄。心惻然動，急委[校]青本作尾。綴之。便問童子何姓。答言：[校]抄本作童曰。「姓晏。」仲益[校]抄本無益字。驚，又問：「汝父何[校]上三字，抄本作其父。名？」答[校]青本作笑。言：[校]上二字，抄本作曰。「不知。」言次，[校]抄本作敍問間。已至其門，[校]抄本作家。婦人下驢入。仲執童子[校]青本作手。曰：「汝父在家否？」童[校]青本下有子字。諾而入。[校]抄本作童子入問。頃之，[校]抄本作少頃。一媼出窺，真[校]抄本作則。其嫂也。訝叔何來。仲大悲，隨之而[校]抄本無上二字。入。見廬落[校]稿本原作堂舍，塗改。亦復[校]抄本無上二字。整頓。[校]稿本原作完好，塗改。因[校]抄本無因字。問：「兄何在？」曰：[校]抄本曰上有嫂字。「責負未歸。」問：「跨驢[校]上二字，抄本作騎驢者。何人？」曰：「此汝兄妾甘氏，生兩男矣。長阿大，赴市未返；汝所見者阿小。」坐久，酒漸解，[校]抄本作醒。始悟所見皆鬼。以[校]抄本以上有然字。兄弟情切，即亦不懼。[校]抄本作亦不甚懼。嫂温酒治具。[校]抄本作嫂治酒飯。仲急欲見兄，促阿小覓之。良久，哭而歸曰：[校]抄本作云。「李家負欠不還，反與父鬧。」[馮評]生波。仲聞之，與阿小奔而[校]抄本無而字。去。見有[校]抄本無有字。兩人方捽兄地上。仲怒，奮拳直入，當者[校]上二字，抄本作人。盡踣。急救兄起，敵已俱奔。追捉一人，捶楚無算，始起。執兄手，[校]此據青本，稿本無手字。頓足哀泣；兄亦泣。

〔馮評〕予讀兄弟急難之詩，悲之，不意九幽之下，聞歌鶺鴒。既歸，舉家慰問，乃具酒食，兄弟相慶。居無何，〔校〕上三字，抄本作忽。一少年入，年約十六七。伯呼阿大，令〔校〕抄本無令字。拜叔。仲挽之，哭向兄曰：「大哥地下有兩男〔校〕抄本無男字。子，而墳墓不掃；弟又子少而鰥，〔校〕上四字，抄本作無妻子。奈何？」伯亦悽惻。嫂謂伯〔校〕抄本無上二字。曰：「遣阿小從叔去，亦得。」阿小聞之，〔校〕抄本作言。依叔肘下，眷戀不去。仲撫之，倍益酸辛。〔校〕抄本無上四字。問：「汝樂從否？」答云：「樂從。」仲念鬼雖非人，慰情亦勝無〔呂註〕陶潛詩：弱女雖非男，慰情良勝無。也，〔馮評〕好句，出陶詩。〔但評〕地下能夫妻團聚，又可納妾生子，則與人間何異？所傷心者，墳墓不掃耳。遣子從叔去，死者固所樂爲，生者未必樂從也。仲之欲繼兄後，久出至誠，自念鬼雖非人，慰情勝如無有，此豈挾私覬覦者所能窺其萬一耶。因爲解顏。伯曰：「從去，但勿嬌慣，宜啖以血肉，驅向日中曝之，午過乃已。六七歲兒，歷春及夏，骨肉更生，可以娶妻育子；〔馮評〕鬼曝日中，便生骨肉，娶妻生子，從何得此議論，然須奇創，而微有理。但恐不壽耳。」言間，門外有少女〔校〕抄本作有少女在門外。窺聽，意致温婉。仲疑爲兄女，便以〔校〕上二字，抄本作因。問兄。兄曰：「此名湘裙，吾妾妹也。孤而無歸，寄養〔校〕抄本作食。十年矣。」問：「已字否？」伯云：〔校〕抄本作曰。「尚未。近有媒議東村田家。」女在窗外小語曰：「我不嫁田家牧牛子。」仲頗有動於中，〔校〕上四字，抄本作心動。而〔校〕抄本無而字。未便明言。既而伯起，設榻於齋，止弟宿。仲雅〔校〕抄本作本。不欲留，而〔校〕抄本無而字。意戀湘裙，將設法以窺〔校〕上四字，抄本作探。兄意，遂別兄就榻。〔校〕抄本作寢。時方初春，氣候猶寒，〔校〕抄本作天氣尚寒。齋中夙無煙火，森然起粟。〔何註〕森然，毛豎立貌。起粟，膚冷則毛孔如粟而起也。○〔馮評〕鬼境。對燭〔校〕抄本無上四字。冷坐，思得小飲。俄而〔校〕抄本作見。阿小推扉入，以杯羹斗酒置案上。仲喜極，問誰之〔校〕抄本無喜極之三字。爲。答云：〔校〕抄本作曰。「湘姨。」酒將盡，又以灰覆盆火，擲〔校〕抄本作置。牀下。仲問：「爺娘寢〔校〕抄本作爹娘睡。乎？」曰：「睡已久矣。」「汝寢何所？」曰：「與湘姨共〔校〕抄本作同。榻耳。」阿小俟〔校〕青本作候。叔眠，乃掩門去。仲念湘裙惠而解意，益〔校〕抄本作愈。愛慕之；又以其〔校〕上三字，抄本作且。能撫阿小，欲得之心益〔校〕抄本作更。堅。輾轉牀頭，終夜不寢。〔校〕抄本無牀頭不寢四字。早起，告兄曰：「弟孑然無偶，煩大哥留意也。」〔校〕抄本煩作願，無也字。伯曰：「吾家非一瓢一擔者，物色當自有人。地下即有佳麗，恐於弟無所利益。」仲曰：「古人亦有鬼妻，何害？」伯似〔校〕抄本無似字。會意，便言：〔校〕上二字，抄本作曰。「湘裙亦佳。但以巨針刺人迎，〔何註〕王叔和脈訣，以左關爲人迎。血出不止者，乃〔校〕抄本作便。可爲生人妻，何得草草。」仲曰：「得湘裙撫阿小，亦得。」伯但搖首。〔馮評〕小曲折。仲求之〔校〕抄本無之字。不已。嫂曰：「試捉湘裙强刺［校］稿本下原有而字，塗去。驗之，不可乃已。」遂握針出。門外遇湘裙，急捉其腕，則血痕猶溼，蓋聞伯言時，［校］青本無時字。早［校］抄本作已。自試之矣。嫂釋手而笑，反告伯曰：「渠作有意喬才［何註］喬才，矜才也。禮，樂記：齊音敖辟喬志。久矣，［但評］不嫁田家牧牛子，此鬼殊有志氣。聞刺血之言而自試，原非草草。謂之有意喬才，何羞之有？鬼而不能如願，不如爲聻矣。尚爲之［校］青本無之字。代慮耶？」妾聞之怒，趨近湘裙，以指刺眶而罵曰：「淫婢不羞！欲從阿叔奔去［校］抄本作走。耶？我定不如其願！」［馮評］又曲。湘裙愧憤，哭欲覓死，舉家騰沸。仲乃大慚，別兄嫂，率阿小而出。［馮評］又頓開。兄曰：「弟姑去；阿小勿使復來，恐損其生氣也。」仲諾之。［校］抄本作曰諾。既歸，［馮評］夢歸耶，生歸耶，血肉之軀居然與鬼應接如生人，寧有此理，然論其文可也。僞增其年，託言兄賣婢之遺腹子。衆以其貌酷類，［校］抄本作肖。亦［校］稿本下原有遂字，塗去。信爲伯遺體。［校］上四字，稿本原作之，塗改。仲教之讀，輒遣抱一卷［校］上三字，抄本作把書。就日中誦之。初以爲苦，久而漸安。六月中，几案灼人，而兒戲且讀，殊無少怨。兒甚惠，日盡半卷，夜與叔抵足，恒背誦之。仲甚慰。又以不忘湘裙，故不復作「燕樓」［呂註］麗情集：唐張建封鎮武寧，有關盼盼者，徐之奇色，張納之於燕子樓。［何註］白氏長慶集：張尚書納舞妓盼盼于燕子樓。公薨，不他適，居十餘年。○［馮評］燕樓字用典，聊齋妙不多用，近人有作，則滿紙書袋氣矣。想矣。一日，雙媒來爲阿小議婚，中饋無人，心甚躁急。忽甘嫂自外入曰：「阿叔勿怪，吾送湘裙至矣。緣婢子不識羞，我故挫辱之。叔如此表表，而不相從，更欲從何人者？」見湘裙立其後，心甚歡悅。肅嫂坐；具述有客在堂，乃趨出。少間復入，則甘氏已去。湘裙卸妝入廚下，刀砧盈耳矣。〔馮評〕又妙，簡。俄而肴胾〔何註〕肴胾，肴饌也。胾音剚，肉也。體骨曰肴，切肉曰胾。禮，曲禮：左殽右胾。羅列，烹飪得宜。客去，仲入，〔校〕稿本下原有室字，塗去。見湘裙凝妝坐室中，遂與交拜成禮。至晚，女仍欲與阿小共宿。仲曰：「我欲〔校〕青本無欲字。以陽氣溫之，不可離也。」因置女別室，惟晚間杯酒一往歡會而已。〔馮評〕妙，又不與湘裙同宿。湘裙撫前子如己出，仲益賢之。一夕，夫妻〔校〕青本作婦。款洽，仲戲問：「陰世有佳人否？」女思良久，答言：〔校〕抄本作曰。「未見。惟鄰女葳靈仙，羣以爲美；〔何評〕蛇足。顧貌亦猶人，要善修飾耳。與妾往還最久，心中竊鄙其蕩也。〔何評〕可知。如欲見之，〔校〕青本無之字。頃刻可致。但此等人，未可招惹。」〔馮評〕又拖下。仲急欲一見。女把筆似欲作書，既而擲管曰：「不可，不可！」〔馮評〕曲曲折折，忽放忽收。强之再四，乃曰：「勿爲所惑。」仲諾之。遂裂紙作數畫若符，於門外焚之。少時，簾動鉤鳴，吃吃作笑聲。女起曳入，高髻雲翹，殆類畫圖。扶坐牀頭，酌酒相敘間闊。初見仲，猶以紅袖掩口，不甚縱談；數琖後，嬉狎無忌，〔但評〕既得鬼妻，又狎鬼妓。死於鬼病，生於鬼兄。漸伸一足壓仲衣。仲心迷亂，不知魂之所舍。〔校〕上六字，抄本作魄蕩魂飛。目前惟礙湘裙；湘裙又故防之，頃刻不離於側。〔馮評〕作人宜直，作文宜曲，雖大片段中有許小波折，最好看有致。葳靈仙忽起，搴簾而出；湘裙從之，仲亦從之。葳靈仙握仲，趨入他室。湘裙甚恨，而〔校〕而，抄本作然亦。無可〔校〕青本無可字。如何，憤然〔校〕抄本作憤。歸室，聽其所爲而已。既而仲入，湘裙責之曰：「不聽我言，後恐〔校〕青本、抄本作恐後。卻之不得耳。」〔馮評〕又帶起下。仲疑其妒，不樂而散。次夕，葳靈仙不召〔校〕青本、抄本作招。自來。湘裙甚厭見之，傲不爲禮；仙竟與仲相將而去。如此數夕。女望其來，則詬辱之，而亦不能卻也。〔何評〕作法自斃。月餘，仲病不〔校〕抄本下有能字。起，始大悔，喚湘裙與共寢處，冀可避之；晝夜〔校〕抄本下有之字。防稍懈，則人鬼已在陽臺。〔校〕青本下有矣字。湘裙操杖逐之，鬼忿與爭，湘裙荏弱，手足皆爲所傷。仲寖以沉困。〔校〕稿本原作奄將澌盡，塗改。湘裙泣曰：「吾何以見吾姊矣！」〔校〕青本、抄本作乎。又數日，仲冥然遂死。初見二隸執牒入，不覺從去。至途患無資斧，邀隸便道過兄所。兄見之，驚駭失色，問：「弟近何作？」仲曰：「無他，但有鬼病耳。」實告之。兄曰：「是矣。」乃出白金一裹，謂隸曰：「姑笑納之。吾弟罪不應死，請釋歸，我使豚子〔校〕抄本作兒。從去，或無不諧。」便喚阿大陪隸飲。反身入家，徧〔校〕抄本作便。告以故。乃令甘氏隔壁喚葳靈仙。俄至，見仲欲遁。伯揪返〔校〕青本作髮。○〔何註〕揪髮，抓髮也。〔何評〕罵曰：

「淫婢！生爲蕩婦，死爲賤鬼，不齒羣衆久矣；又祟吾弟耶！」立批之，雲鬟蓬飛，妖容頓減。久之，一嫗來，伏地哀懇。伯又責嫗縱女宣淫，訶詈移時，始令與女俱去。伯乃送仲出，飄忽間已抵家門，直抵〔校〕抄本作至。臥室，豁然若寤，始知適間之已死也。伯責湘裙曰：「我與若姊，謂汝賢能，故使從吾弟；反欲促吾弟死耶！設非名分之嫌，便〔校〕青本作伊。當撻楚！」湘裙慚懼啜泣，望伯伏謝。伯顧阿小喜曰：「兒居然生人矣！」湘裙欲出作黍，伯辭〔校〕抄本無辭字。曰：「弟事未辦，我不遑暇。」阿小年十三，漸知戀父；見父出，零涕從之。父〔校〕抄本作伯。曰：「從叔最樂，我行復來耳。」轉身〔校〕青本作盼。遂逝，自〔校〕抄本作從。此不復通〔校〕抄本作相。聞問矣。後阿小娶婦，生一子，亦年〔校〕抄本無年字。三十而卒。仲撫其孤，如姪生時。仲年八十，其子二十餘矣，乃析之。湘裙無所〔校〕抄本無所字。出。一日，謂仲曰：「我〔校〕稿本下原有將字，塗去。先驅狐狸於地下可乎？」〔校〕上八字，稿本原作往矣，塗改。盛妝上牀而歿。仲亦不哀，半年亦歿。

異史氏曰：「天下之友愛如仲，幾人哉！宜其不死而益之以年也。陽絕陰嗣，此皆不忍死兄之誠心所格；在人無此理，在天寧有此數乎？地下生子，願承前業者，想亦不少；恐承絶産之賢兄賢弟，不肯收恤耳！」

［馮評］語語勸世，有功名教之文，豈以説鬼也而少之。

［何評］葳靈仙一招，未免多事。

三生*

湖南某，能記前生三世。一世爲令尹，闈場入簾。有名士興于唐〔何評〕寓言。被黜落，憤懣而卒，至陰司執卷訟之。此狀一投，其同病死者以千萬計，〔何評〕此輩亦夥。〔但評〕孫山外無數寃鬼。○試士盛於唐代，此興于唐之所以命名也。則自唐歷宋、元、明以來，被黜落而憤懣以卒者，何可勝數，宜其狀一投而萬聲響應也。推興爲首，聚散成羣。某被攝去，相與〔校〕抄本無上二字。對質。閻羅便問：〔校〕抄本作閻王問曰。「某〔校〕抄本作爾。既衡文，何得黜佳士而進凡庸？」某辨言：〔校〕抄本作曰。「上有總裁，某不過奉行之耳。」閻羅即發一簽，〔校〕抄本作籤。往拘主司。久之，〔校〕抄本無上二字。勾至。閻羅即述某言。主司曰：「某不過總其大成；雖有佳章，而房官不薦，吾何由而見之也？」〔校〕抄本無而字也字。○〔何評〕互相推諉。閻羅曰：「此不得相諉，〔何註〕相諉，相推諉也。其失職均〔校〕上二字，抄本作一。也，例合笞。」方將施刑，興不滿志，戛然大號；兩墀諸鬼，萬聲鳴和。閻羅問故，興抗言曰：「笞〔校〕青本無上二字。罪太輕，是必掘〔校〕青本作抉。其雙睛，以爲不識文〔校〕抄本下有字字。之報。」〔但評〕抉其雙睛，罪亦宜之。閻羅不肯，衆呼益厲。閻羅曰：「彼非不欲得佳文，特其所見鄙耳。」〔但評〕今更有行其私而不欲得佳文者，奈何！衆〔校〕青本下有人字。又請剖其心。閻羅不得已，使人褫去袍服，以白刃劙胸，〔但評〕剜其心。○簾中諸公於披揀時，有草率了事，漫不經心者，須防此一刀。兩人瀝血鳴嘶。衆始〔校〕青本作人。大快，皆曰：「吾輩抑鬱泉下，未有能一伸此氣者；今得興先生，怨氣都消矣。」鬨然遂〔校〕抄本作而。散。某受剖已，押投陝西爲庶人子。年二十餘，值土寇大作，陷入賊〔校〕抄本作盜。中。有兵巡〔校〕青本作巡兵。道往平賊，俘擄甚衆，某亦在〔校〕青本下有其字。中。心猶自揣非賊，冀可辨釋。及見堂上官，亦年二十餘，細視，乃興生〔校〕上三字，抄本作則興。也。驚曰：「吾合盡〔校〕抄本作休。矣！」〔但評〕前之不肯抉其雙睛者，正爲此耳。既而俘者盡釋，惟某後至，不容置辨，竟〔校〕抄本作立。斬之。〔但評〕梟其首。○仇人相見，不容置辯而竟斬之。雖議以草菅人命，畢竟爽快。某至陰司投狀〔校〕抄本無上二字。訟興。閻羅不即拘，待其祿盡，遲之三十年，興始〔校〕抄本作方。至，面質之。興以草菅〔呂註〕漢書，賈誼傳：其視殺人如艾草菅然。人命，罰作畜。〔何評〕允當。稽某所爲，曾撻其父母，其罪維均。某恐來生〔校〕抄本作後世。再報，請爲大畜。閻羅判爲大犬，興爲小犬。〔校〕抄本無上四字。某生於北〔校〕抄本無北字。順天府市肆中。一日，臥街頭，有客自南中來，〔校〕抄本作適有客自南。攜金毛犬，〔校〕抄本下有來字。大如狸。某視之，興也。心易其小，齕之。[何評]故態。小犬齕其喉下，[但評]齕其喉。繫綴如鈴。大犬擺撲嗥竄，市人解之不得。俄頃，[校]上二字，抄本作兩犬。俱斃。[但評]雖得請爲大犬，究爲小犬所齕，同歸於斃，亦一快事。並至冥[校]抄本作陰。司，互有爭論。閻羅曰：「寃寃相報，何時可已。今爲若解之。」乃判興來世爲某壻。某生慶雲，二十八舉於鄉。生一女，嫻靜娟好，世族爭委禽焉。某皆弗[校]抄本無某字，弗作不。許。偶[校]抄本無偶字。過臨[校]青本作鄰。郡，值學使發落諸生，其第一卷李姓，[校]抄本作生。實[校]抄本作即。興也。遂挽至旅舍，優厚[校]抄本作待。之。問其家，適無偶，遂訂姻好。人皆謂某[校]青本、抄本無某字。憐才，而[校]抄本無而字。不知[校]青本、抄本下有其字。有夙因也。既而娶女去，[校]上五字，抄本作及完娶。相得甚歡。然壻恃才輒侮翁，恒隔歲不一至其門。翁亦耐之。後壻中歲偃[校]抄本作淹。蹇，苦不得售，[何評]誰怨。翁百計爲之[校]抄本作翁爲百計。營謀，始得志於名場。[校]上四字，抄本作連捷。由[校]抄本作從。此和好如父子焉。[但評]如此解寃，閻羅可謂善調停矣；乃既爲愛壻，相得甚歡，而復恃才侮翁，必代爲之謀，得志名場，而後寃仇乃釋，可畏哉！

異史氏曰：「一被黜而三世不解，怨毒之甚至此哉！閻羅之調停固善；然墀下千萬衆，如此紛紛，勿[校]抄本作毋。亦天下之愛壻，皆冥中之悲鳴號動[校]青本作慟。者耶？」

〔何評〕此亦不得志於時者之言。

〔但評〕譏訕似過刻，然君子必取之而常以爲鑑。

長亭*

石太璞，泰山人，好厭禳之術。有道士遇之，賞〔校〕抄本作喜。其慧，納爲弟子。啓牙籤，出二卷，上卷驅狐，下卷驅鬼，〔稿本無名氏乙評〕劈立兩柱。乃以下卷授之，曰：「虔奉此書，衣食佳麗皆有之。」〔稿本無名氏乙評〕爲要娶長亭伏案。〔何評〕預知。〔但評〕一生用之不盡。〇一語籠罩全篇。問其姓名，曰：「吾汴城北村玄帝觀王赤城也。」〔稿本無名氏乙評〕爲如汴伏案。留數日，盡傳其訣。石由此〔校〕青本作於是。精於符籙，〔呂註〕隋書，經籍志：符籙十七部，一百三卷。漢時諸子道書之流有三十七家。〔何註〕籙音祿，圖書也。委贄者踵接〔校〕抄本作接踵。於門。一日，有叟來，自稱翁姓，炫陳幣帛，謂其女鬼病已殆，必求親詣。石聞病危，辭不受贄，〔但評〕可見並無把握，何得聞鬼言而以此要婚。姑與俱往。十餘里入山村，至其家，廊舍〔校〕青本作屋。華好。入室，見少女臥縠幛〔校〕抄本作帳。中，婢以鉤挂幛。〔校〕青本、抄本作帳。望之年十四五許，支綴於牀，形容已槁。〔校〕稿本原作昏昏若寐，塗改。近臨之，忽開目云：「良醫至矣。」舉家皆喜，謂其不語已數日矣。石乃出，因詰病狀。叟言：〔校〕抄本作曰。「白晝見少年來，與共寢處，捉之已杳，少間復至，意〔校〕青本作疑。其爲鬼。」石曰：「其鬼也，驅之匪〔校〕抄本作不。難；恐其是狐，則非余所敢知矣。」〔稿本無名氏乙評〕說驅鬼即以驅狐伴，說妙。〔但評〕對狐疑狐，曰非所敢知；疑鬼是鬼，曰我知之矣。叟云：〔校〕青本、抄本作曰。「必非必非。」〔何評〕自知。石授以符，是夕宿於其家。夜分，有少年入，衣冠整肅。石疑是主人眷屬，起而問之。曰：「我鬼也。翁家盡狐。偶悅其女紅亭，姑止焉。鬼爲狐祟，陰騭無傷，〔何評〕鬼言亦是。〔但評〕狐祟人而鬼祟狐，實不啻以鬼祟鬼，以狐祟狐也，於陰騭何傷。君何必離人之緣而護之也？〔校〕青本無也字。○〔但評〕平情之論。女之姊長亭，光豔尤絕。敬留全璧，以待高賢。彼如許字，方可爲之施治；爾時我當自去。」石諾之。是夜，少年不復至，女頓醒。天明，叟喜，以〔校〕抄本無以字。告石，請石入視。石焚舊符，乃〔校〕抄本無乃字。坐診之。見繡幕有女郎，麗若〔校〕抄本作如。天人，心知其長亭也。診已，索水灑幛。〔校〕青本作帳。女郎急以椀水付之，蹀躞之間，意動神流。石生此際，心殊不在鬼矣。〔但評〕方將德鬼，何敢驅鬼。○爲鬼祟女，特延來治鬼；鬼又薦女，而治之者之心不在鬼，是又添一祟矣。人爲狐祟，不惟陰騭無傷，且功德不少。出辭叟，託製藥去，數日不返。鬼益肆，〔稿本無名氏乙評〕緊接。除長亭外，子婦婢女，俱被淫惑。又以僕馬招〔校〕青本作逆。石，石託疾不赴。〔稿本無名氏乙評〕醫家慣技。明日，叟自至。石故作病股狀，扶杖而出。叟拜已，[校]抄本無上二字。問故。曰：「此鰥之難也！曩夜婢子登榻，傾跌，墮湯夫人[呂註]即湯婆子，温足瓶也。玉堂閑話作錫奴，黃山谷詩作脚婆，吴寬湯婆傳奇曰湯媪。○滑稽生湯婆子詩：不施脂粉不梳妝，寂寞無言卧象牀。暖足難同親骨肉，傍人惟有熱心腸。夜長夜短慵開眼，花落花開只自傷。可惜恩情易抛擲，春來依舊守空房。泡[何註]泡，水上浮漚也。足浸熱湯，而皮泡起，若浮漚然。兩足耳。」叟問：「何久不續？」[校]上二字，抄本作送囑。石曰：「恨不得清門如翁者。」[但評]乘人之危而要之，敝人也。○以驅鬼要婚，非爲祟而何。叟默而出。石走送三數語，使[校]抄本無上四字。曰：「頃與荆人言，君如驅鬼去，使舉家安枕，小女長亭，年十七矣，願遣奉事君子。」石喜，頓首於地。乃謂叟：[校]上二字，抄本作曰。「雅意若此，病軀何敢復愛。」[校]青本下有矣字。立刻出門，並騎而去。入視祟者既畢，石恐背[校]抄本作負。約，請與媪盟。[何評]要婚。媪遽[校]抄本無遽字。出曰：「先生何見疑也？」即以[校]抄本作隨拔。長亭所插金簪，授石爲信。[但評]石要婚，狐詐婚，石實啓之，何責於狐？惟石先料其背約而請與媪盟。金簪既授，則息壤在彼矣。欲殺之而終離之，反復之罪，有所歸已。石朝拜之。[校]抄本作石喜拜受。已，[校]抄本無已字。乃偏集家人，悉爲祓除。[何註]祓音拂，潔也，除也。周禮，春官：女巫掌歲時祓除釁浴。謂祓除其不祥也。惟長亭深匿無迹；[校]抄本作不出。遂寫一佩符，使人[校]抄本無人字。持贈之。[稿本無名氏乙評]想亦恐鬼約背耶？[但評]得長亭金簪爲信，心不能不在鬼矣；集家人悉爲祓除，恐深閨者之未能全璧，心愈不能不在鬼矣。寫佩符使人持贈，不待叟求之矣。是夜寂然，鬼影盡滅，[校]抄本無上四字。惟紅亭呻吟未已，投以法水，所患若失。石欲辭去，[校]上二字，抄本作起辭。叟挽止[校]抄本作留。殷懇。至晚，肴核[何註]肴，豆實也。核，籩實也。詩，小雅：殽核維旅。羅列，勸酬殊切。漏二下，主人乃辭客去。[校]抄本無乃字客字。石方就枕，聞叩扉甚急；起視，則長亭掩入，辭氣倉皇，言：[校]上五字，抄本作倉皇告曰。「吾家欲以白刃相仇，[何評]太怨。可急遁！」[校]抄本作走。言已，逕返身去。[但評]長亭能見大義。○既有信誓，則石其壻也；殺壻之謀，媪不與聞。倉皇而往告之，以視人盡夫也，父一而已之論，孰爲得之？石戰懼無[校]抄本作失。色，越垣急竄。遥見火光，疾奔而往，則里人夜獵者也。喜。待獵畢，[校]抄本作已。乃[校]抄本作從。與俱歸。心懷怨憤，無之[校]抄本作路。可伸，思欲之汴尋赤城，[校]上七字，抄本作欲往汴城尋師治之。○[稿本無名氏乙評]映前躡後，爲上下作一束勒。而[校]抄本作奈。家有老父，病廢已久，[校]抄本作在床。日夜籌思，莫決進止。[校]抄本作進退莫決。忽一日，雙輿至門，則翁媪送長亭至，謂石曰：「曩夜之歸，胡再不謀？」[但評]媪不背盟，狐一生賴有賢内助。○老媪有信有禮，有智有爲。石見長亭，怨恨都消，故亦隱而不發。[校]抄本無亦字而字。媪促兩人庭拜訖。石將[校]抄本作欲。設筵，辭[校]抄本作媪。曰：「我非閒人，不能坐享甘旨。我家老子昏髦，倘有不悉，郎肯爲長亭一念老身，爲幸多矣。」[但評]曰老子昏髦，則可直言念老身矣；婉其詞曰，肯爲長亭念老身，統之於所重也。此爲修辭之要。登車遂去。蓋殺壻之謀，媪不之[校]抄本作與。聞；及追之不得而返，媪始知之。頗[校]抄本作心。不能平，與叟日相詬誶；[呂註]漢書，賈誼傳：借父櫌鉏，慮有德色；母取箕帚，立而誶語。[何註]詬，吼去聲。誶音祟，譙罵也。長亭亦飲[校]抄本作涕。泣不食。媪强送女來，非翁意也。長亭入門，詰之，始知其故。過兩三月，翁家取[校]青本作趣。女歸寧。石料其不返，禁止之。女[校]青本無女字。自此時一涕零。年餘，生一子，名慧兒，買[校]抄本作僱。乳媪哺之。然兒善啼，[校]抄本無然字，善作好。夜必歸母。一日，翁家又以輿來，言媪思女甚。長亭益悲，石不忍復留之。欲抱子去，石不可，長亭乃自歸。別時，以一月爲期，既而半載無耗。遣人往探之，則向所僦宅久空。又二年餘，望想都絶；而兒啼終夜，寸心如割。既而石父[校]上二字，抄本作父又。病卒，倍益哀傷；因而病憊，苫次[何註]苫次，居喪藉草之謂。彌留，不能受賓朋之[校]抄本無上三字。弔。方昏憒間，忽聞婦人哭入。視之，則縗絰者長亭也。石大悲，一慟遂絶。婢驚呼，女始輟泣，撫之良久，始[校]抄本無始字。漸甦。自疑已死，謂[校]上五字，抄本作曰：我疑已死，與汝。相聚於冥中。女曰：「非也。妾不孝，不能[校]抄本無能字。得嚴父心，尼歸[呂註]廣韻：尼，曳止之也。三載，[何註]不令歸夫家三年之久也。誠所負心。適家人[校]青本無人字。由海東經[校]抄本作東海過。此，得翁凶問。[校]抄本作信。妾遵嚴命而絶兒女之情，不敢循亂命而失翁媳之禮。妾來時，母知而父不知也。」

[但評]權其輕重，衡其緩急，以禮自處，復以禮處人。言問，兒投懷中。言已，始撫之，[校]抄本作而。泣曰：「我有父，兒無母矣！」兒亦噭啕，一室掩泣。女起，經理家政，柩前牲盛潔備，石乃大慰。而[校]抄本作然。病久，急切不能起。女乃請石外兄[吕註]儀禮，喪服，子夏傳：姑之子。注：外兄弟也。疏：外兄者，姑是内人，以外出而生故也。款洽弔客。[校]抄本作唁。喪既閉，石始杖而能[校]抄本作能杖而。起，相與營謀齋[校]抄本作殯。葬。葬[校]青本無葬字。已，女欲辭歸，以受背父之譴。夫挽兒號，隱忍而止。未幾，有人來告[校]抄本作言。母病。[馮評]又簇起波折。乃謂石曰：「妾爲君父來，君不爲妾母放令去[校]抄本作歸。耶？」[但評]純乎天理，合乎人情。石許之。女使乳媪抱兒他適，涕洟出門而去。去後，數年不返，[稿本無名氏乙評]總括一筆。石父子漸亦忘之。一日，昧爽啓扉，則長亭飄[校]青本下有忽而二字。入。石方駭問，女戚然坐榻上，嘆曰：「生長閨閣，[校]抄本作閣。視一里爲遥；今一日夜而奔千里，殆矣！」細詰之，女欲言復止。請之不已，[校]抄本作固詰之乃。哭曰：「今爲君言，恐妾之所悲，而君之所快也。邇年徙居晋界，僦居趙搢紳之第。主客交最善，以紅亭妻其公子。公子數逋[校]上二字，稿本係旁加。蕩，[校]稿本下原有甚字，塗去。○[何註]逋蕩，謂逋逃放蕩也。凡欠負官物亡匿皆謂之逋。家庭頗不相安。妹歸告父；父留之，半年不令還。公子忿恨，不知何處聘一惡人來，遣神綰鎖，縛老父去，一門大駭，頃刻四散矣。」石聞之，笑不自禁。

女怒曰：「彼雖不仁，妾之父也。妾與君琴瑟數年，止有相好而無相尤。今日人亡家敗，百口流離，即不爲父傷，寧不爲妾弔乎！」［何評］甚是。聞之忭舞，更無片語相慰藉，何不義也！」［馮評］詞令妙品，狐子可兒。［但評］以情義責之，令人心折。拂袖而出。［馮評］曲折有致。石追謝之，亦已渺矣。悵［校］稿本悵上原有石字，塗去。然自悔，拚已決絶。過二三日，媪與女俱來，［馮評］忽去忽來，筆端飄灑之甚。石喜慰問。母子［校］抄本作女。俱伏。［校］青本下有地字。驚而詢之，［校］抄本作驚問其故。母子［校］上二字，抄本作又。俱哭。女曰：「妾負氣而去，今不能自堅，又欲［校］抄本作要。求人，復何顏矣！」［校］抄本作面。石曰：「岳固非人；母之惠，卿之情，所不忘也。［校］抄本作敢忘。○［但評］所謂爲長亭一念老身也。然聞禍而樂，亦猶人情，卿何不能暫忍？」女曰：「頃於途中遇母，始知縶吾父者，蓋［校］抄本作乃。君師也。」石曰：「果爾，亦大易。然翁不歸，則卿之父子離散；恐翁歸，則卿之夫泣兒悲也。」［馮評］清爽之詞，如聽蕉雨。［但評］此則要之以禮，要之何害。媪矢以自明，女亦誓以相報。石乃即刻治任如汴，詢至玄帝觀，則赤城歸未久。入而參之。［校］抄本作拜。便［校］抄本作師。問：「何來？」石視廚下一老狐，孔［校］青本作扎。前股而繫之。笑曰：「弟子之來，爲此老魅。」赤城詰之，曰：「是吾岳也。」因以實告。道士謂其狡詐，不肯輕釋。固請，乃［校］抄本作始。許之。石因備述其詐，狐聞之，塞身入竈，似有慚狀。道士笑曰：「彼羞惡之心，未盡亡[校]青本、抄本作忘。也。」石起，牽之而出，[校]青本作去。以刀斷索抽之。狐痛極，齒齦齦[呂註]集韻：音懇，齧也。韓愈曹成王碑：蘇枯弱强，齦其姦猖。然。石不遽抽，而頓挫之，笑問[校]抄本下有之字。曰：「翁痛之，[校]抄本作乎。勿抽可耶？」[何評]可已。狐睛睒燗，[何註]睒音閃，窺也。燗亦音閃，火光也。謂其目窺石，若火光之燗灼也。似有慍色。既釋，搖尾出觀而去。石辭歸。三日前，已有人報叟信，媼先去，留女待石。石至，女逆而伏。石挽之曰：「卿如不忘琴瑟之情，不在感激也。」[但評]明明謂其當感激，而曰不在感激，亦學得狐三分詐。女曰：「今復遷還[校]青本無還字，抄本無遷字。故居矣，村舍鄰邇，音問可以不梗。妾欲歸省，三日可旋，君信之否？」曰：「兒生而無母，未便殤折。我日日鰥居，習已成慣。今不似趙公子，而反德報之，所以爲卿者盡矣。如其不還，在卿爲負義，道里雖近，當亦不復過問，何不信之與有？」[馮評]似左氏傳中詞品。[但評]前此去將不還，已無奈伊何矣，故此止以情動之，以德感之，以義責之，而實哀懇之。女次日[校]抄本無上二字。去，二日即返。問：「何速？」曰：「父以君在汴曾相戲弄，未能忘懷，言之絮絮；[校]抄本作叨。妾不欲復聞，故早來也。」[馮評]不多着語，又變。自此閨中之往來無間，而翁壻間尚不通弔慶[校]青本作慶弔。云。[但評]觀長亭之所以處父子夫妻之間，常變經權，可謂斟酌盡善矣。遣壻私遁，非背父也，不敢失所天，爲陷親於不義也。然使歸石之後，向夫而背父則不孝；不背其父，孝矣，使石父病卒而縗絰無聞，則因不背其父而乃背夫之父，其不孝又更甚焉。乃思女之命方來，即捨兒而就道，三年不反；雖老子昏耄，爲子者不得不委屈從之也。至得翁凶問，仍背父而縗絰奔喪，其言曰：妾遵嚴命而絕兒女之情，不敢循亂命而失翁媳之禮。侃侃正論，爲兩得之。妾爲翁來，君不爲妾母放令去，至性之語，敢計夫挽兒號乎？女嫁而復留，此狐實乃狂悖，遣神鎖去，我聞亦將快心。然而彼雖不仁，亦其父也，以琴瑟之好，樂其禍而幸其災，即不爲父傷，寧不爲妾弔？責之以不義，詎謂負氣者之不能暫忍乎？聘來惡人，事亦大易。然翁不歸，則卿之父子離散；恐翁歸，則卿之夫泣兒悲。念及此，則岳誠非人，女不能不誓以相報矣。聞絮言而速返，今而後有以報命矣，豈石負義之言所激而然哉。

異史氏曰：「狐情反覆，譎詐〔何註〕譎音玦，詭詐也。已甚。悔婚之事，兩女而一轍，詭可知矣。然要而婚之，是啓其悔者已〔校〕抄本作猶。在初也。且壻既愛女而救其父，止宜置昔怨而仁化之；乃復狎弄於危急之中，何怪其没齒不忘也！天下〔校〕抄本下有之字。有冰玉〔呂註〕晉書，衛玠傳：玠妻父樂廣，有海内重名。議者以爲婦公冰清，女壻玉潤。〔何註〕冰玉，指岳與壻言也。衛洗馬玠字叔寶，娶樂廣女。裴叔道曰：妻父有冰清之姿，壻有璧潤之望。之〔校〕抄本作而。不相能者，類如此。」

〔馮評〕着議處筆鋒最犀利，鋭而善入，後生解此以從一事於八股間，四書無難題矣。

〔何評〕有挾而求，石固未是；以怨報德，翁斯忍矣。至狐仍畏鬼，似亦創聞。

〔但評〕篇中多凝鍊之句，亦流利，亦端莊，文筆之當行出色者。

席方平*

席方平，東安人。其父名廉，性戇拙。因與里中富室羊姓［校］上四字，抄本作羊富室。有郤，羊先死；數年，廉病垂危，謂人曰：「羊某今賄囑冥使搒我矣。」俄而身赤腫，號呼遂死。席慘怛不食，［稿本無名氏乙評］暗藏孝義二字。曰：「我父樸訥，今見陵［校］抄本作凌。於强鬼；我將赴地下，［校］上二字，抄本作冥。代伸冤氣耳。」［校］抄本作矣。○［稿本無名氏乙評］一語提綱。［但評］奇文奇事，至性至情。爲强鬼所陵，不赴地下，何以代伸冤氣？豈知既赴地下，而冤更加冤哉！必待上帝殿下與灌口二郎，而後得平反，茫茫宇宙，果何路可達帝聽哉！自此不復言，時坐時立，狀類癡，蓋魂已離舍矣。［校］抄本無矣字。席覺［稿本無名氏乙評］二字貫通篇。初出門，莫知所往，但見路有行人，便問城邑。少選，入城。其父已收獄中。至獄門，遙見父卧簷下，似甚狼狽；舉目見子，潸然涕流。便謂：［校］上四字，抄本作流涕曰。「獄吏悉受賕［校］青本作賄。囑，［稿本無名氏乙評］賕囑是通篇骨子。日夜搒掠，脛股摧［校］青本無摧字。殘甚矣！」席怒，大罵獄吏：「父如有罪，自有王章，豈汝等死魅所能操耶！」［馮評］理直氣壯，出詞全以氣行。［何評］自是。［但評］目無王章，方知尊在獄吏。遂出，抽筆爲詞。〔校〕上四字，抄本作寫狀。○〔稿本無名氏乙評〕接得緊。值〔校〕抄本作趁。城隍早衙，喊寃以投。〔校〕上二字，抄本作投之。○〔稿本無名氏乙評〕壯氣健筆。羊懼，内外賄通，始出質理。城隍以所告無據，頗不直席。〔何評〕通賄。〔但評〕賄通而始出質理，自然所告無據，自然不直。席忿氣無所復〔校〕抄本無上二字。伸，冥行百餘里，至郡，以官役私狀，告之〔校〕抄本作諸。郡司。遲之〔校〕抄本作至。半月，始得質理。〔稿本無名氏乙評〕暗藏賄囑意。郡司扑席，仍批城隍覆案。〔但評〕赴郡告官役，郡司之利市也。遲半月之久，則席之受扑，城隍之覆案，不待質理時乃知之。席至邑，備受械梏，慘寃不能自舒。城隍恐其再訟，遣役押送歸家。〔校〕上二字，青本作家門。役至門辭去。席不肯入，遁赴冥府，訴郡邑之酷貪。冥王立拘質對。〔稿本無名氏乙評〕想此時尚未有關説。二官密遣腹心，〔校〕青本作心腹。與席關説，許以千金。〔稿本無名氏乙評〕賄囑旁意。席不聽。過數日，逆旅主人告曰：「君負氣已甚，官府求和〔校〕青本作合。而執不從，今聞於王前各有函進，恐事〔校〕抄本無事字。殆矣。」〔稿本無名氏乙評〕此段賄囑意，用旁筆寫出，筆意變化。席以道路之口，〔校〕抄本無上五字。猶未深〔校〕抄本無深字。信。俄有皂衣人喚入。升堂，見冥王有怒色，不容置詞，命笞二十。〔何評〕可知。席厲聲問：「小人何罪？」冥王漠若不聞。席受笞，喊曰：「受笞允當，誰教我無錢耶！」〔校〕抄本作也。○〔稿本無名氏乙評〕極憤激語，卻含蓄無盡。以下數怒字，俱見富室作用。〔但評〕問之而不答，乃自答之。冥王益怒，命置火牀。兩鬼〔校〕青本無上二字。捽席下，見東墀有鐵牀，熾火其下，牀面通赤。鬼脱席衣，掬置其上，反復揉捺〔何註〕揉，以手挺之也。捺，以手按之也。之。痛極，骨肉焦黑，苦不得死。約一時許，鬼曰：「可矣。」遂扶起，促使下牀着衣，猶幸跛而能行。復至堂上，冥王問：「敢再訟乎？」席曰：「大冤未伸，寸心不死，若言不訟，是欺王也。必訟！」〔稿本無名氏乙評〕二字壯極，如聞其聲。又問：〔校〕抄本作王曰。「訟何詞？」席曰：「身所受者，皆言之耳。」〔稿本無名氏乙評〕詞氣斬斬。冥王又怒，命以鋸解其體。二鬼拉去，見立木，高八九尺許，有木板二，仰置其下，〔校〕抄本作上。上下凝血模糊。方將就縛，〔何註〕縛從專，繫也，束也。左傳，僖六年：許男面縛銜璧。忽堂上大呼「席某」，二鬼即復押回。冥王又問：「尚敢訟否？」答云：〔校〕抄本作曰。「必訟！」〔稿本無名氏乙評〕百折不回，足見孝義。冥王命捉去速解。既下，鬼乃以二板夾席，縛木上。鋸方下，覺頂腦漸闢，痛不可禁，〔校〕抄本作忍。顧亦忍〔校〕抄本作禁。而不號。〔校〕上四字，青本作忍受不復言。○〔稿本無名氏乙評〕壯氣如見。聞鬼曰：「壯哉此漢！」鋸隆隆〔何註〕漢書，五行志：隆隆如雷聲。然尋至胸下。〔馮評〕間一句。又聞一鬼云：「此人大孝無辜，鋸令稍偏，勿損其心。」〔稿本無名氏乙評〕隸役中亦尚有知此者。〔何評〕冥王不如此鬼。〔但評〕寸心不死，損之實難。遂覺鋸鋒曲折而下，其痛倍苦。俄頃，半身闢矣。板解，兩身俱仆。鬼上堂大聲以報。堂上傳呼，令合身來見。二鬼即推令〔校〕青本無令字。復合，曳使行。席覺鋸縫一道，痛欲復裂，半步而踣。一鬼於腰間出絲帶一條〔校〕青本無上二字。授之，曰：「贈此以報汝孝。」〔稿本無名氏乙評〕處處點逗孝字。受而束之，一身頓健，殊無少苦。遂升堂而伏。冥王復問如前；席恐再罹酷毒，便答：「不訟矣。」〔稿本無名氏乙評〕權變，文氣至此一歇。冥王立命送還陽界。隸率出北門，指示歸途，反身遂去。席念陰曹之暗昧〔校〕抄本作昧暗。尤甚於陽間，奈無路可達帝聽。世傳灌口二郎〔呂註〕寰宇記：灌口鎮在導江縣西六十里。○二郎，見西遊記。○按：俗以演義之謬，謂二郎爲楊戩，稱楊二郎，非也。道書稱二郎爲清源真君。朱子語録云：蜀中灌口二郎，當時是李冰，因開離堆有功，立廟。今來現許多靈怪，乃是他第二兒子。據此，則二郎爲秦將李冰之子。冰命子二郎鑿離堆山，開渠引水，灌成都十一州縣之田，有功於民，蜀人祠之。本朝雍正五年，詔封李冰爲敷澤興濟通佑王，二郎爲承績廣惠顯英王。爲帝勳戚，其神聰明正直，〔呂註〕左傳，莊三十二年：神聰明正直而壹者也。訴之當有靈異。竊喜兩〔校〕抄本作二。隸已去，遂轉身南向。奔馳間，有二人追至，曰：「王疑汝不歸，今果然矣。」捽回復見冥王。〔馮評〕在他手必一直敘去，即見二郎；偏於中間作此一頓妙。竊意〔校〕抄本作疑。冥王益怒，禍必更慘；〔稿本無名氏乙評〕曲折。而王殊無厲容，謂席曰：「汝志誠孝。但汝父寃，我已爲若雪之矣。〔但評〕何嘗不知，無如權不在彼。今已往生富貴家，何用汝鳴呼爲。今送汝歸，予以千金之産、期頤之壽，於願足乎？」乃註籍中，嵌〔校〕此據青本，稿本作箝，抄本作廂，疑鑲誤。以巨印，使親視之。席謝而下。鬼與俱出，至途，驅而罵曰：「奸猾賊！頻頻翻覆，使人奔波欲死！再犯，當捉入大磨中，細細研之！」席張目叱曰：「鬼子胡爲者！〔稿本無名氏乙評〕如聞其聲。我性耐刀鋸，不耐撻楚。請反見王，王如令我自歸，亦復何勞相送。」乃返奔。二鬼懼，温語勸回。席故蹇緩，行數步，輒憩路側。〔稿本無名氏乙評〕讀前文幾令人憤懣欲死，至此稍覺一快。鬼含怒不敢復言。約半日，至一村，一門半闢，〔校〕抄本作開。鬼引與共坐；席便據門閾。二鬼乘其不備，推入門中。驚定自視，身已生爲嬰兒。憤啼不乳，〔稿本無名氏乙評〕孝義之氣，只是歷劫不磨。三日遂殤。〔何評〕冥府無如之何。魂搖搖不忘灌口，約奔數十里，忽見羽葆來，旛戟横路。越道避之，因犯鹵簿，爲前馬所執，縶送車前。仰見車中一少年，丰儀瑰瑋。〔何註〕瑰瑋，與人才傀偉之傀偉同。鷦鷯賦：體大妨物，形瓌足瑰。問席：「何人？」席寃憤正無所出，且意是必巨官，或當能作威福，因緬訴毒痛。車中人命釋其縛，使隨車行。俄至一處，官府十餘員，迎謁道左，車中人各有問訊。已而指席謂一官曰：〔馮評〕偏用兩層寫。「此下方人，正欲往愬，宜即爲之剖決。」席詢之從者，始知車中即上帝殿下九王，所囑即二郎也。〔稿本無名氏乙評〕點次變化。席視二郎，修軀多髯，不類世間所傳。九王既去，席從二郎至一官廨，則其父與羊姓並衙隸俱在。少頃，檻車中有囚人出，則冥王及郡司、城隍也。當堂對勘，〔何註〕勘，鞫囚也。席所言皆不妄。〔馮評〕筆何等捷便，此處不多着語便收。三官戰慄，狀若伏鼠。〔稿本無名氏乙評〕通篇文字，至此一束，下乃一一分應。

〔但評〕一羊三鼠，諸蠹均已伏辜，席之氣到此方平。二郎援筆立判；頃之，〔校〕抄本作刻。傳下判語，令案中人共視之。判云：「勘得冥王者：〔稿本無名氏乙評〕先收冥王。職膺王爵，身受帝恩。自應貞潔以率臣僚，不當貪墨以速官謗。〔吕註〕左傳，莊二十二年：敢辱高位，以速官謗。〔何註〕左傳，注：謗，人毁其行政之非也。而乃繁纓棨戟，〔吕註〕左傳，成二年：仲叔于奚請曲縣繁纓以朝。注：曲縣，軒縣；繁纓，馬飾：皆諸侯之制。〇前漢書，匈奴傳：有衣之戟曰棨。崔豹古今注：棨戟，殳之遺象也，以木爲之；後世以赤油韜之。王公以下通用之以前驅。〔何註〕繁纓棨戟，儀仗也。皆諸侯之制。徒誇品秩之尊；羊很狼貪，〔吕註〕史記，項羽本紀：宋義因下令軍中曰：猛如虎，很如羊，貪如狼，强不可使者，皆斬之。〇韓愈鄆州谿堂詩：羊很狼貪，以口覆城。〔何註〕狼性本貪，故星經有貪狼星。竟玷人臣之節。斧敲斲，斲入木，〔校〕上六字，青本作斧敲斤斲。婦子之皮骨皆空；鯨吞魚，魚食〔吕註〕漢書，何顯傳：趙季、李款以氣力漁食閭里。注：謂侵奪取之若漁獵。〔何註〕魚食，漁獵其食也。蝦，〔校〕上六字，青本作魚食鯨吞。〇〔吕註〕左傳，宣十二年：取其鯨鯢而封之。注：鯨鯢，大魚名，以喻不義之人吞食小國。〇韓愈詩：海鯨吞明月。螻蟻之微生可憫。當掬西江之水，爲爾湔腸；〔吕註〕五代史：後周王仁裕，夢人剖其腸胃，以西江水滌之。〔何註〕掬水，掬音匊，以手捧水也。湔腸，湔，洗也。西江水，借用莊子。即燒東壁之牀，〔何註〕東牀，借用王羲之坦腹事。請君入甕。〔吕註〕資治通鑑，唐紀：初，金吾大將軍丘神勣以罪誅。或告右丞周興與神勣通謀，太后命來俊臣鞫之。俊臣與興方推事對食，謂興曰：因多不承，當爲何法？興曰：此甚易耳！取大甕，以炭四周炙之，令囚入中，何事不承！俊臣乃索大甕，火圍如興法，因起謂興曰：有內狀推兄，請兄入此甕。興惶恐叩頭服罪。〇〔馮評〕即以其人之道還治其人之身，刀鋸尚在，解之爲貴。城隍、郡司，〔稿本無名氏乙評〕次收城隍、郡司。爲小民父母之官，司上帝牛羊之牧。雖則職居下列，而盡瘁者不辭折腰；〔吕註〕晉書，陶潛傳：以爲彭澤令，郡遣督郵至縣，吏白，應束帶見之。潛歎曰：吾不能爲五斗米折腰，拳拳事鄉里小人。義熙二年，解印去。即或勢逼大僚，而有志者亦應强項。乃上下其鷹［何註］鷹，猛鷙之鳥。鷙之手，既罔念夫民貧；且飛揚其狙［何註］狙，狡獪之獸。獪之奸，更不嫌乎鬼瘦。惟受贓而枉法，真人面而獸心！［呂註］孔巖與殷浩書：皆人面獸心，貪而無親，難以感義。又崔鴻後趙録：冉閔謂慕容儁曰：爾曹人面獸心。是宜剔髓伐毛，［呂註］洞冥記：吾三千歲一反骨洗髓，三千歲一剥骨伐毛；自吾生已三洗髓五伐毛矣。暫罰冥死；所當脱皮换革，仍令胎生。隸役者：［稿本無名氏乙評］次收隸役。既在鬼曹，便非人類。祗宜公門修行，庶還落蓐之身；何得苦海生波，益造彌天之孽？飛揚跋扈，［呂註］後漢書，梁冀傳：質帝目冀曰：此跋扈將軍也。注：跋扈，猶强梁也。○按：爾雅：山卑而大，跋扈者不由蹊隧而行。言强梁之人，行不由正路，山卑而大，且欲跋而踰之，故曰跋扈。狗臉生六月之霜；［呂註］張説獄箴：匹夫結憤，六月飛霜。［何註］鄒衍仰天而哭，六月霜降。隳突叫號，虎威斷九衢［呂註］楚辭，天問：靡蓱九衢，枲華安居。［何註］衢音瞿，道路也。爾雅：四達謂之衢。白樂天詩：歸騎紛紛滿九衢。之路。肆淫威於冥界，咸知獄吏爲尊；助酷虐於昏官，共以屠伯［呂註］漢書，嚴延年傳：所欲誅殺，奏成於手中，冬月傳屬縣囚會論府上，流血數里，河南號曰屠伯。是懼。當於法場［校］稿本原作刑戮，塗改。之内，［校］稿本原作場，塗改。剔其四肢；更向湯鑊之中，撈其筋骨。［馮評］剔撈二字改用妙。羊某：［稿本無名氏乙評］次收羊某。富而不仁，狡而多詐。金光蓋地，［何註］金光蓋地，出梵書。此借喻錢神之道術也。因使閻摩殿上，盡是陰霾；銅臭［呂註］後漢書崔寔傳：寔從兄烈有重名於北州，因傅母入錢五百萬，得爲司徒。問其子鈞曰：吾爲三公，於議者何如？鈞曰：論者言其銅臭。熏天，遂教枉死城中，全無日月。［馮評］如王實甫、湯若士黄絹幼婦之詞。餘腥猶能役鬼，大力直可通神。［呂註］幽閒鼓吹：唐張延賞將判度支，知大獄頗有寃屈，每甚扼腕。及判，便召獄吏嚴誡之。明日視事，案上有一帖子曰：錢三萬貫，乞勿問此獄。公大怒，更促之。明日，復見一帖子曰：錢五萬貫。公益怒，令兩日須畢。明日，案上復見一帖子曰：錢十萬貫。公遂止不問。子弟承間偵之。公曰：錢至十萬，可通神矣，無不可回之事，吾恐禍及，不得不止也。宜籍羊氏之家，以賞〔校〕抄本作償。席生之孝。即押赴東岳施行。」

又謂席廉：〔稿本無名氏乙評〕孝義二字亦通篇之骨，即以此作結。「念汝子孝義，汝性良懦，可再賜陽壽三紀。」因〔校〕抄本無因字。使兩人送之歸里。〔稿本無名氏乙評〕末收席生。席乃抄其判詞，途中父子共讀之。既〔校〕抄本無既字。至家，〔校〕青本無家字。席先蘇；令〔校〕青本下有其字。家人啓棺視父，僵尸猶冰，俟之終日，漸温而活。及〔校〕抄本作又。索抄詞，則已無矣。自此，家日益〔校〕抄本作道日。豐；三年間，〔校〕抄本無間字。良沃〔何註〕良沃，膏腴之地也。遍野；而羊氏子孫微矣，樓閣田産，盡爲席有。里人或〔校〕上三字，抄本作即。有買其田者，夜〔校〕抄本作必。夢神人叱之曰：「此席家物，汝烏得有之！」初未深信；既而種作，則終年升斗無所獲，於是復鬻歸〔校〕抄本作于。席。席父九十餘歲而卒。

異史氏曰：「人人言净土，〔呂註〕法苑珠林：西方常清净自然，無一切雜穢，故名净土。而不知生死隔世，意念都迷，且不知其所以來，又烏知其所以去；而況死而又死，生而復生者乎？忠孝志定，萬劫不移，異哉席生，何其偉也！」〔馮評〕楞嚴經云：天地壞而這箇不壞。夫天地壞矣，安有這箇。這箇不壞，此天地之所以不壞也。在佛氏所謂這箇，原別有説，予謂這箇者何，忠孝而已。夫忠孝不壞，天地所以不壞也。

［稿本無名氏乙評］寫賄賂之談，毒龍猛虎；寫孝義之苦，烈日嚴霜。○通篇以孝義賄囑四字作骨：惟賄囑，故能動隸役，動城隍，動冥王，雖□□□之孝義，亦勢幾不敵；惟孝義，故雖屈於城隍，扑於郡司，笞炙鋸解於冥王，百折不磨，而卒鳴其寃。此四字是通篇着眼處。［校］稿本此條原在喬女篇評語後，按文義所指，應屬席方平篇。

［何評］人言冥府無私者妄也。冥府無私，寧尚有埋憂地下者哉！千金期頤，皆可以爲賄祝之具，以是知陽世顛倒，皆冥府之憒憒有以致之也。

［但評］赴地下而訴，至冥王力已竭矣，寃可伸矣；乃關説不通，而私函密進，錢神當道，木偶登堂，甚且卧以焦肉之牀，斸以解身之鋸。壯哉此漢！毒矣斯刑！幸而鋸未損心，絲能續命；大寃未雪，萬死難辭。註富貴期頤之籍，烏足以移其心？訴聰明正直之神，乃可以斷斯獄。獨怪儼然王簡者，爲彼私函，枉茲律法。移惡人之鬼，加孝子之身。送之歸而料其不歸，速之訟而禁其勿訟。餌之以足願之事，賺之以不備之生。酷而又貪，奸而且詐，較之城隍、郡司，罪又甚焉！卒之檻車囚至，伏鼠現形，地下之鬼何辜，而乃王及此輩哉！

素秋*

俞慎，字謹庵，順天舊家子。赴試入都，舍於郊郭。時見對户一少年，美如冠玉。心好之，漸近與語，風雅尤絶。大悦，捉臂邀至寓，[校]抄本下有所字。便相[校]上二字，抄本作相與。款宴。審[校]抄本作問。其姓氏，自言：「金陵人，姓俞，名士忱，[校]上十字，抄本作則金陵俞士忱也。字恂九。」公子聞與同姓，又益親[校]抄本作更加浹。洽，因[校]抄本無因字。訂爲昆仲；少年遂以名減[校]上三字，抄本作減名。字爲忱。明日，過其家，書舍光潔；然門庭踧落，更無廝僕。引公子入内，呼妹出拜，年十三四以來，[校]上五字，抄本作約十三四。肌膚瑩澈，粉玉無其白也。少頃，托茗獻客，似家中亦無婢媼。[校]上七字，抄本作家中似無臧獲。公子異之，數語遂出。由是[校]抄本作自後。友愛如胞。恂九無日不來寓所；[校]抄本無上二字。或留共宿，則以弱妹無伴爲辭。公子曰：「吾弟留[校]青本、抄本作流。寓千里，曾無應門之僮，[校]青本作童。○[呂註]李密陳情表：内無應門五尺之童。兄妹纖弱，何以爲生矣？[校]抄本無矣字。計不如從我去，有斗舍可共棲止，如何？」恂九喜，約以闈[校]抄本作場。後。試畢，恂九邀公子去，曰：「中秋月明如晝，妹子素秋，具有蔬酒，勿違其意。」竟挽入内。素秋出，略道温涼，便入複室，下簾治具。[何評]此何物？少間，自出行炙。公子起曰：「妹子奔波，情何以忍！」素秋笑入。頃之，搴簾出，則一青衣婢捧壺；又一媪托柈進烹魚。公子訝曰：「此輩何來？不早從事，而煩妹子？」恂九微哂[校]抄本作笑。曰：「素秋[校]抄本作妹子。又弄怪矣。」[何評]先伏。但聞簾内吃吃作笑聲，公子不解其故。既而筵終，婢媪徹器，公子適嗽，悮墮[校]抄本作咳。婢衣；婢[校]青本無婢字。隨唾而倒，碎椀流炙。視婢，則帛翦小人，僅四寸許。恂九大笑。素秋笑出，拾之而去。俄而婢復出，奔走如故。公子大異之。恂九曰：「此不過妹子幼時，卜紫姑之小技耳。」公子因問：「弟妹都已長成，何未婚姻？」答云：「先人即世，去留尚無定所，故此遲遲。」遂與商定行期，鬻宅，攜妹與公子俱西。既歸，除舍舍之；又遣一婢爲之服役。公子妻，韓侍郎之猶女也，尤憐愛素秋，飲食共之。公子與恂九亦然。而恂九又最慧，目下十行，試作一藝，老宿不能及之。[馮評]伏下。公子勸赴童子[校]抄本無子字。試。恂九曰：「姑爲此業者，聊與君分苦耳。自審福薄，不堪仕進；且一入此途，遂不能不戚戚於得失，故不爲也。」〔馮評〕伏下。〔但評〕一入仕進之途，則終身不能跳出得失二字圈外，真是可憐真是可笑。居三年，公子又下〔校〕青本作不。第。恂九大爲扼腕，奮然曰：「榜上一名，何遂艱難若此！我初不欲爲成敗所惑，故寧寂寂耳；今見大哥不能自〔校〕抄本無自字。發舒，不覺中熱，十九歲老童，當效駒〔校〕青本作驅。馳也。」〔馮評〕自負太過，遂有下文。〔但評〕初念不堅，遂覺中熱，乃至一蹶即死，蠹魚更不耐事。公子喜，試期，送入場，邑、郡、道皆第一。益與公子下帷攻苦。踰年科試，並爲郡、邑冠軍。恂九名大譟，遠近爭婚之，恂九悉卻去。公子力勸之，乃以場後爲解。無何，試畢，傾慕者爭録其文，相與〔校〕抄本作互相。傳誦；〔校〕此據青本，稿本、抄本作頌。恂九亦自覺第二人不屑居也。榜既放，〔校〕抄本作既榜發。兄弟皆黜。時方對酌，〔校〕抄本作飲。公子尚强作噱；〔何註〕噱音醵，大笑也。恂九失色，酒琖傾墮，身仆案下。扶置榻上，病已困殆。急呼妹至，張目謂公子曰：「吾兩人情雖如胞，實非同族。弟自分已登鬼籙。〔何註〕登鬼籙，名登鬼籍也。啣恩無可相報，〔校〕青本無上六字。素秋已長成，既蒙嫂氏〔校〕抄本無氏字。撫愛，媵之可也。」公子作色曰：「是真吾弟之亂命矣！〔校〕青本作耳，抄本作也。其將謂我人頭畜鳴者耶！」恂九泣下。公子即以重金爲購良材。恂九命舁〔校〕稿本下原有入字，塗去。至，力疾而入。囑妹曰：「我没後，急〔校〕青本作當。闔棺，無令一人開視。」公子尚欲有言，而目已瞑矣。

公子哀傷，如喪手足。然竊疑其囑異，侯[校]青本作使。素秋他出，啓而視之，則冠巾[校]青本作棺中。袍服如蛻；揭之，有蠹魚[呂註]爾雅：蟫，白魚。注：蟫，衣書中蟲。始則黄色，既老，則身有粉，視之如粉，故曰白魚。本草謂：衣魚一曰壁魚，俗呼蠹魚，一名蚋。古稱困學生爲書蟫，誤用假借也。○按：蠹或作蠧。韻會別作蠹，非。徑尺，僵卧其中。駭異[校]青本作疑。問，素秋促入，慘然曰：「兄弟何所隔閡？[何註]閡音礙，外閉也。吳都賦：寒暑隔閡於邃宇。所以然者，非避兄也；但恐傳布飛揚，妾亦不能久居耳。」公子曰：「禮緣情制；情之所在，異族何殊焉？妹寧不知我心乎？」即中饋當無[校]青本作不。漏言，請勿慮。」遂速卜吉期，厚葬之。初，公子欲以素秋論婚於世家，恂九不欲。既没，公子以商[校]上二字，抄本作商于。素秋，素秋不應。公子曰：「妹年已二十矣，[校]抄本作妹子年已二十。長而不嫁，人其謂我何？」對曰：「若然，但惟兄命。然自顧無福相，不願入侯門，[但評]侯門爲蠹所不願入，吾爲侯門羞，吾更爲侯門危。寒士而可。」[何評]的論。公子曰：「諾。」不數日，冰媒相屬，卒[校]青本作率。無所可。先是，公子之妻弟韓荃來弔，[馮評]前韓侍郎三字亦不是閒空字眼。得窺素秋，心愛悦之，欲購作小妻。謀之姊，姊急戒勿言，恐公子知。韓去，終不能[校]上四字，抄本作心不。釋，託媒風示公子，許爲買鄉場關節。公子聞之，大怒，詬罵，將致意者批逐[何註]批逐，批責而逐之也。出門，[校]青本無門字。自此交往遂絶。適[校]抄本作又。有故尚書之[校]抄本無之字。孫某甲，將娶而婦忽[校]抄本無忽字。卒，亦遣冰來。其甲第雲連，〔何註〕唐章孝標下第，爲歸燕詩獻庾承宣侍郎：積累危巢泥近落，今年故向社前歸。連雲大廈無棲處，更傍誰家門户飛？公子之〔校〕上五字，抄本作人。所素識；然〔校〕然，抄本作公子。欲一見其人，因與〔校〕抄本作使。媒約，使〔校〕抄本無使字。甲躬謁。及期，垂簾於内，令素秋自相之。甲至，裘馬騶從，炫耀閭里。又視其人，〔校〕上四字，抄本作人又。秀雅如處女。〔校〕抄本作子。公子大悦，見者咸贊美之，〔校〕抄本無上六字。而素秋殊不樂。〔但評〕以甲第、裘馬、容貌三者取人，鮮不失矣，自應爲蠹魚所不樂。公子不聽，〔校〕抄本無上二字。竟許之。盛備奩裝，〔校〕抄本作裝奩。計費不貲。〔校〕抄本無上四字。素秋固止之，但討一老大婢，供給使而已。〔校〕抄本無上十一字。○〔馮評〕此婢後有用之。公子亦不之〔校〕抄本無之字。聽，卒厚贈焉。既嫁，琴瑟甚敦。然兄嫂常繫念之，每月輒一歸寧。〔校〕抄本作然兄嫂繫念，月輒歸寧。來時，奩中珠繡，必攜數事，付嫂收貯。嫂未知〔校〕上三字，抄本作不解。其意，亦姑從〔校〕抄本作聽。之。甲少孤，止有寡母，溺愛過於尋常，〔校〕上十字，抄本作寡母溺愛太過。日近匪人，漸誘淫〔校〕抄本作引誘嫖。賭，家傳書畫鼎彝，皆以鬻還〔校〕青本作償。戲債。〔但評〕書畫鼎彝已盡鬻之，蠹魚何所容身乎？○甲第墟矣，裘馬敝矣，容貌枯矣，昔年之不樂，知有今日矣。而〔校〕抄本無而字。韓荃與有瓜葛，〔馮評〕又帶串。因招〔校〕上二字，抄本作日招甲。飲而竊探之，願以兩妾及五百金易素秋。甲初不肯；韓固求之，甲意似搖，〔校〕上二字，抄本作搖動。然〔校〕抄本無然字。恐公子不甘。韓曰：「我與彼〔校〕抄本作彼與我。至戚，此又非其支系，若事已成，則彼亦無如何；[校]上六字，抄本作彼亦無如我何。萬一有他，我身任之。有家君在，何畏一俞謹庵哉！」遂盛妝兩姬出行酒，且曰：「果如所約，此即君家人矣。」甲惑之，約期而去。至日，慮[校]抄本慮上有甲字。韓詐諼，[何註]諼亦詐也。前漢書，息夫躬傳：虛造詐諼之策。夜候於途，果有輿來，啓簾照驗[校]抄本作驗照。不虛，乃導去，姑置齋中。韓僕以五百金交兑俱明。[校]上二字，抄本作明白。甲奔入，僞告素秋，言[校]上五字，抄本作誑素秋曰。公子暴病相呼。素秋未遑理妝，草草遂出。[校]青本作去。○[但評]未遑理妝，草草遂去，如此如此，這般這般。輿既發，夜迷不知何所，逴行良遠，殊不可到。忽有二巨燭來，衆竊喜其可以問途。[校]抄本作路。無何，[校]上二字，抄本作及。至前，則巨蟒兩目如燈。衆大駭，人馬俱竄，委輿路側；將曙復集，則空輿存焉。意必葬於蛇腹，歸告主人，垂首喪氣而已。數日後，公子遣人詣妹，始知爲惡人賺去，初不疑其壻之僞也。取[校]取，抄本作陪娶。婢歸，細詰情迹，微窺其變，忿甚，[校]抄本作極。偏愬郡邑。某甲懼，求救於韓。韓以金妾兩亡，正復懊喪，斥絶不爲力。甲呆憨無所復計，各處勾牒至，但以賂囑免行。月餘，金珠服飾，典貨一空。公子於憲府究理甚急，邑官皆奉嚴令，甲知不可復匿，始出，至公堂實情盡吐。蒙[校]抄本無蒙字。憲票拘韓對質。韓懼，以情告父。[但評]有令尊在，何畏一俞謹菴哉。父時休致，

［校］上二字，抄本作已休職。怒其所爲不法，執付隸。既見諸［校］上三字，抄本作及見。官府，言及遇蟒之變，悉謂其詞枝；［校］抄本下有梧字。家人擄掠殆徧，甲亦屢被敲楚。幸母日鬻田產，上下營救，刑輕得不死，而韓僕已瘐斃矣。韓久困囹圄，願助甲賂公子千金，哀求罷訟。公子不許。甲母又請益以二姬，但求姑存疑案，以待尋訪；妻又承叔母命，朝夕［校］青本下有祈字。解免，公子乃許之。甲家綦貧，貨宅辨金，［但評］五百金已歸烏有，並二姬而請益之，又貨宅辦金以爲賂，可謂倒賠錢矣。然較之韓荃，還算便宜，蓋換來金與二姬，只三年同牀第之一婢子耳。而急切不能得售，因先送姬來，乞其延緩。踰數日，公子夜坐齋頭，［校］抄本作中。素秋偕一媼，驀然忽入。公子駭問：「妹固無恙耶？」笑［校］青本作答。曰：「蟒變乃妹之小術耳。當夜竄入一秀才家，依於其母。彼自言［校］上二字，抄本作亦。識兄，今在門外，請入之也。」［校］抄本無上四字。公子倒屣而出，［校］上二字，抄本作出迎。燭之，非他，乃周生，宛平之名士［校］上十二字，抄本作則宛平名士周生。也，素以聲氣［校］抄本無上三字。相善。把臂入齋，款洽臻至。傾談既久，始知顛末。初，素秋昧爽款生門，［何註］款門，款左從士從示，叩也。史記，商君列傳：由余聞之，款關請見。母納入，詰之，知爲公子妹，便將［校］抄本作欲。馳報。素秋止之，因與母居。慧能解意，母悅之，［校］上七字，抄本作甚得母歡。以子無婦，竊屬意素秋，微言之。素秋以未奉兄命爲辭。生亦以公子交契，故不肯作無媒之合，但頻頻偵聽。知訟事已有關說，素秋乃

告母欲歸。母遣生率一媪送之，即囑媪媒焉。[校]抄本作爲媒。公子以素秋居生家久，竊有心而未言也；[校]上七字，抄本作亦有此心。及聞媪言，大喜，即與生面訂爲[校]抄本作姻。好。[但評]蠹魚配名士，其咬文嚙字，茹古涵今，可謂同聲同氣，同志同術，可以同憂同樂，同生同死；他時同隱海濱，同昇仙界，豈侯門紈袴所可同日語乎。先是，素秋夜歸，將使公子得金而後宣之；公子不可，曰：「向憤無所洩，故索金以敗之耳。今復見妹，萬金何能易哉！」即遣人告諸兩家，頓[校]抄本無頓字。罷之。[但評]不俟得金而後宣，心中所存者真，目中所見者大。又念生家故不甚豐，[校]上八字，青本無家字，抄本無故字、甚字。道賒[校]抄本作又。遠，親迎殊艱，[校]抄本作難。因移生母來，居以恂九舊第；生亦備幣帛鼓樂，婚嫁成禮。

一日，嫂戲素秋：[校]抄本下有曰字。「今得新壻，曩年[校]抄本作從前。枕席之愛，猶憶之否？」素秋微笑，因[校]抄本無微字因字。顧婢曰：「憶之否？」[馮評]前已有伏筆。嫂不解，研問之，蓋三年牀笫，皆以婢代。每夕，以筆畫其兩眉，驅之去，即對燭而[校]抄本作獨。坐，壻亦不之辨[校]青本作解。也。[但評]有畫眉使代一節，方令閱者無留憾。益奇之，求其術，但笑不言。次年大比，生將與公子偕往。素秋以爲[校]上二字，抄本作曰。不必，公子强挽之[校]抄本無之字。而去。是科，公子薦於鄉，[校]上三字，抄本作中式。生落第歸，隱有退志。[校]抄本無上四字。踰歲，[校]抄本作年。母卒，遂不復言進取矣。[但評]幸哉周生，不入得失之途，當下已登仙境矣。一日，素秋告[校]抄本作謂。嫂曰：「向問[校]抄本作求。我術，固未肯以此駭物聽也。今[校]抄本下有將字。遠別行有日矣，[校]抄本無上四字。請祕授之，亦可以避兵燹。」[馮評]生下。驚而問之。[校]抄本作嫂驚問故。答云：[校]抄本作曰。「三年後，此處當無人煙。妾荏弱不堪驚恐，將蹈海濱而隱。[但評]素秋其三食神仙字耶？顧其自謂無福相，與乃兄自審福薄之意同；特自知之而能自安之，不至如乃兄之癡惑而枉死耳。大哥富貴中人，不可以偕，故言別也。」乃以術悉授嫂。數日，又告[校]抄本下有別字。公子。留之不得，至於[校]抄本無於字。泣下。問：「往何所？」即亦[校]上五字，抄本作何往又。不言。雞鳴早起，攜一白鬚奴，控雙衛而去。[馮評]素秋獨去耶？周生同去耶？不知者謂是漏筆，然控雙衛而去，已注明同去矣。公子陰使人委[校]抄本作尾。送之，至膠萊之界，塵霧幛天，既晴，已迷所往。三年後，闖寇犯順，村舍爲墟。韓夫人翦帛置門內，寇至，見雲繞韋馱高丈餘，遂駭走，以是得無恙焉。[校]上三字，抄本作保無恙。〇[但評]翦帛化韋馱，不惟映帶畫眉變蟒，直照應到帛翦小人上。後村中有賈客至海上，遇一叟甚[校]抄本無甚字。似老奴，而髭髮盡黑，猝不敢[校]抄本作能。認。叟停足而[校]抄本無而字。笑曰：「我家公子尚健耶？借口寄語：秋姑亦甚安樂。」問其居何里，曰：「遠矣，遠矣！」匆匆遂去。公子聞之，使人於所在徧訪之，竟無蹤迹。

異史氏曰：「管城子無食肉相，[呂註]韓愈毛穎傳：秦始皇使蒙恬賜之湯沐，而封諸管城，號管城子。黃庭堅詩：管城子無食肉相，孔方兄有絕交書。[何註]左傳，莊十年：肉食者鄙。指在位者言也。山谷曰：管城子無食肉相。蓋真讀書人强半貧窮也。其來舊矣。初念甚明，而乃持之不堅。寧知糊眼[呂註]歐陽修詩：清夜夢中糊眼處，朱衣暗裏點頭時。主司，固[校]青本無固字。衡命不衡文耶？一擊不中，冥[校]青本作奮。然遂死，蠹魚之癡，一何可憐！傷哉雄飛，不如雌伏。」[校]稿本有殘缺，據抄本補。

[何評]蠹魚至死，何艱於一第？彼尚書之孫，侍郎之子，烏能結文字緣哉！

[但評]十三經垂教，身心性命之理耳。一部廿三史，法鑒攸分，子臣弟友之經，忠孝廉節之則，廣我聞見，正我修爲，求慊戒欺，學問之道，無愧我心而已矣。至諸子百家，以及離騷楚些，皆可以摛其芳藻，晤其情懷，即一歌一詠之間，罔非隨其興之所至，豈復有得失之念存於中哉？自古文變爲帖括，古詩變爲試帖，精於其藝者原足以窺其心術，見其根柢，知其經濟，得其才華，以此得人，史不勝書；奈俗學誤人，只以此爲弋取功名之具，童子束髮受書，蒙師經師，皆以進取之方，口講指畫，傳授心法，而沾沾焉計其何以得、何以失，且計其何以必得而必無或失，於是執經請業者，只知所學爲得失之一途，於立身行己之道，耳不曾聞，目不曾覩，而黄卷青燈，殘編斷簡，餖飣糟粕，神似蠹魚。卒之戚戚終身，名場老死，乃謂讀書誤我，文章無憑。豈知非書誤我，而我實自誤；文本有憑，而我自無憑乎！然此猶自得失言之也；若聖賢垂教之意，則孔、顏所樂，與孟氏所謂大行不加，窮居不損者，又何誤我，又何無憑哉！

賈奉雉*

賈奉雉，平涼人。才名冠一時，[校]上二字，抄本作世。而試輒不售。一日，途中遇一秀才，自言郎姓，[校]抄本作姓郎。風格灑然，[校]抄本作飄灑。○[何註]灑然，不羈之意。杜甫飲中八仙歌：宗之瀟灑美少年。又謝安風神清灑。談言微中。[何註]談言微中，言微中其事。史記，滑稽列傳：天道恢恢，豈不大哉！談言微中，亦可以解紛。因邀俱歸，出課藝就正。郎讀罷，[校]抄本作之。不甚稱許，曰：「足下文，小試取第一則有餘，闈[校]抄本作大。場取榜尾則[校]抄本作亦。不足。」[馮評]小試尚情切，闈場講局面，其實臃腫爛惡不堪入目者亦有之。賈曰：「奈何？」郎曰：「天下事，仰而跂之則難，俯而就之甚易，[但評]與爲其易，寧爲其難。○仰而跂，俯而就，爲文之道與處世通。然亦須看其俯就之有害於義與否，害於義，則不可俯就矣。仰跂之而不得，猶不至見棄於君子也。此何須鄙人言哉！」遂指一二人、一二篇以爲標準，大率賈所鄙棄而不屑道者。聞之，[校]上二字，抄本作賈。笑曰：「學者立言，貴乎不朽，[呂註]左傳，襄二十四年：太上有立德，其次有立功，其次有立言，雖久不廢，此之謂不朽。○[但評]太上立德，其次立言，率爾操觚，談何容易。即味列八珍，[何註]八珍，大寶箴云：牛、羊、麋、鹿、麕、豕、狗、狼也。當使天下不以爲泰耳。如此獵取功名，雖登臺閣，猶爲賤也。」[但評]人之貴賤，視乎其文。文者，心之聲，品之所從分也。臺閣猶賤，味乎其言。郎曰：「不然。文章雖美，賤則弗傳。[校]抄本作得。○[馮評]二語亦確。君欲抱卷以終也則已；不然，簾內諸官，皆以此等物事進身，恐不能因閱君文，另換一副眼睛肺腸也。」[馮評]諷世深矣。[但評]言之者無罪，聞之者足以鑑。○簾內諸公真有另具一副眼睛肺腸者，欲換之而無可換矣。賈終嘿然。郎起而[校]抄本無而字。笑曰：「少年盛氣哉！」[但評]盛氣平則不食人間煙火矣，豈但功名。○賈雖少年盛氣，其所言自是正大。遂別而[校]抄本無而字。去。是秋入闈復落，邑邑[校]此據抄本，稿本僅一邑字，青本作鬱邑。不得志，頗思郎言，遂取前所指示者强讀之。未至終篇，昏昏欲睡，心惶惑無以自主。又三年，闈場[校]上二字，抄本作場期。將近，郎忽至，相見甚懽。因出所擬七題，[校]上六字，抄本作出擬題七。使賈作之。[校]抄本作文。越日，索文而閱，不以爲可，[校]上十字，抄本作及成索閱，不許。又[校]抄本無又字。令復作；作已，又訾之。賈戲於落卷中，集其葛冗[校]抄本作茸。○[何註]葛冗與闒茸同，繁冗也。泛濫，不可告人之句，連綴成文，[稿本無名氏乙評]連綴二字，竟是確評。○[但評]葛冗泛濫，不能對己，何可告人？此而曰連綴成文，亦連綴者之自謂爲文耳。○葛冗泛濫之句，連綴成篇，遂可以束閣羣書，可以奪魁多士。此等闈墨一出，無怪俯就者幸爲靈符，深入肌理，以此一等物事進身而成爲淵源授受也。俟其來而[校]抄本無上四字。示之。郎喜曰：「得之矣！」因使[校]稿本原作囑，改使。熟記，堅囑勿忘。[何評]長卿謾詰。賈笑曰：「實相告：此言不由中，[何註]不由中，謂不從心中發出也。左傳，隱三年：信不由中，質無益也。轉瞬即去，便受夏楚，不能復憶之也。」郎坐案頭，强令自誦一過；

[校]抄本作遍。因使袒背，以筆寫符而去，曰：「只此已足，可以束閣羣書矣。」[但評]羣書未入閱者之目，自當束閣之。驗其符，濯之不下，深入肌理。[校]抄本作裹。至場中，[校]上三字，抄本作入場。七題無一遺者。回思諸作，茫不記憶，惟戲綴之文，歷歷在心。然把筆終以爲羞；欲少竄易，而顛倒苦思，竟[校]抄本作更。不能復更[校]抄本作易。一字。[但評]今之以剽竊連綴成篇而得售者，想亦背上有符，不能復更一字。日已西墜，直録而出。[校]青本作去。郎候之已久，問：「何暮也？」賈以實告，即求拭符；視之，已漫滅矣。[何評]此中有符契。再憶場中文，遂[校]抄本作渾。如隔世。大奇之。因問：「何不自謀？」笑曰：「某惟不作此等想，[但評]不作此想，除却多少孽障，省却多少愧汗。故能不[校]青本、抄本作不能。讀此等文也。」遂約明日過諸其寓，[校]上四字，青本作過諸寓，抄本作過其寓。賈諾之。[校]抄本作曰諾。郎既[校]抄本無既字。去，賈取文稿自閲之，[校]上六字，抄本作復取文自閲。大非本懷，怏怏不自得，[校]上三字，抄本作自失。不復訪郎，嗒喪而歸。未幾，[校]抄本無上二字。榜發，竟中經魁。[馮評]若今之以爛調倖獲者，居之不疑，方且出大言以欺人，誰則笑之。又[校]抄本作覆。閲舊稿，一讀一汗。[但評]可謂一字一珠。○每見榜上有名，竟謂文章有價，賞鑑有真，儼然道在是矣，而不知狗矢之臭者，只便宜少出多少愧汗。讀竟，重衣盡溼。[校]上十字，抄本作汗透重衣。自言曰：「此文一出，何以見天下士矣！」[校]青本、抄本作乎。方[校]抄本作正。慚怍間，郎忽至曰：「求中既[校]抄本作即。中矣，何其悶也？」曰：「僕適自念，以金盆玉椀貯[校]稿本原作盛，改貯。狗矢，[呂註]新五代史，孫晟傳：與馮延巳並爲昇相。晟輕延巳爲人，常曰：金椀玉盃而盛狗屎，可乎？[何註]

貯，盛貯也。矢，屎本字。真無顏出見同人。行將遁迹山丘，〔校〕抄本作林。與世長絶〔校〕抄本作辭。矣。」〔但評〕欲顧顏面，除非遁跡山林，與世長絶。郎曰：「此亦大〔校〕抄本作論亦。高，但恐不能耳。果能之，〔校〕抄本作若果能。僕引見一人，長生可得，並千載之名，亦不足戀，況儻來之富貴乎！」〔但評〕儻來富貴，原無足縈心；若千載之名，非忠孝節義不足以當之，果能致此，則千古不朽矣，長生又奚足比哉！賈悦，留與共宿，曰：「容某思之。」天明，謂郎曰：「予志決矣！」〔但評〕初志何嘗不決。不告妻子，飄然遂去。〔馮評〕三句簡捷之甚。漸入深山，〔馮評〕張乖崖尚不能分華山半座，賈能之乎？至一洞府，其中别有天地。〔校〕抄本無上六字。有〔校〕此據青本、抄本，稿本無有字。叟坐堂上，郎使參之，呼以師。叟曰：「來何早也？」〔但評〕尊孽尚未造完，故謂來早。郎白：〔校〕青本、抄本作曰。「此人道念已堅，望加收齒。」叟曰：「汝既來，須將此身並置度外，始得。」〔馮評〕一語扼要。〔但評〕置身度外，可以爲聖賢，可以作仙佛。賈唯唯聽命。郎送至一院，安其寢處，又投以餌，始去。房亦精潔；但户無扉，窗無欞，〔馮評〕靈府洞開，何處亦用窗欞。内惟一几一榻。賈解屨〔校〕抄本作履。登榻，月明穿射矣。〔校〕抄本無矣字。覺微飢，取餌啖之，甘而易飽。竊意郎當復來，坐久寂然，杳無聲響。〔校〕上十四字，抄本作因即寂坐。但覺清香滿室，臟腑空明，脈絡皆可指數。〔馮評〕景色絶佳。忽聞有聲甚厲，似貓抓癢，〔馮評〕寂寞道心生。自牖睨〔校〕抄本作窺。之，則虎蹲檐下。乍見，甚驚；因憶師言，即復［校］抄本無上二字。收神凝坐。虎似知其有［校］抄本作有其。人，尋入近榻，氣咻咻，［何註］咻通呴，呼侯切，音齁，喉中聲。偏嗅足股。［馮評］靜極生怖境。少頃，［校］抄本作間。聞庭中嗥動，如雞受縛，虎即趨出。［馮評］新收猛虎作童兒。

又坐少時，一美人入，蘭麝撲人，悄然登榻，附耳小言曰：「我來矣。」［馮評］學道人只此兩境最難打破，愛境尤難。落本枯禪三冬無煖者方能之，即佛家所謂愛河也。叟曰此身置之度外，盡之矣。一言之間，口脂散馥。賈瞑［校］青本作渺。然不少動。又低聲曰：「睡乎？」聲音頗類其妻，心微動。又念曰：「此皆師相試之幻術也。」瞑如故。美人笑曰：［校］抄本無笑字。「鼠子動矣！」［但評］情緣未斷，終是苦未受盡，孽未造完。初，夫妻與婢同室，狎褻惟恐婢聞，私約一謎曰：「鼠子動，則相歡好。」忽聞是語，不覺大動，開目凝視，真其妻也。問：「何能來？」答云：「郎生恐君岑寂思歸，遣一媼導我來。」言次，因賈出門不相告語，偎傍之際，頗有怨懟。［但評］神仙可學而成，無奈臟腑空明以後，又有許多驚怖，許多阻撓，許多牽纏，許多罣礙，情緣道念兩相持而不能下，久之久之，洞府清潔之地，變爲房幃狎褻之所矣。自己不能作主，愛我者又豈能爲力乎。賈慰藉良久，始得嬉笑爲歡。既畢，夜已向晨，聞叟譙訶聲，漸近庭院。妻急起，無地自匿，遂越短牆而去。俄頃，郎從叟入。叟對賈杖郎，便令逐客。郎亦引賈自短牆出，曰：「僕望君奢，不免躁進；［但評］躁進者逐，引人躁進者杖，著爲令。不圖情緣未斷，累受扑責。從此暫去，［校］抄本作別。相見行有日也。」［校］抄本作矣。指示歸途，拱手遂別。［馮評］帶住。賈俯視故村，故在目中。意妻弱步，必滯途間。

疾趨里餘，已至家門，但見房垣零落，舊景全非，村中老幼，竟無一相識者，〔馮評〕他人再想不到，看下文乃嘆其妙。心始駭異。〔但評〕洞府中自解屨登榻，月纔明耳。而取餌充飢，寂然一坐，忽而虎嗅，忽而人來；悄然登榻時，低聲小語時，偎傍怨懟時，慰藉歡合時，以至聞叟譙訶越牆遁去，時夜方向晨，屈指已歷百餘年之久。仙家歲月，固迥異人間；然以此推之，則仙家歷百千萬億劫，亦只如人生百年耳，其久暫何以殊哉。忽念劉、阮返自天台，情景真似。不敢入門，於對户憩坐。良久，有老翁曳杖出。賈揖之，問：「賈某家何所？」翁指其第曰：「此即是也。得無欲問〔校〕抄本作聞。奇事耶？僕悉知之。相傳此公聞捷即遁；遁時，其子纔七八歲。後至十四五歲，〔校〕抄本無上六字。母忽大睡不醒。子在時，寒暑爲之易衣；迨歿，〔校〕抄本作後。兩孫〔校〕抄本無上二字。窮踧，房舍拆毁，惟以木架苫覆〔何註〕苫覆，以草覆屋也。蔽之。月前，夫人忽醒，屈指百餘年矣。〔馮評〕誰將百年成敗事，只换山中一局棋。噫！仙家日月轉堪悲矣。遠近聞其異，皆來訪視，近日稍稀矣。」賈豁然頓悟，曰：「翁不知賈奉雉即某是也。」翁大駭，走報其家。時長孫已死；次孫祥，至五十餘矣。以賈年少，〔校〕青本作少年。疑有〔校〕青本作爲。詐僞。少間，夫人出，始識之。雙涕霪霪，〔何註〕霪音淫，久雨也，比淚下不止也。呼與俱去。苦無屋宇，暫入孫舍。大小男婦，奔入盈側，皆其曾、玄，率陋劣少文。長孫婦吴氏，沽酒具藜藿；〔何註〕藜藿，貧者之食也。又使少子杲〔校〕青本作果，下同。及婦，與己共〔校〕抄本作同。室，除舍舍祖翁姑。賈入舍，煙埃兒溺，雜氣熏人。居數日，懊惋〔何註〕懊惋音奥腕，恨也。殊不可耐。兩孫家分供餐飲，調飪〔何註〕調飪，調和烹飪也。尤乖。里中以賈新歸，日日招飲；而夫人恒不得一飽。吴氏故士人女，頗嫻閨訓，承順〔校〕青本作顔。不衰。祥家給奉漸疎，或嘘爾〔校〕青本、抄本作而。與之。賈怒，攜夫人去，設帳東里。每謂夫人曰：「吾甚悔此一返，而已無及矣。不得已，復理舊〔校〕青本作故。業，若心無愧恥，富貴不難致也。」〔但評〕富貴以無愧恥致之，富貴可憐。○必心無愧恥，而後不難致富貴；則富貴可以致而不可必致也，愧恥不可無而不容或無也。居年餘，吴氏猶時餽餉，〔校〕抄本作贈。而祥父子絶迹矣。是歲，試入邑庠。邑令〔校〕上二字，抄本作宰。重其文，厚贈之，由此家稍裕。祥稍稍來近就之。賈喚入，計曩所耗費，出金償之，斥絶令去。遂買新第，移吴氏共居之。吴二子，長者留守舊業；次杲頗慧，使與門人輩共筆硯。賈自山中歸，心思益明澈。〔但評〕當是得受心法，不必寫符在背。無何，〔校〕上二字，抄本作遂。連捷登進士第。〔校〕抄本無第字。○〔馮評〕捷進士第者仍前不可對人之文耶，抑百年來文風大變，另換主司盡不愧科名之文耶？我欲問之。又數年，以侍御出巡兩浙，聲名赫奕，〔何註〕赫，盛也。奕，美也。歌舞樓臺，一時稱盛。賈爲人骾峭，不避權貴，朝中大僚，思中傷之。賈屢疏恬退，未蒙俞旨，〔校〕抄本作允。未幾而禍作矣。〔但評〕凡骾峭不避權貴者，未有不爲大僚中傷。雖屢疏求退，必至禍作而後止。然則相戒不爲骾峭乎？且相率而趨附權貴乎？君子曰：骾峭不可爲而可爲也，權貴可避而不可避也。禍患且聽之將來，公道須彰之此日。先是，祥六子皆無賴，賈雖擯斥不齒，然皆竊餘勢以作威福，橫占田宅，鄉人共患之。有某乙娶新婦，祥次子篡取爲妾。乙故狙詐，鄉人斂金助訟，以此聞於都。於是當道者交章攻〔校〕抄本作劾。賈。賈殊無以自剖，被收經年。祥及次子皆瘐死。賈奉旨充遼陽軍。時杲入泮已久，爲〔校〕抄本無爲字。人頗仁厚，有賢聲。夫人生一子，年十六，遂以囑杲，夫妻攜一僕一媼而去。賈曰：「十餘年〔校〕抄本下有之字。富貴，曾不如一夢之久。〔但評〕富貴一夢耳；謂十餘年不如一夢，以夢思夢，是大夢初覺時。今始知榮華之場，皆地獄境界，悔比劉晨、阮肇，多造一重孽案耳。」數日，抵海岸，遙見巨舟來，鼓樂殷作，虞候皆如天神。既近，舟中一人出，笑請侍御過舟少憩。賈見驚喜，踴身而過，〔但評〕將此身置度外矣。○到此悟徹，竟登彼岸。押隸〔校〕抄本作吏。不敢禁。夫人急欲相從，而相去已遠，〔但評〕自今不說私話矣。遂憤投海中。漂泊數步，見一人垂練於水，引救而去。〔馮評〕此一段卻結得縹緲，出人意外。隸命篙師盪舟，且追且號，但聞鼓聲如雷，與轟濤相間，瞬間遂杳。僕識其人，蓋郎生也。〔馮評〕末句始點出郎生，突峭。

異史氏曰：「世傳陳大士〔呂註〕名際泰，臨川人。崇禎甲戌進士。在闈中，書藝既成，吟誦數四，歎曰：『亦復誰人識〔校〕青本作做。得！』遂棄去〔校〕抄本作而。更作，以故闈墨不及諸稿。〔馮評〕陳大士六十始通籍。文章一道，若無憑，若有憑，未可概論。賈生羞而遁去，此處〔校〕青本作此蓋，抄本作蓋亦。有仙骨〔呂註〕杜甫送孔巢父詩：自是君身有仙骨，世人那得知其故。注：王烈之安城記謝廪遇一人，乘龜而行。廩知爲神人，拜請隨去。其人曰：汝無仙骨。焉。乃再返人世，遂以口腹自貶，貧賤之中人甚矣哉！」

〔何評〕姓名假借，要亦異史氏寓言，作此狡獪。

臙脂*

東昌卞氏，業牛醫[呂註]後漢書，黃憲傳：世貧賤，父爲牛醫。同郡戴良，才高倨傲，而見憲未嘗不正容；及歸，罔然若有失也。其母問曰：汝復從牛醫兒來耶？者，有女小[校]青本作小女。字臙脂，才姿惠麗。父寶愛之，欲占鳳[校]抄本作卜。〇[呂註]左傳，莊二十二年：懿氏卜妻敬仲。其妻占之，曰：吉，是謂鳳凰于飛，和鳴鏘鏘。[何註]占鳳，卜婚也。鳳爲凰之雄。又色多赤者鳳，多青者鸞，多黃者鵷，多紫者鷟。於[校]抄本無於字。清門，而世族鄙其寒賤，不屑締盟，以故[校]抄本作所以。及笄未字。對户龔[校]抄本作龐。姓之妻王氏，佻脱[何註]佻脱，儇薄也。善謔，[稿本無名氏乙評]四字大非婦人佳評。女閨中談友也。[馮評]如下棋者閒閒布子，首臙脂如登場正旦，次王氏花旦也。〇此等婦女正宜遠之。[但評]婦子嘻嘻，吝道也。禮，内則：外言不入，内言不出。閨閫之地，古人嚴之。閨中而有佻脱善謔之談友，不入於邪，必受其禍矣。一日，送至門，見一少年過，白服裙帽，丰采甚都。女意似[校]抄本無似字。動，[稿本無名氏乙評]情之動，禍之萌也。秋波縈轉之。少年俯其首，趨而去。[校]上六字，抄本作俯首趨去。〇[稿本無名氏乙評]着眼。去既遠，女猶凝眺。王窺其意，戲之[校]抄本作謂。曰：「以娘子才貌，得配若人，庶可無恨。」[校]青本、抄本作憾。女暈紅上頰，脈脈不作一語。王問：「識得〔校〕青本、抄本無得字。此郎否？」答云：〔校〕抄本作女曰。「不識。」王〔校〕抄本無王字。曰：「此南巷鄂秀才秋隼，〔馮評〕次鄂生，戲目之正生也。故孝廉之子。妾向與同里，故識之。世間男子，無其温婉。〔校〕抄本無上八字。今衣素，以妻服未闋也。〔校〕抄本作近以妻服未闋，故衣素。○〔稿本無名氏乙評〕曲敘出鄂生履歷，令人覺垂涎，的是佻脱善謔人聲口。娘子如有意，當寄語使〔校〕青本無使字。委冰焉。」女無言，〔校〕抄本作語。王笑而去。數日無耗，心〔校〕抄本作女。疑王氏未暇即〔校〕抄本無上二字。往，又疑宦裔不肯俯拾。〔校〕抄本作就。○〔何註〕俯拾，俯就而援拾也。邑邑徘徊，縈念頗苦；漸廢飲食，寢疾惙頓。〔何註〕惙音綴，憂也，疲也。詩，召南：憂心惙惙。惙頓，委頓也。○〔但評〕於敘事處見精神，筆有畫手有化工。王氏適來省視，研詰病因。〔校〕抄本作由。答言：〔校〕抄本作女曰。「自亦不知。但爾日別後，即覺忽忽〔校〕上四字，抄本作漸覺。不快，延命假息，朝暮人也。」〔校〕稿本原作殆亦□□，塗改。○〔馮評〕風度大方，不同懷春。王小語曰：「我家男子，負販未歸，尚無人致聲鄂郎。芳體違和，非爲此否？」〔校〕抄本作莫非爲此。女赬顔良久。王戲之〔校〕抄本無之字。曰：「果爲此者，〔校〕抄本無者字。病已至是，尚何顧忌？先令〔校〕抄本下有其字。夜來一聚，彼豈不肯可？」〔校〕青本無可字，抄本豈作寧。○〔馮評〕漸引入焉，可惡。所謂三姑六婆不可與近。女嘆息曰：「事至此，已不能羞。〔校〕青本作收。但〔校〕抄本作若。渠不嫌寒賤，即遣媒〔校〕抄本作冰。來，疾當愈；若私約，則斷斷不可！」[但評]賴有此耳。王頷之，遂[校]抄本作而。去。王幼時與鄰生宿介通，既嫁，宿偵夫他出，輒尋舊好。是夜宿適來，因述女言爲笑，戲囑致意鄂生。宿久知女美，聞之竊喜，幸其機之可乘也。[校]上七字，抄本作其有機可乘。將[校]抄本作欲。與婦謀，又恐其妒，乃假無心之詞，問女家閨闥甚悉。次夜，踰垣入，直達女所，以指叩窗。內[校]抄本作女。問：「誰何？」答以[校]抄本作曰。「鄂生」。女曰：「妾所以念君者，爲百年，不爲一夕。郎果愛妾，但宜速倩[校]抄本作當速遣。冰人；若言私合，不敢從命。」[馮評]侃侃正論，可愛可敬。匹婦不可奪志，誰言强暴不可抗。[但評]雖是私情，語却正大。是言也，鬼神其鑒之。宿姑諾之，苦求一握纖[校]抄本作玉。腕爲信。女不忍過拒，力疾啓扉。宿遽入，即[校]抄本無即字。抱求歡。[何評]太狂。女無力撑拒，仆地上，氣息不續。宿急曳之。女曰：「何來惡少，必非鄂郎；果是鄂郎，其人温馴，知妾病由，當相憐恤，何遂狂暴如[校]抄本作若。此！若復爾爾，便當鳴呼，品行虧損，兩無所益！」[稿本無名氏乙評]十一句中具六七層轉折，猶妙在恰似氣息不續聲口。[但評]言念君子，温其如玉。彼何人斯，其爲飄風。慧心妙舌，允宜占鳳於清門。宿恐假迹敗露，不敢復强，但請後會。女以親迎爲期。宿以爲遠，又請之。[校]抄本無之字。女厭糾纏，約待病愈。宿求信物，女不許。宿捉足解繡履而去。[校]抄本作出。○[稿本無名氏乙評]禍胎在此。女呼之返，曰：「身已許君，復何吝惜？但恐『畫虎成狗』，[校]青本作犬。○[呂註]後漢書，馬援傳：初，援兄子嚴、敦，並喜譏議，援還書誡之曰：效季良不得，陷爲天下輕薄子，所謂畫虎不成反類狗者也。〔何註〕馬援戒兄子嚴、敦，有刻鵠不成尚類鶩，畫虎不成反類狗之語。致貽污謗。今褻物已入君手，料不可反。君如負心，但有一死！」〔馮評〕凜凜。〔但評〕其言可聽，其心可憐，其志可嘉。觀至此，則宿可殺而不可恕。宿既出，又投宿王所。既臥，心不忘履，陰揣衣袂，竟已烏有。急起篝燈，振衣冥索。詰之，〔校〕抄本作王。不應。疑婦〔校〕抄本作其。藏匿，婦故〔校〕上二字，青本無故字，抄本作王又故。笑以疑之。宿不能隱，實以情告。言已，徧燭門外，竟不可得。懊恨歸寢。竊幸〔校〕抄本作猶意。深夜無人，遺落當猶〔校〕青本無猶字。在途也。早起尋之，亦復杳然。先是，巷中有毛大者，〔馮評〕戲場中花面。游手無籍。嘗挑王氏不得，知宿與洽，思掩執以脅之。是夜，過其門，推之未扃，潛入。方至窗外，〔校〕抄本作下。踏一物，耎若絮帛，〔校〕抄本作綿。拾視，則巾裹女舄。〔馮評〕波瀾自然。伏聽之，聞宿自述甚悉，喜極，抽身〔校〕此據青本，稿本、抄本作息。而出。踰數夕，越牆入女家，門户不悉，誤詣翁舍。〔馮評〕晦氣。翁窺窗，見男子，察其音蹟，知爲女來者。〔校〕抄本無者字。心忿〔校〕上二字，抄本作大。怒，操刀直出。〔馮評〕翁亦老成，步步逼來。賭近盜，奸近殺，信矣。毛大駭，反走。方欲攀垣，而卞追已近，急無所逃，反身奪刃；〔校〕青本、抄本作刀。稿本下原有回殺下三字，塗去。媪起大呼，毛不得脱，因而殺之。〔校〕抄本作翁。女稍痊，聞喧始起。共燭之，翁腦裂不復〔校〕抄本無復字。能言，俄頃已絶。［馮評］又造鬼窟。於牆下得繡履，媪視之，臙脂物也。逼［校］青本下有問字。女，女哭而實［校］此據青本，抄本、稿本下多一實字。告之；但［校］抄本無但字。不忍貽累王氏，言鄂生之［校］青本無之字。自至而已。天明，訟［校］青本作送。於邑。邑宰［校］抄本作官。拘鄂。鄂爲人謹訥，年十九歲，見客羞澀如童［校］抄本作處。子。被執，駭絶。上堂不知［校］抄本作能。置詞，惟有戰慄。宰益信其情真，［稿本無名氏乙評］以相似而信爲真，何如此憒憒者若一轍也。横加梏械。［馮評］今世問官亦必有許多問法，未必概加刑求，然真情亦未易得。書［校］抄本無書字。生不堪痛楚，以是［校］上二字，抄本作遂。誣服。［但評］不揆情，不度理，不察言，不觀色，竟以捶楚得之，宰何憒憒。既［校］抄本作及。解郡，敲［何註］敲，亦扑也。扑如邑。生寃氣填塞，每欲與女面相［校］抄本無相字。質；［馮評］必有之情。及相遭，［校］抄本作見。女輒詬詈，［馮評］毫無據。遂結舌不能自伸，由是論死。往來覆訊，經數官無異詞。［校］上十字，抄本作經數官覆訊無異。○［稿本無名氏乙評］束句勁。後委濟南府復案。［校］抄本作覆審。時吴公南岱［呂註］江南武進人，進士。守濟南，一見鄂生，疑［校］抄本下有其字。不類殺人者，陰使人從容私問之，俾得盡［校］抄本作盡得。其詞。［馮評］前邑宰、郡守獨非官乎？醉生夢死，惟刑是逞，無矜恤之心，因無察情之識。吴公爲略加人一等。公以是益［校］青本無益字。知鄂生寃。籌思數日，始鞫之。先問臙脂：「訂約後，有知者否？」［稿本無名氏乙評］細。答：［校］抄本作曰。「無之。」「遇鄂生時，別有人否？」［稿本無名氏乙評］更細。亦答：［校］抄本作曰。「無之。」乃喚生上，温語慰之。［校］抄本作問。○［但評］此中自然别有人在，必須求其人之所自來，則心稍浮，氣稍粗，亦必不能得。如問臙脂訂約後有知者否，答無之，遇鄂生時别有人否，亦答言無之，是非問生不可矣。而生非上堂不知置詞惟有戰慄者耶？温語慰之，而後得鄰婦王氏，粗浮人未能辨此也。生自言：［校］上二字，抄本作曰。「曾過其門，但見舊鄰婦王氏與［校］抄本作同。一少女出，某即趨避，過此並無一言。」吴公叱女曰：「適言側［校］青本作别。無他人，何以有鄰婦也？」［馮評］漸有開可乘。欲刑之。女懼曰：「雖有王氏，與彼實無關涉。」［馮評］又晦。公罷質，命拘王氏。數日已至，又［校］上五字，抄本作拘到。禁不與女通，立刻出審，便問王：「殺人者誰？」王對：［校］抄本作曰。「不知。」公詐之曰：［馮評］鞫囚者如今算名星士，洞門半開，挨身而進，探他口氣，無意中要他自説，有許多敲打予奪擒縱之法，所謂元關也。「臙脂供言，［校］抄本無言字。殺卞某汝悉知之，胡得隱匿？」［校］抄本作何得不招。婦呼曰：「寃哉！淫婢自思男子，我雖有媒合之言，特戲之耳。彼自引奸夫入院，我何知焉！」［稿本無名氏乙評］語極簡利，似善謔人語，但有媒合戲之一言，不免綻露矣。公細詰之，始述其前後相戲之詞。公呼女上，怒曰：「汝言彼不知情，今何以自供撮合哉？」女流涕曰：「自己不肖，致父慘死，訟結不知何年，又累他人，誠不忍耳。」［馮評］悽惋動人。［稿本無名氏乙評］語極悽惋。公問王氏：「既戲後，［但評］一戲字引出無限妙緒。笑人之愚，炫己之慧，人情物理，皆從戲字推測而出。曾語何人？」王供：「無之。」公怒曰：「夫妻在牀，應無不言者，［馮評］跟步進，妙甚。何得云無？」［稿本無名氏乙評］駁得確。王供：［校］抄本作曰。「丈夫久客未歸。」公曰：「雖然，凡戲人者，皆笑人之愚，以炫己之慧，〔何評〕的見。更不向一人言，將誰欺？」〔稿本無名氏乙評〕駁得更確。命梏〔何註〕梏，指刑也。十指。〔馮評〕此時必要用刑。婦不得已，實供：「曾與宿言。」公於是釋鄂拘宿。宿至，自供：「不知。」公曰：「宿妓者必無〔校〕抄本作非。良士！」〔馮評〕宿妓者無良士，未必宿妓者皆肯殺人。〔但評〕宿妓者必無良士，是已，然未必遂能殺人。吳公之誤在此。嚴械之。宿自供：〔校〕上二字，抄本作供曰。「賺女是真。自失履後，未敢復往，殺人實不知情。」〔稿本無名氏乙評〕吳公之誤，只在忽卻此層。公怒〔校〕抄本無怒字。曰：「踰牆者何所不至！」又械之。宿不任凌籍，遂以自〔校〕抄本作亦誣。承。招成報上，無不〔校〕上二字，抄本作咸。稱吳公之神。〔馮評〕此時只得一半，得情勿喜，更宜加一番細心，雖實招而確據尚無，徒以刑求無益。鐵案如山，宿遂延頸以待秋決矣。然宿雖放縱無行，故〔校〕故，抄本作實亦。東國名士。聞學使施公愚山〔校〕青本無愚山二字。賢能稱最，又有憐才恤士之德，〔校〕上八字，抄本作且又憐才恤士。因〔校〕抄本因上有宿字。以一詞控其冤枉，語言愴惻。公〔校〕抄本下有乃字。討其招供，反覆〔校〕稿本下原有而字，塗去。凝思之。〔但評〕反覆凝思，鬼神來告於室矣。拍案曰：「此生冤也！」遂請於院、司，移案再鞫。問宿生：「鞋遺何所？」供言：〔校〕抄本作曰。「忘之。但叩婦門時，猶在袖中。」〔馮評〕得一間。轉詰王氏：「宿介之外，姦夫有幾？」供言：〔校〕抄本作曰。「無有。」〔校〕青本、抄本作之。公曰：「淫亂之人，〔校〕上三字，抄本作婦。豈得專私一个？」〔校〕青本、抄本作人。供言：〔校〕上二字，抄本作又供曰：「身與宿介，稚齒交合，故未能謝絶；後非無見挑者，身實未敢相從。」因使指其人以實之。〔校〕上四字，抄本作挑者。供云：「同里毛大，屢挑而〔校〕抄本無而字。屢拒之矣。」〔馮評〕微漏一句，毛大久已藏銅牆鐵壁中，至此一閃。公曰：「何忽貞白如此？」命搒之。婦頓首出血，力辨無有，乃釋之。又詰：「汝夫遠出，寧無有〔校〕青本無有字。託故而來者？」曰：「有之，某甲、某乙，皆以借貸餽贈，曾〔校〕青本無曾字。一二次入小人家。」〔馮評〕牽出多人，似又轉晦矣，不知此正公細心穩當處。蓋甲、乙皆巷中游蕩〔校〕抄本下有之字。子，有心於婦而未發者也。公悉籍其名，並拘之。既集，〔校〕抄本作齊。公赴城隍廟，使盡伏案前。便謂：〔校〕抄本作訊曰。「曩夢神人相〔校〕抄本無上二字。告，殺人者不出汝等四五人中。今對神明，不得有妄言。如肯自首，尚可原宥；虚者，廉得無赦！」同聲言無殺人之事。公以三木〔何註〕漢書，司馬遷傳：魏其，大將也，衣赭，關三木。注：三木，在頸及手足。又後漢書，范滂傳：皆三木囊頭，暴於階下。置地，將並加〔校〕抄本作夾。之；括髮裸身，齊鳴冤苦。〔馮評〕此等節次，皆不可少。公命釋之。謂曰：「既不自招，當使鬼神指之。」〔馮評〕跌出此。使人以氈褥悉幛殿窗，〔稿本無名氏乙評〕作用。令無少隙；〔馮評〕句無跡。袒諸囚背，驅入暗中，始授盆水，一一命自盥訖；繫諸壁下，戒令「面壁勿動。殺人者，當有神書其背」。少間，喚出驗視，指毛曰：「此真殺人賊也！」〔馮評〕

良工心苦，正在前層層布置之妙。畫沙印泥，穩當分明，結實之至。然蓋公先使人以灰塗壁，又以煙煤濯其手：殺人者恐神來書，故匿背於壁而有灰色；臨出，以手護背，而有煙色也。公固疑是毛，至此益信。施以毒刑，［馮評］詢此等獄，全在用刑恰好，太爛不得，太寬不得。盡吐其實。［但評］問遺鞋得之矣；至已忘其所，而曰入婦門時，猶在袖中，粗心者將忽置之，未必能推問宿介之外矣。即能問此，而使供出屢挑之人，以及有心於婦而未發之人，將一一並拘之而並械之乎？其中果有殺人賊，又豈不能忍受痛楚，而以毫無贓證之事，遽肯帖然吐實乎？縱令三木之下，彼亦承招；而依稀彷彿之間，不惟人不之信，即己亦未必坦然無疑也。既得毛，又得託故而來之甲乙，籍名拘集，先以神告驚之，復以自首紿之；紿之不得，再以三木並加之；而旋釋之，而又紿之；紿其括髮裸身，使之不疑而疑，不驚而驚；戒令面壁，煙煤濯手，夫而後鴻不離于魚網，李不代夫桃僵。事雖假以鬼神，而神明何以加此？人衹膾炙公之判語，而豈知其拍案稱寃之後，費盡許多心血哉！判曰：「宿介：蹈盆成括殺身之道，成登徒子好色之名。衹緣兩小無猜，遂野鶩如家雞［呂註］晉庾翼書法與右軍齊名。右軍書後進爭求之。庾不忿，與鄉人書云：小兒輩棄家雞，愛野鶩。［何註］庾翼與右軍齊名。翼曰：兒輩厭家雞，愛野鶩，皆學逸少書。借用家野二字。之戀；爲因一言有漏，致得隴興望蜀之心。將仲子而踰園［校］青本無園字。牆，［呂註］詩：鄭風。［何註］詩經：將仲子兮，無踰我牆。便如鳥墮；冒劉郎而至洞口，［校］上三字，青本作入洞。○［呂註］即用劉阮入天台事。○西清詩話：劉原父敞再婚，歐陽永叔以詩戲之曰：仙家千載一何長？浮世空驚日月忙。洞裏桃花莫相笑，劉郎今是老劉郎。竟賺門開。感帨驚尨，［呂註］詩，召南。鼠有皮胡若此？［呂註］詩，鄘風。攀花折樹，［呂註］姚合詩：曉起攀花折柳枝。士無行其謂何！幸而聽病燕之嬌啼，猶爲玉惜；［呂註］元好問杏花詩：曲池芳徑非宿昔，蒼苔濁酒同天涯。京師惜花如惜玉，曉擔賣徹東西家。憐弱柳之憔悴，未似鶯狂。而釋幺鳳［呂註］蘇軾詩：桐花集幺鳳。王十朋注：西蜀有桐花鳥，似鳳而小，人謂之倒挂子，先生梅詞所謂倒挂緑毛幺鳳是也。張鷟朝野僉載：劍南彭蜀間有鳥如指，五色畢具，有冠似鳳，食桐花，謂之桐花鳳。李之儀云：此鳥以十二月來，日間焚好香，則收而藏之羽翼間；夜則張尾翼而倒挂以放香。一名收香倒挂，又名探花使。性極馴，好集美人釵上。周亮工閩小記：此鳥之大止如指，重又何止幾銖，豈能移向金釵？絶無冠，安得似鳳？乃知收香倒挂與桐花鳥自是兩種，東坡之詠，亦以桐花鳳形容之，後人緣此詞，遂訛而爲一耳。余按：東坡羅浮山下詩云：緑衣倒挂扶桑暾。自注：嶺南有倒挂子，緑毛紅喙，如鸚鵡而小。自海東來，非塵埃中物也。夫既謂如鸚鵡，則非桐花鳳可知。周説非誤也。○按：此無關於本文，以其説不同，故並識之。

於羅中，尚有文人之意；乃劫香盟［呂註］左傳，哀十六年：太子使五人輿豭從己，劫公而强盟之。於襪底，寧非無賴之尤！蝴蜨過牆，［呂註］王駕詩：雨前初見花間蕊，雨後全無葉底花。蛺蝶紛紛過牆去，應疑春色在鄰家。隔窗有耳；蓮花卸瓣，［校］此據青本，稿本、抄本作瓣卸。墮地無蹤。假中之假以生，寃外之寃誰信？［馮評］折獄平允，愛士心深。天降禍起，酷［校］青本作梏。械至於垂亡；自作孽盈，斷頭幾於不續。彼踰牆鑽隙，固有玷夫儒冠；而僵李代桃，［何註］古詩：種桃露井上，李樹生桃旁；蟲來食桃根，李樹代桃僵。誠難消其寃氣。是宜稍寬笞扑，折其已受之慘；［校］青本作刑。姑降青衣，開其［校］青本作彼。自新之路。若毛大者：刁猾無籍，市井凶徒。被鄰女之投梭，［呂註］晉書，謝鯤傳：鄰家高氏女，有美色，鯤嘗挑之；女投梭折其兩齒。淫心不死；伺狂童［呂註］詩，鄭風：狂童之狂也且。之入巷，賊智忽生。開户迎風，喜得履張生之蹟；求漿值酒，［呂註］張鷟朝野僉載：歲在申酉，求漿得酒。［何註］裴航于藍橋遇老嫗求漿。妄思偷韓掾之香。［呂註］世説：韓壽美姿容，賈充辟以爲掾。充每聚會，賈女於青瑣中見壽，悦之，恒懷存想，發於吟咏。後婢往壽家，具述如此，并言女光麗。壽聞之心動，遂請婢潛修音問，及期往宿，家中莫知。充覺女盛自拂拭，説暢有異於常。後會諸吏，聞壽有異香之氣，香是外國所貢，一著人則歷月不散。充計武帝唯賜己及陳騫，餘家無此香，疑壽與女通。乃取女左右婢考問，即以狀對。充祕之，以女妻壽。何意魄奪自天，[何註]左傳，宣十五年：原叔必有大咎，天奪之魄矣。魂攝於鬼。浪乘槎木，直入廣寒[呂註]博物志：舊説天河與海通。近世有人居海渚者，年年八月有浮槎，去來不失期。人有奇志，立飛閣於査上，多齎糧乘槎而去。十餘日中，猶睹星月日辰；後茫茫忽忽，亦不覺晝夜。去十餘日，奄至一處，有城郭狀，屋舍甚嚴。遥望宮中多織婦。見一丈夫牽牛渚次飲之。驚問曰：何由至此？此人具説來意，并問：此是何處？答曰：君還至蜀郡，訪嚴君平則知之。竟不上岸，因還如期。後至蜀問君平，曰：某年月日，有客星犯牽牛宿。計年月，正是此人到天河時也。○按：乘槎或以爲張騫事。考唐趙璘因話録曰：漢書載張騫窮河源，言其奉使之遠，實無天河之説。張茂先博物志祇云近世有人，亦未著其姓名。前輩詩往往有用張騫乘槎者，未知所本。[何註]神異經：有人乘槎尋河源，見婦人浣紗，與一石。歸問嚴君平，曰：織女支機石也。之宮；遥泛漁舟，錯認桃源之路。遂使情火息焰，慾海[何註]慾海，色慾之海也。昇元經：漂浪愛河，流吹慾海。生波。刀横直前，投鼠無他顧之意；寇窮安往，急兔起反噬之心。[呂註]僧無可詩：急兔投深草，瞋鷹下半天。○梁武帝責西豐侯正德詔：匹馬奔亡，志懷反噬。[何註]兵法：去如脱兔。謂奔也。噬，齧也。越[校]青本作穴。壁入人家，止期張有冠而李借；奪兵遺繡履，遂教魚脱網而鴻離。[校]抄本作罹，通離。○[呂註]詩，邶風：魚網之設，鴻則離之。風流道乃生此惡魔，温柔鄉何有此鬼蜮哉！即斷首領，以快人心。臙脂：身猶未字，歲已及笄。以月殿[呂註]唐太宗詩：日宮開萬仞，月殿聳千尋。之仙人，自應有郎似玉；[呂註]詩，魏風：彼其之子，美如玉。○晉書，衛玠傳：玠字叔寶，風神秀異，總角乘羊車入市，見者皆以爲玉人。○又世説：裴令公有雋容儀，脱冠冕，粗服亂頭皆好，時人以爲玉人。又謝晦美風姿，善言笑，眉目分開，鬢髮如漆。時謝混風華爲江左第一，常與晦俱在武帝前。帝曰：一時頓有兩玉人。原霓裳之舊隊，何愁貯屋無金？而乃感關雎而念[校]上二字，稿本原作於，塗改。好逑，[呂註]詩，周南。竟繞春婆之夢；[呂註]趙令時侯鯖録：蘇東坡在昌化，負大瓢行歌田畝間。一績婦年七十，曰：内翰昔日富貴，一場春夢。東坡然之。人因呼婦爲春夢婆。怨摽梅而思吉士，［呂註］詩，召南。［何註］摽梅，詩，召南，注：女子懼其嫁不及時，而有强暴之辱也。吉士，猶美士也。詩，召南：有女懷春，吉士誘之。遂離倩女之魂。［馮評］判語輕重得體。爲因一綫纏縈，致使羣魔交至。争婦女之顔色，恐失『臙脂』；［何註］古詩：失我臙脂山，使我婦女無顔色。惹鷙鳥之紛飛，並托［校］青本作名。『秋隼』。［何註］隼性猛擊，鷙鳥也。蓮鉤摘去，難保一瓣之香；［呂註］按：諸禪開堂，至第三瓣香，推本其得法所自，則曰：此一瓣香敬爲某人。鐵限［呂註］尚書故事：智永禪師住吴興永欣寺，求書者如市，户限爲穿，乃用鐵葉裹之，謂之爲鐵門限。敲來，幾破連城之玉。嵌紅豆於骰子，相思骨竟作厲階；［呂註］按：豆有圓而紅，其色烏者，名相思子，紅豆之異名也。古人有血淚事，因呼淚爲紅豆；相思則流淚，故又名紅豆爲相思子。○説郛：宋程大昌云：博骰本以木爲質，唐世鏤骨爲竅，雜以朱墨，更有取相思紅豆納置竅中者，使其色明現而易見也。故温飛卿詞云：玲瓏骰子安紅豆，入骨相思知也無？○詩，大雅：維厲之階。喪喬木於斧斤，可憎才［呂註］可憎才，見西廂記。可憎者，愛極之反辭也。真［校］青本作直。成禍水！葳蕤自守，幸白璧之無瑕；縲絏苦争，喜錦衾之可覆。［馮評］風雅總持，多情如來。嘉其入門之拒，猶潔白之情人；遂其擲果［呂註］晉書，潘岳傳：岳美姿儀，少時常挾彈出洛陽道，婦人遇之者，皆投之以果，遂滿載以歸。之心，亦風流之雅事。仰彼邑令，［呂註］按：今公家文移以上行下，皆用仰字，出前漢書，孝文帝紀：詔定三恪禮儀，體式亦仰議之。注：仰議，猶言議於朝也。○增韻：仰，資也。作爾冰人。」案既結，遐邇傳誦［校］抄本作頌。焉。自吴公鞫後，女始知鄂生寃。堂下［校］青本作下堂。相遇，靦然含涕，似有痛惜之詞，而未可言也。［馮評］冷處傳神，史、漢有之。生感其眷戀之情，愛慕殊切；而又念其出身微，［校］抄本下有賤字。

且〔校〕抄本無且字。日登公堂，爲千人所窺指，恐娶之爲人姍笑，〔馮評〕又小曲折。日夜縈迴，無以自主。判牒既下，意始安帖。邑宰〔校〕青本作令。爲之委禽，送鼓吹焉。

異史氏曰：「甚哉！聽訟之不可以不慎也！縱能知李代爲寃，誰復思桃僵亦屈？然事雖暗昧，必有其間，要非審思研察，不能得也。嗚呼！人皆服哲人之折獄明，而不知良工之用心苦矣。世之居民上者，棋局消日，〔呂註〕唐國史補：令狐綯擬李遠刺杭州。宣帝曰：吾聞遠詩云：長日惟消一局棋，安能理人？綯曰：詩人托此爲高興耳，未必實然。帝曰：且令往試觀之。紬被放衙，〔呂註〕倦遊録：文潞公知榆次縣，題詩衙鼓上云：置向譙樓一任撾，撾多撾少不知他；黄紬被裏曉眠熟，探出頭來道放衙。〔何註〕一説是太祖謂縣令曰：切勿于黄紬被裏放衙。下情民艱，更不肯一勞方寸。至鼓動衙開，巍然高坐，〔校〕抄本作巍然坐堂上。彼嘵嘵者直以桎梏静〔校〕抄本作靖。之，〔馮評〕一静字令人心痛。嗚呼，人同皮膚，不得已用刑，可任情哉！何怪覆盆〔呂註〕前漢書，司馬遷傳：戴覆盆何以望天。李白詩：願借羲皇景，爲人照覆盆。〔何註〕覆盆，寃抑不能伸也。之下多沉寃哉！」

愚山先生吾師也。方見知時，余猶童子。竊見其奬進士子，拳拳如恐不盡；小有寃抑，必委曲呵護〔呂註〕韓愈送李愿歸盤谷序：鬼神守護兮，呵禁不祥。之，曾不肯作威學校，以媚權要。真宣聖之護法，不止一代宗匠，〔呂註〕宋會要：慶曆二年，富弼上言：南省主文者四五人，皆兩制宗匠。衡文無屈士〔校〕青本無士字。已也。而愛才如命，尤非後世學使虛應故事者所及。〔校〕愚山先生至所及句，抄本作施愚山先生校士山左，愛才如命，獎勵後進，非止衡文無屈士也。嘗有名士入場，作「寶藏興焉」文，誤記「水下」；〔校〕抄本作誤認作水。録畢而後〔校〕抄本作始。悟之，料無不黜之理。作詞曰：〔校〕上三字，抄本作因作詞文後云。「寶藏在山間，誤認卻在水邊。山頭蓋起水晶殿。瑚長峰尖，珠結樹顛。這一回崖中跌死〔校〕青本作真跌。撑船漢！告蒼天：留點蒂兒，好與友朋看。」先生閲文至此，〔校〕上三字，抄本作而。和之曰：「寶藏將山誇，〔校〕青本作跨。忽然見〔校〕青本作間。在水涯。樵夫漫説漁翁話。題目雖差，文字卻佳，怎肯放在他人下。嘗〔校〕青本作常。見他，登高怕險；那曾見，會水渰〔何註〕渰，當作淹，没也。殺？」〔何評〕二詞都好。此亦風雅之一斑，〔校〕抄本無上五字。憐才之一事也。

〔何評〕宿介之刑，孽由自作；顧鄂秋隼則何罪哉！乃知文人多結夙生冤也。吴、施二公，並斯文之護法。

阿纖*

奚山者，高密人。貿販爲業，往往〔校〕上二字，抄本作常。客蒙沂之〔校〕抄本無之字。間。一日，途中阻雨，及至所常宿處，而〔校〕上七字，抄本作至歇處。夜已深，徧叩肆門，無有應者。〔校〕上六字，抄本作無應。徘徊廡下。忽二扉豁開，一叟出，便納〔校〕上二字，抄本作邀。客入。山喜從之。縶蹇登堂，堂上迄〔校〕抄本作并。無几榻。叟曰：「我憐客無歸，故相容納。我實非賣食沽飲者。家中無多手指，惟〔校〕上六字，抄本作下止。有老荊弱女，眠〔校〕抄本眠上有已字。熟矣。雖有宿肴，苦少烹鬵，〔校〕上六字，抄本作烹鬵已宿矣。○〔何註〕烹鬵，鬵音尋，大釜也。詩，檜風：誰能烹魚？溉之釜鬵。勿嫌冷啜〔何註〕啜音歠，茹也。也。」〔馮評〕看他層層寫一鼠子行逕，文家細處。言已，便入。少頃，以〔校〕青本下有短字。足牀來，置地上，促客坐；又入，〔校〕抄本無入字。攜一短足几至：拔來報往，〔呂註〕禮，少儀：毋拔來，毋報往。注：報讀爲赴，拔、報皆疾也。人往來所之，當有宿漸，不可卒也。蹀躞甚勞。〔校〕上八字，抄本作往來蹀躞。山〔校〕抄本下有甚字。起坐不自〔校〕抄本無自字。安，曳令暫息。少間，一女郎出行酒。叟顧曰：「我家阿纖興矣。」視之，年十六七，窈窕秀弱，風致嫣然。山有少弟未婚，竊屬意焉。〔馮評〕不言己而言弟，文便多一層曲折。因詢〔校〕抄本作問。叟清貫尊閥。〔何註〕貫，籍貫也。閥，門閥也。答云：「士虛，姓古。子孫皆〔校〕抄本無皆字。夭折，剩有此女。適不忍攪〔何註〕攪音絞，亂也。其酣睡，想老荊喚起矣。」問：「壻家阿誰？」答言：〔校〕抄本作云。「未字。」山竊喜。既而品味雜陳，似所宿具。食已，致恭而言〔校〕上三字，抄本作謝。曰：「萍水之人，遂蒙寵惠，没齒所不敢忘。緣翁盛德，乃敢遽陳朴魯：〔何註〕朴同樸，無飾也。釋名：魯，鈍也。國多山水，民性朴魯。僕有幼〔校〕抄本無幼字。弟三郎，十七歲矣。讀書肄業，頗不頑冥。〔校〕抄本作冥頑。欲求援繫，不嫌寒賤否？」叟喜曰：「老夫在此，亦是僑寓。倘得相託，便假一廬，移家而往，庶免懸念。」山都應之，遂起展謝。叟殷勤安置而去。雞既唱，〔校〕抄本作鳴。叟已〔校〕抄本無已字。出，呼客盥沐。〔何註〕盥音貫，洗手也。沐，濯髮也。束裝已，酬以飯金。固辭曰：「客留〔校〕抄本作留客。一飯，萬無受金之理；矧〔何註〕矧，況也。附爲婚姻乎？」既別，客月餘，乃返。去村里餘，遇老媪率一女郎，冠服盡素。既近，疑似阿纖。女郎亦頻轉顧，因把媪袂，附耳不知何辭。媪便停步，向山曰：「君奚姓耶？」〔校〕抄本作乎。山唯唯。〔校〕抄本作曰然。媪慘然〔校〕抄本作容。曰：「不幸老翁壓於敗堵，今將上墓。家虛無人，請少待路側，行即還也。」遂入林去，移時始來。途已昏冥，遂與偕行。道其孤弱，不覺哀啼；山亦酸惻。媪曰：「此處人情大不平善，孤孀〔何註〕孤孀，孀音霜，寡婦也。清河王誄：惠于嫠孀。嫠音離，嫠婦也。難以過度。阿纖既爲君家婦，過此恐遲時日，不如早夜同歸。」山可之。既至家，媪挑燈供客已，謂山曰：「意君將至，儲粟都已糴〔何註〕糴音眺，出穀也。去；尚存廿〔校〕廿，抄本作二十。餘石，遠莫致之。北去四五里，村中第一門，有談二泉者，是吾售主。君勿憚勞，先以尊乘運一囊去，叩門而告之，但道南村古姥〔何註〕姥同姆，師也。有數石粟，糶作路用，煩驅蹄躈一致之也。」〔馮評〕碩鼠，碩鼠。即以囊粟付山。山策蹇去，叩户，〔校〕抄本作門。一碩腹〔何註〕碩腹，大腹也。男子出，告以故，傾囊先歸。俄有兩夫以五騾至。媪引山至粟所，乃在窖中。山下爲操量執概，母放女收，頃刻盈裝，付之以去。凡四返而粟始盡。〔馮評〕五騾每頭一石，四返恰符二十石之數，細甚。既而以金授媪。媪留其一人二畜，治任遂東。行二十里，天始曙。至一市，市頭賃騎，談僕乃返。既歸，山以情告父母。相見甚喜，即以別第館媪，卜吉爲三郎完婚。媪治奩妝甚備。阿纖寡言少怒；或與語，但有微笑；晝夜績織無停晷。〔何註〕晷音軌，日影也。以是上下悉〔校〕抄本作俱。憐悦之。囑三郎曰：「寄語大伯：再過西道，勿言吾母子也。」〔但評〕寄語大伯數語，先爲下文漏洩消息，若有意、若無意，若用力、若不用力。此等處閑中着筆，淡處安根，遂使遍體骨節靈通，血脈貫注。所謂閑着即是要着，淡語皆非泛語也。居三四年，奚家益富，三郎入泮矣。一日，山宿古之舊鄰，偶及曩年無歸，投宿翁媪之事。主人曰：「客悞矣。東鄰爲阿伯別第，三年前，居者輒睹怪異，故空廢甚久，有何翁媪相留？」山甚〔校〕抄本無甚字。訝之，而未深言。〔校〕抄本作信。主人又曰：「此宅向空十年，無敢入者。一日，第後牆傾，伯往視之，則石壓巨鼠如貓，尾在外猶〔校〕青本作内猶，抄本作外尚。搖。急歸，呼衆共往，〔校〕上二字，抄本作往視。則已渺矣。羣疑是物爲妖。後十餘日，復入試，〔校〕青本下有驗字。寂無形聲；又年餘，始有居人。」山益奇之。歸家私語，竊疑新婦非人，陰爲三郎慮；而三郎篤愛如常。久之，家中〔校〕抄本無中字。人紛〔校〕抄本作競。相猜議。女微察之，夜中〔校〕抄本作至夜。語三郎曰：「妾從君數載，〔校〕抄本作年。未嘗少失婦〔校〕青本無婦字。德；今置之不以人齒。請賜離婚書，聽君自擇良耦。」因泣下。三郎曰：「區區寸心，宜所夙知。自卿入門，家日益〔校〕青本作以。豐，咸以福澤歸卿，烏得有異言？」女曰：「君無二心，妾豈不知；但衆口紛紜，恐不免秋扇之捐。」三郎再四慰解，乃已。山終不釋，日求善撲之貓，以覘〔校〕青本作觀。其意。〔校〕抄本作異。女雖不懼，然蹙蹙〔何註〕蹙蹙，蹙音噈，通顣，頻顣也。孟子：已頻顣曰。不快。一夕，謂媪小恙，辭三郎省侍之。天明，三郎往訊，則室内已空。〔校〕上三字，抄本作已空矣。○〔但評〕聚蚊成雷，衆口鑠金，託故而去，至明至決。何物鼠子，乃能知幾若是。駭極，使人於四途蹤迹之，

[校]抄本無於字之字。並無消息。中心營營，寢食都廢。而父兄皆以爲幸，交慰藉之，[校]青本作藉，抄本無上四字。○[何注]交慰藉藉，言家人交相欣慰，藉藉有辭也。藉同籍。前漢書，江都易王傳：國中口語籍籍。將爲續婚；而三郎殊不懌。[何注]不懌，不悅也。俟之年餘，音問已絶；[校]青本已作以，上八字，抄本作又年餘，絶無音問。父兄輒相誚責，不得已，以重金買[校]上四字，抄本作勉買一。妾，然思阿纖不衰。又數年，奚家日漸貧，由是咸憶阿纖。有叔弟嵐以故[校]抄本作事。至膠，迂道宿表戚陸生家。夜聞鄰哭甚哀，未遑詰也。[校]抄本作問。既[校]抄本作及。返，復[校]抄本作又。聞之，因問主人。答云：「數年前，有寡母孤女，僦居於是。[校]抄本作此。月前姥死，女獨處，無一綫之親，是以哀耳。」問：「何姓？」曰：「姓古。嘗閉户不與里社通，故未悉其家世。」[但評]雖晝伏夜動，性本畏人；而不爲鼫之晉，不爲鼎之穿，彼首鼠兩端者，何能仰望。嵐驚曰：「是吾嫂也！」因往款扉。有人揮涕出，隔扉應[校]抄本作問。曰：「客何人？[校]青本無上三字。我家故無男子。」嵐隙窺而遥審之，果嫂。便曰：「嫂啓關，我是叔家阿遂。」女聞之，[校]抄本無上二字。拔關納入，訴其孤苦，意悽慘悲懷。[校]上五字，稿本原作啼失聲，塗改。抄本慘作愴。嵐曰：「三兄憶念頗苦。夫妻即有乖迕，[何注]乖迕，猶言不和順也。乖，違也。迕音誤，逆也。前漢書，食貨志：好惡乖迕。何遂遠遁至此？」即欲賃輿同歸。女愴[校]青本作慘。然曰：「我以人不齒

數故，遂與母偕隱；今又返而依人，誰不加白眼？如欲復還，當與大兄分炊；不然，行乳藥求死耳！」嵐既〔校〕抄本無既字。歸，以告三郎。三郎星夜馳去。夫妻相見，各有涕洟。次日，告其屋主。屋主謝監生，窺女美，陰欲圖致爲妾，〔馮評〕小波。數年不取其〔校〕抄本作屋。值；頻風示媼，媼絶之。媼死，竊幸可謀，〔校〕抄本作媒。而三郎忽至。通計房租以留難之。三郎家故不豐，聞金多，頗〔校〕抄本無頗字。有憂色。女言：〔校〕抄本作曰。「不妨。」引三郎視倉儲，約粟三十餘石，償租有餘。三郎喜，以告謝。謝不受粟，故索金。〔但評〕雖速我訟，亦不汝從，監生行爲，乃真似鼠。女歎曰：「此皆妾身之惡幛〔何註〕猶魔障也。也！」遂以其情告三郎。三郎怒，將訴〔校〕抄本作訟。於邑。陸氏止之，爲散粟於里黨，斂貲償謝，以車送兩人歸。三郎實告父母，與兄析居。阿纖出私金，日建倉廩，而家中尚無儋石，共奇之。年餘驗視，則倉中盈〔校〕抄本作滿。矣。不〔校〕抄本不上有又字。數年，家〔校〕抄本下有中字。大富；而山苦貧。女移〔校〕抄本作請。翁姑自養之；輒以金粟周兄，狃〔何註〕狃，習也。以爲常。三郎喜曰：「卿可云〔校〕抄本作謂。不念舊惡矣。」女曰：「彼自愛弟耳。且非渠，〔校〕抄本作兄。妾何緣識三郎〔校〕上二字，青本作君。哉？」〔但評〕用女言將上文一筆收盡。後亦無甚怪異。

［何評］死喪憂戚，亦猶夫人，特其類異耳。

［但評］文貴肖題，各從其類。風人詠物，比、興、賦體遂爲詞翰濫觴。言之無文，識者譏之。此善賦物者未肯率爾操觚也。叟之納奚，食之已爾，宿之已爾，而縶蹇登堂，何遂迄無几榻？陳肴似宿，胡爲苦少烹鬻？而且短足几牀，一人攜取，拔來報往，踝躨殊勞，此何等人家？試爲掩卷思之，則阿纖之所由來，豈俟舊鄰有言而始悟哉。窖中儲粟，碩腹糴糧，來則富饒，去乃虛耗：考辭選義，出色生新矣。若阿纖者，秀外慧中，寡言少怒，又勤績織，我見猶憐；奈何以形跡之疑，遂滋猜議？致慮青蠅之聚，早防紈扇之捐，與母偕藏，所謂見幾而作者非耶？幸是郎心無二，妾志靡他，惡障既除，良琴再理。雖云析爨，終是感恩。蓋嘗反復其「彼自愛弟」數言，竊嘆人之置之不以人齒者，恐轉爲鼠置之不屑以鼠齒矣！

瑞雲*

瑞雲，杭之名妓，色藝〔何註〕色藝，藝，才能也。思賢賦：談九流之洪藝。無雙。年十四歲，〔校〕抄本無歲字。其母蔡媼，〔校〕抄本無媼字。將使出〔校〕青本作女。應客。瑞雲告〔校〕抄本無告字。曰：「此奴終身發軔〔呂註〕離騷：朝發軔於蒼梧兮，余夕至乎縣圃。按：軔，止輪物也；去軔輪動而車行，故凡事始啓者曰軔。之始，不可草草。價由母定，客則聽奴自擇之。」媼曰：「諾。」乃定價十五金，遂〔校〕抄本作逐。日見客。客求〔校〕上二字，抄本作然。見者必〔校〕青本無必字。以贄：贄厚者，接一弈，酬一畫；〔校〕上兩一字，抄本均作以。薄者，留〔校〕抄本無留字。一茶而已。〔馮評〕名妓身分幾與名士等。瑞雲名譟〔何註〕譟音操，聲名遠揚也。已久，自此〔校〕抄本無上二字。富商貴介，日接〔校〕上二字，抄本作接踵。於門。餘杭賀生，才名夙著，而家僅中貲。素仰瑞雲，固未敢擬同〔校〕青本無同字。鴛夢，亦竭微贄，冀得一覩芳澤。竊恐其閱人既多，不以寒畯〔校〕青本、抄本作酸。在意；及至相見一談，而款接殊殷。坐語良久，眉目含情。

作詩贈生曰：「何事求漿者，藍橋叩曉關？有心尋玉杵，端只在人間。」生得之〔校〕抄本作詩。狂喜。更欲有言，忽小鬟來白「客至」，〔校〕此據抄本，稿本無至字，青本至作來。生倉猝遂別。既歸，吟玩詩詞，夢魂縈擾。〔何註〕縈擾，煩繞也。過一二日，情不自已，修贄〔校〕青本作整。復往。瑞雲接見良歡。移坐近生，悄然謂：〔校〕抄本作曰。「能圖一宵之聚否？」生曰：「窮踧〔何註〕窮踧，踧與蹙同。之士，惟有癡情〔校〕青本無情字。可獻知己。一絲之贄，已竭綿薄。得近芳容，意〔校〕抄本作私。願已足；若肌膚之親，何敢作此夢想。」瑞雲聞之，戚然不樂，相對遂無一語。生久坐不出，媪頻喚瑞雲以促之，生乃歸。心甚邑邑，思欲罄家以博一歡，〔何註〕罄家以博一歡，罄音磬，盡也。博，貿易也，猶謂換取也。蘇軾詩：但把窮愁博强健。而更盡而別，此情復何可耐？籌思及此，熱念都消，由是音息遂絕。瑞雲擇壻數月，更〔校〕抄本無更字。不得一當，媪頗〔校〕抄本無頗字。恚，將强奪之而未發也。〔校〕抄本無上四字。一日，有秀才投贄，坐語少時，便起，以一指按女額曰：「可惜，可惜！」遂去。瑞雲送客返，共視額上有指印，黑如墨，濯之益真。〔馮評〕奇極，妙極。過數日，墨〔校〕青本作黑。痕漸〔校〕抄本作益。闊；年餘，連顴徹準〔何註〕連顴，連于顋上之兩顴；徹準，通徹于鼻準矣。矣。見者輒笑，而車馬之迹以絕。媪斥去妝飾，使與婢輩伍。瑞雲又荏弱，〔何註〕荏弱，柔弱意。詩，小雅：荏染柔木。不任驅使，日益憔悴。賀聞而過之，見蓬首廚下，醜狀類鬼。起首〔校〕青本作舉首，抄本作舉目。見生，面壁自隱。〔何評〕可憐。賀憐之，便〔校〕青本、抄本無便字。與媪言，願贖作婦。〔校〕青本無上二字。媪許之。賀貨田傾裝，買之而〔校〕抄本作以。歸。入門，牽衣攬涕，且〔校〕抄本無且字。不敢以伉儷自居，願備妾媵，以俟來者。賀曰：「人生所重者知己：卿盛時猶能知我，我豈以衰故忘卿哉！」〔校〕青本作乎。○〔馮評〕此之謂真情種。此等人做得出孝子忠臣來。〔何評〕憤慨語亦知己語。遂不復娶。聞者共〔校〕抄本作又。姍笑之，而生情益篤。居年餘，偶至蘇，有和生與同主人，〔校〕上七字，抄本作見和生。忽問：「杭有名妓瑞雲，近如何〔校〕青本作何如。矣？」賀以「適人」對。〔校〕抄本作賀曰適人矣。又〔校〕抄本無又字。問：「何人？」曰：「其人率與僕等。」和曰：「若能如君，可謂得人矣。不知價幾何許？」〔校〕抄本作其價幾何。賀曰：「緣有奇疾，姑從賤售耳。不然，如僕者，何能於〔校〕青本無於字。勾欄中買佳麗哉！」又問：「其人果能如君否？」賀以其問之異，因反詰之。和笑曰：「實不相欺：昔曾一覲其芳儀，甚惜其以〔校〕青本無以字。絶世之姿，而流落不偶，故以小術晦其光而保其璞，〔何註〕晦光，隱晦其光；保璞，璞玉之在石中者：謂隱晦其光，以保守其璞也。○〔馮評〕可惜中郎文姬不能晦光，遂不能保璞，有幸有不幸耳。留待憐才者之真鑑〔校〕抄本作賞。耳。」〔何評〕大有心人。賀急問曰：「君能點之，亦能滌之否？」和笑曰：「烏得不能，但須其人一誠求耳。」賀起拜曰：「瑞雲之壻，即某是也。」和喜曰：「天下惟真才人爲能多情，[馮評]確論。不以妍媸易念也。[何評]是是。請從君歸，便贈一佳人。」遂與同返。[校]抄本作遂同返杭。既至，[校]抄本作抵家。賀將命酒，和止之曰：「先行吾法，當先令治具者有歡心也。」即令以盥器貯水，戟指而書之，曰：「濯之當愈。然須親出一謝醫人也。」賀笑[校]抄本笑旁有喜謝二字。捧而去，立俟瑞雲自靧[何註]靧音悔，洗面也。禮，内則：其間面垢，燂潘請靧。燂，温也，煗也。潘，淅米水也。之，隨手光潔，豔麗一如當年。[馮評]共羡今日，誰肯當初。夫婦共德之，同出展謝，而客已渺，徧覓之不可[校]抄本無可字。得，意者[校]青本作殆。其仙歟？

[何評]和生殊多事，然固天下有心人也。

[但評]文之妙，當於抑揚對待中求之。方瑞雲之盛也，富商貴介，視贄爲酬，藐茲寒酸，敢生覬覦？即齋宿而往，不敢望柳眼果垂青也。縱瑶章之贈，天外飛來，癡夢未醒，仙源再入；而已竭綿薄，難計合歡。迨至白眼相加，逐客有令，青鸞遂杳，熱念都消，夫亦謂「無從尋玉杵，空自叩藍橋」矣。生之於女也如此。乃秀才多事，墨瀋遺痕，粉光脂澤，半是炊煙，蓬首鳩盤，頓成鬼相；不特「門前冷落車馬稀」，且難望「老大嫁作商人婦」

矣。斯時也：前之修贄而後得見者，今且面壁而不敢見之；自知面目可憎，又豈謂舊雨復來，可卜鴛夢哉！幸而知己難忘，才人念舊，雖牽衣而攬涕，卒顧影而懷慚，至不敢以伉儷自居，殆亦謂「抱衾與裯，實命不猶」矣。女之於生也又如此。忽揚忽抑，忽盛忽衰，以人之妍媸，作文之開合；借化工之顛倒，爲筆陣之縱横。才人多情，不以妍媸易念；秀才韜光保璞，留以待之。嗚呼！此其所以爲和也乎！

仇大娘*

仇仲，晉人，忘其郡邑。[校]上四字，抄本作也。值大亂，爲寇俘去。二子福、禄俱幼；[馮評]伏下。[稿本無名氏乙評]伏。繼室邵氏，撫雙孤，遺業幸能温飽。而歲屢祲，[何註]祲音駸，又上聲，義同。災祲也。周禮，春官：眡祲掌十煇之法。豪强者復凌藉[何註]凌藉，以威力欺凌之也。之，遂至食息不保。仲叔尚廉利其嫁，屢勸駕，而[校]抄本無而字。邵氏矢志不摇。廉陰券於大姓，欲强奪之；關説已成，而他人不之知也。[校]上七字，抄本作並無人知。里人魏名夙狡獪，[稿本無名氏乙評]書法。[何註]狡獪音絞澮。與仲家積不相能，[稿本無名氏乙評]提。事事思中傷之。[馮評]魏名是篇中緊要大串頭，特筆提出。[但評]層波疊浪，時起時伏，有如長江東下，衆水趨歸，或則流爲淵，或則會爲匯，然後奔騰曲折而入於海，此爲宇宙大觀。因邵寡，僞造浮言以相敗辱。[稿本無名氏乙評]初禍之。大姓聞之，惡其不德而止。[稿本無名氏乙評]初得福。[但評]事事思中傷之，其將奈此狡獪何。乃事事中傷，而事事陰受其福，亦若天特生此狡獪之人，以助善人者。雖然，惟願天不生此等人；惟願人永永不遇此等人。既無福，亦無禍，相安於光天化日之下，天下亦從此太平矣。久之，廉之陰謀與外之飛語，[吕註]史記，魏其武安侯列傳：乃有蜚語爲惡言聞上。注：飛揚誹謗之語。○

按：讒言之忽來者爲飛語。唐德宗時，李晟大安園多竹，忽有爲飛語者云：晟伏兵大安園，謀欲爲變。晟遂斫伐其竹。邵漸聞之，［校］青本作知。寃結胸懷，朝夕隕涕，四體漸以不仁，委身牀榻。福甫十六歲，因縫紉無人，遂急爲畢姻。［校］青本作婚。婦，姜秀才屺瞻之女，頗稱［校］抄本無稱字。賢能，百事賴以經紀。由此用漸裕，乃［校］抄本作仍。使祿從師讀。［稿本無名氏乙評］伏。魏忌嫉之，而陽與善，頻招福飲，福倚爲腹心［校］青本下有之字，抄本作心腹。交。魏乘間告曰：「尊堂病廢，不能理家人生產；弟坐食，一無所操作：賢夫婦何爲作馬牛［校］抄本作牛馬。哉！且弟買婦，將大耗金錢。爲君計，不如早析，則貧在弟而富在君也。」［稿本無名氏乙評］再禍之。［但評］固爲人計，亦是現身說法。福歸，謀諸婦；婦咄之。奈魏日以微言相漸漬，福惑焉，直以己意告母。母怒，詬罵之。福益恚，輒視金粟爲他人之物也者［校］抄本無上二字。而委棄之。魏乘機誘與博［校］抄本無上二字。賭，［稿本無名氏乙評］三禍之。倉粟漸空，婦知而未敢言。既至［校］上二字，抄本作及。糧絕，被［校］青本無被字。母駭問，始以實告。母憤怒而無如何，［校］上六字，抄本作怒。遂析之。幸姜女賢，旦夕爲母執炊，奉事一如平日。福既析，益［校］上二字，抄本作愈。無顧忌，大肆淫賭。數月間，田產［校］抄本作屋。悉償戲債，而母與妻皆不及［校］抄本無及字。知。福貲既罄，無所爲計，因券妻貸貲，而［校］抄本無而字。苦無受者。邑人趙閻羅，原漏網之巨〔校〕上二字，抄本作大。盜，武斷一鄉，固〔校〕抄本作竟。不畏福言之食也，〔校〕抄本無也字。慨然假貲。福持去，數日復〔校〕青本作一。空。意踟蹰，將背券盟。趙横目相加。福大〔校〕抄本無大字。懼，賺妻付之。魏聞竊喜，急奔告姜，實將傾敗仇也。〔稿本無名氏乙評〕四禍之。姜怒，訟興。福懼甚，亡去。姜女至趙家，始〔校〕抄本作方。知爲壻所賣，大哭，但欲覓死。〔馮評〕欲保節非捨生不可。趙初慰諭之，不聽；既而〔校〕青本無而字。威逼之，益〔校〕抄本作愈。罵；大怒，鞭撻之，終不肯服。因拔笄自刺非喉，急救，已透食管，血溢出。趙急以帛束其項，〔校〕稿本下原有憐其色三字，塗去。猶冀從容而挫折焉。明日，拘牒〔校〕青本無拘字，抄本牒作票。已至，〔稿本無名氏乙評〕四得福。〔但評〕此魏之力也。趙行行〔何註〕行行，强貌。殊〔校〕抄本無殊字。不置意。官驗女傷重，〔校〕抄本無重字。命〔校〕稿本原作怒，改命。抄本下有重字。笞之，隸相顧無〔校〕抄本作不。敢用刑。官久聞〔校〕抄本作知。其横暴，至此益信，大怒，喚家人出，立斃之。姜遂舁女歸。自姜之訟也，邵氏始知福不肖狀，一號幾絕，冥然大漸。禄時年十五，〔稿本無名氏乙評〕應幼。煢煢無以自〔校〕抄本無上二字。主。先是，仲有前室女大娘，〔馮評〕此篇仇大娘傳，而首兩頁數百言若無有大娘事者，比如水滸傳宋江，而前數卷並不出宋江字面，與此同。嫁於遠郡，性剛猛，〔稿本無名氏乙評〕書法。每歸寧，餽〔校〕稿本餽上原有輒字，塗去。贈不滿其志，〔校〕青本作意。輒迕父母，往往以憤去，仲以是怒惡之；又因道遠，遂數載不一存問。〔校〕上十一字，抄本作數載已不在置問。邵氏垂危，魏欲招之〔校〕抄本作使招。來而啓其爭。〔稿本無名氏乙評〕五禍之。〔但評〕又賴此人出力。適有貿販者，與大娘同里，便託寄語〔校〕抄本作信。大娘，且歆〔何註〕歆音廞，動之也。以家之可圖。數日，大娘果與少子至。入門，見幼弟侍病母，景象慘澹，〔校〕抄本作悽慘。不覺愴惻。〔校〕上二字，抄本作惻然。因問弟福，祿備〔校〕抄本作實。告之。大娘聞之，忿氣塞吭，曰：「家無成人，遂任人蹂躪〔何註〕蹂，人又切。躪音藺，踐蹋也。前漢書，王商傳：奔走相蹂躪。又史記，項羽本紀：餘騎相蹂踐。至此！吾家田產，諸賊何得賺去！」因入廚下，爇火炊糜，〔何註〕糜音麋，粥也。先供母，而後呼弟及子共〔校〕抄本無共字。啖之。啖已，忿出，詣邑投狀，訟諸博徒。〔馮評〕血性人敢作敢爲，全無瞻顧，在婦女中尤難。衆懼，斂金賂大娘。大娘受其金而仍訟之。邑令拘甲、乙等，各加杖責，田產殊置不問。大娘憤不已，〔校〕抄本無上三字。率子赴郡。〔校〕抄本下有訟之二字。郡守最惡博者。〔校〕抄本作賭博。大娘力陳孤苦，及諸惡局騙之狀，情詞慷慨。〔馮評〕知之者謂似女霍光，不知者謂爲母大蟲。守爲之動，判令邑宰〔校〕抄本作知縣。追田給主；仍懲仇福，以儆〔何註〕儆音景，戒也。不肖。既歸，〔校〕抄本作到縣。邑宰奉令敲比，〔校〕抄本作邑令奉命敲逼。於是故產盡反。〔稿本無名氏乙評〕三得福，遙應誘與博賭。〔但評〕此魏之力也。大娘時已久寡，〔校〕抄本無時字久字。乃遣少子歸，且囑從兄務業，勿得復來。大娘由[校]抄本作從。此止母家，養母教弟，內外有條。[校]抄本作井然。母大慰，病漸瘥，家務悉委大娘。里中豪强，少見陵[校]青本作凌。暴，輒掘刃[校]青本作刀。登門，侃侃[何註]侃，看上聲，剛直也。争論，罔不屈服。[稿本無名氏乙評]五得福。居年餘，田産日增。時市藥餌珍肴，餽遺姜女。[稿本無名氏乙評]應前伏後。[但評]大娘周到。又[校]抄本無又字。見禄漸長成，頻[校]抄本無頻字。囑媒爲之覓[校]上三字，抄本作謀。○[但評]不必囑媒，有魏在。姻。魏告人曰：「仇家産業，悉屬大娘，恐將來不可復返矣。」[稿本無名氏乙評]六禍之。人咸信之，故無肯與論婚者。有范公子子文，家中名園，爲晉第一。園中名花夾路，直通內室。或不知而悮入之，值公子私宴，[校]抄本無值私宴三字。怒執爲盜，杖幾死。會清明，禄自塾中歸，魏引與遊遨，[校]抄本作遨遊。遂至園所。[校]抄本作范園。魏故與園丁有舊，[校]抄本作相熟。放令入，周歷亭榭。俄至一處，溪水洶湧，有畫橋朱檻，[校]抄本作欄。通一漆門；遥望門內，繁花如錦，蓋即公子內齋也。魏紿之[校]抄本作禄。曰：「君請先入，[但評]又賴此人指引。我適欲私焉。」禄信之，[校]青本作步。尋橋入户，至一院落，聞女子笑聲。[馮評]唐人云：花間笑語聲。方停步間，一婢出，窺見之，[校]青本無之字。旋踵即返。禄始駭奔。無何，公子出，叱家人綰索逐之。禄大窘，自投溪中。公子反怒爲笑，命諸[校]抄本無諸字。僕引出。見其容裳都雅，便令易其衣履，曳入一亭，詰其姓氏。

藹容［校］抄本作顔。温語，意甚親暱。［何註］暱，親近也。○［稿本無名氏乙評］乃使夫人、女皆共覘之也。俄趨入內；旋出，笑握祿手，過橋，漸達曩所。祿不解其意，逡巡不敢入。公子强曳入之。［校］抄本作之入。見花籬內隱隱有美人窺伺。［馮評］花籬內美人另是一般澤色。既坐，則羣婢行酒。祿辭曰：「童子無知，悮踐閨闥，得蒙赦宥，已出非望。但願［校］抄本作求。釋令早歸，受恩非淺。」公子不聽。俄頃，肴炙紛紜。祿又起，辭以醉飽。公子捺坐，笑曰：「僕有一樂拍名，若能對之，即放君行。」祿唯唯［校］抄本無上二字。請教。公子云：［校］抄本作曰。「拍名『渾不似』。」［呂註］宋俞琰席上腐談：王昭君琵琶壞，使人重造而其形小。昭君笑曰：渾不似！今訛爲渾潑四。祿默思良久，對曰：「銀成『没奈何』。」［呂註］堅瓠集：張循王俊家多銀，每千兩鑄一毬，目爲没奈何。○［馮評］語又突。公子大笑［校］抄本作喜。曰：「真石崇也！」祿殊不解。蓋公子有女名蕙娘，美而知書，日擇良耦。夜夢一人告之曰：「石崇，［呂註］晉書，石崇傳：崇字季倫，伐吳有功，封安陽鄉侯。汝壻也。」問：「何在？」曰：「明日落水矣。」早告父母，共以爲異。祿適符夢兆，故邀入內舍，使夫人女輩共覘之也。［馮評］遥接。公子聞對而喜，乃曰：「拍名乃小女所擬，屢思而無其偶，今得屬對，亦有天緣。僕欲以息女奉箕帚；［但評］雖有天緣，却是魏力，何可忘此蹇修。寒舍不乏第宅，更無煩親迎耳。」祿惶然遜謝，且以母病不能入贅爲辭。公子姑令歸謀，遂遣圉［校］抄本作園。人負溼衣，送之以馬。〔馮評〕細甚。既歸告母，母驚爲不祥。於是始知魏氏險；然因凶得吉，亦置不仇，但戒子遠絶而已。〔稿本無名氏乙評〕爲前文略作束。〔但評〕略爲收束。踰數日，公子又使人致意母，母終不敢應。大娘應之，〔但評〕固是大娘應之，終得魏之力。即倩雙媒納采焉。未幾，禄贅入公子家。年餘游泮，才名籍甚。〔吕註〕前漢書，陸賈傳：賈遊公卿間，聲名藉甚。注：狼藉甚盛，稱贊之多也。〔何註〕籍甚，或作藉甚，古字通用。妻弟長成，敬少弛；禄怒，攜婦而歸。母已〔校〕稿本原作亦，改已。杖而能行。頻歲賴大娘經紀，〔但評〕固是大娘經紀，終得魏之力。第宅亦頗〔校〕抄本無上二字。完好。〔稿本無名氏乙評〕六得福。新婦既歸，婢僕〔校〕上二字，抄本作僕從。如雲，宛然有大家風焉。〔校〕上五字，抄本作大家矣。魏又〔校〕抄本作既。見絶，〔稿本無名氏乙評〕再提。嫉妒益深，恨無瑕之可蹈，乃引旗下逃人〔校〕上六字，青本作時有巨盜事發遠竄。〇〔稿本無名氏乙評〕七禍之。誣〔校〕青本誣上有乃字。禄寄貲。國初立法最嚴，〔校〕青本無上六字。禄依令徙口外。〔但評〕口外之行，又賴此人安排。范公子上下賄託，僅以蕙娘免行；田産盡没入官。幸大娘執析産書，鋭身告理，新增良沃如干頃，悉罣福名，母女始得安居。禄自分不返，遂書離婚字〔校〕上四字，抄本作寫離書。付岳家，伶仃自去。行數日，至都北，〔校〕青本作北都。飯於旅肆。有丐子怔營〔校〕此據青本、抄本，稿本作憕。〇〔何註〕怔營，懼貌。後漢書，郎顗傳：怔營惶怖。户外，貌絶類兄；〔馮評〕前云福懼甚亡去，看書人幾忘之矣。近致〔校〕抄本作親往。訊詰，果兄。〔但評〕遇兄，魏之力也。禄因自述，兄弟悲慘。禄解複衣，分數金，囑令歸。[但評] 福之歸，魏之力也。 福泣受而別。禄至關外，寄將軍帳下爲奴。[校] 青本作卒。 因禄文弱，俾主支[校] 青本、抄本作文。 籍，與諸僕同棲止。僕輩研問家世，禄悉告之。內一人驚曰：「是吾兒也！」[馮評] 然恐相逢是夢中，奇甚。[但評] 見父，魏之力也。 蓋仇仲初爲寇家牧馬，[稿本無名氏乙評] 補敘。 後寇投誠，賣仲旗下，時從主屯關外。[校] 後寇至關外句，青本作後寇逃竄，仲遂流徙關外，爲將軍僕。 向禄緬述，始知真爲父子，[稿本無名氏乙評] 七得福。 抱首悲哀，[校] 抄本作抱頭大哭。 一室爲之[校] 抄本作皆爲。 酸辛。已而憤曰：「何物逃東，遂詐吾兒！」因泣告將軍。將軍即命禄攝書記；函致親王，付仲詣都。仲伺車駕出，先投冤狀。親王爲之婉轉，遂得昭雪，[校] 已而至昭雪句，青本作居無何，將軍獲巨盜數十，中有一人，即曩時魏所誣禄之盜魁也，既具供狀，父子咸泣告將軍，將軍爲之昭雪上聞。○[何註] 昭雪，昭明其冤，雪洒其恥也。○[馮評] 如此開脱，妙甚。情文相生，不另起爐灶。 命地方官贖業歸仇。仲返，[校] 青本無上二字。 父子各喜。禄細問家口，爲贖身計，乃知仲入旗下，[校] 上三字，青本作投將軍有年。 兩易配而無所出，時方鰥也。[校] 抄本作居。○絕妙處分。 禄遂治任返。[校] 抄本作歸。

初，福別弟歸，蒲伏自投。[校] 上四字，抄本作匍匐投大娘。 大娘奉母坐堂上，操杖問之：「汝願受扑責，便可姑留；不然，汝田產既盡，亦無汝噉飯之所，請仍去。」福涕泣伏地，願受笞。大娘投杖曰：「賣婦之人，亦不足懲。[但評]

大娘能處事，善了事。但宿案未消，再犯首官可耳。」即使人往告姜。姜女罵曰：「我是仇氏［校］抄本作家。何人，而［校］抄本作來。相告耶！」［校］青本作也。○［馮評］許多作用。大娘頻述告福而揶揄之，福慚愧不敢出氣。居半年，大娘雖給奉周備，而役同廝養。［但評］大娘用心良苦。福操作無怨詞，託以金錢輒不苟。大娘察其無他，乃白母，求姜女復歸。母意其不可復挽。大娘曰：「不然。渠如肯事二主，楚毒豈肯自罹？［稿本無名氏乙評］收應刺喉等意。［何評］有識。要不能不有此忿耳。」［但評］大娘平情若衡，照理如鏡。遂率弟躬往負荆。岳父母誚讓良切。大娘叱使長跪，［馮評］節烈之婦，叱使跪請甚宜。然後請見姜女。請之再四，堅避不出；大娘搜捉以出。女乃指福唾罵，福慚汗無以［校］抄本作地。自容。姜母始曳令起。大娘請問歸期。女曰：「向受姊惠綦多，今承尊命，豈復［校］抄本下有敢字。有異言？但恐不能保其不再賣也！且恩義已絕，更何顏與黑心無賴子共生活哉？請別營一室，妾往奉事老母，較勝披削［呂註］謂披緇削髮也。［何註］披削，披袈裟，削長髮也。足矣。」［但評］真不能不有此忿。大娘代白其悔，爲翼日之約而別。次朝，［校］抄本作日。以乘輿取歸，母逆於門而跪拜之。［但評］當有此拜。女伏地大哭。［但評］當大哭。大娘勸止，置酒爲歡，命福坐案側。［馮評］急接轉此筆。乃執爵而言曰：「我苦爭者，非自利也。［馮評］光明磊落，白日青天，令人起敬。巾幗中那得有此。今弟悔過，貞婦復還，請以簿籍交納；我以一身來，仍以一身去耳。」［稿本無名氏乙評］收應其家可圖與産業不可復返等意。［但評］披肝裂膽，水清米白之言，古今罕有，從何處請得此人來？乃知魏之功德不少。夫婦皆興席改容，羅拜哀泣，大娘乃止。居無何，昭雪之［校］抄本無之字。命下，［稿本無名氏乙評］接得突兀。不數日，田宅悉還故主。魏大駭，不知其故，自恨無術可以復施。適西鄰有回禄之變，魏託救焚而往，暗以編菅爇禄第，［稿本無名氏乙評］八禍之。［但評］焚宅又賴此人布置。風又暴作，延燒幾盡；止餘福居兩三屋，舉家依聚其中。未幾禄至，相見悲喜。初，［稿本無名氏乙評］補敘。范公子得離書，持商蕙娘。蕙娘痛哭，碎而投諸地。［馮評］接前。父從其志，不復强。禄歸，聞其未嫁，喜如岳所。公子知其［校］青本下有屋字。災，欲留之；禄不可，遂辭而退。大娘幸有藏金，出葺敗堵。福負鍤營築，掘見窖鏹，［稿本無名氏乙評］八得福。［但評］掘窖，魏之力也。夜與弟共發之，石池盈丈，滿中皆不動尊［呂註］清異録：宣武劉錢民也，子薄遊，妓求釵匳，辭之。姥曰：郎君家庫裏許多青銅，教做不動尊，可惜爛了，風流拋散，能使幾何？［何註］不動尊，白鏹也。蘇軾詩：妙湛總持不動尊。也。［但評］此石崇所固有。由是鳩工大作，樓舍羣［校］青本作矗。起，［馮評］層層收到，不漏一筆。壯麗擬於世冑。禄感將軍義，備千金往贖父。福請行，因遣健僕輔之以去。禄乃迎蕙娘歸。未幾，父兄同歸，一門歡騰。［但評］種種皆魏之力。大娘自居母家，禁子省視，恐人議其私也。父既歸，堅辭欲去。兄弟不忍。父乃析産而三之：子得二，女得一也。大娘固辭。兄弟皆泣［校］上二字，青本作泣告。曰：「吾等非姊，烏有今日！」大娘乃安之。遣人招子，移家共居焉。或問大娘：「異母兄弟，何遂關切如此？」大娘曰：「知有母而不知有父者，惟禽獸如此耳，〔稿本無名氏乙評〕至理名言，異母兄弟其聽之。〔呂評〕晉書，阮籍傳：有司言：有子殺母者，籍曰：嘻！殺父乃可，至殺母乎！坐者怪其失言。籍曰：禽獸知母而不知父，殺父，禽獸之類也；殺母，禽獸之不若。衆乃釋。豈以人而效之？」福、禄聞之皆流涕。〔但評〕大義凜然，不謂得諸婦人之口。福禄聞之，其泣固宜；乃我聞之而亦泣，且願天下後世人聞之皆泣。使工人治其第，皆與己等。〔稿本無名氏乙評〕收結大娘。

魏自計十餘年，禍之而益以〔校〕抄本無以字。福之，〔稿本無名氏乙評〕總爲前文一束。〔但評〕一語收束全文。深自愧悔。又仰其富，思交歡之，〔稿本無名氏乙評〕又爲後段一提。因以賀仲階進，備物而往。〔稿本無名氏乙評〕初福之。福欲卻之；仲不忍拂，受雞酒焉。雞以布縷縛足，逸入竈；竈火燃布，往棲積薪，僮婢見之而未顧也。〔校〕上八字，抄本作僮僕不察。俄而薪焚災舍，一家惶駭。幸手指衆多，一時撲滅，而廚中〔校〕抄本下有已字。百物俱空矣。〔稿本無名氏乙評〕初得禍。兄弟皆謂其物不祥。後值父壽，魏復餽牽羊。〔稿本無名氏乙評〕再福之。卻之不得，繫羊庭樹。夜有僮被僕毆，忿趨樹下，解羊索自經死。〔稿本無名氏乙評〕再得禍。兄弟嘆曰：「其福之不如其禍之也！」〔馮評〕此語消許多不平之憾。〔稿本無名氏乙評〕通篇結穴。〔但評〕長篇大文，止以二語收束。自是魏雖殷勤，竟不敢受其寸縷，寧厚酬之而已。後魏老，貧而作丐，〔馮評〕吾合胡世賞閣部嘗作三鬼論，謂魏忠賢、魏廣微、魏德藻也。此只一鬼，可當三鬼。〔稿本無名氏乙評〕收結魏名。每周以布粟而德報之。

異史氏曰：「噫嘻！造物之殊不由人也！益仇之而益福之，彼機詐者無謂甚矣。顧受其愛敬，而反以得禍，不更奇哉？此可知盜泉［吕註］尸子：孔子至於勝母，暮矣而不宿；過於盜泉，渴矣而不飲：惡其名也。之水，一掬亦污也。」

［何評］隴西行云：「健婦持門户，亦勝一丈夫。」讀仇大娘事，信然。

［但評］禍之而益以福之，得之旁觀者之言，亦不過公道語耳，惡足異？所異者，即出諸奸人之自計，且合十餘年而適以滋其愧悔也。由此觀之：天下斷無能害人之小人，而小人當知返矣。而凡處境者，亦惟以塞翁得馬失馬之意，静以參觀，失於人乎何尤？得於人乎何德？在我止安於義命，彼小人者，不必疾之已甚，而所謂不惡而嚴者，豈無道哉！邵氏守貞不二，而强奪之計，起自蕭牆；至鬭説已成，亦將奈此大姓何也？乃浮言胥動，遂沮陰謀。雖至四體不仁，而大節之克全，不得謂非蜚語之力矣。姜女賢淑多能，而淫賭之媒，擲同孤注，至食言不畏，又將奈此閻羅何也？乃奔告不遑，遂能速訟，雖至刺喉已透，而完璧之能返，不得謂非告姜之力矣。然而中傷之念已深，狡獪之謀難測，邵既冥然大漸，禄亦童子無知，敵且隱然，誰能辨此？彼大娘者：剛猛既成於性，怨望又積於心，歆之以可圖，使其内亂，不可謂不毒矣。乃復産襲仇，能作秦庭之哭；養親教弟，

不爲禽獸之行。是欲招之來而啓其争，實樹之敵而教其破也。童子誤踐閨闥，魏實始之，縱令不執爲盜，亦將自溺於溪。初不謂天假之緣，竟以落水石崇而作東牀佳壻也。魏亦愧此蹇修矣。秀才不出户庭，魏實啓之；不有口外之行，焉得長兄之遇？更不意兒尚有父，兼獲曩時巨盜，而遂北地偕歸也。魏又勞此推挽矣。若夫昭雪之命方下，回禄之變旋生，託救而來，徧營以爇，傷心一炬，老屋三間，魏之毒謀，遂至於此！乃災能致福，石可成金，財固聚於石崇，運亦轉於丐子，石池盈丈，滿中皆不動尊，不拜魏名之賜而誰拜哉？君子觀於雞酒之受，舍災於薪；牽羊之受，僮死於索；竊歎盜泉之水，不可試掬。遠小人不惡而嚴，禍福之説，猶其後已。大娘忿氣塞吭，直詞抗宰，握刀争論，屈服豪强，以爲仇業悉歸，我亦將信。乃遺歸少子，獨止母家，賴其經營，乃能完好。操杖投杖，既擒縱之自如；求姜復姜，亦權衡之悉協。而執爵數語，功成思退，且能潔身：以一身來，以一身去。自古勳成，殊少此智也。知有母而不知有父，搢紳家且多效之，奈何兩間奇氣，獨得之婦人乎？不有疾風，焉知勁草？不至寒歲，焉識孤松？故吾謂：能復仇氏之業者，全賴大娘；而能成大娘之名者，則全賴魏名也。

曹操冢*

許城外有河水洶湧，近崖深黯。盛夏時，有人入浴，忽然若被刀斧，尸斷浮出；後一人亦如之。轉相驚怪。邑宰聞之，遣多人閘斷上流，竭其水。見崖下有深洞，中置轉輪，輪［校］青本無輪字。上排利刃如霜。去輪攻入，有［校］抄本有上有中字。小碑，字皆漢篆。細視之，則曹孟德墓也。［馮評］曹賊名瞞，到底瞞不過人。破棺散骨，所殉金寶，盡取之。［馮評］近人詩云：畢竟機心緣底事，秋風無恙卧龍墳。［但評］七十二疑塚距許城遠隔黄河，將及千里，而於斷崖洶水之處，盜埋奸骨，其計不可謂不密矣；轉輪排刃，適以此自敗，老瞞如有知，應亦自嗤其愚。

異史氏曰：「後賢詩云：『盡掘七十二疑冢，［呂註］輟耕録：曹操疑冢七十二，在漳河上。○按：曹操作七十二冢，人欲發之，不能必其柩所在，因目曰疑冢。必有一冢葬君尸。』寧知竟在七十二冢之外乎？奸哉瞞也！然千餘年而朽骨不保，變詐亦復何益？嗚呼，瞞之智，正瞞之愚耳！」［校］抄本作也。

［何評］此事他書載之更詳。

*龍飛相公

安慶戴生，少薄行，無檢幅。〔何註〕檢，束也，制也。幅，布帛廣狹之製也。漢書，食貨志：太公以布爲貨，廣二尺二寸爲幅，長四丈爲疋。蓋布幅無制度以約束之則不能端正成幅，喻人之無儀檢，則不能成人也。一日，自他〔校〕抄本無上二字。醉歸，途中遇故表兄季生。醉後昏眊，〔何註〕眊，古耄字，目不明也。亦〔校〕抄本作竟。忘其死，問：「向在何所？」季曰：「僕已異物，君忘之耶？」戴始恍然，而醉亦不懼。問：「冥間何作？」答云：〔校〕抄本作曰。「近在轉輪王殿下司録。」戴曰：「人世禍福，當必知之？」季曰：「此僕職也，烏得不知。但過煩，非甚關切，不能〔校〕青本無能字。盡記耳。三日前偶稽册，尚睹君名。」戴急問其何詞。季曰：「不敢相欺，尊名在黑暗獄〔吕註〕見西遊記。中。」戴大懼，酒亦醒，苦求拯拔。季曰：「此非〔校〕抄本下有僕字。所能效力，惟善可以已之。〔馮評〕確語。〔何評〕指引。然君惡籍盈指，〔何註〕惡籍盈指，猶言惡事紀載已滿，不勝指也。非大善不可復挽。窮秀才有何大力？即日行一善，非年餘不能相準，今已晚矣。但從此砥行，則地獄中［校］抄本無中字。或有出時。」［何評］婆心。戴聞之泣下，伏地哀懇；及仰首而季已杳矣，悒悒而歸。由此洗心改行，不敢差跌。［何註］跌音耋，過度也。漢書，律曆志：無有差跌。先是，戴私其鄰婦，鄰人聞知［校］抄本作之。而不肯發，思掩執之。而戴自改行，永與婦絶；鄰人伺之不得，以爲恨。一日，遇於田間，陽與語，紿窺眢井，因而墮之。井深數丈，計必死。而戴中夜甦，［校］青本下有醒字。坐井中大號，殊無知者。鄰人恐其復生，過宿往聽之；聞其聲，急投石。戴移閉［校］抄本作避。洞中，不敢復作聲。鄰人知其不死，劚土填井，幾滿之。洞中冥黑，真與地獄無少異者。［校］抄本無少字者字。空［校］抄本空上有況字。洞無所得食，計無生理。蒲伏漸入，則三步外皆水，無所復之，還坐故處。初覺腹餒，久竟忘之。因思重泉下無善可行，惟長宣佛號而已。既見燐火浮游，熒熒滿洞，因而祝之：［校］抄本下有曰字。「聞青燐悉爲冤鬼；我雖暫生，固亦難返，如可共話，亦慰寂寞。」但見諸燐漸［校］青本作悉。浮水來；燐中皆有一人，高約人身之半。詰所自來。答云：「此古煤井。主人攻煤，震動古墓，被龍飛相公決地海之水，溺死四十三人。我等皆其［校］抄本無其字。鬼也。」問：「相公何人？」曰：「不知也。但相公文學士，今爲城隍幕客。彼亦憐我等［校］此據抄本，稿本、青本無等字。無辜，三五日輒一施水粥。［何評］溺溺而復憐之，何也？要［校］抄本作思。我輩冷水浸骨，超拔無日。君倘再履人世，祈撈殘骨葬一義冢，則惠及泉下者多矣。」戴曰：「如有萬分［校］抄本下有之字。一，此即［校］抄本作更。何難。但深［校］青本作身。在九地，安望重睹天日乎！」因教諸鬼使念佛，捻塊代珠，記其藏數。不知時之昏曉；倦則眠，醒則坐而已。忽見深處有籠燈，衆喜曰：「龍飛相公施食矣！」邀戴同往。戴慮水沮，衆强扶曳［校］抄本作曳扶。以行，飄若［校］青本作然。履虛。曲折半里許，至一處，衆釋令自行；步益上，如升數仞之階。階盡，睹房廊，堂上燒明燭一枝，大如臂。戴久不見火光，喜極趨上。上坐一叟，儒服儒巾。戴輟步不敢前。叟已睹之，［校］抄本作見。訝問：「生人何來？」戴上，伏地自陳。叟曰：「我耳［校］抄本作子。孫也。」因令起，賜之坐。自言：「戴潛，字龍飛。曩［校］抄本作向。因不肖孫堂，連結匪類，近墓作井，使老夫不安於夜室，故以海水没之。今其後續［何注］續，嗣也。詩，周頌：以似以續。疏：似訓爲嗣，嗣續俱是繼前而言。又樊噲責項羽曰：此亡秦之續耳。如何矣？」蓋戴近宗凡五支，堂居長。初，邑中大姓賂堂，攻煤於其祖塋之側。諸弟畏其强，莫敢争。無何，地水暴至，採煤人盡死井中。諸死者家，羣興大訟，堂及大姓皆以此貧；堂子孫至無立錐。戴乃堂弟裔也。曾聞先人傳其事，因告翁。翁曰：「此等不肖，其後烏[校]抄本作焉。得昌！汝既來此，當毋[校]抄本作勿。廢讀。」因餉以酒饌，遂置卷案頭，皆成、洪制藝，迫使研讀。又命題課文，如師授[校]抄本作教。徒。堂上燭常明，不翦亦不滅。倦時輒眠，莫辨晨夕。翁時出，則以一僮給役。歷時覺[校]青本作若。有數年之久，然幸無苦。但無別書可讀，惟制藝百首，首四千餘遍矣。[但評]智井中讀成洪制藝，面壁三四年，遂能鄉捷，秀才大得便宜。翁一日謂曰：「子[校]青本作汝。孽報已滿，合還人世。余冢鄰煤洞，陰風刺骨，得志後，當[校]青本無當字。遷我於東原。」戴敬諾。翁乃喚集羣鬼，仍送至舊坐處。羣鬼羅拜再囑。戴亦不知何計可出。先是，家中失戴，搜訪既窮，母告官，係纍[校]青本作繫累，抄本作係累。多人，並少蹤緒。[校]抄本作杳無蹤跡。積三四年，官離任，緝察亦弛。戴妻不安於室，遣嫁去。[何評]淫報。會里中人復治舊井，入洞見戴，撫之未死。大駭，報諸其家。舁歸經日，始能言其底裏。自戴入井，鄰人毆殺其婦，[校]抄本作妻，下同。爲婦翁所訟，駁審年餘，僅存皮骨而歸。聞戴復生，大懼，亡去。宗人議究治之，戴不許；且謂曩時實所自取，此冥中之譴，於彼何與焉。鄰人察其意無他，始逡巡而歸。井水既涸，戴買人入洞拾骨，俾各爲具，市棺設地，葬叢冢焉。又稽宗譜名潛，字龍飛，先設品物，祭諸其冢。學使聞其異，又賞其文，是科以優等入闈，遂捷於鄉。既歸，營兆東原，遷龍飛厚葬之；春秋上墓，歲歲不衰。

異史氏曰：「余鄉有攻煤者，洞没於水，十餘人沉溺其中。竭水求尸，兩月餘始得涸，而十餘人並無死者。蓋水大至時，共泅高處，得不溺。縋［何註］縋音隊，以繩相引也。左傳，僖公三十年：夜縋而出，彼縋下，此縋上也。而上之，見風始絶，一晝夜乃漸甦。始知人在地下，如蛇鳥之蟄，急切未能死也。然未有至數年者。苟非至善，三年地獄中，烏復［校］青本復作得，抄本烏作豈。有生人哉！」

［但評］今將執途人而告之曰：冥間果有黑獄也。則將啞然笑，謂誰則居之，而誰則見之？且以爲佛教欺人，惡得有轉輪王管四天下，而察人間善惡哉！吁！其言若是，雖指其惡而不知懲，雖導其善而不知勸矣。嘗竊謂：鬼神有靈，何不使夢夢者親歷其境，復令再生人間，而一一自言之也？乃不謂讀此文，更有意想所不到者。鬼明告之，而曰惟善可以已之，是導之以出獄之路也。然使從此終免，戴即信之，人亦將以爲醉中恍惚矣。乃墮諸眢井，從而掩之，躬歷重泉，難覩天日，身伴青燐，口同鬼語，前不信果有黑獄於既死之後，今且身居於再生之年。幸而佛號長宣，龍飛得遇，孽報既滿，乃以浚井而還人間。然昏曉不知，且積三四年矣。不究鄰人，而謂曩時自取；且以冥

中之譴，無與於人。所謂已證菩提，現身說法，非深於閱歷，惡能如是言之親切而有味哉！願普天下善男子、善女人，生清浄心，自計我身所行，是否名在黑獄，雖有差跌，砥行可挽；雖有修積，懈弛皆隳；慎勿至罔覩天日，而始悔無善可行，急時抱佛脚也！

珊瑚*

安生大成，重慶人。父孝廉，早卒。弟二成，幼。[馮評]伏下臧姑。生娶陳氏，小字[何註]聽雨紀談：宋進士同年録皆書小名，如相如小名犬子，揚雄之子小字童烏是也。珊瑚，性嫻淑。[校]青本無上三字。而生母沈，悍謬[校]抄本無謬字。◯[何註]悍音旱，勇也，性急也。謬，誤也，違也。不仁，遇之虐，珊瑚無怨色。[馮評]有此孝子孝婦，可爲地方生色。每早旦，靚妝往朝。值生疾，母謂其誨淫，[呂註]易，繫辭：冶容誨淫。[何註]誨，曉教也。詬責之。珊瑚退，毁妝以進。母益怒，投顙自撾。[何註]投顙自撾。投，擲也。顙，額也。撾，張瓜切，擊也。三國志，魏志，太祖紀：伯魚三娶孤女，謂之撾婦翁。唐書，柳宗元傳：自古賢人才士被謗議，不能自明，故有無兄盜嫂，娶孤女撾婦翁者。◯[何評]如見。生素孝，鞭婦，母始[校]抄本無始字。少解。自此益憎婦。婦雖奉事惟謹，終不與交[校]抄本無交字。一語。[馮評]世之順妻逆母者皆安生罪人。生知母怒，亦寄宿他所，示與婦絶。久之，母終不快，觸物類而罵之，意皆[校]抄本作總。在珊瑚。[何評]如見。生曰：「娶妻以奉姑嫜，今若此，何以妻爲！」[何評]孝子。遂出珊瑚，[馮評]古人七出，頗於情理不近，如孔門三出，曾子蒸梨，皆不足信。友人曰：必如是而後夫婦之道正，後世不然，而夫婦之道微矣。〇天下無不是底父母，亂臣賊子皆坐與君父論理耳。聊齋於孝友字何其認得極真，至且周密毫無可議也。此與曾友于篇同爲有關名教之文，當作聖經賢傳讀之。使老嫗送諸其〔校〕抄本作歸母。家。方出里門，珊瑚泣曰：「爲女子不能作婦，歸何以見雙親？不如死！」袖中出翦刀刺喉。急救之，血溢沾衿。扶歸生族嬸家。嬸王氏，〔校〕此據青本，抄本、稿本無氏字。寡居無耦，遂止焉。嫗歸，生囑隱其情，而心竊恐母知。過數日，探知珊瑚創漸平，登王氏門，使勿留珊瑚。王召之〔校〕抄本作生。入；不入，但盛氣逐珊瑚。無何，王率〔校〕青本無王率二字，抄本無無何二字，王下有乃字。珊瑚出，見生，便問：「珊瑚何罪？」生責其不能事母。珊瑚脈脈〔校〕抄本作默默。不作一言，〔校〕抄本作語。惟俯首嗚泣，淚皆赤，素衫盡染，生慘惻不能盡詞而退。又數日，母已聞之，怒詣王，惡言誚讓。王傲不相下，反數〔校〕抄本作返述。其惡；且曰：〔校〕抄本作曰。「婦已出，尚屬安家何人？我自留陳氏女，非留安氏婦也，何煩强與他家事！」〔何評〕快甚。母怒甚而窮於詞，〔何評〕如見。又見其〔校〕抄本作王。意氣詾詾，〔何註〕詾詾，嚇也，喧戾也。五代史，四夷傳：聚而謀者詾詾。又三國志，蜀志，趙雲傳注：天下詾詾，未知孰是。慚沮大哭而返。〔何評〕如見。珊瑚意不自安，思他適。先是，生有母姨于媼，即沈姊也。年六十餘，子死，止一幼孫及寡媳；又嘗善視珊瑚。遂辭王往投媼。媼詰得故，極道妹子昏暴，即欲送之還。珊瑚力言其不可，〔何評〕成竹。兼囑勿言，於是［校］上二字，抄本作乃。與于媪居，類［校］抄本作如。姑婦焉。珊瑚有兩兄，聞而憐之，欲移之歸而嫁之。［校］上五字，抄本作歸另嫁。珊瑚執不肯，惟從于媪紡績以自度。生自出婦，母多方爲子［校］抄本作生。謀婚，［馮評］換筆，另作轉關。而悍聲流播，遠近無與爲耦。［何評］可幸在此。積三四年，二成漸長，遂先爲畢姻。二成妻臧姑，驕悍戾沓，［何註］戾沓，乖戾多言也。沓，達合切。說文：語多沓沓，若水之流。尤倍於母。［馮評］特筆提。母或怒以色，則臧姑怒以聲。［何評］可知。二成又懦，不敢爲左右袒。於是母威頓減，莫敢攖，反望色笑而承迎之，猶不能得臧姑懽。［馮評］何其甚也。［何評］可知。臧姑役母若婢；生不敢言，惟身代母操作，滌［何註］滌音狄，洗也。器汎［校］抄本作洒。掃之事皆與焉。母子恒於無人處，相對飲泣。［何評］可知。無何，母以鬱積［校］積，抄本作抑成。病，委頓在牀，便溺轉側皆須生；生晝夜不得寐，兩目盡赤。呼弟代役，甫入門，臧姑輒喚去之。［校］抄本無之字。生於是奔告于媪，［馮評］逼出此句。冀媪臨存。入門，泣且訴。訴未畢，珊瑚自幃中出。生大慚，禁聲欲出。珊瑚以兩手叉扉。［馮評］古樂府中有孔雀東南飛一篇爲焦仲卿妻作，然不如此婦遠矣。［何評］活現。生窘急，［校］抄本作極。自肘下沖出而歸，亦不敢以告母。無何，于媪至，母喜止之。由［校］抄本作從。此媪家無日不以［校］抄本作有。人來，來輒［校］抄本作必。以甘旨餉媪。媪寄語寡媳：「此處不餓，後勿〔校〕抄本作無。復爾。」而家中餽遺，卒無少間。〔何評〕作用妙。媪不肯少嘗食，緘〔校〕青本無食字，青本、抄本緘作輒。留以進〔校〕抄本作待。病者。母病亦漸瘥。媪幼孫又以母命將佳餌來問疾。〔校〕抄本作病。沈嘆曰：「賢哉婦乎！姊何修者！」媪曰：「妹以〔校〕青本作已。去婦何如人？」〔校〕青本無人字。○〔何評〕漸入。曰：〔校〕青本曰上有沈字。「嘻！〔校〕青本作噫。誠不至夫己氏之甚也！〔何評〕如見。然烏如甥婦賢！」媪曰：「婦在，汝不知勞；汝怒，婦不知怨：〔馮評〕二語將孝婦説盡，簡妙。惡乎弗如？」沈乃泣下，且告之悔，曰：「珊瑚嫁也未者？」〔校〕青本、抄本無者字。答〔校〕青本答上有媪字。云：「不知，請〔校〕此據抄本，稿本作然，青本作俟。訪之。」又數日，病良已。〔校〕上二字，抄本作愈。媪欲別。沈泣曰：「恐姊去，我仍死耳！」媪乃與生謀，析二成居。二成告臧姑。臧姑不樂，語侵兄，兼及媪。生願以良田悉歸二成，臧姑乃喜。立析產書已，媪始去。明日，以車乘來〔校〕青本無來字，抄本無乘字。迎沈。沈至其家，先求見甥婦，極道甥婦德。媪曰：「小女子百善，何遂無一疵？余固能容之。〔何評〕如聞其聲。子即有婦如吾婦，恐亦不能享也。」〔何評〕漸逼。沈曰：「嗚呼〔校〕抄本無上二字。寃哉！謂我木石鹿豕耶！具有口鼻，豈有觸香臭而不知者？」媪曰：「被出如珊瑚，不知念子作何語？」〔何評〕疾入實緩受。曰：「罵之耳。」媪曰：「誠反躬無可罵，亦惡〔校〕抄本作烏。乎而罵之？」〔何評〕如聞其聲。曰：「瑕疵人所時有，惟其不能賢，是以知其罵也。」媪曰：「當怨者不怨，則德焉者可知；當去者不去，則撫焉者可知。〔馮評〕都用句法。向之所餽遺而奉事者，固非予婦也，而〔校〕青本作子，抄本作爾。婦也。」〔馮評〕而婦也三字聲淚俱下。〔何評〕百川赴海，一瀉如注。沈驚曰：「如何？」曰：「瑚瑚寄此久矣。向之所供，皆渠夜績之所貽也。」沈聞之，泣數行下，曰：「我何以見吾婦矣！」〔但評〕媪與沈問答一段，文字吞吐挑剔，俱臻絕妙，是從左傳、戰國策中得來。愈委婉，愈真切，一字一珠，一字一淚。我讀至此，忽不知何以亦泣數行下也。媪乃呼珊瑚。珊瑚含涕而出，伏地下。母慚痛自撾，〔校〕抄本作撻。○〔馮評〕伏地痛哭。寫孝婦真是孝；慚痛自撾，寫姑悔真是悔。媪力勸始止，遂爲姑媳如初。十餘日偕歸，家中薄田數畝，不足自給，惟恃生以筆耕，婦以針耨。〔何註〕耨，鎒同，田器。禮，禮運：講學以耨之。針耨，以女紅爲耨也。二成稱饒足，然兄不之求，弟亦不之顧也。〔馮評〕左句。臧姑以嫂之出也鄙之；〔馮評〕以上寫珊瑚畢，以下極寫臧姑。嫂亦惡其悍，置不齒。兄弟隔〔校〕抄本作各。院居。臧姑時有陵〔校〕青本、抄本作凌。虐，一家盡掩其耳。臧姑無所用虐，虐夫及婢。婢一日自經死。婢父訟臧姑，二成代婦質理，大受扑責，仍坐拘臧姑。生上下爲之營脱，卒不免。臧姑械十指，肉盡脱。官貪暴，索望良奢。二成質田貸貲，如數納入，始〔校〕抄本作姑。釋歸。而債家責負日亟，不得已，悉以良田鬻於村中任翁。翁以田半屬大成所讓，要生署券。生往，翁忽自言：「我安孝廉也。任某何人，敢市吾業！」又顧生曰：「冥間［校］抄本作中。感汝夫妻孝，故使我暫歸一面。」生出涕曰：「父有靈，急救吾弟！」［馮評］真孝子無不友愛，此句又令人感泣。曰：「逆子悍婦，不足惜也！歸家速辦金，贖吾血產。」生曰：「母子僅自存活，安得多金？」曰：「紫薇樹下有藏金，可以取用。」欲再問之，翁已不語；少時而醒，茫不自知。生歸告母，亦未深信。臧姑已率數人往［校］青本無往字，抄本無數字。發窖，坎地［何註］坎地，坎，穴也，謂穴其地也。四五尺，止見磚石，並無所謂金者，［校］抄本無所謂者三字。失意而去。生聞其掘藏，戒母及［校］青本作與。妻勿往視。後知其無所獲，母竊往窺之，見磚石雜土中，遂返。珊瑚繼至，則見土內悉白鏹；［何註］鏹音繈。白鏹，金別名。呼生往驗之，果然。［但評］天之報施孝子，豈偶然哉！磚石白鏹，僞金真金，誰則主之，而倉猝變幻若此！生以先人所遺，不忍私，召二成均分之。［馮評］世安得有人，可敬可愛。數適得揭取之二，［何註］二，兩分分之也。各囊之而［校］抄本無上二字。歸。二成與臧姑共驗之，啓囊則瓦礫滿中，大駭。疑二成爲兄所愚，使二成往窺兄，兄方陳金几上，與母相慶。因實告兄，生亦駭，而心甚憐之，舉金而並賜之。二成乃喜，往酬債訖，甚德兄。臧姑曰：「即此益知兄詐。若非自愧於心，誰肯以瓜分者復讓人乎？」［馮評］天下喪心人出語往往如此。二成疑信半之。次日，債主遣僕來，言所償皆僞金，將執以首官。夫妻皆失色。臧姑曰：「如何哉！［校］上三字，抄本作何如。○［何評］如聞其聲。我固謂兄賢不至於此，是將以殺汝也！」［馮評］如聞其聲，如見其人。［但評］婦有長舌，爲厲之階。極無情理之言，出諸如簧之口，偏覺有憑有證，所以動聽。雖然，平日果有至性至情，又能以綱常自立，則婦女亦將化爲和順，無有間言；即有言者，亦能以理折之，而不得逞其技矣。二成懼，往哀債主；主怒不釋。二成乃券田於主，聽其自售，始得原金而歸。細視之，見斷金二鋌，僅裹真金一韭葉許，中盡銅耳。［校］青本作矣。臧姑因與二成謀：留其斷者，餘仍返諸兄以覘［校］青本作觀。之。且教之言曰：「屢承讓德，實所不忍。薄留二鋌，以見推施之義。所存物產，尚與兄等。余無庸多田也，業已棄之，贖否在兄。」［何評］數語甚巧。生不知其意，固讓之。二成辭甚決，生乃受。秤之，少五兩餘。［校］抄本無餘字。命珊瑚質匳妝［校］青本無妝字。○［何註］質匳，謂典質妝匳也。以滿其數，攜付債主。［但評］瑣瑣寫出，總以見夫婦之全德，亦以見天下無不可忍之事，無不可化之人。主疑似舊金，以翦刀斷［校］抄本作夾。驗之，紋色俱足，無少差謬，遂收金，與生易券。二成還金後，意其必有參差；既聞舊業已贖，大奇之。臧姑疑發［校］青本無發字。掘時，兄先隱其真金，忿詣兄所，責數詬厲。生乃悟返金之故。珊瑚逆［校］青本作迎。而笑曰：［但評］一笑之間，能忍事，能解事，能省事，是性分內事，非世情中事。「產固在耳，何怒爲！」［校］青本作焉。使生出券付之。［馮評］

仁至義盡，世真有此人，不謂之賢哲得乎！二成一夜夢父責之曰：「汝不孝不弟，冥限已迫，寸土皆非己有，占賴將以奚爲！」醒告臧姑，欲以田歸兄。臧姑［校］青本無姑字。嗤其愚。是時二成有兩男，長七歲，次三歲。無何，［校］抄本作未幾。長男病痘死。臧姑始［校］青本無始字。懼，［馮評］臧姑之悔與其母之悔各是一樣轉頭法。使二成退券於兄。言之再三，［校］抄本無上四字。生不受。未幾，［校］抄本作無何。次男又死。［但評］兩男之死，是冥譴，即是慈悲。臧姑益懼，自以券置嫂所。春將盡，田蕪穢［何註］蕪穢，田生草萊也。漢書，楊惲傳：穢蕪不治。不耕，生不得已，種治之。臧姑自此改行，定省如孝子；敬嫂亦至。［但評］改行實感於嫂，其敬也出於至誠。未半年而［校］抄本無未字而字。母病卒。臧姑哭之慟，至勺［校］青本作食。飲［校］上三字，抄本作勺水。不入口。向人曰：「姑早死，使我不得事，是天不許我自贖也！」［但評］天不許我自贖，自知其罪深矣，安能不慟？然其慟亦有出於至誠，而非專畏罪者，蓋珊瑚之至孝，感之最深矣。產［校］抄本作育。十胎皆不育，［校］抄本作存。遂以兄子爲子。夫妻皆壽終。生三子，舉兩進士。［校］抄本作生養二子，皆舉進士。人以爲孝友之報云。

異史氏曰：「不遭跋扈之惡，不知靖獻［呂註］書，微子：自靖，人自獻于先王。［何註］靖，安也。獻，納也。書，微子：自靖，人自獻于先王。言當各安其義所當盡，以自達其志于先王。之忠，家與國有同情哉。逆婦化而母死，蓋一堂孝順，無德以戡［校］青本作堪。之也。[馮評]層層都到。臧姑自克，謂天不許其自贖，非悟道者何能爲[校]青本無爲字，抄本作有。此言乎？然應迫死，而以壽終，天固已恕之矣。生於憂患，有以矣夫！」

[何評]前序沈之悍，大成之孝，珊瑚之賢，王詰沈，于責沈，色色精工；後序二成之懦，臧姑之虐，並皆佳妙。

[但評]非沈之繆，不足見珊瑚之賢；非珊瑚之賢，不足見安生之孝。珊瑚不得於親，動輒得咎，非彼之罪，生豈不知？而生止知有母，不知有妻；母既不歡，妻即應出。珊瑚之泣而自刺，亦只謂不能作婦，不可謂人；至血染素衫，含情脈脈，生固自行其是，珊瑚亦負罪引慝已耳。臧姑既相反於嫂，二成又遠遜乎兄。頓減母威，反承色笑，入門泣訴，實羞對我珊瑚；而珊瑚自幃中出時，想已聞之泣數行下矣。不然，兩手叉扉，將謂其欲作快心語乎？抑將借此較短長乎？不有夫已氏之甚，惡足以知冢婦之賢？而甘旨之供，假道以進，此可想孤燈夜績時，飲泣不知幾許也。語之故告之悔，羞見吾婦，痛至自撾，書所稱于田號泣，至誠感神，珊瑚有焉。從古未有孝親而不友弟者，臧姑戾沓，瞀亂黑白，顛倒是非，真金僞金，天亦如其瞀亂顛倒，殆亦巧矣。詬厲頻加，兄固能忍；而珊瑚之笑迎付券，何其善調停骨肉閒也？悍婦痛自改者，雖由兩男之死；而兩男之死，自知不孝所致，則其感化於珊瑚者可知。姑死而謂天不許其自贖，願天下之爲子婦者，早鑒斯言！

五通*

南有五通，[呂註] 蘇軾詩：聊爲不死五通仙。注：佛具六通，而神仙衆特五通而已。五通則不死，而佛無死無生。○華嚴經：六通者，三乘之功德也：一天眼，二天耳，三他心，四宿命，五神足，六漏盡。○又維摩經：佛身即法身也，從六通生。注：六通：一曰天眼通，見遠方之色；二曰天耳通，聞陣外之聲；三曰身如意通，飛行隱顯，即神境通、神足通；四曰他心通，水境萬慮；五曰宿命通，神之已往；六曰漏盡通，慧解累世。○池北偶談：康熙丙寅，擢江寧巡撫、都御史湯斌，禮部尚書、掌詹事府事湯瀕行疏毀吳王淫祠五通、五顯，五方賢聖等廟，恭請上諭勒石上方，得俞旨通行直省。○按：香祖筆記云：今江浙所祖五通，乃明太祖伐陳友諒陳亡士卒，詔令五人一隊，得受香火云云。而武林聞見録又載：宋嘉泰中，大理寺決一囚，數日後見形獄吏云：泰和樓五通神虛位，某欲充之，求二差檄言，差充某神位，得此爲據可矣。吏如其言。經數月，聞樓上五通神自夜喧鬭，吏乃洩前事，爲增塑一像，遂寂然。則宋時已有五通之説，不自明初始。至於決囚鑽營僞牒，得補神位，其爲邪魅昭然矣。吳越之人信而畏之，理不可解，宜湯公碎其土偶，投界湖中也。猶北之有狐也。[馮評] 疏解起法。[稿本無名氏乙評] 劈作論斷，起法又別。然北方狐祟，尚百計[校] 上二字，抄本作可。驅遣之；[校] 抄本無之字。至於[校] 上二字，抄本作而。江浙五通，民家有[校] 抄本作則民家。美婦，輒被淫占，父母兄弟，皆莫敢[校] 青本下有喘字。息，爲害尤烈。[何註] 烈，威也，暴也。○[但評] 馬豕之技，未必及狐，而乃莫敢喘息，莫敢動問。使不遇萬生，又惡知其僅足供一喙哉。有趙弘[校] 青本作邵弧，下文趙作邵，弘作弧。者，吳之典商也。妻閻氏，頗風格。一夜，有丈夫岸然自外入，按劍四顧，婢媪盡奔。閽欲出，丈夫橫阻之，〔何註〕阻之，止之也。曰：「勿相畏，我五通神四郎也。我愛汝，不爲汝禍。」因抱腰舉之，〔校〕青本、抄本無上二字。如舉嬰兒，置牀上，裙帶自脱，〔校〕抄本作開。遂狎之。而偉岸〔何註〕偉，大也。岸，有廉稜也。甚不可堪，迷惘中呻楚欲絶。四郎亦憐惜不盡其器。既而下牀，曰：「我五日當復來。」乃去。弘於門外設典肆，是夜婢奔告之。弘知其五通，不敢問。質明，視〔校〕抄本下有之字。妻憊不起，心甚羞之，〔校〕抄本作恨。戒家人勿播。婦三四日始就平復，而〔校〕抄本無而字。懼其復至。婢媪不敢宿內室，悉避外舍；惟婦對燭含愁以伺〔校〕青本作俟。之。無何，四郎偕兩人入，皆少年蘊藉。有僮列肴酒，與婦共飲。婦羞縮低頭，强之飲亦不飲；心惕惕然，恐更番爲淫，則命合盡矣。三人互相勸酬，或呼大兄，或呼三弟。飲至中夜，上座二客並起，曰：「今日四郎以美人見招，會當邀二郎、五郎釀酒爲賀。」〔但評〕其將聚而殲旃。遂辭而去。四郎挽婦入幃。婦哀免；四郎强合之，血液〔校〕抄本作鮮血。流離，昏不知人，四郎始去。婦奄臥牀榻，不勝羞憤。思欲自盡，而投繯則帶自絶，屢試皆然，苦不得死。〔但評〕受其淫毒，苦不得死，天焉得不假手於萬以誅之。幸四郎不常至，約婦痊可始一來。積兩三月，一家俱不聊生。有會稽萬生者，趙之表弟，剛猛善射。一日，過趙，時已暮，趙以客舍爲家人所集，遂導客宿[校]上三字，抄本作宿趙。內院。萬久不寐，聞庭中有人行聲，伏窗窺之，見一男子入婦室。疑之，捉刀而潛視之，見男子與閻氏並肩坐，肴陳几上矣。忿火中騰，奔而入。男子驚起，急覓劍；刀已中顱，顱裂而踣。[何評]快。[但評]黔驢技此止耳。視之，則一小馬，大如驢。愕問婦，婦[校]青本無下一婦字。具道之。且曰：「諸神將至，爲之奈何！」萬搖手，禁勿聲。滅燭取弓矢，伏暗中。未幾，有四五人自空飛墮。萬急發一矢，首者殪。[何評]一快。三人吼怒，拔劍搜射者。萬握刃[校]青本、抄本作刀。倚扉後，寂不少[校]抄本無少字。動。一人入，剁頸亦殪。[何評]一快。又仍倚扉後，久之無聲，乃出，叩關告趙。趙大驚，共燭之，一馬兩豕死室中。舉家相慶。猶恐二物復仇，留萬於家，炰豕烹馬而供之；味美，異於常饈。[但評]賀客至矣，劇酒備矣，美人避矣，主人戲矣，小駟斃矣，小豝殪矣，餚而胾矣，兄及弟矣，五通五通，只足供人之咥而已矣。萬生之名，由是大譟。居月餘，其怪竟絕，乃辭欲去。有木商某苦要之。先是，某有女未嫁，忽五通晝降，是二十餘美丈夫，言將聘作婦，委金百兩，約吉期而去。計期已迫，闔[校]抄本作閤。家惶懼。聞萬生名，堅請過諸其家。恐萬有難詞，隱其情[校]抄本無上二字。不以告。盛筵既罷，妝女出拜客，年十六七，是好女子。萬錯愕不解其故，離坐[校]抄本作席。傴僂。某捺坐而實告之。萬初聞而驚；而[校]抄本無上五字。生平意氣自豪，故[校]抄本作遂。亦不辭。至日，某仍〔校〕抄本作乃。懸采於門，使萬坐室中。曰昃不至，竊意〔校〕上二字，青本作竊喜，抄本作疑。新郎已在誅數。〔但評〕竊喜新郎在誅數，此丈人無乃不情。未幾，見簷間忽如鳥墮，〔校〕抄本作墜。則一少年盛服入。見萬，返身而奔。萬追出，但見黑氣欲飛，以刀躍揮之，斷其一足，大嗥而去。〔何評〕亦一快。〔但評〕未得坦腹東牀，却已剗牀以足。君子謂此一通之智不如葵。俯視，則巨爪大如手，不知何物；尋其血蹟，入於江中。某大喜。聞萬無耦，是夕即以所備牀寢，使與女合卺焉。〔但評〕就所備牀寢而合卺，女子幸遇萬生，萬生幸遇五通。於是素患五通者，皆拜請一宿其家。居年餘，始攜妻而去。自是〔校〕抄本作從此。吳中止有〔校〕青本作存。一通，〔馮評〕或曰吳下只存一通，是調笑吳人。不敢公然爲害矣。

異史氏曰：「五通、青蛙，〔吕註〕述異記：平湖進士陸瑤林令江西之金谿。邑有青蛙神，令初至，必虔祀之。陸不爲禮。吏人苦諫，不聽。未幾，青蛙無數，至礙出入，漸至廳事，跳擲滿案，猶不介意；俄而粥飯方熟，青蛙出入湯鑊，合署不得舉箸。陸怒甚，欲焚其廟。忽兩目腫痛，突如蛙目，慘楚不勝。然後往躬祀之，遂安。相傳爲晉物，有一匣貯之。祀者至廟，蛙或作匣上，或據案頭，或在梁間，或一、或二、或三，變化無定。土人水旱疾疫，禱之輒應。惑俗已久，遂至任其淫亂，無人敢私議一語。萬生真天下之快人也！」

〔何評〕讀前半懨懨欲絕。萬生豪氣，自是可人。

又*

金生，字王孫，蘇州人。設帳〔何注〕馬融設絳帳授生徒。於淮，館搢紳園中。園中〔校〕青本無上二字。屋宇無多，花木叢雜。夜既深，僮僕散盡，孤影徬徨，〔校〕抄本作輒弔孤影。意緒良苦。〔校〕抄本無上四字。一夜，三漏將殘，忽有人以指彈扉。急問之，對以「乞火」，音〔校〕抄本作聲。類館童。〔校〕青本、抄本作僮。啓户納之，〔校〕抄本無上二字。則二八麗者，〔校〕抄本作佳麗。一婢從諸其後。〔校〕上四字，抄本作從之。生意妖魅，窮詰甚悉。女曰：「妾以君風雅之士，枯寂可憐，不畏多露，〔何注〕多露，詩，召南：謂行多露。相與遣此良宵。恐言其故，妾不敢來，君亦不敢納也。」生又疑〔校〕抄本作以。爲鄰之奔女，懼喪行檢，敬謝之。女横波一顧，生覺魂魄〔校〕抄本作神魂。都迷，忽顛倒不能自主。婢已知之，便云：「霞姑，我且去。」〔但評〕出名字處，另是一樣筆法。女頷之。既而呵〔校〕青本下有之字。曰：「去則去耳，甚得雲耶、霞耶！」[馮評]如聞小妮子妖媚聲口。婢既去，女笑曰：「適室中無人，遂偕[校]此據青本，稿本、抄本作借。婢從來。無知如此，遂以小字令君聞矣。」生曰：「卿深細如此，故僕懼有禍機。」女曰：「久當自知，保不敗君行止，勿憂也。」上榻緩其裝束，見臂上腕釧，[何註]釧，尺絹切。六朝宋何偃與謝尚書：珍玉名釧，因物寄情。一名條脱。又唐文宗問宰臣：金條脱何物？對曰：古詩，輕衫穩條脱，臂釧也。以條金貫火齊，啣雙明珠；[校]抄本作啣明珠二粒。燭既滅，光照一室。生益駭，終莫測其所自至。事甫畢，婢來叩窗；女起，以釧照徑，入叢樹而去。自此無夕不至。生於[校]抄本下有女字。去時遥尾之；女似已覺，遽蔽其光，樹濃茂，昏不見掌而返。一日，生詣河北，笠[何註]笠音力。篇海：以竹爲之。無柄曰笠，有柄曰簦。帶斷絶，風吹欲落，輒於馬上以手自按。至河，坐扁舟上，飄風墮笠，隨波竟去。意頗自失。既渡，見大風飄笠，團[校]青本作圜。轉空際，漸落；以手承之，則帶已續矣。異之。歸齋向女緬述；女不言，但微哂[校]抄本作笑。之。生疑女所爲，曰：「卿果神人，當相明告，以祛煩惑。」女曰：「岑寂之中，得此癡情人爲君破悶，妾自謂不惡。縱令妾能爲此，亦相愛耳，苦致詰難，欲見[校]抄本作相。絶耶？」生不敢復言。先是，生養[校]抄本作有。甥女，[馮評]如此入題，蹊徑獨別。既嫁，爲五通所惑，心憂之而未以告人。緣與女狎暱既久，肺鬲無不傾吐。女曰：「此等物事，家君能驅除之。

顧何敢以情人之私告諸嚴君？」生苦哀求計。女沉思曰：「此亦易除，但須親往。若輩皆我家奴隸，若令一指得着肌膚，則此恥西江不能濯也。」生哀求無［校］抄本作不。已。女曰：「當即圖之。」次夕至，告曰：「妾爲君遣婢南下矣。［但評］登壇命將，計出萬全。婢子弱，恐不能便誅卻耳。」次夜方寢，婢來叩户。生急起納入。女問：「如何？」［校］抄本作何如。答云：［校］抄本作曰。「力不能擒，已宫之［呂註］韻會：宫刑，男子割勢。［何註］宫，淫刑也。文王世子公族無宫刑，不剪其類也。矣。」笑問其狀。曰：「初以爲郎家也；既到，始知其非。比至壻家，燈火已張，入見娘子坐燈下，隱几若寐。我斂魂覆瓿［何註］瓿音部，小甖也。漢書，揚雄傳：吾恐後人用覆醬瓿也。中。少時，物至，入室急退，曰：『何得寓生人！』審視無他，乃復入。我陽若迷。彼啓衾入，又驚曰：『何得有兵氣！』本不欲以穢物污指，奈恐緩而生變，遂急捉而閹之。物驚嗥遁去。乃起啓瓿，娘子若醒，而婢子行矣。」［但評］不能便誅却，早已料定，而宫之之計，則閫外將軍之臨機應變也。觀其設伏候敵，以整以暇，出其不意，宫辟行刑，機警中更饒英爽，娘子軍可云不辱命矣。吐屬風雅，筆墨超脱欲飛，讀之當浮一大白。生喜謝之，女與俱去。後半月餘，絶［校］抄本作女。不復至，亦已絶望。歲暮，解館欲歸，女忽［校］抄本作復。至。生喜逆之，曰：「卿久見棄，念必何處獲罪；［校］抄本作有獲罪處。幸不終絶耶？」女曰：「終歲之好，分手未有一言，終屬缺事。聞君捲帳，故竊來一告別耳。」生請偕歸。女嘆曰：「難言之矣！今將別，情不忍昧：妾實〔校〕青本作屬。金龍大王〔呂註〕金龍山聖蹟記：謝公緒，會稽諸生，居錢唐安溪，宋謝太后姪也。三宮北行，公投苕溪死，門人葬其鄉之金龍山。明太祖呂梁之捷，神顯靈助焉，遂敕封金龍四大王，立廟黃河之上。邵遠平戒山文存：神父生四子，紀、綱、統、緒，神居季，故號四大王。〇按：陳棟淮郡鎮海金神廟記：龍於五行屬乙宿，巽風皆木也，木畏金，從其畏厭之，可無患，於是創鎮海金神廟。然則地四生金，所謂金龍四大王者，或即以金鎮海之義，不必拘拘於住金龍而行四也。〇〔馮評〕金龍大王，河神也，姓謝，見神仙綱鑑。之女，緣與君有宿分，故來相就。不合遣婢江南，致江湖流傳，言妾爲君閹割五通。〔但評〕流言傳播，實乃自取，自謂不合，其引咎也良是。家君聞之，以爲大辱，〔校〕青本作恥。忿欲賜死。幸婢以身自任，怒乃稍解；杖婢以百數。妾一跬步，皆以〔校〕抄本作必使。保姆〔何註〕保姆，姆，女師也。從之。投隙一至，不能盡此〔校〕青本作其。衷曲，奈何！」言已，欲別。生挽之而泣。女曰：「君勿爾，後三十年可復相聚。」生曰：「僕年三十〔校〕此據抄本，稿本、青本作三十年。矣；又三十年，皤然一老，何顏復見？」女曰：「不然，龍宮無白叟也。〔但評〕龍宮無白叟，天下何處有龍宮。且人生壽夭，不在容貌，如徒求駐顏，〔呂註〕神仙傳：韓衆謂劉根曰：藥之上者有九轉還丹、太乙金液，其次有雲母、雄黃之屬，次乃草木諸藥，能治百病，補虛駐顏，斷穀益氣。〇李白詩：又無大藥駐朱顏。〔何註〕駐顏，留駐少年容顏也。固亦大易。」乃書一方於卷頭而去。生旋里，甥女始言其異，云：「當晚若夢，覺一人捉予〔校〕青本、抄本無予字。塞盎中；既醒，則血殷牀褥，而怪絕矣。」生曰：「我曩禱河伯耳。」羣疑始解。後生六十餘，貌猶類三十許人。一日，渡河，遙見上流浮蓮葉，大如席，一麗人坐其上，近視，則神女也。躍〔校〕抄本躍上有生字。從之，人隨荷葉俱小，漸漸〔校〕此據抄本，稿本作之，青本作至。如錢而滅。〔但評〕見首不見尾，其所以爲龍女乎。此事與趙弘〔校〕青本作邵弧。一則，俱明季事，不知孰前孰後。若在萬生用武之後，則吳下僅遺半通，宜其不足爲害也。

〔何評〕除惡未盡，故應不如萬生之快。

〔但評〕閹割五通，去其要害而已，何必誅之乃爲快乎？金龍大王之奴隸，淫亂民間，婢自任宮，而僅加以杖，想亦自知失察，幸假手於婢耳。霞姑力可鋤兇，計能持重。偏師南下，捷音夜來，室中之物已宮，瓿内之魂初醒。猥因除害，致彼流言，屈指卅年，傷心一別。幸駐顏有術，蓮席偕歸，明珠果是成雙，笠帶無煩再續。可知東牀坦腹，獻替龍宮；宮中多一椓兒，南方少一五通矣。

申氏*

涇河［呂註］書，禹貢：涇屬渭汭。周禮，夏官，職方氏：正西曰雍州，其川涇汭。之側，［校］抄本作間。有士人子申氏者，家窶［校］此據青本，稿本、抄本作屢。貧，竟日恒不舉火。夫妻相對，無以爲計。妻曰：「無已，子其盜乎？」申曰：「士人子，不能亢宗，而辱門户、羞先人，跖而生，不如夷而死！」［何註］跖，盜跖也。夷，伯夷也。○［但評］跖而生不如夷而死，有此操守，可以對天地，質鬼神。妻忿曰：「子欲活而惡辱耶？世不田而食［校］此據青本，稿本、抄本作農。者，止［校］青本下有有字。兩途：汝既不能盜，我無寧娼耳！」［校］抄本作乎。○［何評］可惡可恨。申怒，與妻語相侵。妻含憤而眠。申念：爲男子不能謀兩餐，至使妻欲娼，固不如死！［但評］室人之讁，真是令人難堪。潛起，投繯庭樹間。但見父來，驚曰：「癡兒！何至於此！」斷其繩，囑曰：「盜可以爲，［馮評］妻逼其夫，父教其子，奈何，奈何！○盜可爲乎？莊子曰：盜亦有道。見胠篋篇。［但評］盜可以爲，出諸士人之口，聞之駭絶。須擇禾黍深處伏之。此行可富，無庸再矣。」

妻聞墮地聲，驚寤；呼夫不應；爇火覓之，見樹上繯絶，申死其下。大駭。撫捺之，移時而甦，扶臥牀上。妻忿氣少平。既明，託夫病，乞鄰得稀酏餌申。申啜已，出而去。至午，負一囊米至。妻問所從來。曰：「余父執皆世家，向以搖尾〔吕註〕前漢書，司馬遷傳：猛虎處深山，百獸震恐；及其在穽檻之中，搖尾而求食，積威約之漸也。○韓愈應科目時與人書：若俯首帖耳，搖尾而乞憐者，非我之志也。○唐庚詩：就令搖尾有誰憐。爲羞，故不屑以相求也。古人云：『不遭者可無不爲。』〔吕註〕前漢書，孫寶傳：御史大夫張忠，辟寶爲屬。後署寶主簿。寶徙入舍，祭竈，請比鄰。忠陰察怪之，使所親問寶。寶曰：高士不爲主簿，而大夫君以寶爲可。一府莫言非，士安得自高？且不遭者可無不爲，況主簿乎！忠聞之，甚慙，上書薦寶，爲議郎。○〔何評〕憤語。今且將作〔校〕青本作爲。盜，何顧焉！可速炊，我將從卿言，往行劫。」妻疑其未忘前言之忿，含忍之。因淅米〔何註〕淅米，淅音錫，汰米也。孟子，萬章：接淅而行。作糜。申飽食訖，急尋堅木，斧作梃，持之欲出。〔校〕青本、抄本作去。妻察其意似真，曳而止之。申曰：「子教我爲，事敗相累，當無悔！」〔但評〕似盜非盜，疑假又真。反脣相稽，文情絶妙。絶裾而去。日暮，抵鄰村，違村〔何註〕違村，去村也。里許伏焉。忽暴雨，上下淋溼。遥望濃樹，將以投止。而電光一照，已近村垣。〔馮評〕寫作盜時，夜景如繪。遠處似有行人，恐爲所窺，見垣下〔校〕抄本下有有字。禾黍蒙密，疾趨而入，蹲避其中。無何，一男子來，軀甚壯偉，亦投禾中。申懼，不敢少動。幸男子斜行去。微窺之，入於垣中。默意〔校〕抄本作憶。垣內爲富室亢氏第，此必梁上君子，俟其重獲而出，當合有分。又念：其人雄健，倘善取不予，必至用武。自度力不敵，不如乘其無備而顛之。計已定，伏伺良耑。[校]青本作伏俟良專。○[何註]耑，説文：始也。今借作專。直[校]青本作時。將雞鳴，始越垣出。足未及地，申暴起，梃中腰膂，[何註]膂音吕，脊骨也。書，君牙：作股肱心膂。踣然傾跌，則一巨龜，喙張如盆。[馮評]忽斷。大驚，又連擊之，遂斃。先是，[馮評]用追敍之筆。亢翁有女，絶惠美，父母皆[校]抄本作甚。憐愛之。一夜，有丈夫入室，狎逼爲懽。欲號，則舌已入口，昏不知人，聽其所爲而去。羞以告人，惟多集婢媪，嚴扃門户而已。夜既[校]青本無既字。寢，更不知扉何自而[校]青本無而字。開；入室，則羣衆皆迷，婢媪徧淫之。於是相告各駭，以告翁；翁戒家人操兵[校]青本作刀。環繡闥，室中人燭而坐。約近夜半，内外人一時都瞑，忽若夢醒，見女白身卧，狀類癡，良久始寤。[但評]此等行蹤，不惟龜盜，且是龜劫。翁甚恨之，而無如何。積數月，女柴瘠頗殆。每語人：「有能驅遣者，謝金三百。」申平時亦悉聞之。是夜得龜，[馮評]忽接。因悟祟翁女者，必是物也。遂叩門求賞。翁喜，延之上座，使人舁龜於庭，臠割[何註]臠割，細切也。之。留申過夜，其怪果絶。乃如數贈之，負金而歸。妻以其隔宿不還，方切[校]抄本作且。憂盼；見申入，急問之。申不言，以金置榻上。妻開[校]青本無開字。視，幾駭絶，曰：「子真爲盜耶！」

申曰：「汝逼我爲此，又作是言！」妻泣曰：「前特以相戲耳。今犯斷頭之罪，我不能受〔校〕抄本作爲。賊人累也！請先死！」〔馮評〕此婦雖悍，尚有人心，宜其獲享素封。乃奔。〔但評〕固是繳上，亦以見其妻之不愧爲士人婦。申逐出，笑曳而返之，具以實告，妻乃喜。自此謀生産，稱素封焉。

異史氏曰：「人不患貧，患無行耳。其行端者，雖餓不死；不爲人憐，亦有鬼祐也。世之貧者，利所在忘義，食所在忘恥，人且不敢以一文相託，而何以見諒於鬼神乎！」

邑有貧民某乙，殘臘向盡，身無完衣。自念：何以卒歲？不敢與妻言，暗操白梃，出伏墓中，冀有孤身而過者，劫其所有。懸望甚苦，渺無人跡；而松風刺骨，不復可〔校〕抄本作可復。耐。意瀕絶矣，忽〔校〕抄本下有見字。一人傴僂來。心竊喜，持梃遽出。則一叟負囊道左，哀曰：「一身實無長物。家絶食，適於壻家乞得五升〔校〕青本作斗。米耳。」乙奪米，復欲褫其絮襖。叟苦哀之。〔校〕抄本作求。乙憐其老，釋之，負米而歸。妻詰其自，詭以「賭債」對。陰念此策良佳。次夜〔校〕青本作日。復往。居無幾時，見一人荷梃來，亦投墓中，蹲居眺望，意似同道。乙乃逡巡自塚後出。其人驚問：「誰何？」答云：「行道者。」問：「何不行？」曰：「待君耳。」其人失笑。各以意會，并道飢寒之苦。夜既深，無所獵獲。[校]青本無獲字。乙欲歸。其人曰：「子雖作此道，然猶雛也。前村有嫁女者，營辦中夜，舉家必殆。從我去，得當均之。」乙喜，從之。至一門，隔壁聞炊餅聲，知未寢，伏伺之。無何，一人啓關荷杖出行汲，二人乘間掩入。見燈輝北舍，他屋皆暗黑。聞一媪曰：「大姐，可向東舍一矚，汝匳妝悉在櫝中，忘扃鐍未也。」聞少女作嬌惰聲。二人竊喜，潛趨東舍，暗中摸索得卧櫝；啓覆探之，深不見底。其人謂乙曰：「入之！」乙果入，得一裹，傳[校]青本作轉。遞而出。其人問：「盡矣乎？」曰：「盡矣。」又紿之曰：「再索之。」乃閉櫝加鎖而去。乙在其[校]青本無其字。中，窘急無計。未幾，燈火亮入，先照櫝。聞媪云：「誰已扃矣。」於是母及女上榻息燭。乙急甚，乃作鼠嚙物聲。女曰：「櫝中有鼠！」媪曰：「勿壞而[校]抄本作爾。衣。我疲頓已極，汝宜自覘之。」女振衣起，發扃啓櫝。乙突出，女驚仆。乙拔關奔去，雖無所得，而竊幸得[校]抄本作獲。免。嫁女家被盜，四方流播。或議乙。乙懼，東遁百里，爲逆旅主人賃作傭。年餘，浮言稍息，始取妻同居，不業白梃矣。此其自述，因類申氏，故附[校]抄本下有誌字。之。[校]青本此則附某乙篇後。

[何評]男盜女娼，用爲串合，彼大腹蹣跚者何人？

恒娘*

洪大業，都中人。［校］抄本作都中洪大業。妻朱氏，姿致頗佳，［稿本無名氏乙評］着眼。兩相愛悅。後洪納婢寶帶爲妾，貌遠遜朱，［稿本無名氏乙評］着眼。而洪嬖［何註］春秋傳：賤而得幸曰嬖。之。［馮評］二段敍案，以下便放手作文。［稿本無名氏乙評］起敍事簡而亮。朱不平，輒以此［校］上二字，抄本作遂致。反目。洪雖不敢公然宿妾所，然益嬖寶帶，［校］上二字，抄本作妾。○［稿本無名氏乙評］按住。疎朱。［何評］有故。後徙其［校］抄本無其字。居，與帛商狄姓者［校］抄本無者字。爲鄰。狄妻恒娘，先過院謁朱。恒娘三十許，姿僅中人，［稿本無名氏乙評］着眼。而言詞輕倩。［何註］輕倩，倩，千去聲。美好也，若草木之蔥倩也。朱悅之。次日，答其［校］抄本無其字。拜，見其室亦有小妻，［校］抄本作妾。年二十以來，［校］上二字，青本無以字，抄本作許。甚娟好。［稿本無名氏乙評］着眼。鄰居幾半年，並不聞其詬誶一語；而狄獨鍾愛恒娘，副室則虛員［校］抄本作位。而已。［稿本無名氏乙評］又按住。朱一日見恒娘而問之［校］上六字，抄本作問恒娘。曰：「余向謂良人之愛妾，爲其爲妾也，每欲易妻之名呼作妾。［但評］欲易妻名作妾，極形容爭憐妬寵之深心，於文爲反攻法。今乃知不然。夫人何術？如可授，願北面爲弟子。」恒娘曰：「嘻！子則自疎，而尤男子乎？［馮評］亦有見地，先指其失。［但評］提明。朝夕而絮聒之，是爲叢驅雀，［何註］爲叢驅雀，言反爲妾致夫也。其離滋甚耳！其歸益縱之，即男子自來，勿納也。［馮評］第一層工夫。［稿本無名氏乙評］句法修潔，絶不言明所以。一月後，當再爲子謀之。」朱從其言，［校］抄本作謀。益飾寶帶，使從丈夫寢。［但評］先飾妾使從丈夫寢，是一縱。洪一飲食，亦使寶帶共之。洪時一周旋朱，朱拒之益力，［但評］周旋而拒之益力，使人共稱其賢，是一擒。於是共稱朱氏賢。如是月餘，朱往見恒娘。恒娘喜曰：「得之矣！子歸毁若妝，勿華服，勿脂澤，［稿本無名氏乙評］不言所以。垢面敝履，雜家人操作。［但評］垢面敝履，雜家人操作，較飾妾又進一層，此爲再縱。一月後，可復來。」［馮評］第二層工夫。朱從之：衣敝補衣，故爲［校］青本無爲字。不潔清，而紡績外無他問。洪憐之，使寶帶分其勞；［但評］憐之而使寶帶分其勞，此爲再擒。朱不受，輒叱去之。如是者一月，又往見恒娘。恒娘曰：「孺子真可教也！［呂註］史記，留侯世家：良嘗間從容步游下邳圯上，有一老父，衣褐，至良所，直墮其履圯下。顧謂良曰：孺子下取履。良愕然，欲毆之；爲其老，彊忍下取履。父曰：履我。良業爲取履，因長跪履之。父以足受，笑而去。良殊大驚，隨目之。父去里所復還，曰：孺子可教矣。後五日平明，與我會此。後日爲上巳［呂註］韓詩章句：鄭國之俗，三月上巳，之溱、洧兩水之上，執蘭招魂續魄，祓除不祥。宋書，禮志：自魏以後，但用三月三日，不以巳也。［何註］祓，除災求福也。節，欲招子踏春園。子當盡去敝衣，袍袴襪履，嶄然一新，早過我。」［馮評］第三層工夫。朱曰：「諾！」至日，攬鏡細匀鉛黄，一一［校］抄本少一一字。如恒娘教。妝竟，過恒娘。恒娘喜曰：「可矣！」［馮評］如作文之有正位。又代挽鳳髻，光可鑑影；袍袖不合時製，拆其綫，更作之；謂其履樣拙，更於笥中出業履，共成之，訖，即令易着。……臨别，飲以酒，囑曰：「歸去一見男子，即早閉户寢，［稿本無名氏乙評］不言所以。渠來叩關，勿聽也。三度呼，可一度納。口索舌，手索足，皆吝之。半月後，當復來。」［馮評］已入玄中，卻還有許多妙用。朱歸，炫妝見洪。洪上下凝睇之，歡笑異於平時。朱少話游覽，便支頤作惰態；日未昏，即起入房，闔扉眠矣。未幾，洪果來款［校］青本作叩。關；朱堅卧不起，洪始去。次夕復然。明日，洪讓之。朱曰：「獨眠習慣，不堪復擾。」日既西，洪入閨坐守之。［但評］不受分勞而炫妝以見，意思一變，是三縱；歡笑異於平時，漸入佳境矣，是三擒；闔扉眠，是四縱；叩關不納，是五擒；次夕復然，是六縱六擒；讓之而辭以習慣獨眠，愧之也，日未夕而入閨坐守，此爲七縱七擒：至是，男人不復反矣。滅燭登牀，如調新婦，綢繆甚懽。更爲次夜之約；朱不可，長與洪約，以三日爲率。［馮評］飽則他去，此處總在留得住。半月許，復詣恒娘。恒娘闔門與語曰：「從此可以擅專房矣。然子雖美，不媚也。［馮評］拿得住又有持久工夫在。子之姿，一媚可奪西施之寵，［稿本無名氏乙評］一媚字是通篇之骨。況下者乎！」於是試使睨，曰：「非也！病在外眥。」試使笑，又曰：「非也！病在左頤。」乃以秋波送嬌，又囅然瓠犀微露，使朱傚之，凡數十作，始略得其彷彿。［馮評］此等做作，聊齋從何處得來？或曰：從李夫人及飛燕外傳等書悟出。然已玄之又玄矣。恒娘曰：「子歸矣！攬鏡［校］青本作鑑。而媚習［何註］媚習，媚同嫵，亦習也。史記，屈原賈生列傳：屈原嫵於辭令。之，術無餘矣。至於牀第之間，隨機而動之，因所好而投之，［稿本無名氏乙評］總括二句，爲前文束。此非可以言傳者也。」朱歸，一如恒娘教。洪大悦，形神俱惑，唯恐見拒。日將暮，則相對調笑，跬步不離閨闥，日以爲常，竟不能推之使去。［馮評］已易妾爲妻矣，即朱往日境界。朱益善遇寶帶，每房中之宴，輒呼與共榻坐；而洪視寶帶益醜，不終席，遣去之。朱賺夫入寶帶房，扃閉之，洪終夜無所沾染。於是寶帶恨洪，對人輒怨謗。洪益厭怒之，漸施鞭楚。［但評］教之作態，只爲善後事宜，心法之傳，止於此矣。乃朱又另生一法，直使施鞭楚而止。此所謂青出於藍，而勝於藍者。寶帶忿，不自修，［校］青本下有飾字。拖敝［校］上二字，青本作敝衣。垢履，頭類蓬葆，更不復可言人矣。

恒娘一日謂朱曰：「我［校］抄本下有之字。術如何［校］青本、抄本作何如。矣？」［校］抄本無矣字。朱曰：「道則至妙；然弟子能由之，而終不能知之也。縱之，何也？」［何評］左公筆意。曰：「子不聞乎：［馮評］以下暢發議論，用檀弓智悼子卒、左氏曹劌論戰二篇調法，已將廿三史中佞倖傳、奸臣傳、嬪妃傳、宦官傳諸人邀媚專寵微妙秘訣，合盤托出，透骨攢心之論，劈流分風之筆，團花簇錦之文。人情厭故而喜新，重難而輕易？［但評］只是易故而新，轉易爲難二語盡之。而忽縱忽擒，旋伸旋縮，狐術固妙，非先生之筆，終恐言之無味也。丈夫之愛妾，非必其美也，甘其所乍獲，而幸其所難遘也。縱而飽之，則珍錯亦厭，況藜羹乎！」［稿本無名氏乙評］從前曲曲寫來，忽隱忽炫，忽納忽拒，機變莫可測識。至此説出，其理亦甚平實耳。然千古佞倖耑愛固寵，總不出此圈憒矣。「毀之而復炫之，何也？」曰：「置不留目，則似久別；忽覩豔妝，則如新至：譬貧人驟得粱肉，［何註］漢書，食貨志：守閭閻者，厭粱肉。則視脱粟非味矣。而又不易與之，則彼故而我新，彼易而我難，此即子易妻爲妾之法也。」［但評］設問一段，爲全文點睛，爲通篇結穴。大海迴風生紫瀾，文境似此。朱大悦，遂爲閨中之［校］抄本無之字。密友。［稿本無名氏乙評］煞句勁。積數年，忽謂朱曰：「我兩人情若一體，自當不昧生平。向欲言而恐疑之也；行相別，敢以實告：妾乃狐也。幼遭繼母之變，鬻妾都中。良人遇我厚，故不忍遽絶，戀戀以至於今。明日老父尸解，［呂註］史記，封禪書：最後皆燕人，爲方仙道形解銷化。注：尸解也。○集仙録：凡今之人死，必視其形如生，乃尸解也。足不青，皮不皺，亦尸解也。目光不毀，頭髮不脱，不失其形骨，亦尸解也。白日解者爲上，夜半解者爲下，向曉向暮解者爲地下主。妾往省覲，不復還矣。」朱把手唏噓。早旦往視，則舉家惶駭，恒娘已杳。

異史氏曰：「買珠者不貴珠而貴櫝：［呂註］韓非子：楚人有賣其珠於鄭者，爲木蘭之櫝，薰以桂椒，綴以珠玉，飾以玫瑰，輯以羽翠。鄭人買櫝而還其珠。新舊難易［校］抄本作易難。之情，［馮評］諺云：妻不如妾，妾不如偷。此即新舊難易四字之謂。吾嘗見此評，必曰：先生學道人，何作爾語？不知俗情見透一分，則道理即深入一層。千古不能破其惑；而變憎爲愛之術，遂得以行乎其間矣。古佞臣事君，勿令見人，勿使窺書。［呂註］綱鑑：唐武宗時，内侍監仇士良教其黨曰：天子愼勿使之讀書，親近儒生；彼見前代興亡，心知憂懼，則吾輩斥疎矣。［何註］勸君勿見人，勿窺書，自古佞臣，無不如是；而粗率直陳者惟趙高。乃知容身固寵，皆有心傳也。」

［何評］恒娘之術，乃退一步法。老氏知雄守雌之訓正如此。

［但評］一首翻新出奇之文，窈而深，廓其有容；繚而曲，如往而復。漢文以上，兼擅其奇，不止寢食於八大家者。

葛巾*

常大用，洛人。癖好牡丹。〔馮評〕提筆。聞曹州牡丹甲齊、魯，心向往之。適以他事如曹，因假搢紳之園居焉。而〔校〕抄本無而字。時方二月，牡丹未華，惟徘徊園中，目注句萌，以望其拆。〔校〕青本作坼，通拆。作懷牡丹詩百絶。未幾，花漸含苞，而資斧將匱；尋典春衣，〔呂註〕杜甫詩：朝回日日典春衣。流連忘返。一日，凌晨趨花所，則一女郎及老嫗在焉。疑是貴家宅眷，亦〔校〕抄本無亦字。遂遄返。暮而〔校〕抄本無而字。往，又見之，從容避去。微窺之，宮妝豔絶。眩迷之中，忽轉一想：此必仙人，世上豈有此女子乎！急返身而搜之，驟過假山，適與嫗遇。女郎方坐石上，相顧失驚。嫗以身幛女，叱曰：「狂生何爲！」生長跪曰：「娘子必是神仙！」〔校〕上二字，抄本作仙人。嫗咄之曰：「如此妄言，自當縶送令尹！」生大懼。女郎微笑曰：「去之！」過山而去。生返，不能徒步，意女郎歸告父兄，必有訽辱之來。〔校〕抄本作相加。偃臥空齋，自〔校〕抄本作甚。悔孟浪。竊幸女郎無怒容，或當不復置念。悔懼交集，終夜而病。〔馮評〕百轉千迴。日已向辰，喜無問罪之師，〔呂註〕杜牧詩：慷慨匡時略，從容問罪師。心漸寧帖。〔何註〕帖，妥帖也。而回憶聲容，轉懼爲想。如是三日，憔悴欲死。秉燭夜分，僕已熟眠。嫗入，持甌而進曰：「吾家葛巾娘子，〔馮評〕歐公有牡丹譜，凡數百種，内一種名葛巾紫。手合鴆湯，〔何註〕鴆湯，鴆鳥湯也。雄名運日，雌名陰諧，食蛇。其羽畫酒殺人。其速飲！」生聞而駭，既而〔校〕上五字，抄本作駭然。曰：「僕與娘子，夙無怨嫌，何至賜死？既爲娘子手調，與其相思而病，不如仰藥而死！」〔呂註〕前漢書，息夫躬傳：其有犬馬之決者，仰藥而伏刃。注：仰藥，仰首而飲藥。〇又司馬君實明妃曲云：白門蕭太傅，被讒仰藥更無疑。注：仰，去聲，仰藥自殺也。遂引而盡〔校〕青本作進。之。嫗笑，接〔校〕青本作持。甌而去。生覺藥氣香冷，似非毒者。俄覺肺鬲寬舒，頭顱〔何註〕顱音盧，本作盧，頭盧也。前漢書，武五子傳贊：頭盧相屬于道。清爽，酣然睡去。既醒，紅日滿窗。試起，病若失。〔何評〕頻病頻起，殊無意緒。心益信其爲仙。無可夤緣，但於無人時，彷彿其立處、坐處，〔校〕抄本無上七字。虔拜而默禱之。〔馮評〕二句抵西廂驚豔後一篇文字。一日，行去，忽於深樹内，覿面〔何註〕覿音狄。韻會小補：於君謂之覿，如卿謂之面。此覿面，猶云見面也。遇女郎，幸〔校〕青本無幸字。無他人，大喜，投地。女郎近曳之，忽聞異香竟體，即以手握玉腕而起，指膚軟膩，使人骨節欲酥。〔馮評〕善作温柔鄉中語，此即飛燕外傳所云以輔屈體，無所不靡也。正欲有言，老嫗忽至。女令隱身石後，南指曰：「夜以花梯度牆，四面紅窗者，即妾居也。」匆匆遂［校］抄本作而。去。生悵然，魂魄飛散，莫能知其［校］抄本無能字其字。所往。至夜，移梯登南垣，則垣下已有梯在，喜而下，果見［校］抄本作有。紅窗。室中聞敲棋聲，［何評］引玉版。佇立不敢復前，姑踰垣歸。［馮評］小曲折。少間，再過之，［校］青本無之字。子聲猶繁；漸近窺之，則女郎與一素衣美人相對着，［校］抄本作弈。老嫗亦在坐，一婢侍焉。［馮評］二美對弈圖。又返。凡三往復，三漏已［校］抄本作漏已三。催。生伏梯上，聞嫗出云：「梯也，誰置此？」呼婢共移去之。生登垣，欲下無階，恨悒而返。［馮評］多作幾番曲折，人事文情都宜如此。次夕，［校］抄本作日。復往，梯先設矣。幸寂無人，入，則女郎兀［何註］兀音杌，不動也。韓愈進學解：恒兀兀以窮年。坐，若有思者。見生驚起，斜立含羞。生揖曰：「自謂福薄，恐於天人無分，亦有今夕耶！」［校］抄本作也。遂狎抱之。纖腰盈掬，吹氣如蘭，［馮評］麗娟傳云：玉膚柔軟，吹氣勝蘭。可知小説宋不如唐，唐不如漢。撐拒曰：「何遽爾！」生曰：「好事多磨，遲爲鬼妒。」言未及［校］抄本無及字。已，遙聞人語。女急曰：「玉版［呂註］羣芳譜：牡丹名玉版，白者單葉，長如拍版，色如玉，深檀心。○歐陽修牡丹詩：當時絶品可數者，魏紅窈窕姚黄肥；壽安細葉開尚小，朱砂玉版人未知。妹子來矣！［馮評］急接，作一曲。君可姑伏牀下。」生從之。無何，一女子入，笑曰：「敗軍之將，［呂註］史記，淮陰侯列傳：廣武君辭謝曰：臣聞敗軍之將，不可以言勇。尚可復言戰否？業已烹茗，敢邀爲長夜之歡。」女郎辭以困惰。玉版固請之，女郎堅坐不行。玉版曰：「如此戀戀，[何註]戀音變，係慕也。豈藏有男子在室耶？」[馮評]故作輕輕挑動語，有意無意之間最妙。强拉之，[校]抄本無之字。出門而去。生膝行而出。恨絶，[校]上六字，抄本作出恨極。遂搜枕簟，冀一得其遺物。而[校]抄本無上七字。室内並無香奩，祇[校]抄本作惟。牀頭有[校]抄本下有一字。水精如意，上結紫巾，芳潔可愛。懷之，越垣歸。自理衿袖，體香猶凝，傾慕益切。然因伏牀之恐，遂有懷刑之懼，籌思不敢復往，但珍藏如意，以冀其尋。隔夕，女郎果至，笑曰：「妾向以君爲君子也，而[校]抄本無上二字。不知[校]抄本下有其爲二字。寇盜也。」生曰：「良[校]抄本無良字。有之！所以偶不君子者，第望其如意耳。」乃攬體入懷，代解裙結。玉肌乍露，熱香四流，偎抱之間，覺鼻息汗熏，無氣不馥。[馮評]曹子桓之靈芸夫人尚恐不及。因曰：「僕固意卿爲仙人，今益知不妄。幸蒙垂盼，緣在三生。但恐杜蘭香[呂註]墉城集仙録：有漁父於湘江洞庭之岸，聞兒啼聲，四顧無人，惟三歲女子在岸側，漁父憐而舉之。十餘歲，天姿奇偉，靈顔姝瑩，殆天人也。忽有青童靈人，自空而下，來集其家，攜女而去。臨昇天，謂其父曰：我仙女杜蘭香也。有過謫於人間，今去矣。其後於洞庭包山降張碩家，授以舉形飛化之道，碩亦得仙。漁父亦學道江湖，不知所之。之下嫁，終成離恨耳。」女笑曰：「君慮亦過。妾不過離魂之倩女，偶爲情動耳。此事要宜慎祕，[校]青本作密。恐是非之口，捏造黑白，君不能生翼，妾不能乘風，則禍離更慘於好別矣。」[馮評]微露一句。生然之，而終疑爲仙，固詰姓氏。女曰：「既以妾[校]青本無妾字。爲仙，仙人何必以［校］青本無以字。姓名傳。」問：「嫗何人？」曰：「此桑姥。［校］青本下多一姥字。妾少時受其露覆，［何註］露覆，謂蒙其覆蔽，不受風雨霜露之摧殘也。故不與婢輩同。」［校］抄本作等。遂起，欲去，曰：「妾處耳目多，不可久羈，蹈隙當復來。」臨別，索如意，曰：「此非妾物，乃玉版所遺。」問：「玉版爲誰？」曰：「妾叔妹也。」付鉤［何註］鉤，謂藏鉤也。起於漢昭帝母鉤弋夫人，京師獨於臘日藏鉤。李白詩：更闌花月夜，宫女笑藏鉤。鉤字即作藏字之隱語，謂所藏如意也。乃去。去後，衾枕皆染異香。由［校］抄本作從。此三兩［校］青本作兩三。夜輒一至。生惑之，不復思歸。而囊橐既空，欲貨馬。女知之，曰：「君以妾故，瀉囊質衣，情所不忍。又去代步，千餘里將何以歸？妾有私蓄，聊可助裝。」生辭曰：「感［校］此據青本，稿本、抄本無感字。卿情好，撫臆誓肌，不足論報；而又貪鄙，以耗卿財，何以爲人矣！」［校］抄本作乎。女固强之，曰：「姑假君。」遂捉生臂，至一桑樹下，指一石，曰：「轉之！」生從之。又拔頭上簪，刺土數十下，又［校］青本無又字。曰：「爬之。」［何註］爬音琶。韓愈進學解：爬羅剔抉。生又從之。則甕口已見。女探入，［校］青本作之。出白鏹近五十兩許；［校］抄本作餘兩。生把臂止之，不聽，又出十餘［校］抄本作數十。鋌，生强反［校］抄本作分。其半而後掩之。一夕，謂生曰：「近日微有浮言，勢不可長，此不可不預謀也。」生驚曰：「且爲奈何！小生素迂謹，今爲卿故，如寡婦之失守，不復能自主矣。

一惟卿命，刀鋸斧鉞，亦所不違顧耳！」女謀偕亡，命生先歸，約會於洛。生治任［何註］治任，任肩擔也。旋里，擬先歸而後逆［校］抄本作迎。之；比至，則女郎車適已至門。登堂朝家人，四鄰驚賀，而並不知其竊而逃也。生竊自危；［馮評］迂謹人。女殊坦然，謂生曰：「無論千里外非邏察所及，即或知之，妾世家女，卓王孫當無如長卿何也。」［何註］卓王孫句，王孫，古之通稱。卓文君眉不加黛，望如遠山，臉如芙蓉，膚如凝脂，悦長卿之才而越禮焉。言卓氏子亦無如長卿何也。○［馮評］語雋。［何評］花者何罪。生弟大器，［馮評］又隨手謅出一弟。年十七，女顧之曰：「是有惠根，前程尤勝於君。」完婚有期，妻忽夭殞。女曰：「妾妹玉版，君固嘗窺見之，貌頗不惡，年亦相若，作夫婦可稱嘉耦。」生聞之而笑，戲［校］抄本無上五字。請作伐。女曰：「必欲致之，即亦非［校］上七字，抄本作是亦何。難。」喜問：［校］抄本作生曰。「何術？」曰：「妹與妾最相善。兩馬駕輕車，費一嫗之往返耳。」生懼前情俱發，［校］抄本懼作恐，無俱字。不敢從其謀；女固言：「不害。」［校］上四字，抄本作曰不妨。即命車，遣桑媼［校］上四字，抄本作桑嫗遣車。去。數日，至曹。將近里門，媪下車，使御者止而候於途，乘夜入里。良久，偕女子來，登車遂發。昏暮即宿車中，五更復行。女郎計其時日，使大器盛服而逆［校］抄本作迎。之。［馮評］此段卻用直捷之筆，一拍即合。五十里許，乃相遇，御輪［呂註］禮，昏義：壻執雁入，揖讓升堂，再拜奠雁。降出，御婦車，而壻授綏，御輪三周，先俟於門外。而歸；鼓吹花燭，起拜成禮。由此兄弟皆得美婦，而家又日以〔校〕抄本無以字。富。一日，有大寇數十騎，突入第。〔馮評〕軒然大波。生知有變，舉家登樓。寇入，圍樓。生俯問：「有仇否？」答言：〔校〕抄本作云。「無仇。但有兩事相求：一則聞兩夫人世間所無，請賜一見；一則五十八人，各乞金五百。」聚薪樓下，爲縱火計以脅〔何註〕脅與脇同，以威力恐人也。書，胤征：殲厥渠魁，脅從罔治。之。生允其索金之請；寇不滿志，欲焚樓，家人大恐。女欲與玉版下樓，止之不聽。炫妝而〔校〕抄本無而字。下，階未盡者三級，謂寇曰：「我姊妹皆仙媛，暫時一履塵世，何畏寇盜！欲賜汝萬金，恐汝不敢受也。」寇衆一齊仰拜，喏聲「不敢」。姊妹欲退，一寇曰：「此詐也！」女聞之，反身佇立，曰：「意欲何作，便早圖之，尚未晚也。」諸寇相顧，默無一言，姊妹從容上樓而去。寇仰望無迹，鬨〔何註〕鬨，胡貢切，鬥聲也。然始散。〔但評〕以婦美金多而致寇，而乃先允其索金之請，繼且炫妝而面與之言，是謾藏而不必誨盜，冶容而不必誨淫也。然險中得計，仙人乃可行之，如諸葛武鄉侯之啓關彈琴而退司馬，豈他人所得而效之哉？後二年，姊妹各舉一子，始漸自言：「魏姓，〔呂註〕羣芳譜：魏花千葉，肉紅，略有粉，出魏仁溥家。母封曹國夫人。」生疑曹無魏姓世家，又且大姓失〔校〕青本下有二字。女，何得一置〔校〕上二字，抄本作置之。不問？未敢窮詰，而〔校〕抄本無而字。心竊怪之。遂託故復詣曹，入境諮訪，世族并〔校〕青本無并字。無魏姓。於是仍假館舊主人。忽見壁上〔校〕青本無上字。有贈曹國夫人詩，頗涉駭異，因詰主人。

主人笑，即請往觀曹夫人，至則牡丹一本，高與簷等。問所由名，則以此［校］抄本作其。花爲曹第一，故同人戲封之。［馮評］鈕玉樵觚賸云：牡丹山在曹縣，間有異種，亳州所産，最稱爛熳。問其「何種」？曰：「葛巾紫［呂註］羣芳譜：牡丹名洛陽花，其紫者名海雲紫、葛巾紫云云。○按：葛巾紫，花圓正而富麗，如世人所戴葛巾狀，故名。也。」心益［校］上二字，抄本作愈。駭，遂疑女爲花妖。既歸，不敢質言，但述贈夫人詩以覘之。女蹙然變色，遽出，呼玉版抱兒至，謂生曰：「三年前，感君見思，遂呈身相報；今見猜疑，何可復聚！」［但評］因見思乃來，因猜疑即去，花王有情亦有識。因與玉版皆舉兒遥擲之，兒墮地並没。生方驚顧，則二女俱渺矣。悔恨不已。後數日，墮兒處生牡丹二株，一夜徑尺，當年而花，一紫一白，朵大如盤，較尋常之葛巾、玉版，［馮評］歐公譜有一種名玉版白，單葉細長，白如玉版。瓣尤繁碎。數年，茂蔭成叢；移分他所，更變異種，莫能識其名。［但評］寫牡丹確是牡丹，移置别花而不得，合黃英、香玉二篇觀之，可知賦物之法。自此牡丹之盛，洛下無雙焉。

異史氏曰：「懷之專一，鬼神［校］青本作神鬼。可通，偏反者亦不可謂無情也。少府寂寞，以花當夫人，［呂註］白居易戲題新栽薔薇詩：移根易地皆顦顇，野外庭前一種春。少府無妻春寂寞，花開將爾當夫人。○按：唐時縣尉多稱少府，樂天時尉盩厔，故自稱少府。況真能解語，何必力窮其原哉？惜常生之未達也！」

〔何評〕五十八人，乃五十八字。贈曹國夫人詩，遂欲鈎魂攝魄，恐未必然。人各五百金，五五二十五，五八成四，乃貪花不滿三十之類；其人一除而五乘之，幾于一字值千金矣。固知是游戲之言。

〔但評〕此篇純用迷離閃爍，夭矯變幻之筆，不惟筆筆轉，直句句轉，且字字轉矣。文忌直，轉則曲；文忌弱，轉則健；文忌腐，轉則新；文忌平，轉則峭；文忌窘，轉則寬；文忌散，轉則聚；文忌鬆，轉則緊；文忌複，轉則開；文忌熟，轉則生；文忌板，轉則活；文忌硬，轉則圓；文忌淺，轉則深；文忌澀，轉則暢；文忌悶，轉則醒：求轉筆於此文，思過半矣。其初遇女也：見而疑，疑而避矣；乃忽窺之而想，想而復搜也。其搜見女也：叱而跪，跪而懼矣；乃又悔之而幸，幸而復想也。遺以鴆湯則駭，既乃因其手合而引而進之；謂其神仙則信，又以無可夤緣而拜而禱之。玉腕親握，近聞膩香，無端而嫗忽至，石後隱身，雖明示以居，猶待漁郎問津也。花梯暗度，果見紅窗，無端而棋忽敲，牆陰再過，雖得窺其面，終是桃源無路也。然而前夕移去之花梯，今且復設矣。纖腰在抱，不信好事多磨，果稍遲而爲鬼妒也。然而前夕對著之玉版，已突如來矣。長夜邀歡，似知室藏男子，乃强拉之出門去也。至如意既盜，紫巾已懷，不惟葛巾之消息早通，亦且玉版之因緣已兆。乃懷刑之懼，頓起於伏牀；禍離之憂，更深於好別。即果能如意，豈遂謂離魂倩女，真異杜蘭香之下嫁哉！若夫口有雌黄，形殊黑白，君無兩翼，妾少長風，但得竊而逃，何憂邏而察？兄弟皆得美婦，家計又以富饒，終是過海瞞天，盜鈴掩耳。卒之金可求，盜可退，而浮言終不可滅，猜疑究不可消。遂使玉碎香消，誰能解語？花移木接，莫識稱名。事則反覆離奇，文則縱橫詭變。觀書者即此而推求之，無有不深入之文思，無有不矯健之文筆矣。

卷十一

馮木匠*

撫軍周有德，［呂註］字彝初，遼東人。由内院學士簡撫山東。康熙乙巳，山左大饑，公奏請賑撫；復請建公署，興大役以哺饑民。嗣是歷任撫軍皆遷擢以去。識者謂公署形勝爲卜宅得吉兆。陞兩廣總督，甲寅後，再起督餉四川，卒於官。改創故藩邸爲部院衙署。時方鳩工，有木作匠馮明寰直宿其中。夜方就寢，忽見紋［校］青本作紙。窗半開，月明如晝。遥望短垣上，立一紅雞；注目間，雞已飛搶［何註］搶音鏘，集也，飛掠也。莊子：決起而飛搶榆枋。至地。俄一少女露半身來相窺。馮疑爲同輩所私；静聽之，衆已熟眠。私心怔忡，竊望其悮投也。少間，女果越窗過，徑已入［校］青本、抄本作徑入已。懷。馮喜，默不一言。歡畢，女亦遂去。自此夜夜至。初猶自隱，後遂明告。女曰："我非悮就，敬相馮所居村，離郡固不甚遠，女已候於曠野。既而工滿，馮欲歸，投耳。」兩人情日密。既而工滿，馮欲歸，女已候於曠野。馮所居村，離郡固不甚遠，女遂從去。既入室，家人皆莫之睹，馮始知其非人。迨數月，精神漸減，心益懼，延師鎮驅，卒無少驗。一夜，女豔妝來，向馮曰：「世緣俱有定數：當來推不去，當去亦挽不住。今與子別矣。」遂去。

［何評］鬼緣。

黄英*

馬子才，順天人。世好菊，至才尤甚。〔馮評〕提筆。聞有佳種，必購之，千里不憚。一日，有金陵客寓其家，自言其中表親有一二種，爲北方所無。馬欣動，即刻治裝，從客至金陵。客多方爲之營求，得兩芽，裹藏如寶。歸至中途，遇一少年，〔馮評〕物聚所好：癖於書者，嫏嬛畢集；癖於友者，羣賢畢至；癖於花者，百卉繽紛。馬子才之感動花精有以也。跨蹇從油碧車，〔呂註〕李商隱文：建幢油碧。注：油碧，車幕也。丰姿灑落。漸近與語。少年自言：「陶姓。」談言騷雅。因問馬所自來，實告之。少年曰：「種無不佳，培溉在人。」因與論藝菊之法。馬大悦，問：「將何往？」答云：「姊厭金陵，〔馮評〕隨手添出。欲卜居於河朔耳。」馬欣然曰：「僕雖固貧，茅廬可以寄榻。〔何評〕恰稱。不嫌荒陋，無煩他適。」陶趨車前，向姊咨稟。車中人推簾語，乃二十許絶世美人也。〔馮評〕恰是菊花身分。顧弟言：「屋不厭卑，而院宜得廣。」〔何評〕恰稱。〔但評〕屋不厭卑，而院宜得廣，是菊花性情，是菊花身分。馬代諾之，遂與俱歸。第南〔校〕上二字，稿本原作馬，塗改。有荒圃，〔何評〕恰稱。僅小室三四椽，陶喜，居之。日過北院，爲馬治菊。菊已枯，拔根再植之，無不活。然家清貧，陶日與馬共食飲，〔校〕抄本作飲食。而察其家似不舉火。馬妻呂，亦愛陶姊，不時以升斗餽卹之。〔馮評〕許曾齋先生曰：儒者以治生爲第一義，可見聖賢原在人情中。陶姊小字黄英，〔何評〕正色。雅善談，輒過呂所，與共紉績。陶一日謂馬曰：「君家固不豐，僕日以口腹累知交，胡可爲常。爲今計，賣菊亦足謀生。」馬素介，聞陶言，甚鄙之，曰：「僕以君風流高〔校〕抄本作雅。士，當能安貧；今作是論，則以東籬〔呂註〕陶潛詩：采菊東籬下。爲市井，有辱黄花矣。」〔何評〕正論。〔但評〕馬持論未免迂拘，然其介節自不可及。以東籬爲市井，句亦新雅。陶笑曰：「自食其力不爲貪，販花爲業不爲俗。人固不可苟求富，然亦不必務求貧也。」〔馮評〕兩説皆妙。○田子方之説不足道。〔何評〕按論亦當。〔但評〕自食其力數語，曠達可愛。馬不語，陶起而出。自是，馬所棄殘枝劣種，陶悉掇拾〔何註〕掇，端入聲，亦拾也。而去。〔馮評〕陳穀中出新粒，在人運化何如耳。作文之妙亦然。如鰲山鳳輦，上元爛熟故事，王禹偁用之應制云：雙鳳雲中扶輦下，六鰲海上駕山來。何等氣象，非人棄我取之妙乎？由此不復就馬寢食，招之始一至。未幾，菊將〔校〕青本無將字。開，聞其門囂喧如市。怪之，過而窺焉，見市人買花者，車載肩負，道相屬也。其花皆異種，目所未睹。心厭其貪，欲與絶；而又恨其私祕佳本，〔校〕抄本作種。遂款其扉，將就謝讓。陶出，握手曳入。見荒庭半畝皆菊畦，數椽之外無曠土。劚去者，則折別枝插補之；其蓓蕾〔吕註〕廣韻：蓓蕾音倍磊，花綻貌。〔何註〕蓓蕾，花包也。在畦者，罔不佳妙；而細認之，皆〔校〕抄本皆上有盡字。向所拔棄也。陶入屋，〔校〕抄本作室。出酒饌，設席畦側，曰：「僕貧不能守清戒，連朝幸得微貲，頗足供醉。」少間，房中呼「三郎」，陶諾而去。俄獻佳肴，烹飪良精。因問：「貴姊胡以不字？」答云：「時未至。」問：「何時？」曰：「四十三月。」〔馮評〕商雒鼎十有四月，蔡君謨問劉原父，不能對。吕氏考古圖器銘十有三月、十有九月。按史曆書註，有閏稱十三月；十四月、十九月，無考。或謂嗣王踰年未改元，故以十四月、十九月爲紀。此云四十三月倣此。○白虎通言三正相承，繼十一月正者，常用十三月也。十三月今之正月。又詰：「何說？」但笑不言。盡歡始散。過宿，又詣之，新插者已盈尺矣。大奇之，苦求其術。陶曰：「此固非可言傳；且君不以謀生，焉用此？」又數日，門庭略寂，陶乃以蒲席包菊，捆載數車而去。踰歲，春將半，始載南中異卉而歸，於都中設花肆，十日盡售，復歸藝菊。問之去年買花者，留其根，次年盡變而劣，乃復購於陶。陶由此日富：一年增舍，二年起夏〔校〕青本作廈。屋。興作從心，更不謀諸主人。漸而舊日花畦，盡爲廊舍。更於牆外〔校〕青本無上三字。買田一區，築墉四周，悉種菊。至秋，載花去，春盡不歸。而馬妻病卒。意屬黄英，微使人風示之。黄英微笑，意似允許，〔但評〕不憚千里，多方營求而來，如何勿允。惟專候陶歸而已。

年餘，陶竟不至。黃英課僕種菊，一如陶。得金益合商賈，村外治膏田二十頃，甲第［何註］甲第，宣帝賜霍光甲第一區。蓋漢時王侯第宅，以甲乙編次也。益壯。忽有客自東粵來，寄陶生［校］青本無生字。函信，發之，則囑姊歸馬。考其寄書之日，即妻死之日；回憶園中之飲，適四十三月也，大奇之。［馮評］處處靈跡呈露。以書示英，請問「致聘何所」。英辭不受采。又以故居陋，欲使就南第居，若贅焉。馬不可，擇日行親迎禮。［馮評］逋仙妻梅，馬君妻菊。對門有箇林和靖，冷抱梅花奈爾何。黃英既適馬，於間壁［校］青本作壁間。開扉通南第，日過課其僕。［但評］此以下極寫馬之廉介，以襯黃英之豐足，只是要逼出爲我家彭澤解嘲一段議論來。此特爲黃華作翻案文字。馬恥以妻富，［馮評］頗有鬚眉氣。恒囑黃英作南北籍，［何註］作籍，作簿書也。以防淆亂。而家所須，［校］抄本作需，通須。黃英輒取諸南第。不半歲，家中觸類皆陶家物。馬立遣人一一齎還之，戒勿復取。未浹旬，［何註］浹旬，左傳，成九年：浹辰之間而楚克其三都。注：浹辰，十二日也。又雜之。凡數更，馬不勝煩。黃英笑曰：「陳仲子毋乃勞乎？」馬慚，不復稽，一切聽諸黃英。鳩工庀料，［何註］鳩庀，鳩能聚陽氣，故取義于聚，庀音仳，具也。土木大作，馬不能禁。經數月，樓舍連亘，［校］抄本作垣。兩第竟合爲一，不分疆界矣。然遵馬教，閉門不復業菊，而享用過於世家。馬不自安，曰：「僕三十年清德，爲卿所累。今視息［呂註］晉書，庾亮傳：不能伏劍北闕，偷存視息，雖生之日，亦猶死之年。人間，徒依裙帶［呂註］按：宋時親王南班之壻曰西官，又謂之裙帶官。詳見朝野類要。而食，真無一毫丈夫氣矣。人皆祝富，我但祝窮耳！」黃英曰：「妾非貪鄙；但不少致豐盈，遂令千載下人，謂[校]青本下原有我家二字，塗去。淵明貧賤骨，百世不能發迹，[何評]非意。故聊爲我家彭澤[呂註]南史，隱逸傳：陶潛，字淵明，或云字深明，名元亮，字淵明，尋陽柴桑人。性愛菊。後爲鎮軍建威參軍，謂親朋曰：聊欲絃歌，以爲三徑之資可乎？執事者聞之，以爲彭澤令。解嘲[何註]嘲，陟交切，調也，謔也。揚雄有解嘲文。耳。[馮評]語極雋妙，可補世説。然貧者願富，爲難；富者求貧，固亦甚易。牀頭金任君揮去之，妾不靳也。」馬曰：「捐他人之金，抑亦良醜。」黃[校]抄本無黃字。英曰：「君不願富，妾亦不能貧也。無已，析君居：清者自清，濁者自濁，何害。」[但評]爲其第以貧富爲清濁而析之爲兩，使其清者自清，濁者自濁。意若曰：必如君所謂清也者，則將絶人逃世，並妻子而棄之，如子輿氏之以蚓論陳仲子而後可者；即我家彭澤以靖節稱，亦不爲此矯情之舉也。乃於園中築茅茨，[何註]茅茨，茅屋也。莊子：原憲環堵之室茨以生草。擇美婢往侍馬。馬安之。然過數日，苦念黃英。招之，不肯至；不得已，反就之。隔宿輒至，以爲常。黃英笑曰：「東食西宿，廉者當不如是。」[但評]東食西宿，君惡能廉。不夷不惠之間，晚節自在，何必籍南北，分疆界，而乃謂之清德，謂之丈夫哉。馬亦自笑，無以對，遂復合居如初。會馬以事客金陵，適逢菊秋。早過花肆，見肆中盆列甚煩，[校]抄本作繁。款朵佳勝，心動，疑類陶製。少間，主人出，果陶也。喜極，具道契闊，遂止宿焉。[校]青本無焉字。要[校]青本要上有馬字。之歸。陶曰：「金陵，吾故土，將婚於是。[馮評]此句後不見下落，以兩婢侍寢生子了之。積有薄貲，煩寄吾姊。我歲杪當暫去。」馬不聽，請之益苦。且曰：「家幸充盈，但可坐享，無須復賈。」坐肆中，使僕代論價，廉其直，數日盡售。逼促囊裝，賃舟遂北。入門，則姊已除舍，牀榻裀褥皆設，若預知弟也歸者。陶自歸，解裝課役，大修亭園，惟日與馬共棋酒，更不復結一客。爲之擇婚，辭不願。姊遣兩〔校〕抄本作二。婢侍其寢處，居三四年，生一女。陶飲素豪，從不見其沉醉。〔馮評〕另提一句，下寫作收場好。菊人自宜善飲，東籬處士家法也。有友人曾生，量亦無對。適過馬，馬使與陶相較飲。二人縱飲甚歡，相得恨〔校〕青本作恨相得。晚。自辰以訖四漏，計各盡百壺。曾爛醉如泥，沉睡座間。陶起歸寢，出門踐菊畦，玉山傾倒，委衣於側，即地化爲菊，〔馮評〕人化爲菊，真是好看。〔但評〕落花無言，人淡如菊。高如人；花十餘朵，皆大於〔校〕抄本作如。拳。馬駭絶，告黄英。英急往，拔置地上，曰：「胡醉至此！」覆以衣，要馬俱去，戒勿視。既明而往，則陶卧畦邊。馬乃悟姊弟〔校〕抄本下有皆字。菊精也，益愛敬〔校〕抄本作敬愛。之。而陶自露迹，飲益放，〔但評〕菊而陶，所以豪飲；至醉化畦邊，則陶而菊矣。自露迹而飲益放，其所樂者可知。生值花朝而名曰醉陶，快所欲矣。恒自折柬招曾，因與莫逆。值花朝，〔吕註〕提要録：唐以二月十五爲花朝。曾來〔校〕抄本作乃。造訪，以兩僕舁藥浸白酒一罈，約與共盡。罈將竭，二人猶未甚醉。馬潛以一〔校〕青本無一字。甁〔校〕抄本作瓶。續入之，二人又盡之。曾醉已憊，諸僕負之以去。陶卧地，又化爲菊。馬見慣不驚，如法拔之，守其旁以觀其變。久之，葉益憔悴。大懼，始告黃英。英聞駭曰：「殺吾弟矣！」奔視之，根株已枯。[馮評]傅奕青山白雲人也，以醉死。可移作陶君墓銘。痛絕，掐其梗，[校]抄本作根。埋盆中，攜入閨中，日灌溉之。馬悔恨欲絕，甚怨[校]青本作惡。曾。越數日，聞曾已醉死矣。盆中花漸萌，九月既開，短幹粉朵，嗅之有酒香，名之「醉陶」，澆以酒則茂。[但評]返樸歸真，仍是本來面目，又添出酒香一種，則葛巾之漉，無稍暇矣。後女長成，嫁於世家。黃英終老，亦無他異。

異史氏曰：「青山白雲人，遂以醉死，[呂註]唐書，傅奕傳：奕，相州鄴人。年八十五，臨終誡其子曰：古人裸葬，汝宜行之。奕生平遇患，未嘗請醫服藥。自爲墓志曰：傅奕，青山白雲人也。因酒醉死。世盡惜之，而未必不自以爲快也。[何評]絕好論讚，達人之言。植此種于庭中，如見良友，如對麗人，——不可不物色之也。」

[何評]菊堪偕隱，計亦誠良。但必以列花成肆，甲第連雲者爲俗，則幾於固矣。陶弟託命寒香，寄情麴蘗，彭澤一致，兼而有之。乃至順化委形，猶存酒氣，是菊是人，幾不可辨，名曰「醉陶」，風斯遠矣。

[但評]河朔佳種，來自金陵，而花實過之，地氣宜也。至枯根復活，蓓蕾俱佳，此豈可以言傳哉。自食其力，是自餐其英；采之東籬，只供騷人清賞，即取其直，亦當與白衣送酒

同觀。鄙之、辱之，至等諸五斗折腰，亦已甚矣。易此荒畦，俱成夏屋，聊爲彭澤解嘲，使知隱逸者非貧賤骨耳。陳仲子顧以爲不義而弗食、弗居乎？玉山傾頹，以醉而死，實以醉而生。嗅之而有酒香，此爲黄花真品。倘非種秫仙人，不可以村醪妄澆之也。

書癡*

彭城郎玉柱，其先世官至太守，居官廉，得俸不治生産，積書盈屋。至玉柱，尤癡：家苦貧，無物不鬻，惟父藏書，一卷不忍置。〔校〕青本作賣。○〔馮評〕世安得此佳子弟。父在時，曾書「勸學篇」〔吕註〕宋真宗勸學篇：富家不用買良田，書中自有千鍾粟；安居不用架高堂，書中自有黄金屋；娶妻莫恨無良媒，書中有女顔如玉；出門莫恨無人隨，書中車馬多如簇；男兒欲遂平生志，五經勤向窗前讀。黏其座右，郎日諷誦；又幛〔校〕青本作籠。以素紗，〔何註〕紗籠，唐王播題詩木蘭寺，後鎮揚州，訪舊詩，則碧紗籠之矣。惟恐磨滅。非爲干禄，實信書中真有金粟。〔馮評〕極寫書癡。晝夜研讀，無間寒暑。年二十餘，不求婚配，冀卷中麗人自至。〔何評〕癡。見賓親，不知温涼，三數語後，則誦聲大作，客逡巡自去。每文宗臨試，輒首拔之，而苦不得售。一日，方讀，忽大風飄卷去。急逐之，踏地陷足；探之，穴有腐草；掘之，乃古人窖粟，朽敗已成糞土。雖不可食，而益信「千鍾」之説不妄，〔何評〕先安置一層。讀益力。一日，梯登高架，於亂卷中得金輦徑尺，大喜，以爲「金屋」之驗。出以示人，則鍍金而非真金。[何評]變换。心竊怨古人之誑己也。居無何，有父同年，觀察是道，性好佛。或勸郎獻輦爲佛龕。觀察大悅，贈金三百、馬二匹。郎喜，以爲金屋、車馬皆有驗，[何評]再安置一層。因益刻苦。然行年已三十矣。或勸其[校]青本作之。娶，曰：「『書中自有顏如玉』，[何評]癡。我何憂無美妻乎？」又讀二三年，迄無效；人咸揶揄之。時民間訛言：天上織女私逃。或戲郎：「天孫竊奔，蓋爲君也。」郎知其戲，置不辨。一夕，讀漢書至八卷，卷將半，[呂註]按：漢書八卷中與此不相符；惟宣帝四年五月詔曰：父子之親，夫婦之道，天性也，云云。疑即取此。見紗翦美人夾藏其中。駭曰：「書中顏如玉，其以此應[校]抄本作驗。之耶？」[馮評]書癡二字題也，看他將兩字寫得水乳交融，分拆不開。心悵然自失。而細視美人，眉目如生；背隱隱有細字云：「織女。」大異之。日置卷上，反復[校]青本作覆。瞻玩，至忘食寢。一日，方注目間，美人忽折腰起，坐卷上微笑。郎驚絶，伏拜案下。既起，已盈尺矣。益駭，又叩之。下几亭亭，[何註]亭亭，聳立貌。宛然絶代之姝。拜問：「何神？」美人笑曰：「妾顏氏，字如玉，君固相知已久。[馮評]發呆語，即勸學語。日垂青盼，脱不一至，恐千載下無復有篤信古人者。」郎喜，遂與寢處。然枕席間親愛倍至，而不知爲人。[何評]癡。每讀，必[校]青本無必字。使女坐[校]青本下有於字。其側。女戒勿讀，不聽。女曰：

「君所以不能騰達者，徒以讀耳。[何評]微言。試觀春秋榜上，讀如君者幾人？[馮評]讖世之言，卻不許惰夫借口。然昔人云：功名消得幾行書。此一説也。劉貢父譏歐九不學。然公是先生集不能與六一集並傳，此又一説也。胸羅萬卷，筆重難舉，實不書於場屋。箇中人知之。[何評]徒讀無益。若不聽，妾行去矣。」郎暫從之。少頃，忘其教，吟誦復起。踰刻，索女，不知所在。神志喪失，囑[校]青本作跪。而禱之，殊無影迹。忽憶女[校]青本無女字。所隱處，取漢書細檢之，直至舊所，[校]抄本作處。果得之。呼之不動，伏以哀祝。女乃下曰：「君再不聽，當相永絶！」因使[校]稿本原作與，改使。治棋枰、樗蒱[何註]樗蒲，樗，抽居切；蒲或作蒱。馬融樗蒲賦：道德既備，好此樗蒱。即投瓊也。之具，日與遨戲。而郎意殊不屬。覷女不在，則竊卷流覽。[校]稿本下原有之字，塗去。恐爲女覺，陰取漢書第八卷，雜溷他所以迷之。一日，讀酣，女至，竟不之覺；忽睹之，急掩卷，而女已亡矣。大懼，冥搜諸卷，渺不可得；既，仍於漢書八卷中得之，葉數不爽。因再拜祝，矢不復讀。女乃下，與之弈，曰：「三日不工，當復去。」至三日，忽一局贏女二子。女乃喜，授以絃索，[何註]授絃，教彈絲也。限五日工一曲。郎手營目注，無暇他及；久之，隨指[校]抄本作手。應節，不覺鼓舞。女乃日與飲博，郎遂樂而忘讀。女又縱之出門，使結客，由此倜儻之名暴著。[馮評]勸學無術，教懶有方。女曰：「子可以出而試[校]青本作仕。矣。」郎一夜謂女曰：「凡人男女同居則生子；今與卿居久，何不然也？」女笑曰：「君日讀書，妾固謂無益。今即[校]抄本作郎。夫婦一章，尚未了悟，枕席二字有工夫。」[馮評]機神流暢，其天已動，引誘之妙何如。郎驚問：「何工夫？」女笑不言。少間，潛迎就之。郎樂極，曰：「我不意夫婦之樂，有不可言傳者。」[馮評]後生小子於夫婦一章了悟者多矣，其餘都是糊塗。於是逢人輒道，無有不掩口者。[馮評]天壤之間乃有王郎，可入笑林。女知而責之。郎曰：「鑽穴踰隙者，始不可以告人；天倫之樂，人所皆有，何諱焉。」過八九月，女果舉一男，買媼撫字之。一日，謂郎曰：「妾從君二年，業生子，可以別矣。久恐爲君禍，悔之已晚。」郎聞言，泣下，伏不起，曰：「卿不念呱呱者耶？」女亦悽然。良久曰：「必欲妾[校]青本無妾字。留，當舉架上書[校]青本無書字。盡散之。」[馮評]伏下。郎曰：「此卿故鄉，乃僕性命，何出此言！」女不之强，曰：「妾亦知其有數，不得不預告耳。」先是，親族或窺見女，無不駭絶，而又未聞其締姻何家，共詰之。郎不能作僞語，但默不言。人益疑，郵傳幾徧，聞於邑宰史公。史，閩人，少年進士。聞聲傾動，竊欲一睹麗容，因而拘郎及[校]抄本作與。女。女聞知，[校]青本作之。遁匿無迹。宰怒，收郎，斥革衣衿，梏械備加，務得女所自往。郎垂死，無一言。械其婢，略能[校]抄本作得。道其彷彿。宰以爲妖，命駕親臨其家。見書卷盈屋，多不勝搜，乃焚之；[馮評]史進士不愛盈屋書卷，而惟女色妖妄是求，若我作知縣，釋生縲載而歸，不亦快哉！庭中煙結不散，暝若陰霾。〔何註〕霾音埋，風雨土也。郎既釋，遠求父門人書，得從辨復。是年秋捷，次年舉進士。而啣恨切於骨髓。爲顏如玉之位，朝夕而祝曰：「卿如有靈，當佑我官於閩。」後果以直指巡閩。居三月，訪史惡款，籍其家。〔何註〕籍其家，按籍而收其家人也。時有中表爲司理，逼納愛妾，託言買婢寄署中。案既結，郎即日自劾，〔校〕稿本下原有歸字，塗去。取〔校〕稿本下原有其字，塗去。妾而歸。〔馮評〕郎君不癡矣，早已悟得夫婦一章。

異史氏曰：「天下之物，積則招妒，好則生魔：女之妖，書之魔也。事近怪誕，治之末爲不可；而祖龍之虐，〔吕註〕史記，秦始皇本紀：三十六年秋，使者從關東夜過華陰平舒道，有人持璧遮使者曰：爲吾遺鎬池君。因言曰：今年祖龍死。使者問其故，因忽不見。注：鎬池君，水神也。秦，水德王，故其君將亡，水神先自相告也。祖，始也。龍，人君象，謂始皇也。○又，三十四年，丞相李斯上言曰：請史官非秦紀皆燒之。非博士官所職，天下敢有藏詩書百家語者，悉詣守尉雜燒之。有敢偶語詩書棄市。以古非今者，族。吏見知不舉者，與同罪。令下三十日不燒，黥爲城旦。所不去者，醫藥卜筮種樹之書。若欲有學法令，以吏爲師。制曰：可。〔何註〕祖龍之虐，謂始皇焚書也。不已慘乎！其存心之私，更宜得怨毒之報也。嗚呼！何怪哉！」

〔何評〕合千鍾粟、黄金屋、顏如玉三語，苦於書中求之，烏得不癡？即枕席功夫尚未曉，知其於書有所不通也。使非教之輟讀，烏能中鄉選、捷南宮哉？故知不汲汲于讀，乃爲真能善讀書者。

［但評］寫書癡可云窮形盡態矣。而癡亦有本，癡亦有說，癡亦有趣，乃至癡亦各有驗，癡亦何負於人哉。然癡於書則可，癡於他事則不可。且即所可者而論，亦有未見其可者。於金粟則信之，於車馬則信之，於美人則又信之，所貴乎篤信好學者，豈謂是歟？積好成癡，積癡成魔，至美人果得，已行年三十餘矣；而男女夫婦之道，尚未了悟，吾不知其所學居何等也。女戒其讀而導之游藝接客，習爲倜儻，夫亦謂春秋榜上皆當出仕之人，豈嗜古不化者所得濫竽耶。每見今之習舉子業者，大坐齋頭，瞑目搖首，飲食無味，面目改形；作文亦言之津津，遇事則處之貿貿。甚且春秋報捷，父母斯民，借官廨爲書齋，資廉俸爲膏火，必至敗乃公事，流毒民間。堂上不談三尺法，腹中空有五車書，國家重士，亦奚取此書癡也。若郎守父藏書，視同性命，本分之外，無所營求。其言鑽穴踰牆，不可告人，天倫之樂，可不必諱；是天真爛漫，機械不存於胸中。史以儼然進士而邑侯者，以不可告人之隱，拘其人，火其書，雖曰數不可逃，而梏械至於垂死，虐已甚矣。如玉有靈，仇家籍没，怨毒之於人甚矣哉！此亦可見吾人之居心處世，其黠也不如其癡也。

*齊天大聖

許盛，兗人。從兄成，賈於閩，貨未居積。客言大聖靈著，將禱諸祠。[馮評]艮齋雅志：潮州有齊天聖廟，香火甚盛。此書尤西堂著。盛未知大聖何神，與兄俱往。至則殿閣連蔓，窮極弘麗。入殿瞻仰，神猴首人身，蓋齊天大聖孫悟空云。諸客肅然起敬，無敢有惰容。盛素剛直，竊笑世俗之陋。衆焚奠叩祝，盛潛去之。既歸，兄責其慢。盛曰：「孫悟空乃丘翁[呂註]丘翁名處機，棲真於始餘山，作西遊記。○[馮評]袁簡齋：西遊非長春作。之寓言，何遂誠信如此？如其有神，刀槊雷霆，余自受之！」逆旅主人聞呼大聖名，皆搖手失色，若恐大聖聞。盛見其狀，益譁辨之；聽者皆掩耳而走。至夜，盛果病，頭痛大作。或勸詣祠謝，盛不聽。未幾，頭小愈，股又痛，竟夜生巨疽，連足盡腫，寢食俱廢。兄代禱，迄無驗。或言：神譴須自祝。盛卒不信。月餘，瘡漸斂，而又一疽生，其痛倍苦。醫來，以刀割腐肉，血溢盈椀；恐人神其詞，故忍而不呻。［馮評］倔强可愛。俗子信鬼，委曲迂就，以神其説，如謂神遷怒是也。又月餘，始就平復。而兄又大病。盛曰：「何如矣！敬神者亦復如是，足徵余［校］青本作吾。之疾，非由悟空也。」兄聞其言，益恚，謂神遷怒，責弟不爲代禱。盛曰：「兄弟猶［校］青本作如。手足。前日支體糜爛而不之禱；今豈以手足之病，而易吾守乎？」［馮評］認理甚明，非客氣也。但爲延醫剉藥，而不從其禱。藥下，兄暴斃。［馮評］看藥下暴斃四字。盛慘痛結於心腹，買棺殮［何註］殮音斂，殯殮也。兄已，投祠指神［校］青本無神字。而數之曰：「兄病，謂汝遷怒，使我不能自白。倘爾有神，當令死者復生，余即北面稱弟子，不敢有異辭；［校］青本、抄本作詞。不然，當以汝處三清［呂註］見西遊記。之法，還處汝身，亦以破吾兄地下之惑。」［馮評］語語剛直，出語亦趣。至夜，夢一人招之去，入大聖祠，仰見大聖有怒色，責之曰：「因汝無狀，以菩薩刀穿汝脛股；猶不自悔，嘖有煩言。［呂註］左傳，定四年。［何註］嘖音賾，至也。左傳，定四年：會同難，嘖有煩言，莫之治也。本宜送拔舌獄，［呂註］西遊記：陰山後有十八層地獄，中有拔舌獄。念汝一生剛鯁，［何註］剛鯁，猶骨鯁也。後漢書，來歙傳：大中大夫段襄，骨鯁可任。儀禮，注：乾魚近腴多骨，故曰骨鯁。姑置宥赦。［馮評］作聖賢豪傑骨子，上可以對天地。汝兄病，乃汝以庸醫夭其壽數，於［校］抄本作與。人何尤？今不少施法力，益令狂妄者引爲口實。」［馮評］祈雨倒硯水故智。乃命青衣使請命於閻羅。青衣曰：「三日後，鬼籍已報天庭，恐難爲力。」神取方版，命筆，不知何詞，使青衣執之而去。良久乃返。成與俱來，並跪堂上。神問：「何遲？」青衣白：［校］抄本作曰。「閻摩不敢擅專，又持大聖旨上咨斗宿，是以來遲。」盛趨上拜謝神恩。［馮評］血性人轉身快。神曰：「可速與兄俱去。若能向善，當爲汝福。」兄弟悲喜，相將俱歸。醒而異之。急起啓材［校］青本作棺。視之，兄果已甦，［校］青本下有醒字。扶出，極感大聖力。盛由此誠服信奉，更倍於流俗。［但評］丘翁寓言，本原已悉。頭病不信，股病不信，至忍痛割疽而仍不信；兄謂神遷怒，責其代禱，而終不信；甚且投祠指數，而即以其處三清之法處之：其剛鯁不可謂不至矣。奈何以兄之誤投藥餌，死而復生，遂謂神果有靈，甘心北面而誠服，信奉乃更倍於流俗？信道不篤故也。而兄弟貲本，病中已耗其半；兄又未健，相對長愁。一日，偶游郊郭，忽一褐衣［何註］褐衣，毛布衣。人相之曰：「子何憂也？」［馮評］老孫亦多情可愛。盛方苦無所訴，因而備述其遭。褐衣人曰：「有一佳境，暫往瞻矚，亦足破悶。」問：「何所？」但云：［校］青本作言。「不遠。」從之。出郭半里許，褐衣人曰：「予有小術，頃刻可到。」因命以兩手抱腰，略一點首，［校］抄本作頭。遂覺雲生足下，騰踔而上，不知幾百由旬。［馮評］佛書四十里爲一由旬。盛大懼，閉目不敢少啓。頃之曰：「至矣。」忽見琉璃世界，光明異色。訝問：「何處？」曰：「天宮也。」信步而行，上上［校］青本作下。益高。遙見一叟，喜曰：「適遇此老，子之福也！」舉手相揖。

叟邀過諸[校]青本無諸字，抄本作詣。其所，烹茗獻客；止兩盞，殊不及盛。褐衣人曰：「此吾弟[校]以下抄本缺。子，[馮評]此吾弟子四字説得嘴響，如今之房考官取中名士，每對人曰：此敝門生也。爲之一笑。千里行賈，敬造仙署，求少[校]青本作所。贈餽。」叟命僮出白石一柈，狀類雀卵，瑩澈[何註]瑩澈，謂玉光澄澈也。如冰，使盛自取之。盛念攜歸可作酒枚，遂取其六。褐衣人以爲過廉，代取六枚，付盛並裹之。囑納腰橐，拱手曰：「足矣。」辭叟出，仍令附體而下，俄頃及地。盛稽首請示仙號。笑曰：「適即所謂觔斗雲[呂註]見西遊記。也。」盛恍然，悟爲大聖，又求祐護。曰：「適所會財星，賜利十二分，何須他求。」[馮評]如房官之愛新門生，十分親熱。盛又拜之，起視已渺。既歸，喜而告兄。解取共視，則融入腰橐矣。後輦[何註]輦音連上聲，人步輓車也。詩，小雅：我任我輦。貨而歸，其利倍蓰。自此屢至閩，必禱大聖。他人之禱，時不甚驗；盛所求無不應者。[馮評]好師弟。

異史氏曰：「昔士人過寺，畫琵琶於壁而去；比返，則其靈大著，香火相屬焉。[呂註]原化記：昔有一書生過江，泊船，上山閒步。見僧房院開，中有牀榻；門外小廊數間，傍有筆硯。書生遂於房門素壁上畫一琵琶，大小與真不異。畫畢，風静船發。僧歸，見畫處，不知何人，乃告村人曰：恐是五臺山聖琵琶。當亦戲言，而遂爲村人傳説，禮施求福，甚效。書生入吴經年，聞江西路僧室有聖琵琶，靈應非一，心異之。因還江西，泊船此處，上訪之。僧亦不在，所畫琵琶依舊，前有幡花香爐，書生取水洗之。僧亦未歸。書生夜宿船中，明日又上。僧夜歸，覺失琵琶，以告村人，相與悲嘆。書生故問，具言前驗，今應有人背著琵琶，所以潛隱。書生大笑，爲説畫之因由，及拭卻之由。僧及村人信之，靈聖亦絶耳。天下事固不必實有其人；人靈之，則既靈焉矣。［馮評］坡詩云：偶然唤作木居士，便有無窮祈福人。何以故？人心所聚，而物或託焉耳。若盛之方鯁，固宜得神明之祐，豈真耳内繡針，毫毛能變；足下觔斗，碧落可升［呂註］俱見西遊記。哉！卒爲邪惑，亦其見之不真也。」

［何評］讚語甚正。

［但評］天下所稱神靈者，祠廟而外，木石亦多有之，有鬼物憑之故也。然不必問其果靈與否，惟剛者不以私求，直者不以枉見，兩不相涉，即過而不問，曷害焉。彼盛之病脛股也，非真有菩薩刀穿之也；藉曰有之，則嘖有煩言之後，又何以欲送拔舌獄，卒念其一生剛鯁而中止也？庸醫促壽，會逢其適；仍令生還，亦其數未絶耳。前之死，將誰尤？後之生，又將誰德乎？至於行善有福，自古云然，幾見有剛方友愛之人，而不獲天佑者？觔斗雲上至天宫，雀卵石融入腰橐，亦其誠服信奉之後，結想深而遂生此幻境耳。

青蛙神*

江漢之間，俗事蛙神最虔。祠中蛙不知幾百千萬，有大如籠者。〔馮評〕與水莽草一篇皆先以疏解起案，然後敍入正事，左、史多有之。或犯神怒，家中輒有異兆：蛙游几榻，甚或攀緣滑壁不得墮，〔校〕抄本無上三字。其狀不一，此家當凶。人則大恐，斬牲禳禱之，神喜則已。〔但評〕蛙善怒，其性也，然亦易解，即爲神何獨不然。起數語已立一篇之局，而不嫌占實者，此只論其泛常，後乃敍其實事也。楚有薛崑生者，幼惠，美姿容。六七歲時，有青衣媼至其家，自稱神使，坐致神意，願以女下嫁崑生。薛翁性朴拙，雅不欲，辭以兒幼。〔馮評〕青皮大腹，强作姻好，難怪他不肯。雖故〔校〕抄本作固。卻之，而亦未敢議婚他姓。遲數年，崑生漸長，委禽於姜氏。神告姜曰：「薛崑生，吾壻也，何得近禁臠！」〔呂註〕晉書，謝混傳：孝武帝爲晉陵公主求壻，謂王珣曰：但如劉真長、王子敬便足。珣對曰：謝混雖不及真長，不減子敬。帝曰：如此便足。未幾，帝崩，袁崧欲以女妻之。珣曰：卿莫近禁臠。初，元帝始鎮建業，公私窘罄，每得一㹠，以爲珍膳，項上一臠尤美，輒以薦帝，于時呼爲禁臠。故珣因以爲戲。姜懼，反其儀。薛翁憂之，潔牲往禱，自言：「不敢與神相匹偶。」祝已，見肴酒中皆有巨蛆浮出，蠢然擾動；傾棄，謝罪而歸。心益懼，亦姑聽之。一日，崑生在途，有使者迎宣神命，苦邀移趾。不得已，從與俱往。入一朱門，樓閣華好。有叟坐堂上，類七八十歲人。崑生伏謁，叟命曳起之，賜坐案旁。少間，婢媪集視，紛紜滿側。叟顧曰：「入言薛郎至矣。」數婢奔去。移時，一媪率女郎出，年十六七，麗絶無儔。叟指曰：「此小女十娘，自謂與君可稱佳偶；［馮評］引他來炫之也。君家尊乃以異類見拒。此自百年事，父母止主其半，是在君耳。」［但評］聯姻不遂，而以巨蛆作怒，神之示威止此。而邀生見女，使之自主，其言甚婉，其意甚深，蓋亦無奈此翁何也。崑生目注十娘，心愛好之，默然不言。媪曰：「我固知郎意良佳。請先歸，當即送十娘往也。」崑生曰：「諾。」趨歸［校］青本無歸字。告翁。翁倉遽無所爲計，乃授之詞，使返謝之，崑生不肯行。方誚讓間，輿已在門，青衣成羣，而十娘入矣。［但評］不迎而輿自至，太容易了，無怪後來多反目。上堂朝拜，［校］抄本作見。翁姑見之皆喜。即夕合巹，琴瑟甚諧。由此神翁神媪，時降其家。視其衣，赤爲喜，白爲財，必見，［校］青本作驗。以故家日興。自婚於神，門堂藩溷皆蛙，［馮評］不堪。人無敢詬蹴之。惟崑生少年任性，喜則忌，［校］青本作忘。怒則踐斃，不甚愛惜。十娘雖謙馴，但善［校］抄本作含。怒，［馮評］所謂怒蛙也。頗不善崑生所爲；而崑生不以十娘故斂抑［何註］斂抑，收斂遏抑也。半從文，從欠另是一字。之。十娘語侵崑生。崑生怒曰：「豈以汝家翁媪能禍人耶？丈［校］抄本丈上有大字。夫何畏蛙也！」十娘甚諱言「蛙」，聞之恚甚，曰：「自妾入門，爲汝家［校］抄本下有婦字。田增粟、賈益［校］抄本作增。價，亦復不少。今老幼皆已溫飽，遂如鴞鳥生翼，欲啄母睛［呂註］張華禽經：梟鴟害母。注：梟在巢，母哺之。羽翼成，啄母睛翔去。耶！」崑生益憤曰：「吾正嫌所增［校］稿本下原有者字，塗去。污穢，不堪貽子孫。請不如早別。」遂逐十娘。［但評］門堂藩溷皆蛙，紀綱之僕未必果有三千也，不以十娘故而愛惜之，無乃不情。物傷其類，誰能忍此；況乃斥其忌諱，且追逐之。此亦足爲强扳婚者戒矣。翁媪既聞之，十娘已去。呵崑生，使急往追復之。崑生盛氣不屈。至夜，母子俱病，鬱冒［校］青本作悶，抄本作胃。不食。翁懼，負荊於祠，詞義殷切。過三日，病尋愈。十娘亦［校］抄本作已。自至，夫妻懽好如初。十娘日輒凝妝坐，不操女紅，崑生衣履，一委諸母。母一日忿曰：「兒既娶，仍累媪！人家婦事姑，吾［校］抄本作我。家姑事婦！」［馮評］生波。十娘適聞之，負氣登堂曰：「兒婦朝侍食，暮問寢，事姑者，其道如何？所短者，不能吝傭錢，［何註］不能吝傭錢，傭，雇役也，猶言不能省傭錢耳。自作苦耳。」［馮評］有愧婦道。母無言，慚沮自哭。崑生入，見母涕痕，詰得故，怒責十娘。十娘執辨不相［校］抄本無相字。屈。崑生曰：

「娶妻不能承歡，不如勿有！便觸老蛙怒，不過橫災死耳！」復出十娘。十娘亦怒，〔校〕青本無上二字。出門逕去。次日，居舍災，延燒數屋，几案牀榻，悉爲煨燼。〔何註〕煨燼音偎盡，火之餘也。崑生怒，詣祠責數曰：「養女不能奉翁姑，略無庭訓，而曲護其短！神者至公，有教人畏婦者耶！且盎盂相敲，皆臣所爲，無所涉於父母。刀鋸斧鉞，即加臣身；如其不然，我亦焚汝居室，聊以相報。」言已，負薪殿下，爇火欲舉。居人集而哀之，始憤而歸。父母聞之，大懼失色。至夜，神示夢於近村，使爲壻家營宅。及明，齎材鳩工，共爲崑生建造，辭之不止；〔校〕抄本作肯。日數百人相屬於道，不數日，第舍一新，牀幕器具悉備焉。〔馮評〕殺人放火者死，村人何辜，代爲營造，老蛙特幸脱冥誅耳。修除甫竟，十娘已至，登堂謝過，言詞温婉。轉身向崑生展笑，舉家變怨爲喜。自此十娘性益和，〔但評〕子得美婦，且致温飽；問寢侍食，內則亦復無虧，奈何以吝傭錢而責之乎？養女嫁小家，往往受此累。然女終不應登堂使氣，抵觸其姑。崑生以其不能承歡而復出之，禮也。火其室，無乃護短而輕怒乎？使彼得爲口實，以致勞民傷財，女亦自返。蛙之怒，亦足以爲鑒矣。然怒而自解，女亦自此和柔；人之輕爲蛙怒而不能如蛙自解者，應知愧矣。居二年，無間言。十娘最惡蛇，崑生戲函小蛇，紿使啓之。〔馮評〕又生波。十娘色變，詬崑生。崑生亦轉笑生〔校〕稿本原作爲，改生。嗔，惡相抵。十娘曰：「今番不待相迫逐，請從〔校〕抄本作自。此絶！」遂出門去。薛翁大恐，杖崑生，請罪於神。幸不禍之，亦寂無音。積有年餘，崑生懷〔校〕青本無懷字。念十娘，頗自悔，竊詣神所哀十娘，迄無聲應。未幾，聞神以十娘字袁氏，中心失望，因亦求婚他族；而歷相數家，並無如十娘者，於是益思十娘。往探袁氏，則已堊壁滌庭，候魚軒〔呂註〕左傳，閔二年：歸夫人魚軒。注：夫人用車，以魚皮爲飾也。矣。心愧憤不能自已，廢食成疾。父母憂皇，不知所處。忽昏憒中有人撫之曰：「大丈夫頻欲斷絶，又作此態！」開目，則十娘也。喜極，躍起曰：「卿何來？」十娘曰：「以輕薄人相待之禮，止宜從父命，另醮而去。固久受袁家采幣，〔何註〕采幣，昏禮有納采、納吉、納徵之文。妾千思萬思而不忍也。卜吉已在今夕，父又無顏反璧，〔校〕抄本作幣。妾親攜而置之矣。適出門，父走送曰：『癡婢！不聽吾言，後受薛家凌虐，縱死亦勿歸也！』」〔馮評〕當日逼婚，强退姜氏，賴此足以蓋之。〔但評〕女字袁氏，且堊壁滌庭，候魚軒矣，生即愧憤成疾，庸有濟乎？善讀者須從此處掩卷深思，代爲之計：如何轉身，如何設法，如何措詞。將再以翁負荆，必無是理。若就崑生設想，不特投祠責數，勢所不能；即卑禮哀求，恐亦無濟。倘謂神字之，神自悔之，又不惟天下無此兒戲之事，亦豈有闒茸之文。至萬不得已，想到十娘身上。而前兩番自至，爲其迫逐，猶可言者；此乃自謂請絶，何肯來？即來矣，又如何安頓袁氏？如何周旋其父乎？想到十分無法，然後展卷再讀，乃知作者筆力直如此圓妙。崑生感其義，爲之流涕。家人皆喜，奔告翁媼。媼聞之，不待往朝，奔入子舍，執手嗚泣。由此崑生亦老成，不作惡謔，〔校〕抄本作虐。○〔何註〕惡謔，以惡事爲戲也。於是情好益篤。十娘曰：「妾向以君儇薄，未必遂能相白首，故不敢〔校〕抄本作欲。留孽根於人世；今已靡他，妾將生子。」居無何，神翁神媼着朱袍，降臨其家。次日，十娘臨蓐，一舉兩男。由此往來無間。居民或犯神怒，輒先求崑生；乃使婦女輩盛妝入闥，朝拜十娘，十娘笑則解。薛氏苗裔甚繁，人名之「薛蛙子家」。近人不敢呼，遠人［校］抄本下有則字。呼之。

［何評］神雖異類，既附之爲婚姻，復待之以輕薄，宜十娘之不安其室也。父命再醮，千思萬想，而終不忍，孰謂十娘非貞婦哉？

又*

[校]青本題作募緣。

青蛙神，往往託諸巫以爲言。[馮評]先提醒。巫能察神嗔喜：告諸信士曰「喜矣」，福則至；「怒矣」，婦子坐愁歎，有廢餐者。流俗然哉？抑神實靈，非盡妄也？[但評]顧盼生姿，有入村下馬氣如虹之概。有富賈周某，性吝嗇。會居人斂金修關聖祠，貧富皆與有力；[馮評]修關聖廟，非修青蛙廟也，公而不私。獨周一毛所不肯拔。久之，工不就，首事者無所爲謀。適衆賽蛙神，巫忽言：「周將軍倉命小神司募政，[馮評]周將軍可謂善用人。其取簿籍來。」衆從之。巫曰：「已捐者，不復强；未捐者，量力自註。」衆唯唯敬聽，各註已。巫視曰：[校]抄本作衆。「周某在此否？」周方混蹟其後，惟恐神知，聞之失色，次且而前。巫指籍曰：「註金百。」周益窘。巫怒曰：「淫債尚酬二百，況好事耶！」蓋周私一婦，爲夫掩執，以金二百自贖，故訐之也。周益慚懼，不得已，如命註之。既歸，告妻。妻曰：「此巫之詐耳。」巫屢索，卒不[校]青本作弗。與。一日，方晝寢，忽聞門外如牛喘。視之，則一巨蛙，室[校]青本作窒。○[何註]窒音桎，塞也。門僅容其身，步履蹇緩，塞兩扉而入。既入，轉身臥，以閾承頷，[何註]閾，門限也。以閾承頷，謂以首加閾上也。舉家盡驚。周曰：「必[校]抄本必上有此字。討募金也。」焚香而祝，願先納三十，其餘以次齎送，蛙不動；請納五十，身忽一縮，小尺許；又加二十，益縮如斗；請全納，縮如拳，[馮評]世之募化者得一金漲如拳，十金漲如斗，百金漲如豕，千金漲如牛矣。何也？自肥也。老蛙胡爲縮小？從容出，入牆罅[何註]罅通呼，裂也。而去。周急以五十金送監造所，人皆異之，周亦不言其故。積數日，巫又言：「周某欠金五十，何不催併？」周聞之，懼，又送十金，意將以此完結。一日，夫婦方食，蛙又至，如前狀，目作怒。[校]青本作努。少間，登其牀，牀摇撼欲傾；加喙於枕而眠，腹隆起如臥牛，四隅皆滿。周懼，即完百數與之。[馮評]略做模樣，便足嚇人。驗之，仍不少動。半日間，小蛙漸集，次日益多，穴倉登榻，無處不至；大於椀者，升竈啜蠅，糜爛釜中，以致穢不可食；至三日，庭中蠢蠢，更無隙處。[校]抄本作地。一家皇駭，不知計之所出。不得已，請教於巫。巫曰：「此必少之也。」遂祝之，益以廿金，[校]抄本作二十。首始舉；又益之，起一足；直至百金，四足盡起，下牀出門，狼犺[呂註]晉書，元帝紀：王敦狼犺無上。注：如豺狼抗扞也。[何註]犺音抗，健大也。俗謂粗笨之物曰狼犺。數步，復返身臥門內。周懼，問巫。

巫揣其意，欲周即解囊。周無奈何，〔校〕青本無何字。如數付巫，〔馮評〕明末賊寇楚襄王擁重貲，不以享士，大臣泣諫。及城破，盡爲賊有，且笑曰：朱鬍子有財如許，不以犒軍，真庸兒也。慳吝之夫，老蛙一嚇即動，尤可與爲善。蛙乃行，數步外，身暴縮，雜衆蛙中，不可辨認，紛紛然亦漸散矣。祠既成，開光祭賽，更有所需。巫忽指首事者曰：「某宜出如干數。」共十五人，止遺二人。衆祝曰：「吾等與某某，已同捐過。」巫曰：「我不以貧富爲有無，但以汝等所侵漁之數爲多寡。此等金錢，不可自肥，恐有横災非禍。念汝等首事勤勞，故代汝消之也。除某某廉正無所〔校〕抄本無所字。苟且外，即我家巫，我亦不少私之，便令先出，以爲衆倡。」〔馮評〕公正若此，宰天下可也。即奔入家，搜括箱櫝。妻問之，亦不答，盡卷囊蓄而出。〔馮評〕擴清無餘，蛙可謂公而忘私也。告衆曰：「某私剋銀八兩，今使傾橐。」與衆共〔校〕抄本無共字。衡之，秤得六兩餘，使人志其欠數。衆愕然，不敢置辨，悉如數納入。巫過此茫不自知；或告之，大慙，質衣以盈之。惟二人虧其數，事既畢，一人病月餘，一人患疔瘇，醫藥之費，浮於所欠，人以爲私剋之報云。

異史氏曰：「老蛙司募，無不可與〔校〕青本無與字。爲善之人，其勝刺釘拖索者，不既多乎？又發監守之盜，而消其災，則其現威猛，正其行慈悲也。」〔校〕抄本下有神矣二字。

［何評］神巫甚異。然使不吝不貪，神應正直是與耳。

［但評］吾鄉修關聖廟，有首事某，鳩工庀材，頗侵漁之，人未之察也。後病。其戚某生夢至廟，見某負枷杻於階下，形容枯瘠，面目黧黑。問之，答曰：「因私尅捐貲若干，故被譴也。」某生醒，往視之，其病狀一如夢中所見。不數日而某死。嗚呼！當其時，設有老蛙司募，能即時而摘發之，何至以此受冥譴乎？雖然，世之類此侵漁者，比比皆是，老蛙雖神，又安能一一摘發之乎！

任秀*

任建之，魚臺人，販氈裘爲業。竭貲赴陝。途中逢一人，自言：「申竹亭，宿遷人。」話言投契，盟爲弟昆，［校］抄本作昆弟。○［但評］今之相誓指天日而謂爲異姓同胞者，大都類此。論語因不失其親之言，豈道途相逢，話言投契云爾哉！扶枕數言，非全無交情者，至今聞之，猶爲心酸。夫夫也！何乃忍而爲此！孤注之擲，箔灰之報，何其巧也！數年前負心之物，仍全璧以歸故主，而祇賺一縮頸羞汗之形。嗚呼！此何形乎！行止與俱。至陝，任病不起，申善視之。積十餘日，疾大漸。謂申曰：「吾家故無恒產，八口衣食，皆恃一人犯霜露。今不幸，殂謝異域。君，我手足也，兩千里外，更有誰何！囊金二百餘，［校］此據青本，稿本、抄本下有金字。一半君自取之，爲我小備殮具，剩者可助資斧；其半寄吾妻子，俾輦吾櫬而歸。如肯攜殘骸旋故里，則裝貲勿計矣。」［馮評］青天白日之言，非甚凶頑，安忍負之。乃扶枕爲書付申，至夕而卒。申以五六金爲市薄材，殮已。主人催其移櫬，申託尋寺觀，竟遁不返。任家年餘方得確耗。任子秀，時［校］抄本無時字。年十七，方從師讀，由此廢學，欲往尋父柩。母憐其幼，秀哀涕欲死，遂典貲治任，俾老僕佐之行，半年始還。殯後，家貧如洗。幸秀聰穎，釋服，入魚臺泮。而佻達［何註］佻達，佻，輕儇；達，放恣也。善［校］抄本作喜。博，［馮評］以秀孝行，乃偏喜博，爲下果報作地步也。母教戒綦嚴，卒不改。一日，文宗案臨，試居四等。母憤泣不食。秀慚懼，對母自矢。於是閉户年餘，遂以優等食餼。［何註］餼音欷，廩餼也。母勸令設帳，而人終以其蕩無檢幅，咸誚薄之。有表叔張某，賈京師，勸使［校］抄本無使字。赴都，願攜與俱，不耗其貲。秀喜，從之。至臨清，泊舟關外。時鹽航艤集，［何註］航，舟也。艤音蟻，整舟向岸也。梁簡文帝詩：征艫艤湯塹，歸騎息金陵。塹，七豔切，音槧。帆檣如林。卧後，聞水聲人聲，聒耳不寐。更既静，忽聞鄰舟骰聲清越，入耳縈心，［馮評］骰聲也，乃云清越。○人生嗜好各殊，如王粲喜驢鳴，孔稚珪喜蛙鳴。刑杖聲最難聞，乃自喜爲一部肉鼓吹，吾實所不解。不覺舊技復癢。竊聽諸客，皆已酣寢，［何註］酣寢，熟睡也。囊［校］青本囊上有將字。中自備千文，思欲過舟一戲。潛起解囊，捉錢踟躕，回思母訓，即復束置。既睡，心怔忡，苦不得眠；又起，又解：如是者三。興勃發，不可復忍，攜錢逕去。［但評］欲寫骰聲，先寫水聲、人聲之聒耳。舟中不寐固是難堪，至更静而聞骰聲，不且聒耳更甚哉？而入耳縈心者，偏覺其清越也。技癢而潛起，而捉錢，而回思，而束置，而復睡，而怔忡，而又起又解；如是者三，勃發不可復忍。寫盡嗜博者之神魂，繪出嗜博者之形態，先生似曾親眼見來。至鄰舟，則見兩人對博，［校］抄本作賭。錢注豐美。置錢几上，即［校］青本作便。求入局。二人喜，即與共擲。秀大勝。一客錢盡，即以巨金質［何註］質，典質也。左傳，隱三年：故周鄭交質。又書言故事：宋丁晉公倅饒，判官白稹以片紙假緡五鐶。公笑曰：豈無半千質物耶？懼我撓之爾。簡尾書曰：欺天行當吾何有，立地機關子太乖。五百青蚨兩家缺，赤紅厓打白紅厓。即今當也，又謂之質庫。舟主，漸以十餘貫作孤注。賭方酣，又有一人登舟來，眈視良久，亦傾橐〔校〕青本作囊。出百金質主人，入局共博。張中夜醒，覺秀不在舟；聞骰聲，心知之，因詣鄰舟，欲撓沮〔何註〕撓，鐃上聲，屈也。沮，再呂切，止也。之。至，則秀胯〔何註〕胯音庫，股也。側積貲如山，乃不復言，負錢數千而返。呼諸客並起，往來移運，尚存十餘千。未幾，三客俱敗，一舟之錢俱〔校〕抄本作盡。空。客欲賭金，而秀欲已盈，故託非錢不賭〔校〕抄本作博。以難之。張在側，又促逼令歸。三客燥〔校〕青本作躁。急。舟主利其盆頭，轉貸他舟，得百餘千。客得錢，賭更豪；〔馮評〕州有文人名士喜博，方其登場，聲音笑貌爲之一變，與市井頑皮無異，予最惡之，乃伊偏樂此不疲，豈非怪事！無何，又盡歸秀。天已曙，放曉關矣，共運貲而返。三〔校〕此據抄本，稿本作一，青本作二。客亦〔校〕抄本作已。去。主人視所質二百餘金，盡箔灰〔何註〕箔通薄。近代以金銀捶薄，糊紙爲鏹，焚之以祭鬼神。箔灰則其燼耳。耳。大驚，尋至秀舟，告以故，欲取償於秀。及問姓名、里居，〔校〕抄本作里居、姓名。知爲建之之子，縮〔何註〕縮音蹜，斂也，短也，如龜頭縮之縮。頸羞汗而退。〔但評〕此何人哉？即盟弟昆，訂手足，託攜骸骨之申竹亭也。數年來費盡心力，代守裝資，今已全行交付；只有扶枕遺書，未曾交給。想終日相對箔灰，頸縮盡而汗亦枯，不羞死必悶死。過訪榜〔校〕青本作旁。人，乃知主人即申竹亭也。秀至陝時，亦頗聞其姓字；至此鬼已報之，故不復追其前郄〔何註〕郄同隙。矣。乃以貲與張合業而北，〔馮評〕戲場之雜脚，文壇之襯筆也。張爲雜脚，即爲任作襯筆，得其解者，於作文之道，思過半矣。終歲獲息倍蓰。〔何註〕蓰音璽，平聲，五倍也。遂援例入監。益權子母，十年間，財雄一方。

〔何評〕鬼報甚巧。

晚霞*

五月五日，吳越間［校］抄本無間字。有鬭龍舟之戲：刳木［何註］刳音枯，判也。易：刳木爲舟。爲龍，繪鱗甲，飾以金碧；上爲雕甍朱檻；［何註］甍音萌，屋棟也。西京賦：鳳騫翥於甍標，雕甍也。朱檻，説文：軒窗平爲櫺曰闌，以版曰軒曰檻。前漢書，朱雲傳：攀殿檻，檻折。帆旌皆以錦繡；舟末爲龍尾，高丈餘；［馮評］敍次明醒。以布索引木板下垂，［校］青本無垂字。有童坐板上，顛倒滾跌，作諸巧劇。下臨江水，險危欲墮。故其購是童也，先以金啗其父母，預調馴之，墮水而死，勿悔也。吳門則載美妓，［校］抄本作姬。較不同耳。［馮評］童、妓皆伏下。［但評］敍阿端之死，先插入吳門載美妓一筆，仍是暗用雙提法。鎮江有蔣氏童阿端，方七歲，便捷奇巧，莫能過，聲價益起，十六歲猶用之。至金山下，墮水死。蔣媪止此子，哀鳴而已。阿端不自知死，有兩人導去，見水中別有天地；［馮評］別開異境。回視，則流波四繞，屹如壁立。［何評］奇想。［但評］流波四繞，屹如壁立，水中天地，作如是觀。俄入［校］青本作現。宮殿，見一人兜牟坐。兩人曰：「此龍窩君也。」便使拜伏。龍窩君顏色和霽，曰：「阿端[校]青本無阿端二字。伎[校]抄本作便。巧可入柳條部。」[何評]絶好名目。遂引至一所，廣殿四合。趨上東廊，有諸年少，[校]抄本作少年。出與爲禮，率十三四歲。即有老嫗來，衆呼解姥。坐令獻技。已，乃教以錢塘飛霆之舞，[何評]錢塘破陣樂。洞庭和風之樂。[吕註]拾遺記：洞庭之山，浮於水上；其下金屋數百間，帝女居之。四時有金石絲竹之聲。○[但評]柳條部教以錢塘飛霆之舞，洞庭和風之樂，部名、舞名、樂名，皆新雅穩切。但聞鼓鉦喤[校]青本作皇。聒，[何註]鼓鉦皇聒，詩，小雅：鉦人伐鼓。周禮，鼓人：以金鐲節鼓，以金鐃止鼓。鐲鐃通謂之鉦。鐲鐃音濁呶。皇聒，喧聒也。諸院皆響。既而諸院皆息。姥恐阿端不能即嫺，獨絜絜調撥之；而阿端一過，殊已了了。姥喜曰：「得此兒，不讓晚霞矣！」[馮評]趁勢一筆鈎帶起。[但評]此處從解姥口中說出晚霞，是逗下筆，是横插筆，却仍是雙頂筆。知如此用筆，則爲文無散漫之筆，無鶻突之筆，無落空疎忽之筆。明日，龍窩君按部，諸部畢集。首按夜叉部，[但評]既出晚霞矣，却不即敍燕子部，而先以乳鶯部襯之，是作者本意；乃又不肯遽寫乳鶯，更以夜叉部襯之，是乳鶯部爲正襯燕子部，而夜叉部又反襯乳鶯、燕子兩部也。主中有客，客中又有客，便令讀者迷離惝怳，幾不識其用意用筆之所在，而文章愈格外生新。學者悟此，則天下更無枯窘棘手之題矣。[何評]好看。鬼面魚服。鳴大鉦，圍四尺許；鼓可四人合抱之，聲如巨霆，叫噪不復可[校]青本作可復。聞。舞起，則巨濤洶湧，横流空際，時墮一點星光，及[校]上三字，抄本作火如盆。着地消滅。[馮評]如從臺上演出。龍窩君急止之，命進乳鶯部，皆二八姝麗，笙樂細作，一時清風習習，[校]青本作嫋嫋。○[何註]嫋嫋，乃了切，風動貌。楚辭：嫋嫋兮秋風。波聲俱靜，水漸凝如水晶世界，上下通明。按畢，俱退立西墀下。次按燕子部，皆垂髫人。内一女郎，年十四五以來，振袖傾鬟，［何註］振袖，拂袖；傾鬟，低頭：皆舞態。作散花舞；［呂註］未詳。○漢武内傳：越嶲國貢吸華絲，武帝賜麗娟命作舞衣。舞時，袖拂落花，滿身都著，舞態愈媚，謂之百花舞。［何註］散花舞，若天女散花者然。翩翩翔起，衿袖襪履間，皆出五色花朵，隨風颺下，飄泊滿庭。［馮評］每部各極其妙，以燕子部爲主，中有晚霞也。舞畢，隨其部亦下西墀。阿端旁睨，雅愛好之。問之同部，即晚霞也。無何，喚柳條部。龍窩君特試阿端。端作前舞，喜怒隨腔，俛仰中節。［馮評］只用兩句形容，文家煩簡互見。龍窩君嘉其惠悟，賜五文袴褶，魚鬚金束髮，上嵌夜光珠。［何註］嵌，闞平聲，陷入之也。三國志，魏志，裴松之注引魏略：大秦國出夜光珠。墨子曰：和氏之璧，夜光之珠。阿端拜賜下，亦趨西墀，各守其伍。端於衆中遥注晚霞，晚霞亦遥注之。少間，端逡巡出部而北，晚霞亦漸出部而南；相去數武，而法嚴不敢亂部，相視神馳而已。既按蛺蝶部，［馮評］點蛺蝶部，文用末筆拖出，文家貴乎能變，庶不板重。童男女皆雙舞，身長短、年大小、服色黄白，皆取諸同。諸部按已，［校］抄本作畢。魚貫而出。柳條在燕子部後，端疾出部前，而晚霞已緩滯在後。回首見端，故遺珊瑚釵，端急納袖中。［但評］由鬼面入姝麗，由姝麗入晚霞，寫其年，寫其舞，寫其襟袖襪履颺下之五色花，而以旁睨愛好，暗寫其色，然後指其名：是皆就阿端心目中，極力形容晚霞也。彼晚霞者，又惡從知有一阿端哉。龍君特試阿端，而後晚霞聞其喜怒之隨腔也，見其俛仰之中節也，服賜五文袴褶，冠賜束髮夜珠也。兩相遥注，近在數武間，遺釵袖釵，即在斯時，胡不可者。而又以蛺蝶一部，續於柳條，不特文勢曲折，而童子之消息從此漏洩矣。匠心經營，細玩之乃見。既歸，凝思成疾，眠餐頓廢。解姥輒進甘旨，日三四省，撫摩殷切，病不少瘥。姥憂之，罔所爲計，曰：「吴江王壽期已促，[校]青本作迫。且爲奈何！」薄暮，一童子來，坐榻上與語，自言：「隸蛺蝶[何註]隸蛺蝶，隸籍于蛺蝶部也。部。」從容問曰：「君病爲晚霞否？」端驚問：「何知？」笑曰：「晚霞亦如君耳。」[馮評]文境之妙如幽禽對語，野樹交花。端悽然起坐，便求方計。童問：「尚能步否？」答云：「勉强尚能自力。」童挽出，南啓一户；折而西，又闢雙扉。見蓮花數十畝，皆生平地上；葉大如席，花大如蓋，落瓣堆梗下盈尺。[馮評]欲寫幽歡，先布一妙境，視桑間野合，濮上于飛者，有仙凡之別。童引入其中，曰：「姑坐此。」遂去。少時，一美人撥蓮花而入，則晚霞也。相見驚喜，各道相思，略述生平。遂以石壓荷蓋令側，雅可幛蔽；又勻鋪蓮瓣而藉之，忻與狎寢。[馮評]人間所謂蘭閨洞房，賤如糞壤。既訂後約，日以夕陽爲候，乃别。端歸，病亦尋愈。由此兩人日一[校]抄本作以。會於蓮畝。過數日，隨龍窩君往壽吴江王。稱壽已，諸部悉還，[校]抄本作歸。獨留晚霞及乳鶯部一人在宫中教舞，[馮評]帶一乳鶯部以泯其跡。數月更無音耗，端悵惘[校]青本、抄本作望。若失。惟解姥日往來吴江府；端託晚霞爲外妹，求攜去，冀一見之。留吴江門下數日，宫禁森嚴，[校]抄本作嚴森。晚霞苦不得出，怏怏而返。積月餘，癡想欲絶。一日，解姥入，戚然相弔曰：「惜乎！晚霞投江矣！」[馮評]突用陡筆驚人。端大駭，涕下不能自止。因毁冠裂服，[何註]毁冠，毁壞其冠也。莊子：毁冠裂服。藏金珠而出，意欲相從俱死。但見江水若壁，以首力觸不得入。[馮評]自陸入水易，偏説在水出陸難。念欲復還，懼問冠服，罪將增重。意計窮蹙，汗流浹踵。[何註]浹，澈也。浹踵，較汗流浹背者又甚也。忽睹壁下有大樹一章，乃猱攀而上，漸至端杪；猛力躍墮，幸不沾濡，而竟已浮水上。[但評]投水皆自上而下，此則由下而上，殆因上流波壁立二句作周旋語耳。不意之間，[校]抄本作中。恍睹人世，遂飄然泅去。移時，得岸，少坐[校]青本作步。江濱，頓思老母，遂趁舟[何註]趁舟，殆謂趁人之便舟而去也。而去。抵里，四顧居廬，忽如隔世。次且至家，忽聞窗中有女子曰：「汝子來矣。」音聲甚似晚霞。[馮評]意想不到，天外飛來之筆。俄，與母俱出，果霞。斯時兩人喜勝於悲；而媪則悲疑驚喜，萬狀俱作矣。[何評]酷似。初，晚霞在吴江，覺腹中震動，龍宫法禁嚴，恐旦夕身娩，横遭撻楚；又不得一見阿端，但欲求死，遂潛投江水。身泛起，沉浮[校]青本作浮沉。波中。[馮評]與阿端出水又不同。有客舟拯之，問其居里。晚霞故吴名妓，溺水不得其尸。[何評]補出。自念衏院[吕註]篇海：衏音杭，俗呼衏衏，樂人也。〇衏與院同。[何註]妓院曰衏院。不可復投，遂曰：「鎮江蔣氏，吾壻也。」客因代貰扁舟，送諸其家。蔣媪疑其錯誤，女自言不誤，因以其[校]青本無其字。情詳告媪。媪以其風格韻[校]抄本作婉。妙，頗愛悦之；第慮年太少，必非肯終寡也者。而女孝謹，顧家中貧，便脱珍飾售數萬。媪察其志無他，良喜。然無子，恐一旦臨蓐，不見信於戚里，以謀女。女曰：「母但得真孫，何必求人知。」媪亦安之。會端至，女喜不自已。［馮評］遥接。媪亦疑兒不死；陰發兒冢，骸骨具［校］青本、抄本作俱，通具。存。因以此詰端。端始爽然自悟；［校］稿本下原有私告母曰四字。塗去。然終慮其不能生子。未幾，竟舉一男，捉之無異常兒，始悦。久之，女漸覺阿端非人，乃曰：「胡不早言！凡鬼衣龍宫衣，七七魂魄堅凝，生人不殊矣。若得宫中龍角膠，可以續骨節而生肌膚，惜不早購之也。」端貨其珠，有賈胡［吕註］後漢書，馬援傳：伏波類西域賈胡，到一處輒止，以是失利。○蘇軾詩：處處留連似賈胡。出貲百萬，家由此巨富。值母壽，夫妻歌舞稱觴，遂傳聞［校］青本下有淮字。王邸。王欲强奪晚霞。端懼，見王自陳：「夫婦皆鬼。」驗之無影而信，遂不之奪。但遣宫人就别院，傳其技。女以龜溺［何註］龜溺入肉不脱，見本草。毁容，［何評］記。而後見之。教三月，終不能盡其技而去。

［何評］晚霞、阿端，皆以技死者也。吴江王、龍窩君失晚霞、阿端，並不追究，豈所謂鬼死爲聻者耶！不然，則昔者所進，今日不知其亡也？

*白秋練

直隸有慕生，小字蟾宫，商人慕小寰之子。聰惠喜讀。年十六，翁以文業迂，使去而學賈，［但評］聰慧喜讀，自是佳兒。使之去而學賈，人皆曰可惜，我獨曰可喜；先生必亦曰可喜。先生之喜，喜其學賈而乃得遇秋練；我之喜，喜其學賈而乃得讀斯文。從父至楚。每舟中無事，輒便吟誦。抵武昌，父留居逆旅，守其居積。生乘父出，執卷哦詩，音節鏗鏘。［何註］鏗鏘音礰瑲，金玉聲。輒見窗影幢幢，似有人竊聽之，而亦未之異也。一夕，翁赴飲，久不歸，生吟益苦。有人徘徊窗外，月映甚悉。怪之，遽出窺覘，則十五六傾城之姝。望見生，急避去。又二三日，載貨北旋，暮泊湖濱。［馮評］湖濱二字着眼。父適他出，有媼入曰：「郎君殺吾女矣！」［馮評］突然一句。［何評］突如其來。生驚問之。答云：「妾白姓。有息女秋練，頗解文字。言在郡城，得聽清吟，於今結想，至絕眠餐。［但評］執卷哦詩，感及豚魚，奇矣。渺茲鱗族，從何處得觀多詩？更自詩人得聆妙緒，而乃聞清吟而致無妄之疾，且讀羅衣而竟勿藥有喜耶？觀所引爲郎憔悴之句，及卷卜而謂詞意非祥，抑何吐屬風雅，慧而多情也。既見之而喜，乃以其浮家泛宅而薄之，僅冀女登舟，姑以解子之沈痛，賈之行爲，固如是耳。爲吟楊柳菡萏之句，而羸頓忽瘳，此中況味，兩人共嘗之，兩人共知之，乃翁何與風雅。意欲附爲婚姻，不得復拒。」生心實愛好，第慮父嗔，因直以情告。媪不實〔校〕青本無實字。信，務要盟約。生不肯。媪怒曰：「人世姻好，有求委禽而不得者。今老身自媒，反不見納，恥孰甚焉！請勿想北渡矣！」〔馮評〕又突然一句。遂去。少間，父歸，善其詞以告之，隱冀垂納。而父以涉遠，又薄女子之懷春〔吕註〕詩，召南：有女懷春，吉士誘之。也，笑置之。泊舟處，水深没棹；〔何註〕棹同櫂，濯于水中，所以進船者；短曰楫，長曰棹。謝靈運詩：鶩棹逐驚流。夜忽沙磧〔何註〕磧音責，淺水中沙石也。擁起，舟滯不得動。〔馮評〕舟滯從上無想北渡來。人疑無想北渡必至覆舟之患，乃竟因此作合，出人意想。湖中每歲客舟必有留住守洲者，〔何評〕法□。至次年桃花水〔吕註〕韓愈詩：三月桃花水。注：桃方花時，即有雨水，川谷冰泮，波瀾盛長，故謂之桃花水。溢，他貨未至，舟中物當百倍於原直也，以故翁未甚憂怪。獨計明歲南來，尚須揭貲，於是留子自歸。生竊喜，悔〔校〕青本作恨。不詰媪居里。日既暮，媪與一婢扶女郎至，展衣卧諸榻上。向生曰：「人病至此，莫高枕作無事者！」遂去。生初聞而驚；移燈視女，則病態含嬌，秋波自流。略致訊詰，嫣然微笑。生强其一語。曰：「『爲郎憔悴卻羞郎』，〔吕註〕詩話：晉中書令王珉與嫂婢謝芳姿情好甚篤。嫂鞭撻過苦。婢素善歌，而珉好持白團扇。芳姿因製白團扇歌以贈之，曰：團扇復團扇，許持自障面。憔悴無復理，羞與郎相見。○會真記：鶯鶯贈張珙詩曰：自從消瘦減容光，萬轉千迴嬾下牀。不爲旁人羞不起，爲郎憔悴卻羞郎。可爲妾咏。」生狂喜，欲近就之，而憐其荏弱。探手於懷，接脗〔校〕青本作脣。爲戲。女不覺懽然展謔，乃曰：「君爲妾三吟王建『羅衣葉葉』之作，〔呂註〕王建宮詞：羅衫葉葉繡重重，金鳳銀鵞各一叢。每徧舞時分兩向，太平萬歲字當中。○衫，一作衣。病當愈。」生從其言。甫兩過，女攬衣起坐〔校〕抄本無坐字。曰：「妾愈矣！」〔何評〕吟詩已疾，與檄愈頭風何異。再讀，則嬌顫相和。生神志益飛，遂滅燭共寢。女未曙已起，曰：「老母將至矣。」未幾，媼果至。見女凝妝懽坐，不覺欣慰。邀女去，女俛首不語。媼即自去，曰：「汝樂與郎君戲，亦自任也。」於是生始研問居止。女曰：「妾與君不過傾蓋之友，〔校〕抄本作交。婚嫁尚不可必，何須令知家門。」然兩人互相愛悅，要誓良堅。女一夜早起挑燈，忽開卷淒〔校〕抄本作悽。然淚瑩，生急起〔校〕抄本作起急。問之。女曰：「阿翁行且至。我兩人事，妾適以卷卜，展之得李益江南曲，〔呂註〕李益江南曲：嫁得瞿塘賈，朝朝誤妾期。早知潮有信，嫁與弄潮兒。詞意非祥。」〔馮評〕突然一句，此書之妙處處如此。生慰解之，曰：「首句『嫁得瞿塘賈』，〔馮評〕通篇總以詩作聯串。即已大吉，何不祥之與有！」女乃稍〔校〕抄本作少。懽。起身作別曰：「暫請分手，天明則千人指視矣。」生把臂哽咽，問：「好事如諧，何處可以相報？」曰：「妾常使人偵探之，諧否無不聞也。」生將下舟送之，女力辭而去。無何，慕果至。生漸吐〔校〕稿本原作言，改吐。其情。父疑其招妓，怒加詬厲。細審舟中財物，並無虧損，譙訶乃已。一夕，翁不在舟，女忽至，相見依依，莫知決策。女曰：「低昂有數，且圖目前。姑留君兩月，再商行止。」臨別以吟聲作〔校〕上二字，青本作詩。爲相會之約。由此值翁他出，遂高吟，則女自至。四月行盡，物價失時，諸賈無策，斂貲禱湖神之廟。端陽後，雨水大至，舟始通。生既歸，凝思成疾。慕憂之，巫醫並進。生私告母曰：「病非藥禳可痊，唯有秋練至耳。」翁初怒之；久之，支離益〔校〕抄本作已。憊，始懼，賃車載子，復如楚，泊舟故處。訪居人，並無知白媼者。會有媼操柁〔何註〕柁所以正船者。一作舵，又作拖，拖曳也。江賦：凌波縱柂。湖濱，即出自任。翁登其舟，窺見秋練，心竊喜；而審詰邦族，則浮家泛宅〔呂註〕高士傳：張志和號煙波釣徒。顏真卿爲刺史，欲館之。謝曰：願浮家泛宅，往來苕、霅之間耳。○苕、霅，二水名。而已。因實告子病由，冀女登舟，姑以解其沈痼。〔校〕青本作痛。媪以婚無成約，弗許。女露半面，殷殷窺聽，聞兩人言，眥淚欲墮。媪視女面，因翁哀請，即亦許之。〔但評〕明知事未即諧，而姑許登舟，固情之不能自已，抑亦聞兩人言，洞見翁之情性，而胸中早有成竹矣。至夜，翁出，女果至，就榻嗚泣曰：「昔年妾狀，今到君耶！此中況味，要不可不使君知。然羸頓如此，急切何能便〔校〕青本作使。瘳？妾請爲君一吟。」生亦喜。女亦吟王建前作。生曰：「此卿心事，醫二人何得效？然聞卿聲，神已爽矣。試爲我吟『楊柳千條盡向西』。」〔呂註〕劉方平春怨詩：朝日殘鶯伴妾啼，開簾只見草萋萋。庭前時有東風入，楊柳千條盡向西。女從之。生贊曰：「快哉！卿昔誦詩餘，有采蓮子云：『菡萏

［呂註］詩，鄭風：隰有荷華。傳：荷華，芙蕖也，其華菡萏。疏：未開曰菡萏，已發曰芙蕖。［何註］菡萏句，皇甫松詞也。香連［校］此據青本，稿本、抄本作蓮。十頃陂。』心尚未忘，煩一曼聲度之。」女又從之。甫闋，生躍起曰：「小生何嘗病哉！」遂相狎抱，沈痾若失。既而問：「父見媪何詞？事得諧否？」女已察知翁意，直對「不諧」。既而女去，父來，見生已起，喜甚，但慰勉之。因曰：「女子良佳。然自總角時，把柁擢歌，無論微賤，抑亦不貞。」生不語。翁既出，女復來，生述父意。女曰：「妾窺之審矣：天下事，愈急則愈遠，愈迎則愈距。［校］青本、抄本作拒，通距。○［馮評］閱歷見道語。當使意自轉，反相求。」［但評］急則愈遠，迎則愈拒，猶是賈之道也。利市三倍，乃迓魚軒，雖遲歸有時，非阿翁之憐才，乃佳婦之善餌也。生問計。女曰：「凡商賈志在利耳。［校］抄本賈下有之字，在下有于字。○［何評］同見。妾有術知物價。適視舟中物，並無少息。爲我告翁：居某物，利三之；某物，十之。歸家，妾言驗，則妾爲佳婦矣。再來時，君十八，妾十七，相歡有日，何憂爲！」生以所言物價告父。父頗不信，姑以餘貲半從其教。既歸，所自置［校］抄本作買。貨，貲本大虧；幸少從女言，得厚息，略相準。以是服秋練之神。生益誇張之，謂女自言，能使己富。翁於是益揭貲而南。至湖，數日不見白媪；過［校］青本下有又字。數日，始見其泊舟柳下，因委禽焉。［但評］以利餌之，使反相求，所謂即以其人之道還治其人之身也。知己知彼，百戰百勝，此日委禽，惟恐求之不得矣。然必言利驗而後得爲佳婦，賈之爲子求婚者，其必問諸水濱。媪悉不受，但涓吉送女

過舟。翁另賃一舟爲子合巹。女乃使翁益南，所應居貨，悉籍付之。媪乃邀壻去，家於其舟。翁三月而返。物至楚，價已〔校〕青本作以。倍蓰。將歸，女求載湖水；既歸，每食必加少許，如用醯〔何註〕醯音近兮，醯多汁者，醋也。醬焉。由是每南行，必爲致數罎而歸。後三四年，舉一子。一日，涕泣思歸。翁乃偕子及婦俱如〔校〕抄本作入。楚。至湖，不知媪之所在。女扣舷〔何註〕舷，船邊也。呼母，神形喪失。促生沿湖問訊。會有釣鱘鰉〔吕註〕屠本埈海味索隱：鱘鰉，或以爲黄魚，非也。黄魚名洋生魚，亦名石首魚；鱘鰉是別一種。吾郡嘉靖末年網者得之，以爲怪物，棄於海中；間有去鼻而賣食者。邇來亦知爲鮮矣，終不甚貴也。○鱘鰉，或謂即鱘魚，誤矣。本草：鱘魚出江中，背如龍，長一二丈。鱘鰉則湖海皆有之，其形略如聊齋所云，然不多見也。〔何註〕鱘鰉音尋皇，大魚也。者，得白驥。〔吕註〕未詳。○爾雅翼：兖州人謂赤鯉爲赤驢，青鯉爲青馬，黑鯉爲黑駒，白鯉爲白騏，黄鯉爲黄騅，皆取馬之名，以其爲靈仙所乘，能越飛江湖故也。按：據此，則白驥當作白騏，未知是否。〔何註〕驥音冀。兖州人呼白鯉爲白驥，今謂驥形似人。生近視之，巨物也，形全類人，乳陰畢具。奇之，歸以告女。女大駭，謂夙有放生願，囑生贖放之。生往商釣者，釣者索直昂。女曰：「妾在君家，謀金不下巨萬，區區者何遂靳直也！如必不從，妾即投湖水死耳！」生懼，不敢告父，盜金贖放之。既返，不見女，搜之不得，更盡始至。問：「何往？」曰：「適至母所。」問：「母何在？」靦然曰：「今不得不實告矣：適所贖，即妾母也。向在洞庭，龍君命司行旅。近宫中欲選嬪妃，妾被浮言者所稱道，遂勅妾母，坐相索。妾母實奏之。龍君不聽，放母於南濱，餓欲死，故罹前難。今難雖免，而罰未釋。君如愛妾，代禱真君可免。如以異類見憎，請以兒擲還君。妾［校］抄本下有自字。去，龍宮之奉，未必不百倍君家也。」生大驚，慮真君不可得見。女曰：「明日未刻，真君當至。見有跛道士，急拜之，入水亦從之。真君喜文士，必合憐允。」乃出魚腹綾［校］抄本作紗。一方，曰：「如問所求，即出此，求書一『免』字。」生如言候之。果有道士蹩躠而至，［何評］道士何人。生伏拜之。道士急走，生從其後。道士以杖投水，躍登其上。生竟從之而登，則非杖也，舟也。又拜之。道士問：「何求？」生出羅求書。道士展視曰：「此白鱀翼也，子何遇之？」蟾宮不敢隱，詳陳顛［校］抄本作始。末。道士笑曰：「此物殊風雅，［校］抄本作流。老龍何得荒淫！」遂出筆草書「免」字，如符形，返舟令下。［但評］費了多少心力，受了多少磨折，乃能嫁得瞿塘賈耳。龍宮何遂少此種，乃魚肉之而陵以威勢？脱非靈符，風雅物將索於枯魚之肆矣。則見道士踏杖浮行，頃刻已渺。歸舟，女喜，但囑勿洩於父母。歸後二三年，翁南遊，數月不歸。湖水既罄，久待不至。女遂病，日夜喘急。［校］青本作息。囑曰：「如妾死，勿瘞，當於卯、午、酉三時，一吟杜甫夢李白詩，［呂註］詩云：死別已吞聲，生別長惻惻，云云。［何註］杜甫夢李白詩二首，後一首無可取，或者前一首故人入我夢，恐非平生魂，有屬其勿忘意。死當不朽。［馮評］仍以詩作串連。候［校］抄本作待。水至，傾注盆內，閉門緩妾衣，抱入浸之，宜得活。」喘息數日，奄然遂斃。後半月，慕翁至，生急如其教，浸一時許，漸甦。〔但評〕渴而死，浸而復活。吾不奇其一得湖水而死能再生；特奇其對吟杜甫夢李白詩而死且不朽也。其人則雅，其情則真，其行則孝。龍君憒憒，猥以浮言稱道，欲奪比目而陳觀之，真君得不書腹綾而勅免之乎。自是每思南旋。後翁死，生從其意，遷於楚。

〔何評〕秋練耽愛清吟，所謂雅以魚者。

王者

湖南巡撫某公，遣州佐押解餉〔校〕青本下有金字。六十萬赴京。途中被雨，日暮愆程，〔何註〕愆，過也。謂前一程已過，後一程未至也。無所投宿，遠見古刹，因詣棲止。天明，視所解金，蕩然無存。衆駭怪，莫可取咎。回白撫公，公以爲妄，將置之法。及詰衆役，並無異詞。公責令仍反故處，緝察端〔校〕青本作踪。緒。至廟前，見一瞽者，形貌奇異，自榜云：「能知心事。」因求卜筮。瞽曰：「是爲失金者。」州佐曰：「然。」因訴前苦。瞽者便索肩輿，〔何註〕輿，載而行之之意。古謂車曰輿，今爲筍輿，亦曰輿。韋思謙任納言，肩輿以朝。云：「但從我去，當自知。」〔但評〕神耶人耶？真耶幻耶？城郭非在異域，衣冠胡爲漢制耶？姬髮既可取，豈六十萬金遂足以贖貪婪之首領耶？貪夫爲利熏心，視財若命，天奪其魄，鬼闞其家，取彼多金，是即剜其心而索其命也。故其處解官不知，惟瞽者知之，亦惟某公自知之。遂如其言，官役皆從之。瞽曰：「東。」東之。瞽〔校〕青本無瞽字。曰：「北。」北之。凡五日，入深山，忽睹城郭，居人輻輳。〔何註〕輻輳音福腠。輻，輪中直木；輳，聚也；言如輻之輳于輪也。漢書，叔孫通傳：四方輻輳。入城，走移時，瞽曰：「止。」因下輿，以手南指：

「見有高門西向，可款關自問之。」拱手自去。州佐如〔校〕青本作從。其教，果見高門。漸入之。一人出，衣冠漢制，不言姓名。州佐述〔校〕青本作訴。所自來。其人云：「請留數日，當與君謁當事者。」遂導去，令獨居一所，給以食飲。暇時閒步，至第後，見一園亭，入涉之。老松翳日，細草如氈。數轉廊榭，又一高亭，歷階而入，〔校〕青本作升。見壁上掛人皮數張，五官俱備，腥氣流熏。不覺毛骨森竪，疾退歸舍。自分留鞹〔何註〕鞹音廓，皮去毛也。異域，已無生望，因念進退一死，亦姑聽之。明日，衣冠者召之去，曰：「今日可見矣。」州佐唯唯。衣冠者乘怒馬甚駛，〔何註〕駛音史，馬行疾也。州佐步馳從之。俄，至一轅門，儼如制府衙署，皂衣人羅列左右，規模凜肅。〔何註〕凜音廩，凄清也。肅，整肅也。衣冠者下馬，導入。又一重門，見有王者，珠冠繡紱，南面坐。州佐趨上，伏謁。王者問：「汝湖南解官耶？」州佐諾。王者曰：「銀俱〔校〕青本作具。在此。是區區者，汝撫軍即慨然見贈，未爲不可。」州佐泣訴：「限期已滿，歸必〔校〕青本作即。就刑，稟白何所申證？」王者曰：「此即不難。」遂付以巨函云：「以此復之，可保無恙。」又遣力士送之。州佐慴息，不敢辨，受函而返。山川道路，悉非來時所經。既出山，送者乃去。數日，抵長沙，敬白撫公。公益妄之，怒不容辨，命左右者飛索以縎。［呂註］通鑑：契丹寇營州，飛索以縎麻仁節，生獲之。○按：縎，以索罥物也。［何註］縎音榻。契丹將李楷固善用縎索。州佐解襆出函，公拆視未竟，面如灰土。命釋其縛，但云：「銀亦細事，汝姑出。」於是急檄屬官，設法補解訖。數日，公疾，尋卒。先是，公與愛姬共寢，既醒，而姬髮盡失。［但評］不取其首而僅禿其姬，亦只是割其所愛。闔署驚怪，莫測其由。蓋函中即其［校］此據青本，抄本作有。髮也。外有書云：「汝自起家守令，位極人臣。賕賂貪婪，［何註］賕賂，賄賂也。婪音嵐，亦貪也。不可悉數。前銀六十萬，業已驗收在庫。當自發貪囊，補充舊額。［但評］究竟屬官補解，未曾解囊，此公雖死，終是便宜。解官無罪，不得［校］青本下有妄字。加譴責。前取姬髮，略示微警。如復不遵教令，旦晚取汝首領。［馮評］贓吏讀之，定當汗下。姬髮附還，以作明信。」公卒後，家人始傳其書。後屬員遣人尋其處，則皆重巖絶壑，更無徑路矣。

異史氏曰：「紅線金合，［呂註］劍俠傳：唐田承嗣將併潞州薛嵩，嵩日夜憂悶。有青衣名紅線者，請到魏城觀其形勢，乃入闈房飾行具，再拜而行。至曉回曰：某到魏城，歷數門，抵寢帳。承嗣酣眠，頭枕文犀，枕前露一金合，內書生身甲子與北斗神名，因持以歸。嵩乃遣承嗣書，並封納金合。承嗣驚怛。遣使謝嵩曰：某之首領，係在恩私。知過自新，專膺指使。以儆貪婪，良亦快異。然桃源仙人，不事劫掠；即劍客所集，烏得有城郭衙署哉？嗚呼！是何神歟？苟得其地，恐天下之赴愬者無已時矣。」

［何評］此事累見他書，不無少異，要是劍客之流。

某甲

某甲私其僕婦，因殺僕納婦，生二子一女。閲十九年，巨寇破城，劫掠一空。一少年賊，持刀入甲家。甲視之，酷類死僕。自歎曰：「吾今［校］青本作合。休矣！」傾囊贖命，迄不顧，［校］青本作願。亦不一言，但搜人而殺，共殺一家［校］青本下有男婦二字。二十七口而去。［何評］可畏。［但評］殺僕納婦而生子女，則殺甲一人不足以蔽辜也，仍以僕殺其全家，所遲者十九年耳。甲頭未斷，寇去少甦，［校］青本作蘇。猶能言之，三日尋斃。嗚呼！果報［校］青本下有之字。不爽，可畏也哉！

衢州三怪

張握仲從戎衢州，[呂註]一統志：越西鄙姑蔑之地，唐置衢州。言：[校]青本作云。「衢州夜静時，人莫敢獨行。鐘樓上有鬼，頭上一角，象貌獰惡，聞人行聲即下。人駭而[校]青本無而字。奔，鬼亦遂去。然[校]青本作而。見之輒病，且[校]青本無且字。多死者。又城中一塘，夜出白布一疋，如匹練横地。[校]青本下有上字。過者拾之，即捲入水。又有鴨鬼，夜既静，[校]青本作定。塘邊并[校]青本無并字。寂無一物，若聞鴨[校]青本作鳴。聲，人[校]青本無人字。即病。」

拆樓人

何冏卿，平陰人。初令秦中，一賣油者有薄罪，其言戇，何怒，杖殺〔校〕青本作斃。之。後仕至銓司，家貲富饒。建一樓，上梁日，親賓稱觴爲賀。忽見賣油者入，陰自駭疑。俄報妾生子。愀然曰：「樓工未成，拆樓人已至矣！」人謂其戲，而不知其實有所見也。後子既長，最頑，蕩其家。〔馮評〕敗其家，未索其命，猶薄償也，逞刑者知之。〔但評〕建樓工甫成，拆樓人已至。當年饒一板，焉得頑冥嗣。傭爲人役，每得錢數文，輒買香油食之。

異史氏曰：「常見富貴家樓第連亘，死〔校〕青本下有之字。後，再過已墟。此必有拆樓人降生其家〔校〕青本下有可知二字。也。身居人上，烏可不早自惕哉！」

大蝎

明彭將軍宏，征寇入蜀。至深山中，有大禪院，云已百年無僧。詢之土人，則曰：［校］青本作謂。「寺中有妖，入者輒死。」彭恐伏寇，率兵斬茅而入。前殿中，有皂雕奪門飛去；中殿無異；又進之，則佛閣，周視亦無所見，但［校］青本作而。入者皆頭痛不能禁。彭親入亦然。少頃，有蝎如琵琶，自板上蠢蠢而下。一軍驚走。彭遂火其寺。

陳雲棲

真毓生，楚夷陵人，孝廉之子。能文，美丰姿，弱冠知名。兒時，相者曰：「後當娶女道士爲妻。」父母共以爲笑。而爲之論婚，低昂苦不能就。生母臧夫人，祖居黃岡，生以故詣外祖母。聞時人語曰：「黃州『四雲』，少者無倫。」蓋郡有呂祖庵，庵中女道士皆美，故云。庵去臧氏村僅十餘里，生因竊往。扣其關，果有女道士三〔校〕青本無三字。四人，謙喜承迎，儀度皆〔校〕上三字，青本作度皆雅。潔。中一最少者，曠世真無其儔，〔何註〕儔音酬，侶也。心好而目注之。女以手支頤，但他顧。諸道士〔校〕青本作女冠。覓盞烹茶。生乘間問姓字。〔校〕青本作名。答云：「雲棲，姓陳。」生戲曰：「奇矣！小生適姓潘。」〔呂註〕古今女史：宋女貞觀尼陳妙常，姿容出羣，能詩善琴。張于湖授臨江令，途宿觀中，以詞挑之。妙常拒之甚峻。後與于湖故人潘法成私通。潘密告張，張令投詞，託言舊所聘定，遂斷爲夫婦。即俗傳玉簪記是也。〇〔何評〕戲語錯結。〔但評〕因此一戲，生出許多奇文。陳頳顏發頰，低頭不語，起而去。少間，瀹茗，進佳果。各〔校〕青本無各字。道姓字：一，白雲深，年三十許；一，盛雲眠，二十以來；一，梁雲棟，約二十有四五，卻爲弟。而雲棲不至。生殊悵惘，因問之。白曰：「此婢懼生人。」生乃起別，白力挽之，不留而出。白曰：「而［校］青本作如。欲見雲棲，明日可復來。」生歸，思戀［何註］戀，孌眷切，念也。綦切。次日，又詣之。諸道士俱在，獨少雲棲，未便遽問。諸女冠治具留餐，生力辭，不聽。白拆餅授箸，勸進良殷。既問：「雲棲何在？」答云：「自至。」久之，日勢已晚，生欲歸。白捉腕留之，曰：「姑止此，我捉婢子來奉見。」生乃止。俄，挑燈具酒，雲眠亦去。［馮評］雲眠亦篇中正經脚色，故不與梁、白同敘。酒數行，生辭已［校］青本作以。醉。白曰：「飲三觥，則雲棲出矣。」生果飲如數。梁亦以此挾勸之，生又盡之，覆琖告辭。［校］青本作醉。白顧梁曰：「吾等面薄，不能勸飲。汝往曳陳婢來，便道潘郎待妙常已久。」梁去，少時而返，具言：「雲棲不至。」生欲去，而夜已深，乃佯［何註］佯音羊，詐也。醉仰卧。兩人代裸之，迭［何註］迭音經，更也。就淫焉。［馮評］此菴幾如勾欄，來往皆屬淫朋，雲棲何以得免？心堅金石，匹夫之志難奪，污泥中有金蓮也。終夜不堪其擾。天既明，不睡［校］青本作辭。而別。數日不敢復往，而心念雲棲不忘也，但不時於近側探偵之。一日，既暮，白出門，與少年去。生喜，不甚畏梁，急往款關。雲眠出應門。問之，則梁亦他適。因問雲棲。盛導去，又入一院，呼曰：「雲棲！客至矣。」但見室門闔然而合。盛笑曰：「閉扉矣。」生立窗外，似將有言，盛乃去。雲棲隔窗曰：「人皆以妾爲餌，釣君也。〔何評〕點明。頻來，身〔校〕青本身上有則字。命殆矣。〔何評〕相愛可知。妾不能終守清規，亦不敢遂乖廉恥，欲得如潘郎者〔校〕青本下有而字。事之耳。」〔何評〕見即許以終身，是何等眼力。〔但評〕前低頭不語時，其心可知。生乃以白頭相約。雲棲曰：「妾師撫養，即亦非易。果相見愛，當以二十金贖妾身。妾候君三年。如望爲桑中之約，所不能也。」〔何評〕披肝瀝膽之言。生諾之。方欲自陳，而盛復至，從與俱出，遂別歸。中心怊悵，思欲委曲夤緣，再一親其嬌範，適有家人報父病，遂星夜而還。無何，孝廉卒。夫人庭訓最嚴，心事不敢使知，〔何評〕蓮峯山後不遽合以此。但刻減金貲，日積之。有議婚者，輒以服闋爲辭。母不聽。生婉告曰：「曩在黃岡，外祖母欲以〔校〕青本下有兒字。婚陳氏，誠心所願。今遭大故，音耗遂梗，〔何註〕梗，梗塞也。久不如黃省問；旦夕一往，如不果諧，從母所命。」夫人許之。乃攜所積而去。至黃，詣菴中，則院宇荒涼，大異疇昔。漸入之，惟一老尼炊竈下，〔何評〕零落可想。因就問。〔校〕青本下有訊字。尼曰：「前年老道士死，『四雲』星散矣。」〔何評〕轉眼不勝今昔之感。〔但評〕四雲星散，一大頓挫，仍是藕斷絲連。問：「何之？」曰：「雲深、雲棟，從惡少〔校〕青本下有遁字。去；向聞雲棲寓居郡北；雲眠消息不知也。」〔馮評〕世無刻板事，豈有刻板文？蒼衣白狗，倏忽變化，不特可悟文心，亦可以觀世變矣。生聞之悲歎。命駕即詣郡北，遇觀輒詢，並少蹤跡。〔校〕青本作緒。悵恨而歸，〔校〕青本作返。僞告母曰：「舅言：陳翁如岳州，待其歸，當遣伻來。」踰半年，夫人歸寧，以事問母，母殊茫然。〔馮評〕偏從其母一邊敍來，妙甚。夫人怒子誑；媪疑甥與舅謀，而未以聞〔校〕此據同本，青本、抄本作問。也。幸舅〔校〕青本下有遠字。出，莫從稽其妄。夫人以香願登蓮峯，齋宿山下。既臥，逆旅主人扣扉，送一女道士，寄宿同舍，自言：〔校〕此據青本，抄本無上五字。「陳雲棲。」〔馮評〕突來。〔但評〕或即或離，忽近忽遠，情生文耶，文生情耶？聞夫人家夷陵，移坐就榻，告愬坎坷，〔何註〕坎坷音欿可，行不利也。一作轗軻。詞旨悲惻。末言：「有表兄潘生，與夫人同籍，煩囑子姪輩一傳口語，但道其暫寄棲鶴觀師叔王道成所，朝夕厄苦，度日如歲。〔何評〕數語酸辛可憐。令早一臨存；恐過此以往，未之〔校〕青本無之字。或知也。」夫人審〔校〕青本下有潘字。名字，即又不知。但云：「既在學宮，秀才輩想無不聞也。」未明早別，殷殷再囑。〔馮評〕又不即合，妙。夫人既歸，向生言及。生長跪曰：「實告母：所謂潘生，即兒也。」〔但評〕極力反撐，愈撐愈健。夫人既〔校〕青本作詰。知其故，怒曰：「不肖兒！宣淫寺觀，以道士爲婦，何顔見親賓乎！」生垂頭，不敢出詞。會生以赴試入郡，竊命舟訪王道成。至，則雲棲半月前出游不返。既歸，悒悒而病。適臧媪卒，夫人往奔喪，殯後迷途，至京氏家，問之，則族妹也。相便邀入。見有少女在堂，〔校〕青本作室。〇〔馮評〕如此插入，蹊徑獨別。年可十八九，姿容曼妙，目所未睹。〔但評〕神光離合，乍陰乍陽，事奇文奇，匪夷所思。夫人每思得一佳婦，俾子不懟，心動，因詰生平。妹云：「此王氏女也，〔校〕青本無上二字。〇〔馮評〕王氏二字，幻極。京氏甥也。怙恃俱失，暫寄此耳。」問：「壻家誰？」曰：「無之。」把手與語，意致嬌婉。母大悅，爲之過宿，私以己意告妹。〔但評〕忽而麾之惟恐不去，忽而招之惟恐不來，移步換形，文筆詭變乃爾。妹曰：「良佳。但其人高自位置；不然，胡蹉跎〔何註〕蹉跎音磋駝，失時也。至今也。容商之。」夫人招與同榻，談笑甚懽；自願母夫人。〔何評〕心事。夫人悅，請同歸荊州；女益喜。次日，同舟而還。既至，則生病〔校〕青本作疾。未起。母欲慰其沉痾，〔何註〕沉痾，病沉痼也。使婢陰告曰：「夫人爲公子載麗人至矣。」〔馮評〕故作幻筆。生未信，伏窗窺之，較雲棲尤豔絕也。〔何評〕改服矣。〇〔但評〕此處直認出雲棲，奚不可者；乃仍作撐開之筆，令上文加倍出奇，亦以見前此支頤他顧，低頭不語時，既未能審諦真切，隔窗數語，且又三年矣。文心之細如此。因念：三年之約已過；出游不返，則玉容必已有主。〔何評〕想當然。得此佳麗，心懷頗慰。於是驩然動色，病亦尋瘳。母乃招兩人相拜見。生出，夫人謂女：「亦知我同歸之意乎？」女微笑曰：「妾已知之。」〔何評〕巧甚。但妾所以同歸之初志，〔何評〕點明。母不知也。妾少字夷陵潘氏，音耗闊絕，必已另有良匹。果爾，則爲母也婦；不爾，則終爲母也女，[馮評]檀弓句法。[何註]點明。報母有日也。」夫人曰：「既有成約，即亦不强。但前在五祖山時，有女冠問潘氏，今又潘氏，[何評]錯結並合。固知夷陵世族無此姓也。」女驚曰：「卧蓮峯下者[校]青本下有即字。母耶？」詢潘[校]青本下有氏字。者，即我是也。」[馮評]笠翁云：被一箇作孽的風筝誤到頭。吾欲改用潘生二字。[何評]合。母始恍然悟，笑曰：「若然，則潘生固在此矣。」[何評]合。女問：「何在？」夫人命婢導去問生。生驚曰：「卿雲棲耶？」女問：「何知？」生言其情，始知以潘郎爲戲。[何評]點明。女知爲生，羞與終談，急返告母。[但評]同歸之意，母知之，女已知之；所以同歸之初志，女知之，母不知之也。女冠問潘氏，今女又問潘氏，不惟母不知，女亦不自知。蓮峯下夫人，京氏家夫人，不惟女不知，母亦不自知也。女之驚，知蓮峯下之夫人，即今日之母；今日問潘之女，即前日問潘之女冠也。母之悟，知表兄之潘生，真不肖之兒；欲得爲婦之女，即不願以爲婦之道士也。至潘郎之爲真生，母知之，生知之，女不知也。雲棲之爲王氏女，母知之，女知之，生不知也。女屢問潘，仍使自去問潘；生戲言潘，仍使自言非潘。夫而後，生乃知較雲棲尤豔之王氏女，即是雲棲，而喜而驚矣。女乃知寄語表兄之潘郎即是真生，而喜而羞矣。上文藏頭露角，半遮半掩，乃知皆爲此處數知字蓄勢也。母問其「何復姓王」。答云：「妾本姓王。道師見愛，遂以爲女，從[校]青本從上有故字。其姓耳。」夫人亦喜，涓吉爲之成禮。先是，女與雲眠俱依王道成。[何評]補序。道成居隘，[何註]隘，狹窄也。雲眠遂去之漢口。女嬌癡不能作苦，又羞出操道士業，道成頗不善之。會[校]青本下有舅字。京氏如黄岡，女遇之流涕，因與俱去，俾改女冠[校]此據同本，青本、抄本作子。裝，將論婚士族，故諱其曾隸道士[校]青本作女冠。籍。而問名者，女輒不願，舅及妗皆不知其意向，心厭[校]青本作頗。嫌之。是日，從夫人歸，得所託，如釋重負焉。合巹後，各述所遭，喜極而泣。女孝謹，夫人雅憐愛之；[校]青本無之字。而彈琴好弈，不知理家人生業，夫人頗以爲憂。[馮評]又漏下一筆。積月餘，母遣兩人如京氏，留數日而歸。泛舟江流，欻一舟過，中一女冠，近之，則雲眠也。[馮評]雲眠忽飄然而至，用筆毫無死相。雲眠獨與女善。女喜，招與同舟，相對酸辛。問：「將何之？」盛云：「久切懸念。遠至棲鶴觀，則聞依京舅矣。[何評]亦不堪回首矣。故將詣黃岡，一奉探耳。竟不知意中人已得相聚。[馮評]真毓生亦在舟中，不着一語，圖筆墨乾净，不糾纏。今視之如仙，剩此漂泊人，不知何時已矣！」因而欷歔。女設一謀：令易道裝，僞作姊，攜伴夫人，徐擇佳耦。盛從之。既歸，女先白夫人，盛乃入。舉止大家；談笑間，練達世故。母既寡，苦寂，得盛良懽，惟恐其去。盛早起，代母劬勞，不自作客。母益喜，陰思納女姊，以掩女冠之名，[但評]本爲雲眠能代劬勞而欲納之，偏説思納女姊以掩女冠之名。插此一筆，使通篇血脈貫注，骨節靈通。於上文爲正應，於下文爲反撲，於全文爲過脈。不善讀者，便輕看過。而未敢言也。一日，忘某事未作，急問之，則盛代備已久。因謂女曰：「畫中人不能作家，亦復何爲。[馮評]雋語。新婦若大姊者，吾不[校]青本作無。憂也。」不知女存心久，但懼[校]抄本作恐。母嗔。聞母言，笑對曰：「母既愛之，新婦欲效英、皇，何如？」[校]青本作如何。母不言，亦囅然笑。[馮評]四字妙。女退，告生曰：「老母首肯矣。」乃另潔一室，告盛曰：「昔在觀中共枕時，姊言：『但得一能知親愛之人，我兩人當共事之。』猶憶之否？」[馮評]兒女子意中語説來肖極。盛不覺雙眥熒熒，曰：「妾所謂親愛者，非他：如日日經營，曾無一人知其甘苦；數日來，略有微勞，即煩老母卹念，則中心[校]青本作心中。冷暖頓殊矣。若不下逐客令，俾得長伴老母，於願斯足，亦不望前言之踐也。」女告母。母令姊妹焚香，各矢無悔詞，乃使生與行夫婦禮。將寢，告生曰：「妾乃二十三歲老處女也。」生猶未信。既而落紅殷褥，始奇之。盛曰：「妾所以樂得良人者，非不能甘岑寂也；誠以閨閣之身，靦然酬應如勾欄，所不堪耳。[何評]甚是。借此一度，挂名君籍，當爲君奉事老母，作内紀綱。若房闈之樂，請別與人探討[校]青本無討字。之。」[馮評]又是一般性情。[但評]寫雲眠用輕筆，與上文相配。三日後，襆被從母，遺之不去。女早詣[校]青本作之。母所，占其牀寢，不得已，乃從生去。[馮評]閨中好合至此，南面王不易也。由是三兩日輒一更代，習爲常。夫人故善弈，自寡居，不暇爲之。自得盛，經理井井，晝日無事，輒與女弈。挑燈瀹茗，聽兩婦彈琴，夜分始散。[馮評]姥真仙矣。每與[校]青本作語。人曰：「兒父在時，亦未能有此樂也。」［何評］某信。盛司出納，每記籍報母。母疑曰：「兒輩常［校］青本作嘗。言幼孤，作字彈棋，［呂註］物原：劉向作彈棋。商芸小說：漢成帝好蹴踘，羣臣以爲勞體，非尊者所宜。帝曰：朕好之，可擇似而不勞者奏之。劉向奏彈棋以獻。帝大悅，賜之青羔紫絲履服以朝覲。○藝經：彈棋，兩人對局，黑白棋各六枚，先列棋相當，下呼上相彈也。其局以石爲之。○世說：彈棋始自魏宮內。文帝於此戲最妙，用手巾角拂之，無不中。○古今詩話：彈棋有譜一卷，唐賢所爲。其局五尺，中心高如覆蓋，其巔爲小壺，四角隆起。李義山詩：莫近彈棋局，中心最不平。謂其中尊也。白樂天詩：彈棋局上事，最妙是長斜。謂持角長斜，一發過半，局譜中具有此法。柳子厚謂用二十四碁者，即此戲也。今人罕爲之矣。○按：彈棋與著碁異。世說云：始自魏宮。彈棋經序因之云：魏武帝好彈棋，宮中皆效之，難得其局，以妝匳之蓋，形狀相類，就蓋而彈之，俗中因謂魏宮妝匳之戲。而西京雜記云：劉向作彈棋。典論云：前代馬合卿、張公子皆善彈棋。後漢書，梁冀傳云：冀善彈棋，格五。則彈棋始自漢朝，非始自魏宮也。王建宮詞云：彈棋玉指兩參差，背局臨虛鬬著危。先打角頭紅子落，二三金字半邊垂。讀之亦不能通曉。藝經云：黑白碁各六枚。柳子厚云：用二十四碁。諸說紛紛，迄無定論。古今詩話云：此藝後人罕爲之，則彈棋之不傳久矣。誰教之？」女笑以實告。母亦笑曰：「我初不欲爲兒娶一道士，今竟得兩矣。」忽憶童時所卜，始信定數［校］青本作數定。不可逃也。［但評］繳上相者語，即用作結。生再試不第。夫人曰：「吾家雖不豐，薄田三百畝，幸得雲眠紀理，日益溫飽。兒但在膝下，率兩婦與老身共樂，不願汝求富貴也。」［馮評］人生真樂，富貴何爲？［何評］知足。生從之。後雲眠生男女各一；雲棲女一男三。母八十餘歲而終。孫皆入泮；長孫，雲眠所出，已中鄉選矣。［但評］此篇與王桂菴篇文法相似，而中有大不相同者：入手以娶女道士一語作提筆，隨即颺開；徐徐引入，而以姓潘作一線索；中間縱橫頓挫，而脈絡雜繫，有如蜻蜓點水，若即還離。於百忙中帶寫雲眠，在有意無意間。文情既不寂寞，至後而亦不至另起爐竈，且不嫌鶻突也。末以娶兩道士作大結束，縱橫變化中，仍自有規矩準繩。率爾操觚者，那能解此。雲棲，女中之傑也，而得之女冠中，則更異。託足空門，傷心比匪，玷兹蘭若，似彼勾欄。既已易入於迷，況乃借之爲餌？使中無把握，幾何不乖廉恥而約桑中也。乃貞守於閉户之時，復堅持於隔窗之約。同人星散，隻影萍浮。試問蓮花峯下，誰是表兄？那知京氏舅家，先歸阿母。遂致玉容有主，果得潘郎。此固天假之緣，不可謂非守貞之報。

［何評］蓮峯山之遇，謂是將合矣；乃以母氏守正，雲棲出遊，終於錯過。使非奔走迷途，再遇京氏，過此以往，正未或知之矣。遇合之無定如此。雲眠既念雲棲，聞依京舅，到黄奉探，勢必直窮到底，則其合爲必然耳。潘既爲假，陳亦非真，兩相假託，以成此一段姻緣。乃知世事真假假真，正復無庸深論耳。

司札吏

遊擊官某，妻妾甚多。最諱某［校］青本作其。小字，呼年曰歲，生曰硬，馬曰大驢；又諱敗曰［校］青本作爲。勝，安爲放。雖簡札往來，不甚避忌，而家人道之，則怒。一日，司札吏白事，悞犯；大怒，以研擊之，立斃。三日後，醉卧，見吏持刺入。問：「何爲？」曰：［校］青本曰上有吏字。「『馬子安』來拜。」忽悟其鬼，急起，拔刀揮之。吏微笑，擲刺几上，泯然而没。取刺視之，書云：「歲家眷硬大驢子放勝。」暴謬之夫，爲鬼揶揄，可笑甚已！

牛首山一僧，自名鐵漢，又名鐵屎。有詩四十首，見者無不絶倒。自鏤印章二：一曰「混帳行子」，一［校］青本作二。曰「老實潑皮」。秀水［校］青本作才。王司直梓其詩，名曰「牛山四十屁」。款云：「混帳行子、老實潑皮放。」不必讀其詩，標名已足解頤。

［馮評］予嘗見牛山詩中有云：「老僧詩另有門頭，文選離騷一筆勾，扭肚擎腸醃臘句，山神説道不須謅。」「那岩打坐這岩眠，聽了松聲又聽泉，多謝風爹多禮數，花香直送到床前。」「信心媽媽上山遊，一句彌陀一個頭，磕到山門開鈔袋，紙錢買罷買香油。」

［何評］武夫忌諱，故鬼吏戲之。

［但評］以此等狂謬暴戾之夫而爲官，吾不能辨其驢乎，牛乎，犬乎，抑豺狼乎，虎豹乎？即以刺中之名贈之亦可。

蚰蜒

學使朱裔三家門限下〔校〕青本無上三字。有蚰蜒，長數尺。每遇風雨即出，盤旋地上〔校〕青本無上四字。如白練然。〔校〕青本無然字。按蚰蜒形若蜈蚣。晝不能見，夜則出。聞腥輒集。或云：蜈蚣無目而多貪也。〔校〕青本無按蚰蜒以下數句。

司訓

教官某，甚聾，而與一狐善；狐耳語之，亦能聞。每見上官，亦與狐俱，人不知其重聽也。〔校〕青本無也字。○〔呂註〕前漢書，黃霸傳：霸爲潁川太守，許丞老病聾，督郵白欲逐之。霸曰：許丞廉吏，雖老，尚能拜起送迎，重聽何傷？積五六年，狐別而去。囑曰：「君如傀儡，非挑弄之，則五官俱廢。與其以聾取罪，不如早自高也。」某戀禄，不能從其言，應對屢乖。〔但評〕傀儡偏要登場，即至五官俱廢，更是戀禄。學使欲逐之，某又求當道者爲之緩頰。一日，執事文場。唱名畢，學使退與諸教官燕坐。教官各捫籍靴中，呈進關說。〔馮評〕進呈關說，今無此風。已而學使笑問：「貴學何獨無所呈進？」某茫然〔校〕青本作乎。不解。近坐者肘之，以手入靴，示之勢。某爲親戚寄賣房中僞器，輒藏靴中，隨在求售。因學使笑語，疑索此物。〔但評〕教官代售房中僞器，可稱稱職。學使問要關說，其醜穢更有甚於索此物者。鞠躬起對曰：「有八錢者最佳，下官〔校〕抄本於下官旁又註卑職二字。不敢呈進。」一座匿笑。學使叱出之，遂免官。

異史氏曰：「平原獨無，［呂註］後漢書，史弼傳：出爲平原相。時詔書下舉鉤黨，郡國所奏相連及者多至數百；唯弼獨無所上。詔書前後切却，州郡髡笞。掾史、從事，坐傳責曰：青州六郡，其五有黨；平原何理，而得獨無？弼曰：先王疆理天下，畫界分境，水土異齊，風俗不同。它郡自有，平原自無。濟活者千餘人。亦中流之砥柱［呂註］水經注：禹治洪水，山陵當水者，鑿之通河；河水分流，包山而過；山屹立水中若柱然，故曰砥柱。也。學使而求呈進，固當奉之以此。由是得免，寃哉！」

朱公子子［校］青本少一子字。青［呂註］名緗。原籍高唐州，遷歷城。浙閩總憲宏祚子，福建巡撫綱之兄，候補主事。「耳録」云：「東萊一明經遲，司訓沂水。性顛癡，凡同人咸集時，皆默不［校］青本作勿。語；遲坐片時，不覺五官俱動，笑啼並作，旁若無人焉者。［但評］形容絶肖。若聞人笑聲，頓［校］青本頓上有則字。止。儉鄙自奉，積金百餘兩，自埋齋房，妻子亦不使知。一日，獨坐，忽手足自動，少刻云：『作惡結怨，受凍忍飢，好容易積蓄者，今在齋房。倘有人知，竟［校］青本作覺。如何？』如此再四。一門斗在旁，殊亦不覺。次日，遲出，門斗入，掘取而去。［馮評］作惡結怨，忍飢受凍，只蓄得百金，此教之窮苦何如，乃被盜於門斗，只博他人一笑。過二三日，心不自寧，發穴驗視，則已空空。頓足拊膺，歎恨欲死。」教職中可云千態百狀矣。［馮評］千態百狀，各途俱有，教職惟甚耳。

［何評］教職一途，年來又翻新樣，似仍當以僞器奉之。

黑鬼

膠州李總鎮，買二黑鬼，其黑如漆。足革粗厚，立刃爲途，往來其上，毫無所損。總鎮配以娼，生子而白，僚僕戲之，謂非其種。黑鬼亦〔校〕青本下有自字。疑，因殺其〔校〕青本無其字。子，檢骨〔校〕上二字，青本作骨則。盡黑，始悔焉。〔校〕青本作之。公每令兩鬼對舞，神情亦可觀也。

織成

洞庭湖中，往往有水神借舟。［何評］先注明。遇有空船，纜忽自解，飄然遊行。何聞空中音樂並作，舟人蹲伏一隅，瞑目聽之，莫敢仰視，任所往。遊畢，仍泊舊處。［馮評］又是一樣起法，先解説，然後敘事。有柳生，落第歸，醉卧舟上。笙樂忽作。舟人摇生不得醒，急匿艎［呂註］字彙補：荆人呼渡津航曰艎。下。俄有人捽生。生醉甚，隨手墮地，眠如故，即亦［校］青本作以。置之。少間，鼓吹鳴聒。生微醒，聞蘭麝充盈，睨之，見滿船皆佳麗。心知其異，目若瞑。少間，傳呼織成。即有侍兒來，立近頰際，翠襪紫舄，［校］青本作綃。細［校］青本細上有履字。瘦如指。［何評］立近伏晚，故所見祇此。心好之，隱以齒齧其襪。［馮評］近口食，然亦甚無賴矣。［但評］柳生醉漢無賴。少間，女子移動，牽曳傾踣。上［校］青本上上有座字。問之，因白其故。在［校］青本作座。上者怒，命即行誅。遂有武士入，捉縛而起。見南面一人，冠

［校］青本下有服字。類王者。因行且語，曰：「聞洞庭君爲柳氏，臣亦柳氏；昔洞庭落第，今臣亦落第；［馮評］善於詞令。洞庭得遇龍女而仙，［呂註］唐李朝威柳毅傳：柳毅下第，將還于湖濱，見一婦人牧羊道畔。毅詰之，對曰：妾洞庭龍君小女也。嫁涇陽次子。而夫壻厭薄，又得罪于舅姑，黜毀至此。聞君還吳，欲以尺書寄託。洞庭之陰，有大橘樹焉，擊樹三發，當有應者。毅至洞庭，向樹三擊。俄有武夫出于波間，再拜請曰：貴客何所至？毅曰：謁大王耳。武夫揭水指路，引以進，遂至其宮。武夫曰：此靈虛殿也。俄見一人，披紫衣，執青玉。武夫曰：此吾君也。毅曰：見大王愛女，牧羊于野，風鬟雨鬢，所不忍覩。取書進之。洞庭君覽畢，掩面而泣，令達宮中。左右皆流涕。君謂左右曰：無使錢塘君知。毅曰：錢塘何人？曰：寡君愛弟也。俄而笑語熙熙中，有一人明璫滿身，綃縠參差。視之，即前所寄辭者。君笑謂毅曰：涇水之囚人至矣。遂宿毅于凝光殿。明日，張宴于凝碧殿，會戚友，張廣樂。初笳角鼙鼓，旌旗劍戟，舞萬夫于其右。中有一夫前曰：此錢塘破陣樂。復有金石絲竹，羅綺珠翠，舞千女于其左。中有一女前曰：此貴主還宮樂。遂同歸洞庭，莫知其迹。今臣醉戲一姬而死；何幸不幸之懸殊也！」［馮評］壯甚。［但評］語委婉近人，雖是牽扯撒賴，亦有理有趣。王者聞之，喚回，問：「汝秀才下第者乎？」［何評］同病。生諾。便授筆札，令賦「風鬟霧鬢」。［呂註］按：風鬟雨鬢，洞庭靈祠傳作風鬟霧鬢。［何註］柳毅遇婦人牧羊，風鬟雨髻，龍女也。東坡詩：霧鬢雲鬟木葉衣。○［何評］絶好題目。生固襄陽名士，而構思頗遲，捉筆良久。上誚讓曰：「名士何得爾？」生釋筆自白：「昔『三都賦』十稔而成，［呂註］晉書，左思傳：欲賦三都，構思十稔。按：稔，年也，熟也；穀一熟爲一年。以是知文貴工、不貴速也。」［何評］非過來人不得道。［但評］文貴工不貴速，是能文語氣。王者笑聽之。自辰至午，稿始脫。王者覽之，大悅曰：「真名士也！」［但評］甚矣，才之不可以已也。風鬟霧鬢，賦媿三都；翠襪紫綃，珠逾十斛。豈謂秀才落第，同病堪憐；柳氏聯宗，戲姬可恕哉。界方一握，重以水晶，既稱鴻才，遂聯鴛侶。嚮使狂傖肆妄，筆札無靈，齒痕雖宛然在羅襪之間，白骨早已葬於江魚之腹矣。遂賜以酒。頃刻，

異饌紛綸。方問對間，一吏[校]青本作使。捧簿進白：[校]青本作曰。「溺籍告成矣。」[馮評]串插一筆以間之，文境不平。聊齋慣用此法。問：「人數幾何？」曰：「一百二十八人。」問：「簽差何人矣？」[校]青本無矣字。答云：「毛、南二尉。」生起拜辭，王者贈黃金十斤，又水晶界方一握，曰：「湖中小有劫數，持此可免。」忽見羽葆人馬，紛立水面，王者下舟登輿，遂不復見，久之，寂然。舟人始自艎下出，蕩舟北渡，風逆不得前。忽見水中有鐵猫浮出。[何評]寫得洶湧可畏。舟人駭曰：「毛將軍出現矣！」各舟商人[校]青本作客。俱伏。又無何，湖中[校]青本下有有字。一木直立，築築[何註]築築，擣也，謂立於水中，形上下如擣也。搖動。[校]青本作動搖。益懼曰：「南將軍又出矣！」[馮評]寫得聲色俱有。少時，波浪大作，上翳天日，四顧湖舟，一時盡覆。[馮評]本朝錢塘陸次雲先生有洞庭詩云：此中有楠木，千載成英靈，出沒每不時，異何令人驚，舟婦散紙錢，徐徐乃就平。知此段非甚虛。生舉界方危坐舟中，萬丈洪濤，至[校]青本作近。舟頓滅，以是得全。既[校]青本作生。歸，每向人語其異。言舟中侍兒，雖未悉其容貌，而裙下雙鉤，亦人世所無。後以故至武昌，有崔媼賣女，千金不售；[何評]奇異。蓄一水晶界方，言有能配此者，嫁之。[何評]可想。生異之，懷界方而往。媼忻然承接，呼女出見，年十五六已來，媚曼風流，更無倫比，略一展拜，返身入幃。生一見，魂魄動搖，曰：「小生亦蓄一物，不知與老姥家藏頗相稱否？」因各出相較，長短不爽毫釐。媼喜，便問寓所，請生即歸命輿，界方留作信。生不肯留。媼笑曰：「官人亦太〔校〕青本作大。小心！老身豈爲〔校〕青本作以。一界方抽身竄去耶？」〔但評〕特爲來配界方，豈以一界方抽身竄去。生不得已，留之。出則〔校〕青本作即。賃輿急返，而媼室已空。〔馮評〕又一頓。大駭。徧問居人，迄無知者。日已向西，形神懊〔校〕青本作躁懊若。喪，邑邑而返。中途，值一輿過，忽褰簾曰：「柳郎何遲也？」視之，則崔媼。喜問：「何之？」媼笑曰：「必將疑老身拐〔校〕青本作略。○〔何註〕略，謀略也。騙，誆也。言謀而騙之也。騙者矣。別後，適有便輿，頓念官人亦僑寓，措辦良〔校〕青本作亦。艱，故遂送女歸舟耳。」生邀回車，媼必不可。生倉皇不能確信，急奔入舟，女果及一婢在焉。見生入，含〔校〕青本作談。笑承迎。見翠襪紫履，與舟中侍兒妝飾，更無少別。心異之，徘徊凝注。女笑曰：「眈眈〔何註〕眈音酖。易，頤：虎視眈眈。笑其視之太審也。注目，生平所未見耶？」生益俯窺之，則襪後齒痕宛然。〔馮評〕齒痕尚在，文章映帶之法。〔但評〕齒痕猶在襪後，想女子時嗅酒香，亦甚得意，故不肯即易也。驚曰：「卿織成耶？」女掩口微哂。生長揖曰：「卿果神人，早請直言，以祛煩惑。」女曰：「實告君：前舟中所遇，即洞庭君也。仰慕鴻才，便欲以妾相贈；因妾過爲王妃所愛，〔何評〕龍女也。故歸謀之。妾之來，從妃命也。」生喜，沐手焚香，望湖朝拜，乃歸。後詣武昌，女求同去，將便歸寧。既至洞庭，女拔釵擲水，忽見一小舟自湖中出，女躍登，如飛鳥〔校〕青本作烏飛。集，轉瞬已杳。生坐船頭，於没處凝盼之。遥遥一樓船至，既近窗開，忽如一彩禽翔過，則織成至矣。一人自窗中遞〔何註〕遞，傳送也。擲金珠〔校〕青本作帛。珍物甚多，皆妃賜也。自〔校〕青本作由。是，歲一兩覲以爲常。故生家富有珠寶，每出一物，世家所不識焉。

相傳唐柳毅遇龍女，洞庭君以爲壻。後遜位於毅。又以毅貌文，不能攝服水怪，付以鬼面，晝戴夜除；久之漸習忘除，遂與面合而爲一。毅覽鏡自慚。故行人泛湖，或以手指物，則疑爲指己也；以手覆額，則疑其窺己也；風波輒起，舟多覆。故初登舟，舟人必以此告戒之。不則設牲牢祭享，乃得渡。許真君偶至湖，浪阻不得行。真君怒，執毅付郡獄。獄吏檢〔校〕青本作驗。囚，恒多一人，莫測其故。一夕，毅示夢郡伯，哀求拔救。伯以幽明異路，謝辭之。毅云：「真君於某日臨境，但爲求懇，必合有濟。」既而真君果至，因代求之，遂得釋。嗣後湖禁稍平。〔校〕此段據抄本，青本無。

〔何評〕其怪處即脱胎龍女，但生未嘗入水府，及錢塘破陣許多怪事耳。洞庭君姓柳，生豈其苗裔耶？何遭際皆出於洞庭也？

竹青

魚客，［校］青本作容。湖南人，忘［校］青本忘上有談者二字。其郡邑。家［校］青本下有綦字。貧，下第歸，資斧斷絶。羞於行乞，餓甚，暫憩吳王廟［呂註］宋牧仲筠廊偶筆：楚江富池鎮有吳王廟，祀甘將軍寧也。宋時以神風助漕運，封爲王，靈顯異常。舟過廟前必報祀。有鴉數百，飛集廟傍林木，往來迎舟，數里舞噪。帆檣上下，舟人恒投肉空中餧之，百不一墜。其送舟亦然。云是吳王神鴉。○又許鶴沙滇行紀程：自九江百一十里，過富池，入楚境二十里，過田家鎮，有吳甘興霸廟。順治年間，有史官莊回生典試楚省，夜泊廟前，夢甘將軍來拜莊，索莊一僕、一馬，皆所愛者。夢中不得已諾之。詰朝，僕馬俱斃。地有神鴉，往來江上，帆檣過此，不拘餅餌粒食，撒空飼之，羣鴉飛舞接食，百無一墜。食畢，間有集舟檣之杪，送出廟境。俗謂將軍遣使送客。其聲啞啞，類慈烏，上下三十里皆有之，亦一奇也。○按：甘寧字興霸，邑郡人。少有氣力，好游俠。仕吳爲孫權將。開爽善計略，尤輕財敬士。嘗從周瑜拒曹操於烏林，攻曹仁於南郡，屢立戰功，時稱爲江表虎臣。○［馮評］風雷夜半吳王廟，天地清秋伍相祠。一例冥冥誰不朽，早來把酒共論之。中，拜［校］青本拜上有因以憤懣之詞六字。禱神座。出臥廊下，忽一人引去，見［校］青本下有吳字。王，跪曰：［校］抄本曰上有白字，應有一字衍文。「黑衣隊尚缺一卒，可使補缺。」王曰：［校］青本作吳王。「可。」即授黑衣。既着身，化爲烏，振翼而出。見烏友羣集，相將俱去，分集帆檣。［何註］檣音牆，帆柱也。舟上客旅，争以肉向上〔校〕上二字，青本作餌。抛擲。羣於空中接食之。因亦尤效，〔吕註〕左傳，僖二十四年：尤而效之，罪又甚焉。〔何註〕尤，訧也。左傳，莊二十一年：鄭伯效尤，其亦將有咎。須臾果腹。翔棲樹杪，〔何註〕杪音藐，樹梢也。意亦甚得。〔但評〕曩歲落第，歸經洞庭，見神鴉逐隊飛集帆檣，亦嘗以肉餌抛食之，果接食馴無機。不謂此中有我輩中人在也。果遇之，亦將求補一缺，而與之得意翔棲矣。踰二三日，吴王憐其無偶，配以雌，呼之「竹青」。雅相愛樂。魚每取食，輒馴無機。〔但評〕取食輒馴無機，是書騃本來面目。竹青恒勸諫之，卒不能聽。一日，有滿〔校〕青本無滿字。兵過，彈之中胸。幸竹青啣去之，得不被擒。羣烏怒，鼓翼搧波，波湧起，舟盡覆。竹青仍投〔校〕青本作乃攝。餌哺魚。魚傷甚，終日而斃。忽如夢醒，則身卧廟中。先是，居人見魚死，不知誰何，撫之未冷，〔校〕青本作冰。故不時令〔校〕青本作以。人邏察之。至是，訊知其由，斂貲送歸。後三年，復過故所，參謁吴王。設食，唤烏下集羣〔校〕青本無羣字。啗，祝〔校〕青本祝上有乃字。曰：「竹青如在，當止。」食已，並飛去。後領薦歸，復謁吴王廟，薦以少牢。〔何註〕禮，王制：天子社稷皆太牢，諸侯社稷皆少牢。少牢，羊豕也。牛羊豕爲太牢。已，乃大設以饗烏友，又祝之。是夜宿於湖村，秉燭方坐，忽几前如飛鳥飄落，視之，則二十許麗人，輾然曰：「別來無恙乎？」〔但評〕爲之歌曰：相彼烏矣，猶求友生。魚驚問之。曰：「君不識竹青耶？」〔馮評〕不知當年在黑衣裏爲偶時，麗人耶，抑羽毛耶？所見何如？魚喜，詰所來。曰：「妾今爲漢江神女，返故鄉時常少。前烏使兩道君情，故來一相聚也。」魚益欣感，宛如夫妻之久别，不勝懽戀。生將偕與俱南，女欲邀〔校〕青本無邀字。與俱西，兩謀不決。寢初醒，則女已起。開目，見高堂中巨燭熒煌，〔何註〕熒煌音螢皇，輝煌也。竟非舟中。驚起，問：「此何所？」女笑曰：「此漢陽也。妾家即君家，何必南！」天漸曉，婢媪紛集，酒炙已進。〔校〕青本作設。就廣牀上設〔校〕青本作陳。矮〔何註〕矮，鴉蟹切，短人也，矬也。矬，坐平聲。北史，宋世景傳：道璵從孫孝王學涉，形貌矬陋，而好臧否人物。几，夫婦對酌。魚問：「僕何〔校〕何，青本作之所。在？」答：「在舟上。」生慮舟人不能久待。女言：「不妨，妾當助君報之。」於是日夜談讌，樂而忘歸。舟人夢醒，忽見漢陽，駭絕。僕訪主人，杳無音信。〔校〕青本作信兆。舟人欲他適，而纜結不解，遂共守之。積兩月餘，生忽憶歸，謂女曰：「僕在此，親戚斷絕。且卿與僕，名爲琴瑟，而不一認家門，奈何？」女曰：「無論妾不能往；縱往，〔校〕往，青本作能之。君家自有婦，將何以處妾乎？〔校〕青本作也。不如置妾於此，爲君别院可耳。」〔但評〕語不卑不亢，慧心巧舌，的是神品。生恨道遠，不能時至。女出黑衣，曰：「君向所着〔校〕青本無上三字。舊衣尚在。如念妾時，衣此可至；至時，爲君解之。」乃大設肴珍，爲生祖餞。即〔校〕青本作既。醉而寢，醒，則身在舟中。視之，洞庭舊泊處也。舟人及僕俱在，相視大駭，詰其所往。生故悵然自驚，枕邊一襆，〔何註〕襆同幞，帕也，猶包袱也。檢〔何註〕檢，居奄切，察也，舉也。視，則女贈新衣襪履，黑衣亦摺置其中。又有繡橐維縶腰際，探之，則金貲充牣焉。於是南發，達岸，厚酬舟人而去。歸家數月，苦憶漢水，因潛出黑衣着之。兩脇生翼，翕然凌空，〔馮評〕在天願爲比翼鳥，到處凌空得並飛。經兩時許，已達漢水。〔但評〕静言思之，不能奮飛。果有黑衣，假之者恐復不少。回翔下視，見孤嶼中有樓舍一簇，遂飛墮。有婢子已望見之，呼曰：「官人至矣！」無何，竹青出，命衆手爲〔校〕青本下有之字。緩結，覺羽毛劃然盡脱。握手入舍曰：「郎來恰好，妾旦夕臨蓐矣。」生戲問曰：「胎生乎？卵生乎？」女曰：「妾今爲神，則皮骨已硬，〔校〕青本作更。應與曩異。」〔但評〕雖曰與曩異，仍在不胎不卵之間。越〔校〕青本作至。數日，果産，胎衣厚裹，如巨卵然，〔何評〕是胎而卵者也。破之，男也。生喜，名之「漢産」。三日後，漢水神女皆登堂，以服食〔校〕青本作飾。珍物相賀。並皆佳妙，無三十以上人。俱入室就榻，以拇〔何註〕拇音某。説文：將指也。易，咸：咸其拇。虞注：足大指。愚按：當以巨擘言。指按兒鼻，名曰「增壽」。既去，生問：「適來者〔校〕青本無上三字。皆誰何？」女曰：「此皆妾輩。其末後着藕白者，所謂『漢皋解珮』，〔吕註〕列仙傳：鄭交甫至漢皋臺下，見二女佩兩珠，大如荆雞卵。交甫與言：願得子之佩。二女解與之。既行，反顧，二女不見，佩珠亦失。即其人也。」〔何評〕點綴。〔但評〕荒唐語，却言之典雅，證據天然。居數月，女以舟送之，不用帆楫，飄然自行。抵陸，已有人縶馬道左，遂歸。由此往來不絶。積數年，漢産益秀美，生珍愛之。妻和氏，苦不育，每思一見漢産。生以情告女。女乃治任，送兒從父歸，約以三月。既歸，和愛之過於己出，［但評］有螽斯之美德，可以爲和矣。過［校］青本作逾。十餘月，不忍令返。一日，暴病而殤，和氏悼痛欲死。生乃詣漢告女。入門，則漢産赤足卧牀上，喜以問女。女曰：「君久負約。妾思兒，故招之也。」［馮評］兒女子情，仙人亦復爾爾也。生因述和氏愛兒之故。女曰：「待妾再育，令［校］青本作放。漢産歸。」又年餘，女雙生男女各一：男名「漢生」，女名「玉珮」。生遂攜漢産歸。然歲恒三四往，不以爲便，因移家漢陽。漢産十二歲入郡庠。女以人間無美質，招去，爲之娶婦，始遣歸。婦名「卮娘」，亦神女産也。後和氏卒，漢生及妹皆來擗踴。葬畢，漢生［校］青本作産。遂留；生攜［校］青本下有漢生二字。玉珮去，自此不返。

段氏

段瑞環，大名［校］青本下有之字。富翁也。四十無子。妻連氏［校］青本下有又字。最妒，欲買妾而不敢。私一婢；連覺之，撻婢數百，鬻諸河間欒氏之家。［馮評］鬻之而未盡其命，猶未甚也。段日益老，諸姪朝夕乞貸，一言不相應，怒徵聲色。段思不能給其求，而欲嗣一姪，則羣姪阻撓［何註］阻撓，阻滯也，撓屈之使不得行也。之，連之悍亦無所施，［馮評］悍婦只能悍於其夫，他人前不能悍也，所見甚夥。始大悔。憤曰：「翁年六十餘，安見不能生男！」遂買兩妾，聽夫臨幸，不之［校］青本作之不。問。居年餘，二妾皆有身。舉家皆喜。於是氣息漸舒。凡諸姪有所强取，輒惡聲梗拒之。無何，一妾生女，一妾生男而殤。［馮評］簡句。夫妻［校］青本作婦。失望。［校］青本下有漫冀將來而已六字。又將［校］青本無將字。年餘，段中風不起，諸姪益肆，牛馬什物，競自取去。連詬斥之，輒反脣相稽。無所爲計，朝夕嗚哭。段［校］青本下有由是二字。病益劇，尋死。諸姪集柩前，議析遺産。連雖痛切，然不能禁止之。但留沃墅一所，贍[何註]贍，苫去聲，給也。養老稚，姪輩不肯。連曰：「汝等寸土不留，將令老嫗及呱呱者餓死耶！」[馮評]妒婦不足憐惜。日不決，惟忿哭自撾。忽有客入弔，[馮評]從天而降。直趨靈所，俯仰盡哀。哀已，便就苫次。衆詰爲誰。[校]上三字，青本作不知爲誰，詰之。客曰：「亡[校]青本作死。者吾父也。」衆益駭。客[校]青本下有始字。從容自陳。先是，婢嫁欒氏，踰五六月，生子懷，欒撫之等諸男。十八歲入泮。後欒卒，諸兄析産，置不與諸欒齒。懷問母，始知其故。曰：「既屬兩姓，各有宗祏，[呂註]左傳，莊十四年：先君桓公，命我先人典司宗祏。注：廟之北内爲石室，以藏木主。[何註]祏音石。何必在此承[校]青本作乘。人百畝田哉！」乃命騎[校]青本作駕。詣段，[馮評]捷筆。而段已死。言之鑿鑿，確可信據。連方忿痛，聞之大喜，直出曰：「我今亦復有兒！[馮評]如聞得意聲口。[但評]來自天邊，喜從天外，如覩其狀，如聞其聲。我於此時，既爲之喜，復爲之哭。願天下婦人共喜之，且共哭之。諸所假去牛馬什物，可好自送還；不然，有訟興也！」諸姪相顧失[校]青本作無。色，漸引去。懷乃攜[校]青本作移。妻來，共居父憂。諸段不平，共謀逐懷。懷知之，曰：「欒不以爲欒，段復不以爲段，我安適[校]青本作適安。歸乎！」忿欲質官，諸戚黨爲之排解，羣謀亦寢。而連以牛馬故，不肯已。懷勸置之。連曰：「我非爲牛馬也，雜氣集[校]青本作積。滿胸，汝父以憤死，我所以吞聲忍泣者，爲無兒耳。[但評] 雜氣滿胸，至夫以憤死而吞聲忍泣，無兒之畏人一至於此。爲人婦者聽之。今有兒，何畏哉！前事汝不知狀，待予自質審。」懷固止之，不聽，具詞赴宰控。[校] 青本作邑宰。宰拘諸段，審[校] 審，青本作口對。狀，連氣直詞惻，吐陳泉湧。宰爲動容，並懲諸段，追物給主。既歸，其兄弟之子有不與黨謀者，招之來，[校] 此據青本，抄本有不與黨謀者六字在招之來三字下，有，作因其。以所追物，盡散給之。[但評] 追物散給不與謀之人，施爲極當。連七十餘歲，將死，[校] 青本作終。呼女及孫媳曰：[校] 此據青本，抄本作囑，疑下漏一曰字。「汝等誌之：如三十不育，便當典質釵珥，爲壻納妾。[但評] 爲壻納妾，推而極之，典質釵珥，且早之又早，始之以三十之年。無子之情狀實[校] 青本無實字。難堪也！」[馮評] 喚醒天下許多愚婦。友曰：倘再不醒奈何！[何評] 大聲疾呼。[但評] 情狀難堪，現身說法，任爾頑石，亦當點頭。

異史氏曰：「連氏雖妒，而能疾轉，宜天以有後伸其氣也。觀其慷慨激發，吁！亦傑矣[校] 青本無矣字。哉！」

濟南蔣稼，其妻毛氏，[校] 青本無氏字。不育而妒。嫂每勸諫，[校] 青本下有之字。不[校] 青本不上有毛字。聽，曰：「寧絕嗣，不令送眼流眉者忿氣人也！」年近四旬，頗以嗣續爲念。欲繼兄子，兄嫂俱諾，[校] 上四字，青本作弟與兄言，兄諾；婦與嫂言，嫂亦諾。而[校] 青本作然。故悠忽之。兒每至叔所，夫妻[校] 青本下有曲意撫兒四字。餌以甘脆，問曰：[校] 青本作而問之曰。「肯來吾家乎？」兒亦應之。兄私囑兒曰：「倘彼[校] 青本無彼字。

再問，答以不肯。如問何故不肯，答云：『待汝死後，何愁田産不爲吾有。』」一日，稼出遠賈，兒復至。毛又問，兒即以父言對。[校]上四句，青本作稼遠出行賈，兒至其家，毛又問之，兒果對如父教。毛大怒[校]青本下有逐兒二字。曰：「妻孥在家，固日日算吾田産耶！其計左矣！」逐兒出，[校]上三字，青本作急不能待夫歸。立招媒媪，爲夫買妾。[馮評]一激能奮，此婦猶有人心，更有堅持絶嗣主意，不令送眼流眉者，忿氣人可奈何！及夫歸，[校]青本無上三字。時有賣婢者，其價[校]青本作直。昂，傾貲不能取盈，勢將難成。其兄恐遲而變悔，遂暗以金付媪，僞稱爲媪轉貸而玉成之。毛大喜，遂買婢歸。毛以情告夫，大怒，與兄絶。[校]上九句，青本作勢將不就，兄恐其遲焉而悔，竊以金付媒媪，僞爲媪所轉者，毛大喜，購婢而歸。稼既還，毛以情告，稼亦忿，遂與兄絶。年餘，妾生子。夫妻大[校]青本作共。喜。毛曰：「媪不知假貸[校]青本作貲。何人，年餘竟不置問，此德不可忘。今[校]青本作豈。子已生，尚不償母價也！」[校]青本作耶。稼乃囊金詣媪。媪笑曰：「當大[校]青本無大字。謝大官人。老身一貧如洗，[校]上六字，青本作無謝老身矣，身貧如水。誰敢貸一金者。」具[校]青本作因。以實告。[但評]妒婦當氣盛時，輒曰無兒亦甘心也。不肖之兄弟覬覦其業，又從旁附和之，終身不令有眼中釘，田産已他人有矣。觀稼兄嫂之囑兒，爲之一泣；竊付媒金，爲之再泣；生子償資，乃得其實，爲之泣而不已，且將屈膝叩之矣。稼感[校]青本作始。悟，歸告其妻，[校]青本作歸與妻言。相爲感泣。[馮評]我亦感泣。遂治具邀兄嫂[校]青本無嫂字。至，夫婦皆膝行，出金償兄，兄不受，盡歡而散。後稼生三子。

［何評］妒情可哂，豈倉庚肉所能已耶？惟投之以所惡，庶幾知所反耳。

［但評］嘗謂婦人無德者有三：曰獨，曰妒，曰毒。未有獨而不妒，妒而不毒者。迨其後也，老朽病衰，零仃孤苦，所遺產物，任他人攫取而無可如何。搗枕搥牀，噬臍何及！連之無兒而有兒，亦意外之幸矣。臨終呼女及孫媳數言，是痛定思痛，披肝瀝膽語，當採入「女誡」中。

狐女

伊衮，[校]青本作兖。九江人。夜有女來，相與寢處。心知爲狐，而愛[校]青本作戀。其美，祕不告人，[校]青本作諱。父母亦[校]青本作即父母。不知也。久而[校]青本作之。形體支離。父母窮詰，[校]上二字，青本作始窮其故。始[校]青本作伊。實告之。父母大憂，使人更代伴寢，兼施勑勒，卒不能禁。翁自與同衾，則狐不至；易[校]青本下有以他二字。人，則又至。伊問狐。[校]青本作之。狐曰：「世俗符咒，何能制我。然俱[校]青本作具。有倫理，豈有對翁行淫者！」[校]青本下有乎字。翁聞之，益伴子不去，狐遂絶。[但評]符咒所不能制者，倫理足以制之。此狐頗有廉恥，於此亦可見邪總不能勝正。後值叛寇横恣，村人盡竄，一家相失。伊奔入崑崙山，四顧荒涼。[校]青本下有又無同侣四字。日既暮，心恐甚。[校]上二字，青本作益惴恐。忽見一女子來，[校]青本下有謂是避難者五字。近視[校]上二字，青本作急近就。之，則狐女也。離亂之中，相見欣慰。女曰：「日已西下，[校]青本下有勢無復之四字。君姑止此。我相佳地，暫創一室，以避虎狼。」乃北行數武，遂蹲莽中，不知何作。少刻返，拉〔校〕青本作握。伊南去；約十餘步，又曳之回。忽見大木〔校〕青本作樹。千章，遶一高亭，銅牆鐵柱，頂類金箔；〔校〕青本作白金。近視，則牆可及肩，四圍〔校〕青本作周。並無門户，而牆上密排坎窞。女以足踏之而過，伊亦從之。既入，疑金屋非人工可造，問〔校〕青本問上有因字。所自來。女笑曰：〔校〕青本作云。「君子居之，〔校〕上三字，青本作自居。明日即以相贈。金鐵各千萬，計半生喫着不盡矣。」既而告别。伊苦留之，乃止。曰：「被人厭棄，已拚永絶；今又不能自堅矣。」及〔校〕青本作既。醒，狐女不知何時已去。天明，踰垣而出。回視卧處，並無亭屋，惟四針插指環内，覆脂合其上；大樹，則叢荆老棘也。〔馮評〕芥子藏鬚眉。

〔何評〕對翁不可行淫，此狐知其一。

張氏婦

凡大兵所至，其害甚於盜賊：蓋盜賊人猶得而仇之，兵則人所不敢仇也。其少異於盜者，特不敢輕於殺人耳。甲寅歲，三藩作反，南征之士，養馬兖郡，雞犬廬舍一空，婦女皆被淫污。時遭霪雨，田中瀦水爲湖，民無所匿，遂乘垣入高粱叢中。兵知之，裸體乘馬，入水搜淫，鮮有遺脱。惟張氏婦不伏，公然在家。有廚舍一所，夜與夫掘坎深數尺，積茅焉；覆以薄，加蓆其上，若可寢處。自炊竈下。有兵至，則出門應給之。二蒙古兵强與淫。婦曰：「此等事，豈可對人行者！」其一微笑，啁嗻而出。婦與入室，指蓆使先登。薄折，兵陷。婦又另取蓆及薄覆其上，故立坎邊，以誘來者。少間，其一復入。聞坎中號，不知何處。婦以手笑招之曰：「在此處。」兵踏蓆，又陷。婦乃益投以薪，擲火其中。火大熾，屋焚。婦乃呼救。火既熄，燔尸焦臭。人問之。婦曰：「兩猪恐害於兵，故納坎中耳。」由此離村數里，於大道旁並無樹木處，攜女紅往坐烈日中。村去郡遠，兵來率乘馬，頃刻數至。笑語啁嗻，雖多不解，大約調弄之語。然去道不遠，無一物可以蔽身，輒去，數日無患。一日，一兵至，甚無恥，就烈日中欲淫婦。婦含笑不甚拒。隱以針刺其馬，馬輒噴嘶，兵遂縶馬股際，然後擁婦。婦出巨錐猛刺馬項，馬負痛奔駭。韁縶股不得脱，曳馳數十里，同伍始代捉之。首軀不知處，韁上一股，儼然在焉。

異史氏曰：「巧計六出，不失身於悍兵。賢哉婦乎，慧而能貞！」[校]青本無此篇。

于子游

海濱人說：「一日，海中忽有高山出，居人大駭。一秀才寄宿漁舟，沽酒獨酌。夜闌，一少年入，儒服儒冠，自稱：『于子游。』言詞風雅。秀才悅，便與懽飲。飲至中夜，離席言别。秀才曰：『君家何處？玄夜茫茫，亦太自苦。』答云：『僕非土著，以序近清明，將隨大王上墓。眷口先行，大王姑留憩息，明日辰刻發矣。宜歸，早治任也。』秀才亦不知大王何人。送至鷁首，躍身入水，撥剌而去，乃知爲魚妖也。次日，見山峰浮動，頃刻已没。始知山爲大魚，即所云大王也。」俗傳清明前，海中大魚攜兒女往拜其墓，信有之乎？

康熙初年，萊郡潮出大魚，鳴號數日，其聲如牛。既死，荷擔割肉者，一道相屬。魚大盈畝，翅尾皆具；獨無目珠。眶深如井，水滿之。割肉者誤墮其中，輒溺死。或云：「海中貶大魚，則去其目，以目即夜光珠」云。［校］青本無此篇。

男妾

一官紳在揚州買妾，連相數家，悉不當意。惟一媪寄居賣女，女十四五，丰姿姣好，又善諸藝。大悦，以重價購〔校〕上二字，青本作金購得。之。至夜，入衾，膚膩如脂。喜捫私處，則男子也。駭極，方致窮詰。蓋買好僮，加意修飾，設局以騙〔校〕青本作欺。人耳。黎明，〔校〕青本作旦。遣家人尋媪，〔校〕上二字，青本作奔赴媪所。則已遁去無蹤。中心懊喪，進退莫決。適浙中同年某來訪，〔校〕青本無訪字。因爲〔校〕青本作與。告訴。某便索觀，一見大悦，以原價〔校〕青本作金。贖之而去。

異史氏曰：「苟遇知音，〔呂註〕南史，王筠傳：知音者希，真賞殆絶。即予以南威〔呂註〕戰國策，魏策：晉文公得南之威，三日不聽朝。○南威，美婦名。不易。〔校〕青本下有也字。何事無知婆子，多作一僞境哉！」

〔何評〕駭之者直駭其爲男耳，贖之者而乃以爲妾乎？

汪可受

湖廣黄梅縣汪可受，能記三生：一世爲秀才，讀書僧寺。僧有牝馬産騾駒，愛而奪之。後死，冥王稽籍，怒其貪暴，罰使爲騾償寺僧。既生，僧愛護之，欲死無間。稍長，輒思投身澗谷，又恐負豢養之恩，冥罰益〔校〕青本作尤。甚，遂安之。數年，孽滿自斃，生一農人家。墮蓐能言，父母以爲怪，〔校〕怪，青本作不祥。殺之，乃生汪秀才家。秀才近五旬，得男甚喜。汪生而了了；但憶前生以早言死，遂不敢言。至三四歲，人皆以爲瘂。〔校〕青本作啞，通瘂。一日，父方爲文，適有友人過訪，投筆出應客。〔校〕青本無客字。汪入見父作，不覺技癢，代成之。〔馮評〕秀才夙根，再世不昧，今之考滿秀才已不記詩云子曰爲何物，斗大一字且不能認。〔但評〕隔三世矣，而能以爲秀才時之文，出之於三四歲之日，具有夙根，是以大貴。父返見之，問：〔校〕青本問上有因字。「何人來？」家人曰：〔校〕曰，青本作啓白。「無之。」父大疑。次日，故〔校〕青本作敬。書一題置几上，旋出；少間即返，翳行悄〔校〕青本作竊。步而入。則見兒伏案間，稿已數行，忽睹父至，不覺出聲，跪求免死。［校］青本作究。父喜，握手曰：「吾家止汝一人，既能文，家門之幸也，何自匿爲？」由是益教之讀。少年成進士，官［校］青本官上有後字。至大同巡撫。

［何評］不敢言而敢作，是欲掩之而益揚之也。跪求免究，一何愚！

牛犢

楚中一農人赴市歸，暫休于途。有術人後至，止與傾談。忽瞻農人曰：「子氣色不祥，三日内當退財，受官刑。」農人曰：「某官税已完，生平不解争鬭，刑何從至？」術人曰：「僕亦不知。但氣色如此，不可不慎之也！」農人頗不深信，拱别而歸。次日，牧犢于野，有驛馬過，犢望見，誤以爲虎，直前觸之，馬斃。役報農人至官，官薄懲之，使償其馬。蓋水牛見虎必鬭，故販牛者露宿，輒以牛自衛；遥見馬過，急驅避之，恐其誤觸〔校〕此據得月簃叢書拾遺本，抄本、遺本無觸字。也。〔校〕青本無此篇。

王　大

李信，博〔校〕青本博上有邑之二字。徒也。晝卧，〔校〕青本下有假寐二字。忽見昔年博友王大、馮九來，邀與敖戲。〔何註〕敖，半從士從方，遨遊也。敖戲，遊戲也。李亦忘其爲鬼，欣然從之。既出，王大往邀〔校〕青本作約。村中周子明，馮乃導李先行，入村東廟中。少頃，周果同王至。馮出葉子，〔吕註〕文獻通考：葉子格戲一卷，不著撰人。世傳，葉子，婦人也，撰此戲晚唐之時。○天禄識餘：唐同昌公生會韋氏族於廣化里，韋氏諸宗好爲葉子戲。南唐李後主妃周氏編金葉子格。此戲自唐咸通以來有之，即今之紙牌也。其首采加朱采，豈古六赤編金之遺意。遼史稱爲葉格。○按：葉子之戲，其術不傳。續事始云：雙陸置投子二，葉子加至六投。蓋取投擲之義，亦未詳其術也。至以紙牌爲葉子，則始於明末。明史：萬曆末年，民間好葉子戲。圖趙宋時山東羣盜姓名而鬬之，至崇禎時，大盛。其法以百貫滅活爲勝負，有曰闖，曰獻，曰大順。初不知所自起，後皆驗。〔何註〕葉子，今謂之牌。約與撩零。〔吕註〕輟耕録：正元中，宋清進博經一卷。强名争勝，謂之撩零；假借錢物，謂之囊家；什一而取，謂之乞頭。○按：賭博者强求得名相争以勝於人，故云撩零。今多作乞頭用。〔何註〕撩零，以有餘爲强，猶俗云一卷多也。李曰：「倉卒無博貲，辜負盛邀，奈何？」周亦云然。王云：「燕子谷黄八官人放利債，同往貸之，宜必諾允。」於是四人並〔校〕上三字，青本作相將俱。去。

飄忽間，至一大村。村中甲第連亘，[校]青本作亙。王指一門，曰：「此黄公子家。」内一老僕出，王告以意。僕即入白。旋出，奉公子命，請王、李相會。入見公子，年十八九，[校]青本下有已來二字。笑語藹然。便以大錢一提付李，曰：「知[校]青本知上有固字。君慤直，無妨假貸。周子明我不能信之[校]青本無之字。也。」[但評]李與周猶生人也，而鬼已有相信不相信之分。可見人可欺鬼不可欺也。夫生人而至使鬼不能信，則其人可知矣。王委曲代爲[校]青本下有之字。請。公子要李署保，李不肯。王從旁慫恿之，李乃諾。亦授一千而出。便以付周，具述公子之意，以激其必償。出谷，[校]青本下有口字。見一婦人來，則村中趙氏妻，素喜争善罵。馮曰：「此處無人，悍婦宜小祟之。」遂與王捉返入谷。婦大號。馮掬土塞其口。周贊曰：「此等婦，只宜椓杙[何註]椓杙，猶俗云打橛也。椓音斵，擊也。詩，周南：椓之丁丁。杙音弋。爾雅：樴謂之杙，橛也。陰中！」[但評]一羣賭鬼，而處置此等婦人却當。馮乃捋襟，以長石强納之。婦若死。衆乃散去，復入廟，相與博賭。自午至夜分，李大勝，馮、周貲皆[校]青本作盡。空。李因以厚貲增息悉[校]青本無悉字。付王，使代償黄公子；王又分給周、馮，局復合。居無何，聞人聲紛拏，一人奔入，曰：「城隍老[校]青本無老字。爺親捉博者，今至矣！」衆失色。李捨錢踰垣而逃。衆顧貲，皆被縛。既出，果見一神人坐馬上，馬後縶博徒二十餘人。天未明，已至邑城，門啓而入。

至衙署，城隍南面坐，唤人犯上，執籍呼名。呼已，並令以利斧斫去將指，[何註] 將指，中指也。左傳，宣四年，注：足之用力，大指爲多；手之取物，中指最長；故足以大指爲將，手以中指爲將。說文：大曰母，二曰食，中曰將，四曰無名，五曰小指。乃以墨朱[校] 青本作硃，下同。各塗兩目，[但評] 利斧斫將指，法斯善矣。然何不並其四指而去之，且並其左手五指而去之？至以墨硃塗兩目，鬼眼熒熒，真是好看，却又是怕看。遊市三周訖。[馮評] 此法治博者最妙，今之官吏何不倣而行之？押者索賄而後去其墨朱，衆皆賂之。獨周不肯，辭以囊空；押者約送至家而後酬之，亦不許。押者指之曰：「汝真鐵豆，炒之不能爆也！」遂拱手去。周出城，以唾濕袖，且行且拭。及河自照，墨朱未去；掬水盥之，堅不可下，悔恨而歸。先是，趙氏婦以故至母家，日暮不歸。夫往迎[校] 青本作逆。之。至谷口，見婦卧道周。睹狀，知其遇鬼，去其泥塞，負之而歸。漸醒[校] 青本作甦。能言，始知陰中有物，宛轉抽拔而出。乃述其[校] 上三字，青本作既乃述所。遭。趙怒，遽赴邑宰，訟李及周。牒下，李初醒；周尚沉睡，狀[校] 青本下有形字。類死。宰以其誣控，笞趙械婦，夫妻皆無理以自申。越日，周醒，目[校] 青本下有旁字。眶忽變一赤一黑，大呼指痛。視之，筋骨已斷，惟皮連之，數日尋墮。目上墨朱，深入肌理。見者無不掩笑。一日，見王大來索負。周厲聲但言無錢，王忿而去。家人問之，始知其故。共以神鬼無情，勸償之。周齗齗[呂註] 正韻：齗音懇。說文，齧也。○按：又同齗。史記，魯世家：洙、泗之間，齗齗如也。注：齗齗，争辨貌。不可，且曰：「今日官宰皆左袒賴債者，〔但評〕官宰皆左袒賴債者，亦自有說。或誤信其無力歸還之語，且謂不忍以小民之肌膚爲他人比債者，此亦仁人之心。然此中亦當有辨。余巡視南城時，甫任事，有孀婦控債，已經年矣。鞫之，見婦年十九，懷孤甫歲餘，顔色慘淡。驗其券，某於四年前假五百金，息僅六釐耳。命之追問。某對：曾付一年息，因生理折本，無力償。蓋給息之年，婦夫繼卒，遂欺婦弱嫠而立意騙之也。余曰：子誠無力，可具一家産盡淨，倘日後查出別有生理，以及別有隱寄，願全數罰出甘結，以塞婦口。某聞言支吾。余怒曰：笞之！汝有生理數處，而乃騙嫠孤之錢乎！某曰：願還，求免笞。余曰：遲矣。乃杖之縶之。至次日，子母全繳。問之，曰：小人果有生理三處。向不該起此欺騙心。若初到案時稍受責罰，則此項早還，不至今日受重杖矣。陰陽應無二理，況賭〔校〕青本下有博字。債耶！」次日，有二鬼來，謂黃公子具呈在邑，拘赴質審；李信亦見隸來，取作間〔校〕青本作干。證：二人一時並死。至村外相見，王、馮俱在。李謂周曰：「君尚帶赤墨〔校〕青本作黑。眼，敢見官耶？」周仍以前言告。李知其吝，乃曰：「汝既昧心，我請見黃八官人，爲汝還之。」遂共詣公子所。李入而告以故，公子不可，曰：「負欠者誰，而取償於子？」出以告周，因謀出貲，假周進之。周益忿，語侵公子。鬼乃拘與俱行。無何，至邑，入見城隍。城隍呵曰：「無賴賊！塗眼猶在，又賴債耶！」周曰：「黃公子出利債，誘某博賭，遂被懲創。」城隍喚黃家僕上，怒曰：「汝主人開場誘賭，尚討債耶？」僕曰：「取貲時，公子不知其賭。公子家燕子谷，捉獲博徒在觀音廟，相去十餘里。公子從無設局場〔校〕青本無場字。之事。」城隍顧周曰：「取貲悍不還，反被捏造！人之無良，至汝而極！」欲笞之。周又訴其息重。城隍曰：「償幾分矣？」答云：「實尚未有所償。」城隍怒曰：「本貲[校]青本無貲字。尚欠，而論息耶？」答三十，立押償主。二鬼押至家，索賄，不令即活，縛諸廁内，令示夢家人。家人焚楮錠二十提，火既滅，化爲金二兩、錢二千。周乃以金酬債，以錢賂押者，遂釋令歸。既蘇，臀創墳起，膿血崩潰，數月始痊。後趙氏婦不敢復罵；而周以四指帶赤墨[校]青本作黑。眼，賭如故。此以知博徒之非人矣！[校]青本作也。

異史氏曰：「世事之不平，皆由爲官者矯枉之過正也。昔日富豪以倍稱之息[呂註]前漢書，食貨志：當其有者，半賈而買；亡者，取倍稱之息。○按：取一償二爲倍稱。折奪良家子女，人無敢言者；不然，函刺一投，則官以三尺法[呂註]前漢書，杜周傳：君爲天下決平，不循三尺法。○按：竹法三尺，謂以竹簡三尺寫法律也。左袒之。故昔之民社官，皆爲勢家役耳。迨後賢者鑒其弊，又悉舉而大反之。有舉人重貲作巨商者，衣錦厭粱肉，家中起樓閣、買良沃。而竟忘所自來。一取償，則怒目相向。質諸官，官則曰：『我不爲人役也。』[校]青本下有嗚呼二字。是何異懶殘和尚，無工夫爲俗人拭涕[呂註]指月録：衡岳寺有執役僧，性懶而食殘，故號懶殘。德宗使人召之，僧寒涕垂膺。使者見之而笑，令拭涕。僧曰：我豈有工夫爲俗人拭涕耶！哉！余嘗謂昔之官諂，今之官謬；諂者固可誅，謬者亦可恨也。[校]青本無也字。放貲而薄其息，何嘗專有益於富人乎？」[馮評]先生想放過貲來，然放貲而薄其息兩言原平允無弊。

張石年

〔吕註〕名嵋，仁和人，貢監。康熙二十五年宰淄川，神姿卓邁，歷事精明，下車三月，百廢具舉。嚴保甲，革陋例，不遣一役下鄉，而博徒屏蹟，永杜盜源。邑民謳頌功德，躋堂相繼。二十八年陞鞏昌府同知。淄人同故明邑侯沈公琦立祠尸祀之，號曰沈張二公祠。詳見淄川縣志。宰淄川，〔校〕青本無川字。最惡博。其塗面游城，亦如冥法，刑不至墮指，而賭以絶。蓋其爲官，甚得鉤距〔吕註〕前漢書，趙廣漢傳：趙廣漢字子都，精於吏職，尤善爲鉤距以得事情。注：鉤，致也；距，閉也。鉤距者，欲知馬價，則先問狗，已問牛，又問羊，然後及馬，參伍其價，以類相準，則知馬之貴賤，不失實矣。○按：鉤距者，如鉤之有距，吞之則順，吐之則逆，使人入其術中而不能出，以鉤索其隱情也。法。方簿書旁午時，每一人上堂，公偏暇，里居、年齒、家口、生業，無不絮絮問。〔校〕青本下有之字。問已，始勸勉令去。有一人完税繳單，自分無事，呈單欲下。公止之，細問一過，曰：「汝何博也？」其人力辨生平不解博。公笑曰：「腰中尚〔校〕青本作當。有博具。」搜之，果然。人以爲神，而〔校〕青本無而字。並不知其何術。

〔何評〕賭兒眼帶赤黑圈，比比皆然，仍有截指而不悛者。

樂仲

樂仲，西安人。父早喪，遺[校]青本遺上有母字。腹生仲。母好佛，不茹葷酒。仲既長，嗜飲善啖，竊腹誹[校]青本作非。母，每以肥甘勸進。母咄[校]咄，青本作輒出。之。後母病，彌留，苦思肉。仲急無所得肉，刲[何註]刲音奎，割也。左股獻之。[馮評]善哉，善哉，如來叩拜。病稍瘥，悔破戒，不食而死。仲哀悼[校]青本作憒。益切，以利刃益刲右股見骨。家人共救之，裹帛[校]青本作布。敷藥，尋愈。心念母苦節，又慟母愚，遂焚所供佛像，[馮評]難倒三世佛都不怪他，此釋門真種子也。立主祀母。醉後，輒對哀哭。年二十始娶，身猶童子。娶三日，謂人曰：「男女居室，天下之至穢，我實不爲樂！」[馮評]伏有子。遂去妻。妻父顧文淵，浼戚求返，請之三四，仲必不可。遲[校]青本下有之字。半年，顧遂醮女。仲鰥居二[校]青本無二字。十年，行益不羈：奴隸優伶[何註]奴，僕也。隸，皂隸也。優音憂。史記，滑稽列傳，有優孟、優旃，皆善爲優戲。弄臣也。伶音零，樂工也。皆與飲；里黨乞求，不靳與；有言嫁女無釜者，揭〔校〕揭，青本作便即。竈頭舉贈之，自乃從鄰借釜炊。〔馮評〕諸佛如來一齊下拜，釋老傳中游俠，不可多得。諸無行者知其性，咸朝夕騙賺之。或以賭博〔校〕青本作博賭。無賞，對〔校〕青本對上有故字。之欷歔，言追呼〔呂註〕唐書，陸贄傳：禁防滋章，吏不堪命；農桑廢於追呼，膏血竭於笞捶。○元結春陵行：追呼尚不忍，況乃鞭撲之！急，將鬻其〔校〕青本作以鬻。子。仲〔校〕青本下有自字。措稅金如〔校〕青本下有干字。數，傾囊遺之；及〔校〕及，青本作未幾催。租吏登門，自〔校〕青本無自字。始典質營辦。以〔校〕青本下有是字。故，家日〔校〕青本無日字。益落。先是仲殷饒，〔何註〕殷饒，殷盛饒足也。同堂子弟，爭奉事之，凡〔校〕凡，青本作家中所。有任其取攜，莫〔校〕青本莫上有亦字。之較；及仲蹇落，存問絕少。〔何評〕世情。仲曠〔校〕青本作幸仲。達，不爲意。值母忌辰，仲適病，不能上墓，欲〔校〕青本作將。遣子弟代祀；諸子弟皆謝〔校〕上五字，青本作僕造諸門皆辭。以故。仲乃酹諸室中，對主號痛，無嗣之戚，〔馮評〕無嗣句又輕逗下。頗縈懷抱。〔校〕青本作頗似縈懷。因而病益劇。瞀亂中，覺有人撫摩〔校〕青本作摩撫，下同。之，目微啓，則母也。驚問：「何來？」母〔校〕青本無母字。曰：「緣家中無人上墓，故來就享，即視汝病。」問：「母〔校〕青本無母字。向居何所？」母曰：〔校〕上二字，青本作答以。「南海。」〔馮評〕家有活觀音，對面即南海，世人若不知，空把菩薩拜。撫摩既已，徧〔校〕青本作四。體生涼。開目四顧，渺無一人，病〔校〕病，青本作而病良。痊。既起，思朝南海。[校]青本下有苦無侶三字。會鄰村有結香社者，即[校]青本無即字。賣田十畝，挾貲求偕。[校]青本作投之。社人嫌[校]上三字，青本作而社中人以。其不潔，[校]青本下有清字。共擯[何註]擯音儐，斥絶也。絶之。乃隨從同行。途中牛酒薤[何註]薤音械，今衡湘間謂之叫頭。蒜不戒，衆更[校]上十五字，青本作苦求乃許之，及詣途，牛酒薤蒜，熏騰滿屋，衆益。惡之，乘其醉睡，不告而去。仲即[校]即，青本作於是。獨行。至閩[校]青本下有界字。遇友人邀飲，有名妓瓊華在座。適言南海之游，瓊華願[校]青本下有相字。附以行。仲喜，即待趣裝，遂與俱發；雖[校]青本無雖字。寢食與共，[校]上二字，青本作共之。而毫[校]毫，青本作實一。無所私。[馮評]奇極。既至南海，社中人[校]青本下有清醮方畢四字。見其載妓而至，更[校]青本作益。非笑之，鄙不與同朝。[校]青本作事。仲與瓊華知[校]青本作窺。其意，乃任其先[校]上四字，青本作俟其既。拜而後拜之。衆拜時，[校]青本作已。恨無[校]青本下有所字。現示。[校]青本下有中有泣者四字。及二人拜，[校]青本無及字拜字。方投地，忽見徧海皆蓮花，花上瓔珞[呂註]玉篇：瓔珞，頭飾也。[何註]瓔珞音嬰洛，蓮座飾也。垂珠；瓊華見爲菩薩，仲見花[校]青本作視之。朵上皆其母。[馮評]一片天真，我眼所見，無非是佛，勝讀一部楞嚴。○人見爲菩薩，仲見即其母，點化人不少。[但評]瓊華見蓮花上爲菩薩，仲見之則皆其母。問果孰是？曰：仲之視皆其母，真也；瓊華之見菩薩，亦真也。瓊華心中只有菩薩，故目中皆爲菩薩；仲心中只有母，故目中皆其母。謂菩薩非母可也，謂母非菩薩亦可也；謂菩薩即母，謂母即菩薩，亦無不可也。因[校]青本無因字。急呼奔[校]青本作奔呼。母，躍入從之。衆見萬朵蓮花，悉變霞彩，障海如錦。少間，雲静波澄，一切都杳，而仲猶身在海〔校〕青本無海字。岸。〔馮評〕筆筆不測。亦不自解其何以得出，衣履並無沾濡。望海大哭，聲震島嶼。〔何註〕島，刀上聲，嶼音序，水中小山。瓊華挽勸之，愴〔校〕青本作慘。然下刹，命舟北渡。途中有豪家招瓊華去，仲獨憩逆旅。有童子方八九歲，丐食肆中，貌不類乞兒。〔馮評〕突來。細詰之，則被逐於繼母。心憐之。兒依依左右，苦求拔拯，仲遂攜與俱歸。問其姓氏，則曰：〔校〕青本作自言。「阿辛，姓雍。母顧氏。〔馮評〕顧氏二字，人已忘之。嘗聞母言：適雍六月，遂生余。余本樂姓。」仲大驚。自疑生平一度，不應有子。因問樂居何鄉。答云：「不知。但母沒時，付一函書，囑勿遺失。」〔校〕青本作脫。仲急索書。〔校〕青本下有辛啓荷囊取付仲七字。視〔校〕青本視上有仲字。之，則當年與顧家離婚書也。驚曰：「真吾兒也！」審其年月良確，頗慰心願。〔校〕青本作懷。然家計日疎，居二〔校〕此據青本，抄本下有十字。年，割畝漸盡，竟不能畜僮僕。一日，父子方自炊，忽有麗人入，視之，則瓊華也。〔馮評〕又飄然而來。驚問：「何來？」〔校〕青本作所自。笑曰：「業作假夫妻，何又問也？向不即從者，徒以有老嫗〔校〕青本作媪。在；今〔校〕青本下有媪字。已死。顧念不從人，無〔校〕青本無上有則字。以自庇；從人，則又〔校〕青本無又字。無以自潔；〔馮評〕前友人座中豪家招去，潔耶，不潔耶，人皆樂耶？遠村曰：不必推論至此。彼固妓也，潔不潔前後可以自至。計兩全者，〔校〕青本作則。無如從君，〔校〕青本下有者字。是以不憚千里。」遂解裝代兒炊。

仲良喜。至夜，父子同寢如故，另治一室居[校]青本作潔一舍舍。瓊華。兒母之，[校]青本無上三字。瓊華亦善撫兒。戚黨聞之，皆餽仲，兩人皆樂受之。客至，[校]青本下有治具二字。瓊華悉爲治具，[校]青本作營備。仲亦不問所自來。瓊華漸出金珠，贖故產，廣置[校]青本作因而。婢僕馬牛，日益繁盛。仲每謂瓊華曰：「我[校]青本作僕。醉時，卿當避匿，勿使我見。」華[校]青本華上有瓊字。笑諾之。一日，大醉，急喚瓊華。華[校]青本華上有瓊字。豔妝出。[馮評]豔妝二字妙甚。[何評]現示。仲睨[校]青本作視。之良久，大[校]青本大上有忽字。喜，蹈舞若狂，曰：「吾悟矣！」頓[校]青本頓上有酒字。醒。覺世界光明，所居廬舍，盡爲瓊樓玉宇，[校]青本作玉宇瓊樓。○[呂註]雲笈七籤：九天真人呼風爲浮金房，在明霞之上，此太微所館，天帝之玉宇也。○酉陽雜俎：翟乾祐與弟子玩月。或問：月何有？曰：隨吾指觀之。弟子中兩人見半規天瓊樓金闕焉，指顧間不復見。○蘇軾詞：我欲乘風歸去，只恐瓊樓玉宇，高處不勝寒。移時始已。[馮評]故作戲筆。從[校]青本作由。此不復飲市上，惟日[校]青本無日字。對瓊華飲。瓊華茹[何註]茹音孺，食也。素，以茶茗侍。[但評]嗜飲者自飲，茹素者自素。得其道，則素中固有佛，飲中亦有佛也；不得其道，不惟飲中無佛，即素中亦無佛也。爾用爾法，我用我法，以要言之，只是一個無爲法。一日，微醺，命瓊華[校]青本下有爲之二字。按股，見股上刲痕，化爲兩朵赤菡萏，[校]青本無萏字。隱起肉際。奇之。仲笑曰：「卿視此花放後，二十年假夫妻分手矣。」[馮評]應以美人身而得渡者，即現美人身而爲說法。瓊華[校]青本下有亦字。信之。既爲阿辛完婚，瓊華漸以家[校]青本下有事字。付新婦，與仲別院居。子婦三日一朝，事非疑難不以告。［校］青本作子及婦日三朝，非疑難事不以聞。○［何註］三朝，禮，文王世子：文王之爲世子，朝於王季日三。役二婢，一温酒，一瀹茗而已。一日，瓊華至兒所，兒媳咨白良久，共往見父。［校］上十字，青本作新婦多所咨白，良久而返，辛亦從往朝父。入門，見父［校］青本作仲。白足坐榻上。聞聲，開眸微笑曰：「母子來大好！」即復瞑。［何註］瞑，合眼也。瓊華大驚［但評］仲之微笑而瞑，不待言而知之矣。瓊華之驚，又豈驚其死乎？彼固曰：即差二三年，何不少待也。其驚，固驚其無伴也。曰：「君欲何爲？」視其股上，蓮花大放。試之，氣已絶。［馮評］予謂仲有仲事，何必拋人自去。急以兩手捻［何註］捻，念入聲，兩指捻合之也。合其花，且祝曰：「妾千里從君，大非容易。爲君教子訓婦，亦有微勞。［校］青本作恩。即差二三年，何不一［校］青本無一字。少待也？」移［校］移，青本作一炊黍。時，仲［校］青本無仲字。忽開眸笑曰：「卿自有卿事，何必又牽一人作伴也？無已，姑爲卿留。」瓊華釋手，則花已復合。［校］青本作含。○［馮評］朱竹垞詩云：世無乞食繪，天女隨其後，莫是摩登伽，巧把阿唯咒。吾於此言大悟，正誦梵天正咒。於是［校］青本下有居處二字。言笑如初。積三年餘，瓊華年近四旬，猶［校］青本下有窈窕二字。如二十許人。忽謂仲曰：「凡人死後，被人捉頭舁足，殊不雅潔。」遂命工治雙櫬。辛駭問之。答云：「非汝所知。」工既竣，沐浴妝竟，命［校］青本作謂。子及婦曰：「我將死矣。」辛泣曰：「數年賴母經紀，始不凍餒。母尚未得一享安逸，何遂捨兒而去？」曰：「父種福而子享，奴婢牛馬，皆[校]青本無皆字。騙債者填償汝父，[馮評]勝聽說法。[何評]如是如是。[但評]種福子享，享福者宜知惜，種福者宜知勉矣。騙債畜償，償債者無可逃，騙債者無可悔矣。我無功焉。我本散花天女，偶涉凡念，遂謫人間三十餘年；今限已滿。」遂登木自入。再呼之，雙目已含。[校]青本作合。○[但評]雖是天女謫降，限滿必歸，其實所以不致墮落者，以其終能自潔也。莫看得現成，莫看得容易。辛哭告父，父不知何時已僵，衣冠儼然。[馮評]不約而同，撒手去來，一絲不掛。號慟欲絶。入棺，並停堂中，數日未殮，冀其復返。光明生於股際，照徹四壁。瓊華棺内則香霧噴溢，近舍皆聞。[但評]封痕化赤菡，其孝也，即其佛也。一索而即得男，天豈忍令孝子無嗣耶！假夫妻欣然樂受，而忽戒以避匿，勿使見於醉時；乃大醉而急喚者何爲？久視豔粧而大喜者何爲？蹈舞若狂而自謂悟者何爲？頓醒而覺世界光明，所居盡爲玉宇瓊樓者何爲？此後不飲市上，唯對瓊華飲者又何爲？吾不得而知之矣。若瓊華者，相賞在風塵之外，相信在奔躍之時。自庇自潔，計獲兩全。苟非天女謫降，人間安能自脱苦海若此乎？故已諸其避匿於未醉之先，復豔粧出見於大醉之後，時時對飲，蓋已兩兩共悟矣。事未了時，假夫妻强牽作伴；限既滿後，真道侶攜手同歸。又何待股際光生，棺中香溢，而乃訝其同在南海蓮花朵上哉。棺既合，[校]青本作闔。香光遂漸減。[校]青本作滅。既殯，樂氏諸子弟覬覦其有，共謀逐辛。訟諸官，官莫能辨，擬以田産半給諸樂。辛不服，以詞質郡，久不決。初，顧嫁女於雍，經年餘，雍流寓於閩，音耗遂絶。顧老無子，苦憶女，詣[校]青本詣上有遂字。壻，[校]青本下有所字。則女死甥[校]甥，青本作而甥已。逐。告官。[校]上二字，青本作忿質公庭。雍懼，賂[校]賂，青本作重賂之。顧，不受，必欲得甥。窮[校]青本窮上有雍字。覔[校]青本下有郡邑半年四字。不得。[馮評]此一段金聖嘆謂之獺尾法，他人不能。一日，[校]上二字，青本作夫婦皆被刑辱。顧偶於途中，見彩輿過，避〔校〕青本避上有斜字。道左。輿中一美人呼曰：「若〔校〕青本作彼。非顧翁耶？」顧諾。女子曰：「汝甥即吾子，現在欒家，勿訟也。甥方有難，宜急往。」〔馮評〕筆路變化，左右縈拂，不可端倪。顧欲詳詰，輿已去〔校〕青本作去已。遠。顧乃受賂入〔校〕青本作如。西安。至，則訟方沸騰。顧自投〔校〕上二字，青本作即自投至。官，言女大歸日、再醮日，及生子年月，歷歷甚悉。諸欒皆被杖逐，案遂結。及〔校〕青本作既。歸，述〔校〕青本作言。其見美人之日，即瓊華没日〔校〕青本下有此時訟猶未興六字。也。辛爲顧移家，〔校〕青本下有來字。授廬贈婢。六十餘，生一子，辛〔校〕青本下有亦字。顧卹之。

異史氏曰：「斷葷戒酒，佛之似也。爛熳天真，佛之真也。欒仲對麗人，直視之爲香潔道伴，不作温柔鄉覯也。寢處三十年，若有情、若無情，此爲菩薩真面目，世中人烏得而測之哉！」〔校〕此段據青本，抄本無。〇〔何註〕續玄語録：延州一婦有姿色，少年子弟悉與狎。數載而没。有胡僧敬禮於其墓曰：此鎖骨菩薩，慈悲喜舍，順緣已盡。開墓視之，其骨鈎結如鎖狀。瓊華慈悲類此，故附及之。

〔馮評〕此篇直可作一部圓覺經讀。

〔何評〕欒仲、瓊華，皆過來人。瓊華已於欒仲大醉日現菩薩身矣。或以吾儒之規矩準繩較欒仲，似未必然。

香玉

勞山下清宫，耐冬高二丈，大數十圍，牡丹高丈餘，[何評]先點明。花時璀璨[何註]璀璨音漼粲，玉光也。似[校]青本作如。錦。[馮評]先提。膠州黄生，舍讀其中。[校]上四字，青本作築舍其中而讀焉。一日，自[校]青本自上有遥字。窗中見女郎，素衣掩映花間。心疑觀中焉得[校]上二字，青本作烏得有。此。趨出，已遁去。自[校]青本作由。此屢見之。[校]青本無之字。遂隱身叢樹中，以伺[校]青本作俟。其至。未幾，[校]青本作無何。女郎又偕一紅裳者來，遥望之，豔麗雙絶。行漸近，紅裳者卻退，曰：「此處有生[校]青本無生字。人！」生[校]青本下有乃字。暴起。二女驚奔，袖裙飄拂，香風洋[校]青本作流。溢，追過短牆，寂然已杳。愛慕彌[校]青本作殷。切，因題句樹下[校]青本無句字，下作上。云：「無限相思苦，含情對短窗。[何評]平平。恐歸沙吒利，[呂註]唐許堯佐柳氏傳：韓翊少負才名而家貧。鄰有李將軍妓柳氏，李每至，必邀韓同飲。一日，李謂韓曰：秀才當今名士，柳氏當今國色，以國色配名士，不亦可乎？韓遂就柳居。來歲成名。後數年，淮青節度侯希逸奏爲從事，未以柳從。安史亂起，柳避難居佛寺。後韓隨希逸入朝，尋訪不得，已爲立功番將沙吒利所劫。韓不能捨。會入中書，路逢犢車，從之。車中問曰：得非韓員外乎？某柳氏也。明日當此路還，願更一來取別。韓如期往訣。是日臨淄大較，置酒邀韓。韓悵然不樂。座人問之，韓以告。有虞候許俊者起曰：願得員外手書數字，當立致之。韓與之。許乃乘一馬，牽一馬，逕趨沙吒利之第。會沙吒利已出，即以入曰：將軍墜馬，且不救，遣取夫人。柳驚出，即以韓札示之，扶馬上絕馳而去，以授韓曰：幸不辱命。

何處覓無雙？」［呂註］薛調無雙傳：王仙客者，建中中尚書劉震之甥也。與震女無雙，幼相狎愛。劉氏病，召震以仙客爲託，無令無雙歸他族。仙客歸葬，飾裝抵京，遣老嫗達求親意，而震意不允。一日，震趨朝，忽走馬入宅曰：涇原兵士反，天子出苑北門，百官奔赴行在。我以妻女爲念，略歸部署。疾召仙客曰：與我勾當家事，我嫁爾無雙。乃飾金銀羅錦二十馱，命仙客押令出開遠門，曰：我與汝舅母及無雙出啓夏門。仙客依所教。待之不至，遶城至啓夏門，門已鎖。仙客問守門者曰：今日有何人出此？曰：午後有一人，領婦女四五輩，欲出此門。人皆識，云是租庸使劉尚書，門司不敢放出。近夜追騎至，一時驅向北去矣。仙客歸襄陽，三年入京，訪舅氏消息，見舊使蒼頭塞鴻，乃知無雙已入掖庭；惟所使婢采蘋，在金吾將軍王遂中宅。仙客謁遂中，願納厚價贖采蘋。遂中許之。仙客稅屋與鴻、蘋居。遂中薦爲富平縣尹，知長樂驛。忽報中使押領内家三十人往園陵，以備灑掃。仙客謂鴻曰：我聞掖庭多衣冠子女，恐無雙在焉。汝爲我一窺之。塞鴻唯唯而去。至夜深，忽聞簾下語曰：塞鴻，郎健否？鴻曰：郎君見在此驛。疑娘子在此，令塞鴻問候。女曰：明日於東北舍閣下取書送郎君。鴻得書，送仙客。書云：嘗聞敕使説，富平縣古押衙，世間有心人，能求之否？仙客遂尋訪古押衙，以實告。古生曰：此事大不易，不可朝夕便望。去半歲，乃致書求采蘋去。一夕，聞叩門甚急，及開門，乃古生也。領一篼子入曰：此無雙也，今死矣。後日當活。仙客抱入守之。至明，始有暖氣。見仙客，一聲遂絕。至夜，方愈。古生因抽刀斷塞鴻頭曰：今日報郎君恩足矣。比聞茅山道士有藥術，服之者立死，三日卻活。某求得一丸，令采蘋假作中使，以無雙逆黨，賜此藥令自盡。百縑贖其尸。凡道路郵傳，皆厚賂矣，必免漏泄。老夫爲郎君亦自刎。言訖，舉刀，仙客救之，頭已落矣。○按：歸沙吒利者乃柳氏，非無雙也。此二事當是合用。

歸齋冥想。女郎忽入，驚喜承迎。女笑曰：「君洶洶似强寇，使人恐怖；不知君乃騷雅［校］青本乃作竟，無雅字。士，［何註］騷士，風雅士也。無妨相見。」［校］青本作親。○［但評］可知是詩符攝得來。○騷士究竟占便宜。生略叩生平。曰：「妾小字香玉，隸籍平康［呂註］唐孫棨北里志：平康里入北門，諸妓所居。○天寶遺事：長安平康坊，諸妓所居之地，京都俠少，萃集於此。每年新進士以紅箋名紙遊謁其中，時呼此坊爲風流藪澤。○南宋市肆記：歌館平康諸坊，如清和坊、融和坊、太平坊，皆羣花所聚之地，莫不靚妝迎門，爭妍賣笑，朝歌暮絃，搖蕩心目。如賽觀音、吳憐兒、孟家嬋等，皆以色藝冠一時。巷。被道士閉置山中，實非所願。」生問：「道士何名？當爲卿一滌〔何註〕滌音狄，洗也。此垢。」女曰：「不必，彼亦未敢相逼。借此與風流士長作幽會，亦佳。」問：「紅衣者誰？」曰：「此名絳雪，乃〔校〕青本乃作亦。妾義姊。」遂相狎。〔校〕青本下有寢字。及〔校〕青本及作既。醒，曙色已紅。女急起，曰：「貪歡忘曉矣。」着衣易履，且曰：「妾酧君作，勿笑：〔校〕青本勿上有口占二字，笑下有也字。『良夜更易盡，朝暾已上窗。願如梁上燕，棲處自成雙。』」生握腕〔何註〕握腕，捉其腕也。曰：「卿秀外惠中，〔呂註〕韓愈送李愿歸盤谷序：清聲而便體，秀外而慧中。○慧，一作惠。令〔校〕青本令作使。人愛而忘死。顧一日之去，如千里之別。〔但評〕此處只是暗作下文引線。卿乘間當來，勿待夜也。」女諾之。由此夙夜必偕。每使邀絳雪來，輒不至，生以爲恨。女曰：「絳姊性殊落落，〔何註〕落落，不相入貌。道德經：落落如石。不似妾情癡也。當從容勸駕，不必過急。」一夕，女慘然入，曰：「君隴不能守，尚望蜀耶？〔但評〕得隴望蜀，口頭爛語，如此借用，頓覺生新。○乘機而入，雙管齊下，篇中慣用此法，另是一樣筆墨。今長別矣。」問：「何之？」以袖拭淚，曰：「此有定數，難爲君言。昔日佳作，〔校〕青本作什。今成讖語矣。『佳人已屬沙吒利，義士今無古押衙』，〔呂註〕許彥周詩話：王晉卿得罪外謫，後房善歌者名囀春鶯，爲密縣馬氏所得。晉卿還朝知之，賦一聯云，佳人已屬沙吒利云云。客有爲足之成章云：幾年流落在天涯，萬里歸來兩鬢華。翠袖香殘空挹泪，青樓雲渺定誰家？佳人已屬沙吒利，義士今無古押衙。回首音塵兩沉絶，春鶯休囀沁園花。

可爲妾咏。」詰之，不言，但有嗚咽。竟夜不眠，早旦而去。生怪之。次日，有即墨藍氏，入宫游矚，見白牡丹，悦之，掘〔何註〕掘音倔，掘土也。移逕去。生始悟香玉乃花妖也，悵惋〔何註〕悵惋，悵恨惋惜也。不已。過數日，聞藍氏移花至家，日就萎悴。〔何註〕萎音逶，蔫也。悴，瘁也。恨極，作哭花詩五十首，〔但評〕花爲騷士而相親，爲騷士而就萎，哭花詩五十首，可作追魂符、返魂香矣。日日臨穴涕洟。〔校〕青本下有其處二字。一日，憑弔方〔校〕青本作而。返，遥見紅衣人，揮涕穴側。從容近就，〔校〕上二字，青本作而近就之。女亦不避。生因把袂，相向汍瀾。已而挽請入室，女亦從之。歎曰：「童稚〔校〕青本下有之字。姊妹，一朝斷絶！聞君哀傷，彌增〔校〕青本作觸。妾慟。淚墮九泉，或當感誠再作；〔但評〕此數語，漏洩春光消息矣。然死者神氣已散，倉卒何能與吾兩人共談笑也。」生曰：「小生薄命，妨害情人，當亦無福可消雙美。曩頻煩香玉道達微忱，胡再不臨？」女曰：「妾以年少書生，什九薄倖；不知君固至情人也。然妾與君交，以情不以淫。〔馮評〕以情不以淫，語有至理。〔但評〕香玉是詩句邀來，絳雪是眼淚哭來。○此語不意得之花妖，恰稱耐冬二字。若晝夜狎暱，則妾所不能矣。」言已，告别。生曰：「香玉長離，使人寢食俱廢。賴卿少留，慰此懷思，何决絶如此！」〔校〕青本作是。女乃止，過宿而去。數日不復至。冷雨幽窗，苦懷香玉，輾轉牀頭，淚凝枕席。[校]青本作簟。○[何註]簟音店，竹席也。攬衣更起，挑燈復[校]復，青本作命筆。踵前韻曰：「山院黄昏雨，垂簾坐小窗。相思人不見，中夜淚雙雙。」詩成自吟。忽窗外有人曰：「作者不可無和。」聽之，絳雪也。啓户[校]青本作門。內之。女視詩，即續其後曰：「連袂人何處？孤燈照晚窗。空山人一個，對影自成雙。」生讀之淚下，因怨相見之疏。女曰：「妾不能如香玉之熱，[但評]香玉之熱，絳雪之冷，一則情濃，一則情淡：濃者必多欲而易散；散而可使復聚，情之所以不死也。淡者能寡欲而多疎；疎則可以常守，情之所以有節也。但可少慰君寂寞耳。」生欲與狎。曰：「相見之歡，何必在此。」於是至無[校]青本作不。聊時，女輒一至。至則宴飲唱酧，[校]青本作酬唱。有時不寢遂去，生亦聽之。謂[校]青本下有之字。曰：「香玉吾愛妻，絳雪吾良友也。」[馮評]金聖嘆四恨：慆慆良夜，闃飲先醉一；得江瑶柱，滿口大嚼二；遇絶世佳人，急索登牀三；見絶世妙文，滑口讀過四。每欲相問：「卿是院中第幾株？乞早[校]上二字，青本作早以。見示，僕將抱植家中，免似香玉被惡人奪去，貽恨百年。」女曰：「故土難移，告君亦無益也。妻尚不能終從，況友乎！」生不聽，捉臂而出，每至牡丹下，輒問：「此是[校]青本作爲。卿否？」女不言，掩口笑之。旋[校]青本作適。生以[校]青本下有殘字。臘歸過歲。至[校]青本無至字。二月間，忽夢絳雪至，愀然曰：「妾有大難！君急往，尚得相見；遲無及矣。」醒而異之，急命僕馬，星馳至山。則道士將建屋，有一耐冬，礙其營造，工師將〔校〕青本作方。縱斤矣。」生〔校〕青本下有知所夢即此五字。急止之。入夜，絳雪來謝。生笑曰：「向不實告，宜遭此厄！今已知卿；〔校〕青本作今而後知卿矣。如卿〔校〕青本作卿如。不至，當以艾炷相炙。」女曰：「妾固知君如此，曩故不敢相告也。」〔校〕青本無也字。坐移時，生曰：「今對良友，益見豔妻。〔但評〕並提二語，又是縮上，又是渡下。久不哭香玉，卿能從我哭乎？」二人乃往，臨穴灑涕。更餘，〔校〕上二字，青本作至一更向盡。絳雪收〔校〕青本作拉。淚勸止。〔校〕青本下有乃還二字。又數夕，生方寂坐，〔校〕上二字，青本作獨居悽惻。絳雪笑入曰：「報君喜信：〔校〕青本作喜信報君知。花神感君至情，俾香玉復降宮中。」〔但評〕香玉復生，又從詩與哭求來。生〔校〕青本下有喜字。問：「何時？」答曰：〔校〕青本作云。「不知，約〔校〕青本作要。不遠耳。」天明下榻，生囑〔校〕青本無囑字。曰：「僕爲卿來，勿長使人孤寂。」女笑諾。兩夜不至。生往抱樹，搖動撫摩，頻喚，〔校〕青本下有絳雪久之四字。無聲。乃返，對燈〔校〕青本作燭。團艾，將往〔校〕青本作以。灼樹。女遽入，奪艾棄之，曰：「君惡作劇，使人創痏，〔何註〕痏音洧，瘡也。抱朴子：生瘡痏於玉肌。當與君絶矣！」生笑擁之。坐未〔校〕青本作方。定，香玉盈盈而入。生望見，泣下流離，急起把握。香玉以一手握〔校〕青本作捉。絳雪，相對悲哽。及坐，〔校〕上二字，青本作已而坐道離苦。生把之覺虛，〔校〕青本作生覺把之而虛。如手自握，驚問之。〔校〕上三字，青本作驚其不類曩昔。香玉泫然曰：「昔，妾花之神，故凝；今，妾花之鬼，故散也。〔馮評〕解鬼神二字，與中庸無異。〔但評〕凝鍊語篇中層出不窮，最宜揣摩。今雖相聚，勿〔校〕青本勿上有君字。以爲真，但作夢寐觀可耳。」絳雪曰：「妹來大好！我〔校〕青本作妾。被汝家男子糾纏死矣。」遂〔校〕青本下有辭而二字。去。香玉款笑如前；〔校〕青本作款愛如生平。但偎傍之間，彷彿一〔校〕青本作以。身就影。生悒悒不樂，〔校〕青本作歡。香玉亦俯仰自恨。乃〔校〕青本無乃字。曰：「君以白蘞〔何註〕蘞，廉斂兩音，草藥也。屑，少雜硫黃，日酹妾一杯水，〔呂註〕羣芳譜：種牡丹之法，以其子用細土拌白蘞末種之則旺。○又分牡丹法：揀茂盛者一叢，去其土，視有根者劈之，或一二枝，或三四枝作一窠，用輕粉加硫黃少許，碾爲末，和黃土，將根劈破處擦匀，方置窠內。○〔馮評〕見種花書。明年此日報君恩。」〔但評〕報君恩而能計時日，生死不渝，亦美人香草之遺意也。別去。〔校〕青本作亦別而去。明日，往觀故處，則牡丹萌生矣。生乃日加培植，〔校〕青本作生從其言，日加培溉。又作雕欄以護之。香玉來，感激倍〔校〕青本作甚。至。生謀移植其家，女不可，曰：「妾弱質，不堪復戕。且物生各有定處，妾來原不擬生君家，違之反促年壽。〔馮評〕柳州種樹郭橐駝篇言之。〔但評〕語有至理，一切可以類推。但相憐愛，合好〔校〕青本作好合。自有日耳。」生恨絳雪不至。香玉曰：「必欲强之使來，妾能致之。」乃與生挑燈〔校〕青本下有出字。至樹下，取草一莖，布掌〔校〕青本作裳。作度，以度樹本，自下而上，至四尺六寸，按其處，使生以兩爪齊搔之。俄見〔校〕青本無見字。絳雪從〔校〕青本作自。背後出，笑罵曰：「婢子來，助〔校〕青本助上有益字。桀爲虐耶！」牽挽並入。香玉曰：「姊勿怪！暫煩陪侍郎君，一年後不相擾矣。」從〔校〕青本作自。此遂以爲常。生視花芽，日益肥茂，〔校〕青本作盛。春盡，盈二尺許。歸後，以〔校〕青本以上有亦字。金遺道士，囑令〔校〕上二字，青本作使。朝夕培養之。次年四月至宮，則花一朵，含苞未放；方流連間，〔校〕青本作所。花搖搖欲拆；少時已開，花大如盤，儼然有小美人坐蕊中，裁三四指許；〔校〕青本無許字。轉瞬〔校〕青本下有間字。飄然欲下，〔校〕青本作已。下，則香玉也。笑曰：「妾忍風雨以待君，〔但評〕前此見其人未知其花也，繼而知其花不見其人矣。花而人，人而鬼；鬼而復花，花而復人。花大如盤，人之所以訂期於明年也；人小如指，花之所以報恩於此日也。種則情種，根則情根，苞則情苞，蕊則情蕊。忍風雨以待君二句，無限深情，一時全綻。君來何遲也！」遂入室。絳雪亦〔校〕青本作已。至，笑曰：「日日代人作婦，今幸退而爲友。」〔但評〕接以絳雪語，一筆不漏。遂相談讌。〔校〕青本下有賡和二字。○〔何註〕賡音庚，續也。尚書，益稷謨：乃賡載歌。至中夜，絳雪乃去。二〔校〕青本作兩，下同。人同寢，款洽一如從前。〔校〕青本作當年。後生妻卒，遂入山，不復〔校〕青本無復字。歸。是時，牡丹已大如臂。生每指之曰：「我他日寄魂於此，當生卿之左。」二女笑曰：「君勿忘之。」後十餘年，〔校〕青本作年餘。忽病。其子至，對之而哀。生〔校〕青本無生字。笑曰：「此我生期，非死期也，何哀爲！」謂道士曰：「他日牡丹下有赤芽怒生，一放五葉者，即我也。」遂不復言。子輿之歸家，即卒。〔校〕上七字，青本作子輿擡而歸，至家，尋卒。次年，果有肥芽突出，葉如其數。道士以爲異，益灌溉之。三年，高數尺，大拱把，但不花。老道士死，其弟子不知愛惜，〔校〕青本下有因其不花四字。斫去之。白牡丹亦憔悴〔校〕青本下有尋字。死；無何，耐冬亦死。

異史氏曰：「情之至〔校〕青本作結。者，鬼神可通。花以鬼從，而人以魂寄，非其結於情者深耶？一去而兩殉之，即非堅貞，亦爲情死〔呂註〕世説：王長史曰：瑯琊王伯輿，終當爲情死。矣。人不能貞，亦其〔校〕青本作猶是。情之不篤耳。仲尼讀唐棣而曰『未思』，信矣哉！」

〔馮評〕殉節，物猶如此。〔但評〕愛妻良友，兩兩並寫，各具性情，各肖口吻。入手用雙提，中間從妻及友，又從友及妻；復恐顧此失彼，以言語時時並出之。末後三人齊結，筆墨一色到底。

〔何評〕妻友名色，亦從古人得來。

三仙

一士人〔校〕青本作士人某。赴試金陵，經〔校〕青本下有由字。宿遷，遇〔校〕青本作會。三秀才，談論〔校〕青本作言。超曠，〔何註〕超曠，高遠也。遂與〔校〕青本作悦之。沽酒〔校〕青本下有相歡二字。款洽。〔校〕青本下有問字。各表姓字：一介秋衡，一常豐林，一麻西池。縱飲甚樂，不覺日暮。介曰：「未修地主之儀，忽叨盛饌，於理不〔校〕青本作未。當。茅茨〔何註〕茅茨，茨音資，以茅次第覆屋上茅舍也。不遠，可便下榻。」常、麻並起捉裾，〔何註〕裾音居，袍也。孔叢子，儒服：子高曳長裾，振褎袖，方屐麄篓，見平原君。喚僕相將俱去。至邑北山，忽睹庭院，門遶清流。既入，舍宇清〔校〕青本作精。潔。呼童〔校〕青本作僮。張燈，又命安置從人。麻曰：「昔日以文會友，今場期〔校〕青本作闈場。伊邇，不可虛此良夜。請擬四題，命鬮〔何註〕鬮音糾，鬮取也，從門龜聲。各拈其一，文成方飲。」衆從之。各擬一題，寫置几上，拾得者就案構〔何註〕構音遘，牽也。思。二更未盡，皆已脱稿，〔何註〕稿同稾，文草也。史記，屈原列傳：屬草稾未定。又前漢書，孔光傳：輒削草稾。注：言已繕書，輒削壞其草也。迭相傳視。秀才讀三作，深爲傾倒，[呂註]世説：庾公謂孫公曰：衛公長雖不及卿諸人，傾倒處亦不近。草録而懷藏之。主人進良醞，巨杯促釂，不覺醺醉。[校]青本下有客興辭三字。主人乃導客就別院寢。客醉[校]上二字，青本作醉中。不暇解履，[校]青本作屨。和衣而卧。[校]青本作著衣遂寢。及[校]青本作既。醒，紅日已高，四顧並無院宇，主[校]青本主上有惟字。僕卧山谷中。大駭。[校]青本下有呼僕亦起四字。見傍有一洞，水涓涓流。[校]青本下有溢字。自訝迷惘。視懷中，則三作俱存。下山問土人，始知爲「三仙洞」。[校]青本下有云字。蓋洞中有蟹、蛇、蝦蟆三物，最靈，時出游，人往往[校]此據青本，抄本上二字作長。見之。士人入闈，三題即[校]青本作皆。仙作，以是擢解。

[何評]此疑有爲而言。

[但評]擢解之文，而出之於怪，已奇。怪而爲蟹，爲蛇，爲蝦蟆，則更奇。恨未覩其文，不知其氣味果居何等耳。

鬼隸

歷城縣二隸，奉邑令韓承宣命，營幹他郡，歲暮方歸。途遇二人，裝飾亦類公役，同行話言。二人自稱郡役。隸曰：「濟城快皂，相識十有八九，二君殊昧生平。」二人云：「實相告：我城隍鬼隸也。今將以公文投東岳。」隸問：「公文何事？」答云：「濟南大劫，所報者，殺人之名數也。」驚問其數。曰：「亦不甚悉，約近百萬。」隸問其期，答以「正朔」。二隸驚顧，計到郡正值歲除，恐罹於難；遲留恐貽譴責。鬼曰：「違悞限期罪小，入遭劫數禍大。宜他避，姑勿歸。」隸從之。未幾，北兵大至，屠濟南，扛尸百萬。二人亡匿得免。

〔校〕青本無此篇。

王十

高苑民王十，負鹽於博興。夜爲二〔校〕青本作兩。人所獲。意爲土商之邏卒也，舍鹽欲遁；足〔校〕青本足上有而字。苦不前，遂被〔校〕青本作就。縛。哀〔校〕青本哀上有固字。之。二人曰：「我非鹽肆中人，乃鬼卒也。」十懼，乞一〔校〕青本作但乞。至家，别〔校〕青本别上有一字。妻子。不〔校〕青本不上有鬼字。許，曰：「此去亦未便即〔校〕青本作至。死，不過暫役耳。」十問：「何事？」曰：「冥中新閻王到〔校〕青本作羅蒞。任，見奈河〔吕註〕顧寧人山東考古録：嶽之西南有水，自大峪口至州城之西，而南入於泮，曰奈河。世因傳人死魂不得過而曰奈河。淤平，十八獄〔吕註〕見西遊記。坑廁〔校〕青本作廁坑。俱滿，故捉三種人〔校〕青本下有使字。淘河：小偷、私鑄、私鹽；又一等人使滌廁：樂户也。」〔馮評〕好新政。十從去，〔校〕青本無去字。入城郭，至一官署，見閻羅在上，方稽名籍。鬼禀曰：〔校〕青本作上白。「捉一私販〔吕註〕治平略：鹽課，嘉祐三年，私販坐罪者三千餘人，弊在於官估高而私販轉熾也。王十至。」閻羅視之，怒曰：「私鹽者，上漏國稅，下蠹民生者也。

〔但評〕鐵案如山。若世之暴官奸商所指爲私鹽〔校〕青本作販。者，皆天下之良民。〔馮評〕鹽政中確論。〔何評〕今律非大夥集賊不坐。貧人揭〔校〕青本作竭。錙銖之本，求升斗之息，何爲私哉！」罰〔校〕青本作責。二鬼〔校〕青本下有罰使二字。市鹽四斗，並十所負，代運至家。留十，授以蒺藜骨朵，〔呂註〕輟耕録：骨朵讀若胍都。宋史，儀衛志：鹵簿用骨朵，以骨飾之，或範金爲之。○天禄識餘：骨朵，宿衛人所執，宋鹵簿中有之。即今長柄手撾之類。宋景文筆記云：關中以腹大爲胍肚。胍音孤，肚音都。俗因謂杖頭大者爲胍肚，復訛爲骨朵。今京師猶有此稱。令隨諸鬼督河工。鬼引十去，至奈河邊，見河内人夫，繦〔何註〕繦，襁也，謂以直幅蔽體，如襁褓也。續如蟻。又視河水渾赤，〔校〕青本下有近之二字。臭不可聞。淘河者皆赤體持畚鍤，出没其中。朽骨腐尸，盈筐負舁而出；深處則滅頂求之。惰者輒以骨朵擊背股。同監者以香綿丸如巨菽，使含口中，乃近岸。見高苑肆商，亦在其中。十獨苛遇之：入河楚背，上岸敲股。〔馮評〕快哉。〔但評〕處置奸商，痛快之至。商懼，常没身水中，十乃已。經三晝夜，河夫半死，河工亦竣。前二鬼仍送至家，豁〔校〕青本作醒。然而蘇。先是，十負鹽未歸，天明，妻啓户，則鹽兩囊置庭中，而十久不至。使人徧覓之，則死途中。舁之而歸，奄有微息，〔校〕青本下有大惑二字。不解其故。及〔校〕青本作既。醒，始言之。肆商亦於前日死，至是始蘇。〔校〕青本作甦。骨朵擊處，皆成巨疽，渾身腐潰，臭不可近。十故詣之。望見十，猶縮首衾中，如在奈河狀。一年，始愈，不復爲商矣。

異史氏曰：「鹽之一道，朝廷之所謂私，乃不從乎公者也；官與商之所謂私，乃不從乎其私者也。〔馮評〕兩語斷寃，可當一篇鹽法論，讀之真能洞見癥結，有用文字。〔但評〕公中之私，人皆易曉；私中之私，害不忍言。近日齊、魯新規，土商隨在設肆，各限疆域。不惟此邑之民，不得去之彼邑；即此肆之民，不得去之彼肆。而肆中則潛設餌以釣他邑之民：〔何評〕普天之下皆如是。其售於他邑，則廉其直；而售諸土人，則倍其價以昂之。而又設邏於道，使境内之人，皆不得逃吾網。〔校〕此據青本，抄本作昂。其有境内冒他邑以來者，法不宥。〔但評〕爲鬼爲蜮，前此未聞。彼此互相釣，而越肆假冒之愚民益多。一被邏獲，則先以刀杖殘其脛股，而後送諸官；官則桎梏之，是名『私鹽』。〔馮評〕蜀費錫璜鹽徒行：鹽徒十百敢成行，日持白梧夜刀鎗，邏卒往往遭殺傷，此輩蓄禍亦須防，不見高、黄起鹽澤，旬日之間稱侯王。又一説也。嗚呼！寃哉！〔但評〕言之心傷，聞之髮指，此輩法不容誅矣。漏數萬之税非私，而負升斗之鹽則私之；本境售諸他境非私，而本境買諸本境則私之，寃矣！律中『鹽法』最嚴，而獨於貧難軍民，背負易食者，不之禁；今則一切不禁，而專殺此貧難軍民！〔但評〕以法繩此貧民，是將盡驅之爲盗爲娼而已矣。且夫貧難軍民，妻子嗷嗷，上守法而不盗，下知恥而不倡；不得已，而揭十母而求一子。使邑盡此民，即『夜不閉户』可也，非天下之良民乎哉！彼肆商者，不但使之淘奈河，直當使滌獄〔校〕青本無獄字。廁耳！〔馮評〕快論，快論。作者説到此，不覺歌唱起來。而官於春秋節，受其斯須之潤，遂以三尺法助使殺吾良民。［但評］國家焉用此長民者爲。然則爲貧民計，莫若爲盜及私鑄耳：盜者白晝劫人，而官若聾；鑄者爐火亘天，而官若瞽；即異日淘河，尚不至如負販者所得無幾，而官刑立至也。嗚呼！上無慈惠之師，而聽奸商之法，日變日詭，奈何不頑民日生，而良民日死哉！」［馮評］層層駁，語語快，慨乎其言，一片婆心。武夷九曲，轉轉不窮，真是好看。後生解此，作文百發百中。

各邑［校］上二字，青本作故事，邑中。肆商，舊例［校］青本無上二字。以若［校］青本作如。干石鹽貲，歲奉本縣，［校］青本作邑宰。名曰「食鹽」。又逢節序，具厚儀。商以事謁官，官則禮貌之，坐與語，或茶焉。送鹽販至，重懲不遑。張公石年令淄川，［校］上三字，青本作宰淄。肆商來見，循舊規，但揖不拜。公怒曰：「前令受汝賄，故不得不隆汝禮；我市鹽而食，何物商人，敢公堂抗禮乎！」捋袴［校］青本作襟。將笞。商叩頭謝過，［校］青本無過字。乃釋之。後肆中獲［校］青本作得。二負販者，其一逃去，其一被執到［校］青本作至。官。公問：「販者二人，其一焉往？」販者曰：［校］青本作云。「逃［校］青本作奔。去矣。」公曰：「汝腿［校］青本作股。病不能奔耶？」曰：「能奔。」公曰：「既被捉，必不能奔；果能，可起試奔，驗汝能否。」其人奔數步欲止。公曰：「奔［校］青本奔上有大字。勿止！」

其人疾奔，竟出公門而去。［馮評］趣甚。［但評］快人趣人，快事趣事。見者皆笑。公愛民之事不一，此其閒情，邑人猶樂誦之。

［何評］肆商之弊宛然。

［但評］治私鹽當自奸商始，商無有不夾帶私鹽者。若淮綱則於商私之外，又有船户夾帶，名爲「脚私」，則又宜先治船户矣。然余以爲商私、脚私者皆不足治也；正其本，清其源，請治商私、脚私之所從出者。

大男

奚成列，成都士人也。有［校］青本有上有先字。一妻一妾。妾何氏，小字昭容。妻早没，繼娶申氏，性妬，［校］上六字，青本作娶繼室申氏，不能相善。虐遇何，因並及奚；終日曉聒，［何註］曉音膮。曉聒，喧聒。恒不聊生。奚［校］青本下有忿字。怒，亡去。［何評］不濟。去後，何生一子大男。奚去［校］青本作久。不返，申擯何［校］青本無何字。不與同炊，計日授粟。大男漸長，用不給，［校］上三字，青本作何不敢求益。何［校］青本作惟。紡績佐食。大男見塾中諸兒吟誦，亦［校］亦，青本作羨之，告母。欲讀。母以其太穉，姑送詣讀。［校］上四字，青本作姑送詣塾，試使讀以難之。大［校］青本大上有而字。男慧，所讀倍諸兒。師奇［校］青本作異。之，願不索束脩，［校］青本作贄。何乃使從師，薄相酬。積二三年，經書全通。一日歸，謂母曰：「塾中五六人，皆從父乞錢買餅，［校］青本下有餌字。我何獨無？」［校］上二字，青本作無也。母曰：「待汝長，［校］青本下有時字。告［校］青本告上有當字。汝知。」大男曰：「今[校]青本作我。方七八歲，何時長也？」母曰：「汝往塾，路經關帝[校]青本作聖。廟，當拜之，祐汝速長。」大男信之，每過必入拜。[校]青本作每日兩過必拜。母知之，問曰：「汝[校]青本無上二字。所祝何詞？」[校]青本作事。笑[校]青本作答。云：「但祝明年便[校]青本無便字。使我如十六七[校]青本作五六。歲。」母笑之。然[校]青本作而。大男學與軀長並速：[但評]大男學與軀速長，帝實鑒之。其後從死得生，因離致合，顛倒怪變，皆非人力所能爲，非意想所可及者，孰非此賢母孝子之誠，仰邀聖佑哉！至十歲，便[校]青本作遂。如十三四歲者；其所爲文竟成章。[校]上三字，青本作塾師不能竄易之。○[何註]竄音爨，改易也。李義山韓碑：點竄堯典舜典字。又：濆墨竄古文。○[馮評]齷齪兒軀長而學不長者多矣，何處得此佳兒，令人羨煞。一日，謂母曰：「昔謂我壯大，當告父處，今可矣。」母曰：「尚未，尚未。」又年餘，居然成人，研詰益頻，母乃緬述之。大男悲不自勝，[校]上六字，青本作大男聞之，意不勝傷悲。欲往尋父。[馮評]又一朱壽昌。母曰：「兒太幼，汝父存亡未知，何遽可尋？」大男無言而去，至午不歸。往塾問[校]上二字，青本作詢諸。師，則辰餐未復。母大驚，[校]青本下有猶謂其逃塾五字。出[校]青本下有食字。貲傭役，到處冥[校]青本作靡處不。搜，杳無蹤[校]青本作竟杳無。蹟。大男出門，循途奔去，茫然不知何往。[校]上十字，青本作不知何往之善，惟隨途奔去。適[校]青本無適字。遇一人將如夔州，言姓錢。[校]上三字，青本作自言錢姓。大男丐食相從。錢病其緩，爲賃代步，[何註]代步，賃蹇以代步履也。資斧耗竭。

[校]上二字，青本作皆耗之。至夔，同食，錢陰投毒食[校]青本作其。中，大男瞑不覺。錢載至大剎，託爲己子，偶病絶貲，賣諸僧。[馮評]慈悲。僧見其丰姿秀異，[校]青本作出。爭購之。錢得金竟[校]青本作而。去。僧飲之，略醒。長老知而[校]上四字，青本作主僧始知之。詰視，奇其相，研詰，始得顛末。甚[校]甚，青本作又益。憐之，[校]青本下有責僧二字。贈貲使去。有瀘州蔣秀才，下第歸，途中問得故，嘉其孝，攜與同行。至瀘，主其家。月餘，偏加諮訪。[校]青本作無往不諮。○[何註]諮音咨，訪問也。或言閩商有奚姓者，乃[校]乃，青本作於是。辭蔣，欲[校]青本作將。之閩。蔣贈以[校]青本作遺。衣履，里[校]青本里上有其字。黨皆斂貲助之。途[校]青本途上有至字。遇[校]青本作有。二布客，欲往[校]青本作詣。福清，邀與同侶。行數程，客窺囊金，引至空所，縶其[校]青本無其字。手足，解奪而去。適有永福陳翁過其地，脱其縛，載歸其家。[校]上十字，青本作過其旁，脱縛，載諸後車，遂至翁家。翁豪[校]青本作家。富，諸路商賈，多出其門，翁囑南北客代訪奚[校]青本作父。耗。留大男伴諸兒讀。大男遂住翁家，不復游。[但評]按住大男。然去家愈遠，音益梗矣。[校]上四句，青本作大男遂止，不復遊矣，由是家益遠，音益梗。何昭容孤居三四年，申氏減其費，抑勒令嫁。何[校]青本下有自食其力四字。志不摇。申强賣於重慶賈，賈劫取而[校]青本作之。去。至夜，以刀自剺。[馮評]所謂匹夫不可奪志。賈不

敢逼，俟創瘥，又轉鬻於鹽亭賈。至鹽亭，自刺心頭，洞見臟腑。賈大懼，敷以藥，創平，求爲尼。〔校〕上八字，青本作藥敷心，既平，但求作尼。賈〔校〕青本下有告之二字。曰：「我有商侶，身無淫具，〔呂註〕蜀先主嘗因天旱禁酒，釀者有刑。吏於人家檢得釀具，欲令與釀酒者同罰。時簡雍從先主遊，見一男子行道，謂先主曰：彼人欲行淫，何以不縛？先主曰：何以知之？雍曰：彼有淫具，與欲釀同。先主大笑，命原欲釀者。每欲得一人主〔校〕青本無主字。縫紉。此與作尼無異，亦可少償吾值。」何諾。〔校〕青本下有之字。賈輿送去。入門，主人趨出，則奚生也。〔馮評〕天上落下。〔何評〕天也。蓋奚已棄儒爲商，賈以其無婦，故贈之也。相見悲駭，各述苦況，始知有兒尋父未歸。〔馮評〕帶串。奚乃囑諸客旅，偵察〔何註〕偵察，探訪也。大男。而昭容遂以妾爲妻矣。然自歷艱苦，痾痛多疾，〔校〕青本作病。不能操作，勸奚納妾。〔校〕青本作媵。奚鑒前禍，不從所請。〔馮評〕又借作渡下。何曰：「妾如争牀笫者，數年來〔校〕青本作間。固已從人生子，尚得與君有今日耶？〔校〕耶，青本作之聚乎。且人加我者，隱痛在心，豈及諸身而自蹈之？」〔但評〕如争床笫數語，將往事一提，既以束上，即以起下。集中慣用此筆，其得力可知，故逐段皆爲指出。奚乃囑客侶，爲買三十餘老妾。〔馮評〕過接無痕。踰半年，客果爲買妾歸。入門，則妻申氏。〔馮評〕夜叉見。各相駭異。〔校〕青本作怪。先是，申獨居年餘，兄苞勸令再適。申從之。惟田產爲子姪〔校〕青本作姓。所阻，〔校〕青本作沮。不得售。鬻諸所有，積數百金，攜歸兄家。有保寧賈，聞其富有匳資，[何註]富有匳資，言妝匳富也。以多金啗苞，賺娶之。而賈老廢不能人。[但評]昭容之節以自劙而全；申則以不遇健男，竟得完璧歸趙。斯亦不幸中之大幸也。申怨[校]青本作懟。兄，不安於室，懸梁投井，[校]青本作梁縊井投。不堪其擾。[但評]是止欲求淫具者，即以反映上文。賈怒，搜括其貲，將賣作妾。聞者皆嫌其老。[校]上六字，青本作而聞者嫌三十餘，齒加長。賈將適夔，乃[校]青本作遂。載與俱去。遇奚同肆，適中其意，[校]上四字，青本作商。遂貨之而去。[校]青本作而去之。○[馮評]遥接。既見奚，慙懼不出一語。奚問同肆商，略知梗概。因曰：「使遇健男，則在保寧，無再見之期，此亦數也。然今日我買妾，非娶妻，可先拜昭容，修嫡庶[何註]嫡音的，嫡體，夫人也。按妾之稱庶，衆也，言不必止於一人。禮。」申耻之。奚曰：「昔日汝作嫡，何如哉！」[何評]現報。何勸止之。奚不可，操杖臨偪。申不得已，拜之。然終不屑承奉，但操作別室。何[校]青本何上有而字。悉優容[何註]優容，寬容也。之，[何評]大度。亦不忍課其勤惰。奚每與昭容談讌，輒使[校]青本作呼。役使[校]青本作給役。其側；何更代以婢，不聽前。[校]青本無前字。會陳公嗣宗宰鹽亭。[馮評]記着陳字。奚與里人有小争，里人以逼妻作妾揭訟奚。[校]青本無奚字。○[何註]揭訟，揭其事而訟於官也。揭音訐，舉也，起也，揭如今日揭帖之揭。○[馮評]此筆又突兀超妙。公[校]青本公上有陳字。不准理，叱逐之。奚喜，方[校]青本無方字。與何竊頌公[校]青本作共頌。

德。一〔校〕青本下有夕字。漏既盡，僮呼〔校〕青本作忽。叩扉，入報曰：〔校〕上二字，青本作白。「邑令公至。」奚駭極，急覓衣履，則公已至〔校〕青本作入。寢門；益駭，不知所爲。何審之，急出曰：「是吾兒也！」〔何評〕天也。遂哭。公乃伏地悲哽。〔何註〕悲哽，悲傷而哽咽也。蓋大男從陳翁姓，業爲官矣。初，公至自都，迂道過故里，始知兩母皆醮，伏膺哀痛。族〔校〕青本下有中字。人〔校〕青本下有始字。知大男已貴，反其田廬。〔馮評〕只兩句便説明。公留僕營造，冀父復還。〔校〕青本作返。○〔馮評〕帶前。既而授任鹽亭，又欲棄官尋父，〔馮評〕偏有此簡筆。陳翁苦勸止〔校〕青本無止字。之。〔馮評〕陳翁隨宦，不漏一筆。會有卜者，使筮焉。卜者〔校〕青本作人。曰：「小者居大，少者爲長；求雄得雌，求一得兩：爲官吉。」〔但評〕繇語奇中，饒有古音。公乃之任。爲不得親，居官不茹葷酒。是日，得里人狀，睹奚姓名，〔校〕青本無名字。○〔馮評〕遥接。疑之。陰遣內使細訪，果父。〔校〕上八字，青本作陰遣內紀綱竊訪之，果父也。○〔馮評〕補筆。乘夜微行而出。見母，〔馮評〕又帶。益信卜者之神。臨去，囑勿播，出金二百，啓父〔校〕青本作令即。辦裝歸里。〔校〕青本無里字。父抵〔校〕上二字，青本作至。家，門户一〔校〕青本作已。新，廣〔校〕青本作益。畜僕馬，居然大家矣。申見大男貴盛，益自斂。兄苞不憤，〔校〕青本作知之。告〔校〕青本下有於字。官，爲妹争嫡。〔馮評〕如串戲文，無閒空脚色。〔但評〕未必苞果爲妹争嫡，如此癡頑，特借此以結小人之言，結苞之勸嫁，且通結上文耳。官廉得其情，怒[校]青本無怒字。曰：「貪貲勸嫁，已[校]青本已上有去奚二字。更二夫，尚[校]青本無尚字。何顔爭昔年嫡庶耶！」[何評]無可説。[但評]斷獄平允。重笞苞。[校]青本作之。由此名分益定。[校]青本作彰。而申妹何，何[校]青本下有亦字。姊之。衣服飲食，悉不自私。申初懼其復仇，今[校]今，青本作至是。益愧悔。奚亦忘其舊惡，俾内外皆呼以太母，但誥命不及耳。[但評]大男之孝出於童，昭容之貞出於庶，事皆僅見，筆難寫生。兼之子留永福，易奚爲陳；父在鹽亭，棄商作賈。天涯咫尺，萍梗何期？又況昭容之轉鬻且三，申氏之更夫已二，事勢固難撮合，文筆豈易彌縫？及其寫大男也：若有知，若無知，任天而動，備歷艱辛。其寫昭容也：能自忍，能自潔，率性以行，洞見臟腑，已是行行血淚，字字酸心。而買來重慶者，爲求祝髮而賺以縫紉；娶自保寧者，爲備小星而嫌其老大。一則因無婦而相贈，一則買老妾而適逢。文之變，則所謂拔趙幟易漢赤幟也；文之譎，則所謂明修棧道，暗度陳倉也；文之巧而捷，則所謂兩岸猿聲啼不住，輕舟已過萬重山也。至准妾作妻，鹽亭初謳邑宰；而尋父得母，寢門乃識陳公；天公固巧爲安排，文心亦善爲恢詭。彼卜語之求一得兩，申苞之爲妹爭嫡，事之有無不可必，實文章之斷不可少者。

異史氏曰：「顛倒衆生，不可思議，何[校]青本作此。造物之巧也！奚生不能自立於妻妾之間，一碌碌[何註]碌碌音禄，隨從之貌。酷吏傳：九卿碌碌奉其官。庸人耳；苟非孝子賢母，烏能有此奇合，坐享富貴[校]青本作厚糈。○[何註]糈音胥，糧也。以終身哉！」

[何評]尋父得官，因官獲父，委曲湊合，豈曰非天？使奚早能以後之待申者待申，則昭容之賢，大男之孝，或不顯矣。必至於是，以顯母子之賢孝，彼造物者亦何心哉！

外國人

己巳秋，嶺南從外洋飄一巨艘來。上有十一人，衣鳥羽，文采璀璨。自言：「呂宋國人。遇風覆舟，數十人皆死；惟十一人附巨木，飄至大島得免。凡五年，日攫鳥蟲而食；夜伏石洞中，織羽爲帆。〔校〕得月簃叢書拾遺本作衣。忽又飄一舟至，櫓帆皆無，蓋亦海中碎於風者，於是附之將返。又被大風引至澳門。」巡撫題疏，送之還國。〔校〕青本無此篇。

韋公子

韋公子，咸陽世家。放縱好淫，婢婦有色，無不私者。嘗載金數千，欲盡覽天下名妓，凡繁麗之區，無〔校〕青本作罔。不至。其不甚佳〔校〕青本作好。者，信宿即去；當意，則作百日〔校〕青本作數月。留。叔亦〔校〕上二字，青本作叔父某以。名宦，休致歸，怒其行，〔校〕上三字，青本作聞其行怒之。延明師置別業，使與諸公子鍵户讀。公子夜伺師寢，踰垣〔校〕青本下有而字。歸，遲明而返，以爲常。〔校〕此據青本，抄本無上三字。一夜，失足折肱，師始知之。告公，公〔校〕青本下有怒不之惜四字。益施夏楚，俾不能起而始〔校〕青本作後。藥之。及〔校〕及，青本作月餘漸。愈，公與之約：能讀倍諸弟，文字佳，出勿禁；若私逸，〔校〕上三字，青本作私逸者。撻如前。然〔校〕青本作而。公子最慧，讀常過程。數〔校〕青本數上有如此二字。年，中鄉榜。欲自敗約，公〔校〕公，青本作而公猶。箝制之。赴都，以老僕從，授日記籍，使志其言動，故數年無過行。後成進士，公乃稍弛其禁。公〔校〕青本公上有而字。子或將有作，惟恐公聞，入曲巷中，輒託姓魏。一日，過西安，見優僮

［校］青本作童。羅惠卿，年十六七，秀麗如好女，悦之。夜留繾綣，贈貽豐隆。聞其新娶婦尤韻妙，［校］青本下有益觸所好四字。私示意惠卿。惠卿無難色，夜果［校］青本作至夜。攜婦至，［校］青本下有果少好三字。三［校］青本三上有遂字。人共一榻。留數日，眷愛臻至。謀與俱歸。問其家口，答云：「母早喪，父存。［校］上二字，青本作惟父存耳。某原非羅姓。母少服役於咸陽韋氏，賣至羅家，四月即［校］青本無即字。生余。倘得從公子去，亦可察其音耗。」［校］青本作耗問。公子驚問母［校］青本下有何字。姓。曰：［校］青本作答。「姓呂。」生［校］青本無生字。駭極，汗下浹體，蓋其母即生家婢也。生無言。時天已明，［校］青本無時字已字。厚贈之，勸令改業。僞託他適，約歸時召致之，遂别［校］青本下有而字。去。後令蘇州，［校］青本下有某邑二字。有樂妓沈韋娘，雅麗絶倫，愛［校］愛，青本作心好之。留［校］青本留上有潛字。與狎。戲曰：「卿小字取『春風一曲杜韋娘』耶？」答曰：「非也。妾母十七爲名妓，有咸陽公子，與公［校］公，青本作君侯。同姓，留三月，訂盟昏娶。公子去，八月生妾，因名韋，實妾姓也。公子臨別時，贈黄金鴛鴦，今尚在。一去竟無音耗，妾母以是憤悒死。妾三歲，受撫於沈媪，故從其姓。」公子聞［校］青本下有其字。言，愧恨無以自容。默移時，頓生一策。忽起挑燈，唤韋娘飲，暗置鴆毒［校］上四字，青本作藏有鴆毒暗置。盃中。韋娘纔下咽，潰亂呻嘶。衆集視，則已斃矣。呼優人至，付以尸，重賂之。而韋娘

所與交好者盡勢家，聞之，皆[校]皆，青本作不解其故。不[校]青本不上有悉字。平，賄[校]青本賄上有共字。激優人，訟[校]青本訟上有使字。於上官。生[校]生，青本作公子。懼，瀉橐彌縫，卒以浮躁免官。歸家年才[校]青本無才字。三十八，頗悔前行。而[校]青本無而字。妻妾五六人，皆無子。欲繼公孫；[校]上二字，青本作叔父公之孫。公以其門無内行，恐兒染習氣，[校]青本作習氣染兒。雖許過嗣，[校]青本作諸嗣之。但待其老而後歸之。公子憤欲[校]青本下有往字。招惠卿，家人皆以爲不可，乃止。又數年，忽病，輒撾心曰：「淫婢宿妓者，非人也！」[校]青本無家人至非人也一段。公聞而[校]青本作之。嘆曰：「是殆將死矣！」乃以次子之子，送詣其家，使定省之。月餘果死。[校]青本作尋卒。○[但評]是篇警人迷途，拯人孽海。防其畜也而人之，憐其絶也而嗣之。真有無量無數無邊功德。

異史氏曰：「盜婢私娼，其流弊殆不可問。然以己之骨血，而謂他人父，亦已羞矣。而鬼神又侮弄之，誘使自食便液。[校]青本作其餘。尚不自剖其心，自斷[校]青本作到。其首，而徒流汗投鴂，非人頭而畜鳴者耶！雖然，風流公子所生子女，即在風塵中，亦皆擅場。」[校]青本無雖然至擅場四句。

[何評]漁色之弊，必至於此，可爲殷鑒。有此嚴叔，而尚踰閑若此，豈性果有不善歟？

石清虛

邢雲飛，順天人。好石，見佳石，不惜[校]青本作靳。重直。[馮評]提句。偶漁於河，有物挂網，沉而取之，則石徑尺，四面玲瓏，峰巒疊秀。[吕註]述征記：小峯疊秀，迄於嶺表。喜極，如獲異珍。既歸，[校]青本無上二字。雕紫檀爲座，供諸案頭。每值天欲雨，則孔孔生雲，遥望如塞新絮。[馮評]南宫石丈人具袍笏而拜，想無此品。牛奇章號爲好事，諒亦未嘗見此。[何評]奇石。有勢豪某，踵門求觀。既見，舉付健僕，策馬徑[校]青本作竟。去。邢無奈，頓足悲憤而已。僕負石至河濱，息肩橋上，忽失手，墮諸河。[但評]天下之寶，當與愛惜之人，此文之正意也。座之以紫檀，供之以案几，以視後車載賢，縞帶獻友奚異也。而孔孔生雲，如塞新絮，彼賢臣之獻替，良友之切磋，瀝血披肝，罔顧忌諱，所謂感深知己者，又豈有殊哉。雖有奸豪，不奪於勢；豈無煽誘，不惑於邪。一日傾心，終身不改，所視者，愛之專與不專，惜之至與不至耳。果能相依爲命，生死不渝，則盤根錯節，百折不回者，不且與之終始死而後已哉。石不能言，所自信者，介如耳。自言石清虛，則擇主之明，從主之忠，誰謂其可轉乎！豪怒，鞭僕。即出金，僱善泅者，百計冥搜，竟不[校]青本作無。可見。乃懸金署[何註]署音曙，書也。約而去。由是尋石者日盈於河，迄無獲者。後邢至落石處，臨流於邑，但見河水清澈，則石固在水中。邢大喜，解衣入水，抱之而出。攜〔校〕攜，青本作檀座猶存。歸，〔校〕青本歸上有既字。不敢〔校〕青本作肯。設諸廳所，〔校〕青本作事。潔治〔校〕青本無治字。內室供之。一日，有老叟款門而請。邢託言石失已久。叟笑曰：「客舍非耶？」邢便請入舍，以實其無。及〔校〕青本作既。入，則石果陳几上。愕〔校〕青本愕上有錯字。不能言。叟撫石曰：「此吾家故物，失去已久，今固在此耶。既見之，請即賜還。」邢窘甚，遂與爭作石主。叟笑曰：「既汝家物，有何驗證？」邢不能答。叟曰：「僕則故識之。前後九十二竅，巨孔中五字云：『清虛天石供。』」邢審視，孔中果有小字，細如〔校〕青本作於。粟米，竭目力裁可辨認；又數其竅，果如所言。邢無以對，但執不與。叟笑曰：「誰家物，而憑君作主耶！」拱手而出。邢送至門外；既還，已失石〔校〕青本作則石失。所在。邢急追叟，〔校〕上四字，青本作大驚，疑叟，急追之。則叟緩步未遠。奔〔校〕青本下有去字。牽其袂〔何註〕袂，袖也。而哀之。叟曰：「奇哉！〔校〕青本作矣。徑尺之石，豈可以手握袂藏者耶？」邢知其神，強曳〔何註〕曳字無點。之歸，長跽〔校〕青本作跪。請之。叟乃曰：「石果君家者耶、僕家者耶？」答曰：「誠屬君家，但求割愛耳。」叟曰：「既然，石〔校〕青本石上有則字。固在是。」入〔校〕青本入上有還字。室，則石已在故處。叟曰：「天下之寶，當與愛惜之人。[馮評]諺云：寶劍贈烈士，紅粉送佳人。天下之寶與愛惜之人。明言。[但評]此是文之正面。此石能自擇主，僕亦喜之。然彼急於自見，[何評]生公説法。其出也早，[何評]□石。則魔劫[何註]釋典：凡事皆有魔劫，胡僧天地，亦有大劫、通劫。未除。實將攜去，待三年後，始以奉贈。既欲留之，當減三年壽數，乃[校]青本作始。可與君相終始。君願之乎？」[但評]入於河而復出，是珠還合浦，而不肯暗投也。叟何以必辨爲其家故物而後割愛耶？指其竅，表其名，叟即他日示夢之丈夫可知矣。留之而自肯減壽，始許與之相終始，其出處交游之道，如是如是。曰：「願。」[馮評]老米曰顛，此君可名石癡。叟乃以兩指揑[何註]揑音捏，兩手揑作之也。一竅，竅軟如泥，隨手而閉。閉[校]青本作二。三竅，已，曰：「石上竅數，即君壽也。」作別欲去。邢苦留之，辭甚堅；問其姓字，亦不言，遂去。積年餘，邢以故他出，夜有賊[校]賊，青本作小偷。入室，諸無所失，惟竊石而去。邢歸，悼喪欲死。訪察購求，全無蹤跡。[校]青本作緒。積有數年，偶入報國寺，見賣石者，則故物也，[校]上四字，青本作近視則其故物。○[馮評]又合。將便認取。賣者不服，因負石至官。官問：「何所質驗？」賣石者能言竅數。邢問其他，則茫然矣。[校]上四字，青本作賣石者不能言。邢乃言竅中五字及三指痕，理遂得伸。官欲杖責賣石者，賣石者自言以二十金買諸市，遂釋之。邢得石歸，裹以錦，藏櫝中，時出一賞，先焚異香而後出之。有尚書某，購以百金。邢曰：「雖[校]上三字，青本作而邢意。萬金不易也。」[馮評]此人可以做得忠臣孝子。尚書[校]上二字，青本作某。怒，陰以他事中傷之。邢被收，典質田産。尚書〔校〕上二字，青本作某。託他人風示其子。子告邢，邢願以死殉〔何註〕殉，用人送死也。仄聲字。左傳，文六年：秦伯任好卒，以子車氏之三子奄息、仲行、鍼虎爲殉，皆秦之良也。國人哀之，爲之賦黄鳥。石。妻竊與子謀，獻石尚書家。邢出獄始知，罵妻毆子，屢欲自經，家〔校〕青本家上有皆以二字。人覺救，得不死。夜夢一丈夫來，自言：「石清虚。」戒〔校〕青本作謂。邢勿戚：「特與君年餘别耳。明年八月二十日，昧爽時，可詣海岱門，以兩貫相贖。」邢得夢，喜，謹〔校〕青本作敬。誌其日。其〔校〕青本作而。石在尚書家，更無出雲之異，久亦不甚貴重之。〔但評〕戀懷故主，不獻一謀，淹滯多年，生還故國。古人有之，然吾見亦罕矣。明年，尚書以罪削職，尋死。邢如期至〔校〕青本作詣。海岱門，則其家人竊石出售，〔校〕售，青本作將求售主。因以兩貫市歸。後邢至八十九歲，自治葬具；又囑子，必以石殉。及〔校〕及，青本作既而果。卒，子遵遺教，瘞石墓中。半年許，賊發墓，劫石去。子知之，莫可追詰。越〔校〕青本作踰。二三日，同〔校〕青本作攜。僕在道，忽見兩人，奔躓〔何註〕躓音致，跲也。汗流，望空投拜，〔校〕青本作自投。曰：「邢先生，勿相逼！我二人將石去，不過賣四兩銀耳。」遂縶送到〔校〕青本作諸。官，一訊即〔校〕青本作遂。伏。問石，則鬻〔校〕青本下有諸字。宮氏。取石至，官愛玩，欲得之，命寄諸庫。吏舉石，石忽墮地，碎爲數十餘片。［馮評］數也。予爲説偈云：事有始終，物有成壞，天地自然，何滯何礙。愚子無知，大驚小怪。皆［校］皆，青本作罔不。失色。官乃重械兩盜論死。［校］上二字，青本作而放之。邢子拾碎［校］青本無碎字。石出，仍瘞墓中。［但評］碎爲數十餘片，一文不值矣；而仍瘞墓中，又豈第萬鎰已哉。蓋必如是，而後不負愛惜之人，所以爲天下之寶也。

異史氏曰：「物之尤者禍之府。［何註］禍府猶義府、怨府之意。左傳，僖二十七年：詩書，義之府也。又，昭十二年：吾不爲怨府。至欲以身殉石，亦癡甚矣！而卒之石與人相終始，誰謂石無情哉？古語［校］青本作人。云：『士爲知己者死。』非過也！石猶如此，何況於人！」［校］青本作而況人乎。

［馮評］漢州學宮講堂，有奇石，勢極飛動。聶友仲於治平丙午試郡進士於下，爲之銘曰：廣漢學宮，後有奇石，螺砢一月，嶺斧九尺。怒蹙驤首，狂龍轉脊。拏空將翻，壓地欲坼。神乳溜腹，老苔積額。堅色勁脊，潤吐活脈。誇殺羽人，詠窮墨客。敢告存護，千年怪碧。此銘奇古，予愛而録之。

曾友于

曾翁，昆陽故家也。翁初死未殮，兩眶中淚出如瀋，〔馮評〕伏筆。有子六，〔校〕青本下有人字。莫解所以。次子悌，〔馮評〕正生開場。字友于，邑〔校〕青本邑上有爲字。名士，以爲不祥，〔何評〕先見。戒諸兄弟各自惕，〔何註〕惕音剔，憂勤警惕也。勿貽痛於先人；而兄弟半迂笑之。先是，翁嫡配生長子成，至七八歲，母子爲强寇擄去。娶繼室，生三子：曰孝，曰忠，曰信。妾生三子：曰悌，曰仁，曰義。〔馮評〕筆筆提清。○提敘整齊，分明孝弟忠信仁義六字錯綜出之。孝〔但評〕禍胎。以悌等出身賤，鄙不齒，因連結忠、信〔校〕青本下有若字。爲黨。即與客飲，悌等過堂下，亦傲不爲〔校〕青本作加。禮。仁、義皆忿，與友于謀，欲相仇。友于百詞寬譬，不從所謀；而仁、義年最少，因兄言，亦遂止。〔馮評〕一小停頓。孝有女，適邑周氏，病死。糾悌等往撻其姑，悌不從。孝憤然，令忠、信合族中無賴子，往捉周妻，搒掠無算，抛粟毁器，盎盂無存。周告官。〔校〕官，青本作邑宰。官〔校〕青本作宰。怒，拘孝等囚繫之，將行申黜。〔何註〕申黜，申詳斥革也。友于懼，見宰自投。友于品行，素爲宰〔校〕青本下有所仰二字。重，諸兄弟以是得無苦。友于乃詣周所〔校〕青本下有親字。負荆，周亦器重友于，訟遂止。〔校〕青本作息。孝歸，終不德友于。〔馮評〕隨收隨起。無何，友于母張夫人卒，孝等不爲〔校〕上二字，青本作皆不爲之。服，宴飲如故。仁、義益忿。友于曰：「此彼之無禮，於我何損焉。」及葬，把持墓門，不使合厝。友于乃瘞〔校〕青本作殯。母隧道中。未幾，孝妻亡，友于招仁、義同往奔〔校〕上三字，青本作往奔其。喪。〔馮評〕善處骨肉之變，可法可師。二人〔校〕青本下有皆字。曰：「『期』且不論，『功』〔何註〕期，一年服。功，大功、小功服也。于何有！」再勸之，鬩然散去。友于乃自往，臨哭盡哀。隔牆聞仁、義鼓且吹，孝怒，糾諸弟往毆之。友于操杖先從。入其家，仁覺先〔校〕青本作而。逃。義方踰垣，友于自後擊仆之。孝等拳杖交加，毆不止。友于橫身障阻〔校〕青本作沮。之。〔馮評〕我每讀鼻酸淚下，非欺人語也。不知人亦如我否？孝怒，讓友于。友于曰：「責之者，以其無禮也，然罪固不至死。我不怙弟惡，亦不助兄暴。如怒不解，身代之。」孝遂反杖撻友于，忠、信亦相助毆兄，聲震〔校〕上二字，青本作聲勢震動。里黨，羣集勸〔校〕青本作排。解，乃散去。友于即扶杖詣兄請罪。〔馮評〕非大聖大賢安能如此。仁至義盡，可當經傳讀之。循常教孝教弟之書那能如此激切動人。予令子弟日讀數過。孝逐去之，不令居喪次。而義創甚，不復食飲。仁代具詞〔校〕青本作造。訟〔校〕青本下有諸字。官，訴其不爲庶母行服。官簽[校]青本下有牒字。拘孝、忠、信，而令友于陳狀。友于以面目損傷，不能詣署，但作詞稟白，哀求寢息，[校]青本作閣寢。宰遂銷案。[校]青本下有不行二字。義亦尋愈。由是仇怨益深。仁、義皆幼弱，輒被敲楚。[何註]敲，擊也。楚，痛楚也。怨[校]青本作懟。友于曰：「人皆有兄弟，我獨無！」[馮評]善讀書者如是。友于曰：「此兩語，我宜言之，兩弟何云！」[但評]伏下兩兄一弟及繼善。因苦勸之，卒不聽。友于遂扃户，攜妻子借寓他所，[何評]不得已。離家五十餘里，冀不相聞。友于在家，雖不助弟，而孝等尚稍有顧忌；[校]上五字，青本作猶稍稍顧忌之。既去，諸兄一不當，輒叫罵其門，辱侵母諱。仁、義度不能抗，惟杜門思乘間刺殺之，行則懷刃。一日，寇所掠長兄成，忽攜婦亡歸。[馮評]突來，以先有提筆也。諸兄弟以家久析，[何註]析，分析也。聚謀三日，竟無處可以置之。仁、義竊喜，招去共養之。往告友于。友于[校]青本下有亦字。喜，歸，[校]青本歸上有即字。共出田宅居成。[馮評]吾不識聊齋何如人，觀其於天理人倫，處事持論，何其仁至義盡，毫無可議也，雖聖人亦當骨肉。諸兄怒其市惠，登門窘辱。[校]青本作登其門窘辱之。而成久在寇中，習於威猛，[校]青本下有聞之二字。大怒曰：「我歸，更無人肯置[何註]置，安置也。一屋；幸三弟念手足，又罪責之。是欲逐我耶！」以石投孝，孝仆。仁、義各以杖出，捉忠、[校]青本下有及字。

信，撻〔校〕青本撻上有並字。無數。成乃訟宰，〔校〕上三字，青本作不待其訟，先訟之。宰又使人請教友于。友于〔校〕青本下有不得已三字。詣宰，俛首不言，但有流涕。宰問之，曰：〔校〕上四字，青本作亟問之。「惟求公斷。」〔校〕青本作訊。宰乃判孝等各出田産歸成，使七分相準。自此仁、義與成倍加〔校〕青本作益。愛敬。談〔校〕青本下有次忽二字。及葬母事，因並泣下。成恚曰：「如此不仁，是禽獸也！」遂欲啓壙，更爲改葬。〔馮評〕用一剛猛人形容出友于之周至。仁〔校〕青本下有義字。奔告友于。友于急歸諫止。〔校〕青本下有之字。成不聽，刻期發墓，作齋於塋。以刀削樹，謂諸弟曰：「所不衰麻相從者，有如此樹！」〔但評〕處禽獸之人，惟威猛剛烈者大有用。衆唯唯。於是一門皆哭臨，安厝盡禮。自〔校〕青本作由。此兄弟相安。而成性剛烈，輒批撻諸弟，於〔校〕青本於上有而字。孝〔校〕青本下有等字。尤甚。惟重友于，雖盛怒，〔校〕上三字，青本作盛怒時。友于至，一言即〔校〕青本作可。解。〔但評〕百煉剛化爲繞指柔。孝有所行，成輒〔校〕輒，青本作往往。不平之，故〔校〕故，青本作因之。孝無一日不至友于所，潛對友于詬詛。〔何註〕詬，苟去聲，罵也。詛，阻去聲，咒也。書，無逸：否則厥口詛祝。友于婉諫，卒不納。友于不堪其擾，又遷居〔校〕居，青本作之於。三泊，〔校〕青本下有僦屋而居四字。○〔何評〕不得已。去家益遠，音迹遂疎。又〔校〕青本作踰。二年，諸弟皆畏〔校〕青本下有憚字。○〔何註〕憚音但，畏也。成，久而〔校〕青本作遂。相習。〔校〕青本下有紛競絶少四字。而孝年四十六，生五子：〔馮評〕又另提。長繼業，三繼德，嫡〔校〕青本嫡上有皆字。出；次繼功，四繼績，庶〔校〕青本庶上有皆字。出；又婢生〔校〕青本作出。繼祖。皆成立。效〔校〕青本效上有亦字。父舊行，各爲黨，日相競，〔馮評〕與首段遥遥相對，此處是暗轉。〔但評〕弓冶箕裘，是爲肖子。孝亦不能呵止。惟祖無兄弟，年又最幼，諸兄皆得而詬厲之。岳家故近三泊，會詣岳，迂〔校〕青本迂上有竊字。道詣叔。入門，見叔家兩兄一弟，絃誦怡怡，〔何注〕怡音飴，悦樂也。樂之，久居不言歸。叔促之，哀求寄居。叔曰：「汝父母皆不〔校〕青本下有之字。知，我豈惜甌飯瓢飲乎！」乃歸。過數月，夫妻往壽岳母。告父曰：「兒〔校〕青本作我。此行不歸矣。」父詰之，因吐微隱。〔馮評〕偏自其子口中説出。父慮與有夙隙，計難久居。祖曰：「父慮過矣。二叔，聖賢也。」〔但評〕或疑聖賢過贊，則將應之曰：堯舜之道，孝弟而已矣。遂去，攜妻之三泊。友于除舍居之，以齒兒行，使執卷從長子繼善。祖最慧，寄籍三泊年餘，入雲南郡庠。與善閉户研讀，祖又諷誦最苦。友于甚愛之。自祖居三泊，家中兄弟益不相能。一日，微反脣，業詬辱庶母。功怒，刺殺業。〔馮評〕骨肉不和，一片殺機，戾氣所積故也。官收功，重械之，數日死獄中。業妻馮氏，猶日以罵代哭。功妻劉聞之，怒曰：「汝家男子死，誰家男子活耶！」〔但評〕汝家誰家？此等聲口，得諸庭訓久矣。操刀入，擊殺馮，自投井〔校〕青本下有中亦二字。死。馮父大立，悼女死慘，〔校〕青本作慘死。率諸子弟，藏兵衣底，往捉孝妻，裸撻道上〔校〕上二字，青本作上下。以辱之。〔馮評〕羣陰凝結，友于以一陽持之，鮮能勝矣。殆至末段，一家雍穆，所謂七日來復，於此可觀易道也。〔但評〕只算馮氏爲周妻復仇。成怒曰：「我家死人如麻，馮氏何得復爾！」吼奔而出。諸曾從之，諸馮盡靡。成首捉大立，割其兩耳。其子護救，繼、績以鐵杖橫擊，折其兩股。諸馮各被夷傷，鬨然盡散。惟馮子猶臥道周。〔校〕青本下有衆等莫可方略六字。成夾之以肘，置諸馮村而還。遂呼績詣官自首。馮狀亦至。於是諸曾〔校〕青本下有皆字。被收。惟忠亡去，至三泊，徘徊門外。〔校〕青本下有猶恐兄念舊惡六字。適友于率一子一姪鄉試歸，見忠，〔校〕上五字，青本作入闈歸望見。驚曰：「弟何來？」忠未語先淚，〔校〕青本無上四字。長跪道左。友于〔校〕青本下有益駭二字。握手曳〔校〕青本無曳字。入，詰得其情，大〔校〕青本無大字。驚曰：「似此〔校〕青本作且爲。奈何！然〔校〕青本無然字。一門乖戾，〔何註〕乖戾，不和也。逆知奇〔校〕同本作其。禍久矣；〔馮評〕隨手伏一筆。不然，我何〔校〕上二字，青本作胡。以竄蹟至〔校〕青本作如。此。但我離家〔校〕上四字，青本作兄離家既。久，與大令無聲氣之通，今即蒲伏而往，徒〔校〕青本作祇。取辱耳。但得馮父子傷重不死，吾三人中〔校〕青本無中字。倖有捷者，則此禍或可〔校〕青本上二字，作可以。少解。」乃留之，晝與同餐，夜與共寢。忠頗感愧。居十餘日，見〔校〕青本見上有又字。其叔姪如父子，兄弟〔校〕青本下有皆字。如同胞，悽然下淚〔但評〕有此淚，乃翁之淚減卻一半。曰：「今始知從前非人也。」〔校〕上五字，青本作曩日非人。友于〔校〕青本下有亦字。喜其悔悟，〔但評〕大凡自處於善者，未有不願人之同處於善，況手足乎。此一喜字，直從至性中流出。相對酸惻。俄報友于父子同科，祖亦副榜。大喜。不赴鹿鳴，〔何註〕鹿鳴，本燕饗賓客之詩，今鹿鳴宴亦取此意。先歸展墓。〔何註〕展墓，禮，檀弓：展墓而入。注：展，省視也。明季〔馮評〕此處突露明季二字，妙甚。科甲〔校〕青本作甲第。最重，諸馮皆爲斂息。友于乃託親友賂以金粟，資其醫藥，訟乃息。舉家泣感友于，求其〔校〕上六字，青本作共泣乞友于。復歸。〔但評〕舉家泣，乃翁當破涕爲笑矣。友于乃與兄弟焚香約誓，俾各滌慮自新，〔馮評〕我讀至此，不知何以亦泣數行下。遂移家還。祖從叔不欲歸其家。孝乃謂友于曰：「我不〔校〕青本作乏。德，不應有亢宗之子；弟又善教，〔校〕青本下有即從其志四字。俾姑〔校〕青本下有寄名二字。爲汝子。〔校〕青本作後。有寸進時，可賜還也。」友于從之。又〔校〕青本作後。三年，祖果舉於鄉。使移家去，夫妻皆痛哭而去。不〔校〕青本作居。數日，祖有子〔校〕青本作兒。方三歲，亡歸友于家，藏繼善室，不肯〔校〕上六字，青本作不復。返；捉去輒逃。〔但評〕忠曰非人，孝曰乏德，祖之移居去而夫妻痛哭，有感而然也。至三歲兒而亦依戀不去，何以故？吾知之，吾信之，吾不能言之。孝乃令祖異居，〔校〕青本作孝乃異其居。與〔校〕青本與上有令字。友于鄰。祖開户〔校〕上二字，青本作啓户於隔垣。通叔家，兩間定省如一焉。〔馮評〕至孝亦感化，則知天下無不可感化之人，特曾友于少耳。時成〔校〕上二字，青本作自此成亦。漸老，家〔校〕家，青本作一門。事皆取決於〔校〕青本無於字。友于。從此〔校〕青本作因而。門庭雍穆，〔馮評〕喚醒，若再不醒，可奈何。稱孝友焉。〔馮評〕一片救苦經，亦可作渡人經觀之，實可作忠孝經讀。〔但評〕乃翁兩睛中淚，至此始乾。

異史氏曰：「天下惟禽獸止知母而不知父，奈何詩書之家，往往而蹈之也！夫門内之行，其漸漬［何註］漬音眥，浸漬也。子孫者，直入骨髓。［何評］格言。古［校］青本古上有故字。云：其父盜，［校］盜，青本作殺人報讎。子必行劫，［呂註］蘇軾荀卿論：其父殺人報讎，其子必且行劫。其流弊然也。孝雖不仁，其報亦［校］青本作已。慘；而卒能自知乏德，託子於弟，宜其有操心慮患之子也。若論果報猶迂也。」［校］上七字，青本作論果報迂矣。

［横山評］悌固賢，其妻雖未敍及，其賢可想見已。

［何評］友于孝友，遂使兄弟鬩牆，化爲雍睦。人特患處己者有未至耳，孰謂兄弟而卒不可化哉？

［但評］異史氏謂止知母而不知父，奈何以詩書故家而蹈禽獸之行。以余所見，正惟詩書家乃多蹈之，農商猶鮮也。習俗錮蔽，不幾謂詩書不足以化人耶？毋亦學者自誤其趨，專以詩書爲文辭之具，而不求諸實行耶？觀之曾友于，可見天下無不可化之人矣。不忍死其父，豈敢讎其兄？方其詣宰自投，負荆請罪，固已泯交瘉於不覺，禦外侮於無形矣。奈何雀鼠雖消，壎篪猶未；墓門有棘，隧道難通。既違服於期親，偏苛求於功服。乃操杖以先，惡固不怙於弟；横身而障，暴豈偏助於兄。既勸導之不行，亦惟有自避亂門，潛身遠去而已矣。成來自寇中，家風一變，衰麻更葬，事亦快心。然不以德和人，而惟力是恃，所謂以暴易暴，不知其非。三泊之遷，入山惟恐不深矣。若孝、忠諸人，同惡相濟，不庇本根。父既垂型，子亦跨竈，爲黨相

競，實身教之，而乃欲以言禁之乎？不謂見紘誦怡怡之樂，而知有聖賢。曾氏子有達人，復得之庶子也。忠能感泣，自謂非人；孝亦湔除，悔其乏德。雍雍穆穆，門庭一新。詩曰：「孝子不匱，永錫爾類。」書曰：「惟孝友于兄弟，施于有政。」其是之謂乎？

嘉平公子

嘉平某公子，風儀秀美。[但評]觀止矣。年十七八，入郡赴童子試。偶過許娼之門，見[校]青本作門。內有二八[校]上二字，青本作一。麗人，因目注之。女微笑點[校]青本下有其字。首，公子[校]青本下有喜字。近就與語。女[校]青本下有便字。問：「寓居何處？」[校]青本作所。具告之。問：「寓中有人否？」曰：「無。」女云：「妾晚[校]青本作夕。間奉訪，勿使人知。」[但評]以風流取人，娼家已露本相，公子得便宜。目注，一層；微笑點首，二層；問寓居，三層；自約奉訪，四層。公子[校]青本下有諾而二字。歸，及[校]青本作既。暮，屏[校]青本作排。○[何註]排，斥也。去僮僕。女果至，[但評]暮果至，五層。自言：「小字温姬。」且云：「妾慕公子風流，故[校]青本作遂。背媪而來。[校]青本作至。區區之意，願奉[校]上二字，青本作深願奉以。終身。」[但評]自言傾慕，許奉終身，六層。公子亦喜。[校]青本下有約以重金相贖六字。自此三兩夜輒一至。一夕，冒雨[校]青本下有而字。來，[但評]冒雨而來，七層。入門解去溼衣，罥諸椸上；又[校]又，青本作已乃。

脱足上小靴，求公子代去泥塗。遂上牀以被自覆。公子視其靴，乃五文新錦，沾濡殆盡，惜之。女曰：「妾非敢以賤物〔校〕青本作務。相役，欲使公子知妾之癡於情也。」〔但評〕欲使知其情，是總上二筆。聽窗外雨聲不止，遂吟曰：「淒風冷雨滿江城。」求公子續之，〔校〕青本無之字。公子辭以不解。女曰：「公子如此一人，何乃不知風雅！〔馮評〕笑煞公子。使妾清〔校〕青本作情。興消矣！」〔但評〕小作跌筆。因勸〔校〕青本下有令字。肄習，公子諾之。往來既頻，僕輩皆知。〔馮評〕略頓一筆。公子〔校〕青本下有有字。姊夫宋氏，亦世家子，聞之，〔校〕之，青本作其事。竊求公子，一見温姬。公子言之，女必不可。宋隱身僕舍，伺〔校〕青本作俟。女至，伏窗窺之，顛倒欲狂。急排闥，女起，踰垣而去。宋嚮往甚〔校〕青本作殊。殷，乃修贄見許〔校〕上二字，青本作詣。媪，指名求之。媪曰：〔校〕上二字，青本作則。「果有温姬，但死已久。」〔校〕青本作而死已多年。宋愕然〔校〕青本下有而字。退，告〔校〕青本告上有以字。公子，公子始知爲鬼。〔校〕青本下有而心終愛好之六字。至夜，因〔校〕青本無因字。以宋言告女。女曰：「誠然。顧君欲得美女子，妾亦欲得美丈夫。各遂所願足矣，人鬼何論焉？」〔何評〕豁達。〔但評〕美女子、美丈夫，所願既足，人鬼不論，總極力寫蒙羞自薦，形出以貌取人之失。公子以爲然。試畢而歸，女亦從之。〔但評〕知其鬼而亦從之，八層。他人不見，惟公子見之。至家，寄諸齋中。公子獨宿不歸，父母疑之。女歸寧，始隱以告母。母［校］青本母上有父字。大驚，戒公子絕之。公子不能聽。父母深以爲憂，百術驅之不能［校］青本作遣不得。去。［但評］術驅不去是九層，亦是總上筆。一日，公子有諭僕帖，置案上，中多錯謬：「椒」訛「菽」，「姜」訛「江」，「可恨」訛「可浪」。女見之，書其後：［校］青本下有云字。「何事『可浪』？『花菽生江』。有壻如此，不如爲娼！」［馮評］古樂府云：妍皮不裹媸骨，天下終無所有。而虛有其表獨某公子哉？姬何見之晚也。［何評］絕妙調侃。［但評］驅鬼靈符，罵煞紈袴。○悔不如娼，不知視公子爲何物。以貌取人，女鬼且恥爲天下笑，況非女非鬼者。遂告公子曰：「妾初以公子世家文人，故蒙羞自薦。不圖虛有其表！［呂註］明皇雜録：玄宗嘗器重蘇頲，欲以爲相。不欲令左右知，夜艾，乃令草詔，訪於侍臣曰：外庭直宿誰？命秉燭召來。至，則中書舍人蕭嵩。上即以頲姓名授嵩，令草制書。既成，其詞有云：國之瓌寶。上尋繹三四，謂嵩曰：頲，蘇瓌之子，朕不欲斥其父名，卿爲刊削之。嵩慚懼流汗，筆不能下者久之。上以嵩抒思移時，必當精密，不覺前席以觀，惟改曰：國之珍寶。他無更易。嵩既退，上擲其草於地曰：虛有其表耳！注：嵩長大多髯，上故有是名。○又册府元龜：後唐莊宗同光初，崔協爲御史中丞，器宇宏爽，然少識文字，高談虛論，多不近理，人以爲虛有其表，號没字碑。亦見五代史，任圜傳。○［但評］不圖虛有其表，女何見事之晚也。公子終得便宜，世家從此減色。以貌取人，毋乃爲天下笑乎！」言已而没。公子雖愧恨，猶不知所題，折帖示僕。聞者傳爲笑談。［校］青本作傳以爲笑。

異史氏曰：「温姬可兒！翩翩公子，［呂註］史記，平原君虞卿列傳贊：平原君，翩翩濁世之佳公子也。何乃苛其中之所有哉！［何評］讚跌宕盡致。遂至悔不如娼，則妻妾羞泣矣。顧百計遣之不去，而見帖浩然，則『花菽生江』，何殊於杜甫之『子章髑髏』哉！」〔呂註〕古今詩話：有病瘧者，杜子美云，誦吾詩當愈，乃令誦子章髑髏血模糊，手提擲還崔大夫二句，果愈。○按：子章二句，子美戲作花卿歌也。上元二年四月，梓州刺史段子章反，襲東川節度使李直於綿州，自稱梁王，改元黃龍，以綿州爲黃龍府，置百官。五月，成都尹崔光遠率將花敬定攻拔綿州，斬子章。子美因作花卿歌云云。詳見唐書，肅宗紀。〔何註〕杜詩：子章髑髏血模糊，手提擲還崔大夫二句，唐詩紀事謂能療瘧，放翁詩亦引用之，言可以驅鬼也。

「耳録」云：道傍設漿者，榜云：「施『恭』結緣。」亦可一笑。有故家子，既貧，榜於門曰：「賣古淫器。」訛窑爲淫云：「有要宣淫、定淫者，大小皆有，入内看物論價。」崔盧之子孫如此甚衆，何獨「花菽生江」哉！〔校〕青本無上兩段。

〔但評〕此篇純用反逼法，入手只説公子風儀秀美，即接入麗人，自微笑，自點首，自問寓居，自來奉訪，自語小字，自言慕公子風流，自言願奉以終身，且自冒雨而來，恐不知其情之癡而脱靴相示：一路均作滿心快願之語。中間情興消然一筆略作頓跌。至明知其鬼而兩相愛好，從以寄齋，至於親命戒絶而不能從，百術驅遣而不得去：在女一邊真寫到十二分快足。忽然轉落正面，作萬分掃興語，真足令人噴飯。公子如此者不少，其父母可以無憂矣。

卷十二

二　班

殷元禮，雲南人，善針灸之術。遇寇亂，竄入深山。日既暮，村舍尚遠，懼遭虎狼。遥見前途有兩人，疾趁之。既至，兩人問客何來，［校］青本作誰何。殷乃自陳族貫。兩人拱敬曰：「是良醫殷先生也！［校］青本作耶。仰山斗久矣！」殷轉詰之。二人自言班姓，一爲班爪，一爲班牙。便謂：「先生，余亦避難石室，幸可棲宿，敢屈玉趾，且有所求。」殷喜從之。俄至一處，室傍巖谷。爇柴代燭，始見二班容軀威猛，似非良善。計無所之，亦即［校］青本作即亦。聽之。又聞榻上呻吟，細審，則一老嫗僵［校］青本作偃。卧，似有所苦。問：「何恙？」牙曰：「以此故，敬求先生。」乃束火照榻，請客［校］上二字，青本作殷。逼視。見鼻下口角有兩贅瘤，皆大如碗。且云：「痛不可觸，妨礙飲食。」殷曰：「易耳。」出艾團之，爲灸數十壯，〔呂註〕醫家用艾灸一灼，謂之壯，見字典。曰：「隔夜愈矣。」二班喜，燒鹿餉客；並無酒飯，惟肉一品。爪曰：「倉猝不知客至，望勿以輶褻〔呂註〕輕薄褻瀆也。〔何註〕詩，大雅：德輶如毛。爲怪。」殷飽餐而眠，枕以石塊。二班雖誠樸，而粗莽可懼，殷轉側不敢熟眠。天未明，便呼嫗，〔校〕青本作媪。問所患。嫗〔校〕青本作媪。初醒，自捫，則瘤破爲創。殷促二班起，以火就照，敷以藥屑，曰：「愈矣。」拱手遂別。班又以燒鹿一肘贈之。後三年無耗。殷適以故入山，遇二狼當道，阻不得行。日既西，狼又羣至，前後受敵。狼撲之，仆；數狼爭囓，衣盡碎。自分必〔校〕青本作已。死。忽兩虎驟至，諸狼四散。虎怒，大吼，狼懼盡伏。虎悉撲殺之，竟去。殷狼狽而行，懼無投止。遇一媪來，睹其狀，曰：「殷先生喫苦矣！」殷戚然訴狀，問何見識。媪曰：「余即石室中灸〔校〕青本作治。瘤之病嫗也。」殷始恍然，便求寄宿。媪引去，入一院落，燈火已張。曰：「老身伺先生久矣。」遂出袍袴，易其敝敗。羅漿具酒，酬勸諄切。媪亦以陶椀自酌，談飲俱豪，不類巾幗。殷問：「前日兩男子，係老姥何人？胡以不見？」媪曰：〔校〕青本作云。「兩兒遣逆先生，尚未歸復，必迷途矣。」

殷感其義，縱飲不覺沉醉，酣眠座間。既醒，已曙，四顧竟無[校]青本下有屋字。廬，孤坐巖[校]青本下有石字。上。聞巖下喘息如牛，近視，則老虎方睡未醒。喙間有二瘢痕，皆大如拳。駭極，惟恐其覺，[校]青本無上四字。潛蹤而遁。始悟兩[校]青本作二。虎即二班也。

[何評]凡人與物，同生而異類，故虎之報德亦猶人，但不免粗莽耳。○某人云：「人物之生，理同而氣異；及既生之後，氣猶相似，而理絶不同。」此語可徐參。

[但評]懼遭虎而所趍者適虎，觀者代爲危矣，乃拱立以敬之，山斗以尊之，棲宿以留之。能求醫，能酬醫，能報醫，不可謂非孝且義也。人皆憎虎、畏虎、避虎而不敢見虎，不願有虎，不自知其有愧此虎。蓋虎而人，則力求爲人，故皮毛虎，而心腸人；人而虎，則力學爲虎，故皮毛人而心腸虎。虎不皆具有人心之虎，然人咸以其虎也而遠之、避之，其受害猶少；人或爲具有虎心之人，則人尚以其人也，而近之、親之，其受害可勝言哉！

車夫

有車夫載重登坡，方極力時，一狼來嚙其臀。欲釋手，則貨敝身壓，忍痛推之。既上，則狼已齕片肉而去。乘其不能爲力之際，竊[校]青本竊上有而字。嘗一臠，亦黠而可笑也。

[馮評]從來割據諸國，如李持、王建、孟知祥皆乘其不能爲力之際，而竊嘗一臠者也。

乩仙

章丘米步雲，善以乩卜。每同人雅集，輒召仙相與賡和。一日，友人見天上微雲，得句，請以［校］青本作其。屬對，曰：「羊脂白玉天。」乩批［校］青本作書。云：「問城南老董。」衆疑其妄。［校］上四字，青本作衆疑其不能對，故妄言之。後以故偶適城南，至一處，土如丹砂，異之。見［校］青本作有。一叟牧豕其側，因問之。叟曰：「此［校］青本下有俗呼二字。豬血紅泥地也。」忽憶乩詞，大駭。問其姓，答云：「我老董也。」屬對不奇，而預知遇城南［校］上三字，青本作過城南之必遇。老董，斯亦神矣！

苗生

龔生，岷州人。赴試西安，憩於旅舍，沽酒自酌。一偉丈夫入，坐與語。〔校〕語，青本作扳談。生舉卮勸飲，〔校〕青本作客。客亦不辭。自言苗姓，言噱〔校〕青本作劇。粗豪。生以其不文，〔但評〕文於內者，或有不文於外；文於外者，亦多不文於內矣。偃蹇遇之。酒〔校〕酒，青本作尊既。盡，不復〔校〕青本下有喚字。沽。苗曰：「措大飲酒，使人悶損！」〔校〕青本下有矣字。起向壚頭〔校〕青本下有出錢行三字。沽，提〔校〕青本下有一字。巨甒而入。生辭不飲，苗捉臂勸釂，臂痛欲折。生不得已，爲盡數觴。苗以羹椀自吸，笑曰：「僕不善勸客，行止惟君所便。」〔馮評〕嘗笑世之假名士，一知半解，輒欲目空一世，忽遇通人，當頭一喝，不覺魂飛魄散，龔之於苗，如是如是。生即治裝行。約數里，〔校〕青本下有許字。馬病，卧於途，坐待路側。行李重累，正無〔校〕青本作無所。方計，苗尋至。詰知其故，遂謝裝付僕，己乃以肩承馬腹而荷之，趨二十餘里，始至逆旅，釋馬就櫪。移時，生主僕方至。生乃驚爲神人，相待優渥，〔何註〕優渥，厚也。沽酒市飯，與共餐飲。苗曰：「僕善飯，〔呂註〕史記，廉頗藺相如列傳：趙王使使者視廉頗尚可用否。廉頗之仇郭開多予使者金，令毀之。趙使還報王曰：廉將軍雖老，尚善飯；然與臣坐，頃之，三遺矢矣。非君所能飽，飫[校]青本無飫字。飲可也。」引盡一瓻，乃起而別曰：「君醫馬尚須時日，余不能待，行矣。」遂去。後生場事[校]上三字，青本作闈。畢，三四友人，邀登華山，藉地作筵。方共宴笑，苗忽至，左攜巨尊，右提豚肘，擲地曰：「聞諸君登臨，敬附驥尾。」[呂註]史記，伯夷列傳：顏淵雖篤學，附驥尾而行益顯。[何註]後漢書，隗囂傳：而蒼蠅之飛，不過數步；即託驥尾，得以絕羣。眾起爲禮，相並雜坐，豪飲甚懽。眾欲聯句。苗爭曰：「縱飲甚樂，何苦[校]青本作必。愁思！」[但評]極樂世界，自尋苦惱。眾不聽，設「金谷之罰」。[呂註]石崇金谷詩序：余以元康六年，從太僕卿出爲使，持節監青、徐州諸軍事。有別廬在河陽界金谷澗中。時征西大將軍王詡當還長安，余與眾賢共送往澗中，遂各賦詩以敘中懷；或不能者，罰酒三斗。受罰者三十三人。[何註]金谷數，三杯也。李白春夜宴桃李園序：如詩不成，罰依金谷酒數。〇[但評]眾生顛倒，自是可憐。苗曰：「不佳者，當以軍法從事！」[何註]軍法從事，漢書，高五王傳：高后立諸呂爲三王，擅權用事。章嘗入侍燕飲，高后令章爲酒吏。章自請曰：臣將種也，請得以軍法行酒。高后曰：可。酒酣，章曰：請爲太后言耕田。太后曰：試爲我言田意。章曰：深根穊種，立苗欲疏；非其種者，鉏而去之。太后默然。頃之，諸呂有一人醉亡酒，章追拔劍斬之。〇[但評]語不驚人死不休，自朱虛侯後，至今始聞此語。眾笑曰：「罪不至[校]上三字，青本作其罪不至於。此。」苗曰：「如不見誅，僕武夫亦能之也。」首座靳生曰：「絕巘[何註]巘，言上聲，山峯也。憑臨眼界空。」苗信口續[校]續，青本作而續之。曰：「唾壺擊缺[呂註]世說：王敦酒後輒咏魏武樂府：老驥伏櫪，志在千里。烈士暮年，壯心未已。以如意擊唾壺爲節，壺口盡缺。劍光紅。」下座沉吟既久，苗遂引壺自傾。移時，以次屬句，漸涉鄙俚。[馮評]今之詩人，往往類此。苗呼曰：「只此已足，如赦我者，勿作矣！」眾弗[校]上二字，青本作客弗之。聽。

苗不可復忍，[但評]苗非不耐事者，何不稍假而必迫之。遽效[校]青本無效字。作龍吟，山谷響應；又起俛仰作[校]青本作爲。獅子舞。[呂註]唐景龍文館記：三年，宴吐蕃使於承慶殿，太常引樂人奏五方獅子、六畜等舞，殿中奏蹀馬之戲。○[馮評]此亦羯鼓解穢之法。詩思既亂，衆乃罷吟，因而飛觴再酌。時已半酣，[校]青本作醉。客又[校]青本無又字。互誦闈中作，迭相贊賞。[但評]更不堪矣。素日無仇，何不輕赦而相逼至此。苗不欲聽，牽生豁拳。勝[校]青本勝上有二人二字。負屢分，而諸客誦贊未已。苗厲聲曰：「僕聽之已悉。此等文，只宜向牀頭對婆子讀耳，廣衆中刺刺者可厭也！」[但評]有下第者，歸而憤卧。妻勸解不得，迎母來勸之。妻母請誦闈中作，贊之曰：無怪壻憤，我聞之亦覺好聽。上司不中，當是瞎了耳朵。衆有慚色，更[校]青本更上有又字。惡其粗莽，遂益高吟。苗怒甚，伏地大吼，立化爲虎，撲殺諸客，[馮評]聞虎食醉人則齒酸，今獨不畏酸耶？咆哮[何註]咆音庖，哮音嗃，熊虎聲。又嗥也。而去。[但評]當呼快快。所存者，惟生及靳。靳是科領薦。後三年，再經華陰，忽見嵇生，亦山上被噬者。大恐欲馳，嵇捉鞚使不得行。靳乃下馬，問其何爲。答曰：「我今爲苗氏[校]青本作生。之倀，從役良苦。必再殺一士人，始可相代。三日後，[校]青本無後字。應有儒服儒冠者見噬於虎，然必在蒼龍嶺下，始是代某者。君於是日，多邀文士於此，即爲故人謀也。」靳不敢辨，敬諾而別。至寓，[校]青本下有所字。籌思終夜，莫知爲謀，自拚背約，以聽鬼責。[校]青本作耳。適有表戚蔣生來，靳述其異。蔣名下士，邑尤生考居其上，[校]青本作右。竊懷忌嫉。聞

〔校〕青本聞上有是日二字。靳言，陰欲陷之。〔但評〕非名下士不能爲此。折簡邀尤，與共登臨，自乃着白衣而往，尤亦不解其意。至嶺半，肴酒並陳，敬禮臻〔校〕青本作備。至。會郡守登嶺上，與〔校〕青本與上有守故二字。蔣爲通家，聞蔣〔校〕青本無蔣字。在下，遣人召之。蔣不敢以白衣往，遂與尤易冠服。交着未完，〔校〕青本作竟。虎驟至，啣蔣而去。〔但評〕可惜少一名下士。○本不善是，偏强作解人，自尋罪苦。倘許得以軍法從事，則此輩亦應斂跡矣。苗生雄才，聞其續句，即當緘口；乃恬不知恥，令人聞之欲嘔。至求赦不能，而第以獅舞龍吟，罷其吟詠，苗亦何嘗不耐事哉。胡乃一犯再犯，怙惡不悛，以只宜牀頭誦讀之文，向人刺刺，是直以婆子欺之矣。大吼而撲殺之，豈苗之過乎。若夫稍知執筆，浪得虚名，井底久居，夜郎自大，媢嫉人技，陰險性成，而儼然服儒服，冠儒冠，此尤名教所不容，鬼神所共怒者。易服而斃，虎何與焉。

異史氏曰：「得意津津者，捉衿袖，强人聽聞；聞者欠伸〔何註〕禮，曲禮：君子欠伸。倦也。屢作，欲睡欲遁，而誦者足蹈手舞，茫不自覺。知交者亦當從旁肘之躡之，〔何註〕肘之躡之，肘肱躡足動之，使其悟也。恐座中有不耐事之苗生在〔校〕青本無在字。也。然嫉忌者易服而斃，則知苗亦無心者耳。故厭怒者苗也，非苗也？」〔馮評〕末句峭。

〔何評〕讀至後幅，可爲陷人者戒。

蠍客

南商販蠍者，[校]遺本無者字。歲至臨朐，收買甚多。土人持木鉗入山，探穴發石搜捉之。一歲，商[校]遺本無商字。復來，[校]遺本作至。寓客邸。[校]上三字，遺本作至於客肆。忽覺心動，毛髮森悚，急告主人曰：「傷生既多，今見怒於蠆鬼，將殺我矣！急[校]遺本作亟。垂拯救！」主人顧室中有巨甕，乃使蹲伏，[校]遺本下有而字。以甕覆之。移時，[校]遺本作無何。一人奔入，黃髮獰醜。問[校]遺本問上有便字。主人：「南客安[校]遺本作何。在？」答曰：[校]遺本作以。「他出。」其人入室四顧，鼻作嗅聲者三，遂出門去。主人曰：「可幸無[校]遺本作勿。恙矣。」及[校]遺本作往。啓甕視客，[校]遺本無上二字。已化爲血水。[校]青本無此篇。

［雪亭評］「傷生既多」一語，所謂人之將死，其言也善。天地之大德曰「生」。殺人以生人，猶遲飛昇；況殺物以取利乎？

杜小雷

杜小雷，益都之西山人。母雙盲。杜事之孝，家雖貧，甘旨無缺。〔校〕上四字，青本作無日不甘旨奉之。一日，將他適，市肉付妻，令作餺飥。妻最忤逆，切肉時，雜蜣蜋〔何註〕蜣蜋，蜣音羌，糞蟲也。埤雅：蜣蜋無鼻而聞香。黑甲。五六月經營糞穢之下，車走糞丸，一前挽之，一後推之。又抱朴子：玄蟬潔飢，不羨蜣蜋穢飽。其中。母覺臭惡不可食，藏以待子。杜歸，問：「餺飥美乎？」母搖首，出示子。〔校〕上二字，青本作以示之。杜裂視，見蜣蜋，怒甚。入室，欲撻妻，又恐母聞。〔校〕青本下有之字。上榻籌思，妻問之，不〔校〕青本不上有亦字。語。妻自〔校〕青本下有氣字。餒，徬徨榻下。久之，喘息有聲。杜叱曰：「不睡，待敲扑耶！」亦竟〔校〕此據青本，抄本作覺。寂然。起而燭之，〔校〕青本下有妻不知何往五字。但見一豕，細視，則兩足猶人，始知爲妻所化。邑令〔校〕青本作宰。聞之，縶去，使遊四門，以戒衆人。〔校〕青本作來者。譚〔校〕青本作談。薇臣曾親見之。

［何評］逆婦化豕，恐此類繁矣。

［但評］肉雜蜣蜋，即與他人食之，已有豕心；況以進雙盲之姑，非豕而何！人之所欲，天必從之。彼既甘心爲豕，則豕之而已。立地化形，留其兩足以示衆，其嚴乎！

毛大福

太行毛大福，瘍醫〔吕註〕周禮，天官，瘍醫注：瘍，創瘫也。〔何註〕瘍音陽，瘡瘍也。也。一日，〔校〕青本作夜。行術歸，道遇一狼，吐裹物，蹲〔校〕青本蹲上有退字。道左。毛拾視，則布裹金飾數事。方怪異間，狼前歡躍，略曳袍服，即〔校〕青本下有復字。去。毛行，又曳之。察其意不惡，因從之去。未幾，至穴，見一狼病卧，視頂上有巨瘡，潰腐生蛆。毛悟其意，撥剔净盡，敷藥如法，乃行。日既晚，狼遥送之。行三四里，又遇數狼，咆哮相侵，懼甚。前狼急入其羣，若相告語，衆狼悉散去。毛乃歸。先是，邑有銀商甯〔何註〕甯從心從用。泰，被盜殺於途，莫可追詰。會毛貨金飾，爲甯〔校〕青本下有氏字。所認，執赴公庭。毛訴所從來，官不〔校〕青本下有之字。信，械〔校〕青本械上有將字。之。毛冤極不能自伸，唯求寬釋，請問諸狼。〔但評〕請問諸狼，言似妄誕，先釋其縛，而卒昭雪之。諺曰，狼子野心，未必盡然。官遣兩役〔校〕青本作隸。押入山，直抵狼穴。值狼未歸，及〔校〕青本作既。暮不至，三人遂反。至半途，遇二狼，其一瘡痕猶在。毛識之，向［校］青本作因。揖而祝曰：「前蒙餽贈，今遂以此被屈。君不爲我昭雪，回去搒掠死矣！」狼見毛被縶，怒奔隸。隸拔刀相向。狼以喙拄地大嗥；嗥兩三聲，山中百狼羣集，圍旋隸。［校］青本作之。隸大窘。狼競前囓縶索，隸悟其意，解毛縛，狼乃俱去。［馮評］康德涵作中山狼一齣，罵李崆峒。以天地最殘毒者莫若狼也。聊齋説狼，都有人心，爲對山一雪此言，並爲官理斯獄。歸述其狀，官異之，未［校］青本未上有而猶二字。遽釋毛。後數日，官出行，［校］青本下有在道二字。一狼啣敝履，委道上。［校］青本作路間。官［校］官，青本作未以爲異。過之，狼又啣履奔前置於道。［校］上三字，青本作途而置之。官命收履，狼乃去。官［校］青本作既。歸，陰遣人訪履主。或傳某村有叢薪［校］青本作新，下同。者，被二［校］青本作一。狼迫逐，啣其［校］青本無其字。履而去。拘來認之，果其履也。遂疑殺甯者必［校］青本作即。薪，鞫之果然。蓋薪殺甯，取其巨金，衣底藏飾，未遑搜括，被狼啣去也。

昔一穩婆出［校］上三字，青本作收生嫗自他。歸，遇一狼阻道，牽衣若欲召之。乃從去。見雌狼方娩不下。嫗爲用力按捺，產下放歸。明日，啣鹿肉置其家以報之。可知此事從來多有。［校］上五句，青本作嫗爲之用力，既產，始放之歸。明日，啣麑置庭中。乃知此事自古有之也。

〔何評〕狼能獲盜，孰謂狼也而不可爲政乎？但無猛於狼可耳。

〔但評〕世之目惡人者必曰狼，狼固無不惡於人也。若此狼也者，啣金聘醫則禮，解其侵陵則忠，圍隸嚙索則義，銜履雪冤則智且勇而仁在焉。匪特薪也，人之不愧此狼者與有幾？

雹神

唐太史濟武，適日照會安氏葬。道經雹神李左車〔校〕青本下有之字。祠，入〔校〕青本入上有暫字。游眺。祠前有池，池水清澈，有朱魚數尾〔校〕青本作頭。游泳其中。内一斜尾魚〔校〕青本作魚斜尾。唼呷水面，見人不驚。太史拾小石將戲擊之。道士〔校〕青本下有在旁二字。急止勿擊。問其故，言：〔校〕青本作則。「池鱗皆龍族，觸之必致風雹。」太史笑其〔校〕青本無其字。附會之誣，竟擲之。〔校〕上三字，青本作不聽其言，卒擲擊之。既而升車東行，〔校〕青本作斥車東邁。則有黑雲如蓋，隨之以行。欻〔校〕青本欻上有既而二字。欻雹落，大如綿子。又行里餘，始霽。太史弟涼武在後，〔校〕青本下有相去一矢少間六字。追及〔校〕青本下有相字。與語，則竟不知有雹也。問之前行者亦云。〔校〕青本作然。太史笑曰：「此豈廣武君作怪耶！」〔校〕青本作也。猶未〔校〕青本作而猶未之。深異。安村外有關聖祠，適有稗販〔校〕青本下有之字。客，釋肩門外，忽棄雙篚，趨祠中，拔架上大刀旋〔校〕青本下有轉而二字。舞。曰：「我李左車也。明日將陪從淄川唐太史一助執紼，敬先告主人。」數語而醒，不自〔校〕青本作自不。知其所〔校〕青本作何。言，亦不識唐爲何人。〔校〕上三字，青本作太中何人也。安氏聞之，大懼。村去〔校〕青本下有神字。祠四十餘里，敬修楮帛祭具，詣祠哀禱，但求憐憫，不敢〔校〕青本下有煩其二字。枉駕。太史怪其敬信之深，問諸主人。主人曰：「雹神靈蹟最著，常〔校〕常，青本作往往。託生人以爲言，應驗無虛語。若不虔祝以尼其行，則明日風雹立至矣。」〔校〕上三字，青本作蓋。

異史氏曰：「廣武君在當年，亦老謀壯事者流也。即司雹於東，或亦其不磨之氣，受職於天。然業神矣，何必翹然自異哉！唐〔校〕青本作蓋。太史道義文章，天人之欽矚已久，此鬼神之所以必求信於君子也。」

〔何評〕前後不雹，而中間獨雹，廣武君似亦可以不必。

李八缸

太學李月生，升宇翁之次子〔校〕青本作公。也。翁最富，以缸貯金，里人稱之「八缸」。翁寢疾，呼子分金：兄八之，弟二之。月生〔校〕青本下有不能無三字。觖望。〔呂註〕史記，荊燕世家：獨此尚觖望。注：觖，缺也。觖望，謂不滿所望而怨也。翁曰：「我非偏有愛憎，藏有窖鏹，〔何註〕鏹音繈，錢貫也。蜀都賦：藏鏹巨萬。窖鏹，窖藏之鏹也。必待無多人時，方以畀汝，勿急也。」過數日，翁益彌留。月生慮一旦不虞，覷無人，即牀頭祕訊之。翁曰：「人生苦樂，皆有定數。汝方享妻賢之福，故不宜再助多金，以增汝過。」蓋月生妻車氏，最賢，有桓、孟之德，〔呂註〕列女傳：漢鮑宣娶桓少君，裝送甚厚。宣不悅。少君乃悉歸侍御服飾，更著短布裳，與宣共挽鹿車歸鄉里。○孟謂孟光。故〔校〕故，青本作是以。云。月生固哀之。怒曰：「汝尚有二十餘年坎壈〔何註〕坎壈，不得志也。壈音懍。楚辭：坎壈兮貧士失職而不平。未歷，即予千金，亦立盡耳。苟不至山窮水盡時，勿望給與也！」月生〔校〕青本下有爲人二字。孝友敦篤，亦即〔校〕青本作即亦。不敢復言。〔校〕青本下有猶冀父復瘥，旦夕可以婉告十一字。無何，翁大漸，尋卒。幸兄賢，齋葬之謀，勿與校計。〔校〕青本作弗與計校。月生又〔校〕青本作而月生。天真爛漫，不較錙銖，且〔校〕青本作又。好客善飲，炊黍治具，日促妻三四作，不〔校〕青本不上有又字。甚理家人生産。里中無賴窺其〔校〕青本下有良字。懦，輒魚肉之。踰數年，家漸落。窘急時，賴兄小周給，不至大困。無何，兄以老病卒，益失所助，至絶糧食。春貸秋償，田所出，登場輒盡。乃〔校〕乃，青本作於是。割畝爲活，業益〔校〕青本作亦。消滅。又數年，妻及長子〔校〕青本作長子及妻。相繼殂謝，無聊益甚。尋買販羊者之妻徐，冀得其〔校〕青本無其字。小阜；而徐性〔校〕青本無性字。剛烈，日凌藉之，至不敢與親朋〔校〕青本作朋友。通弔慶禮。〔馮評〕室有獅子，良朋絶迹。友人笑曰：亨妻賢之福，則不宜多金；室有悍婦，窖藏可得。然則販羊者妻，月生之福星也，財星也，雖悍何妨？忽一夜夢父曰：「今汝所遭，可謂山窮水盡矣。嘗許汝窖金，〔校〕青本作鏹。今其可矣。」問：「何在？」曰：「明日畀〔何註〕畀，與也。汝。」醒而異之，猶謂是貧中之〔校〕青本無之字。積想也。次日，發土葺墉，〔何註〕葺墉，累葺垣墉也。墉音容。掘得巨金。始悟向言「無多人」，乃死亡將半也。〔但評〕孝友敦篤，不敢復言，其德也。天真爛漫，不較錙銖，其量也。掘土得金，亦天道之可憑耳。吾不奇於月生之果得窖鏹，而奇於翁之治命如神。

異史氏曰：「月生，余杵臼交，爲〔校〕青本爲上有其字。人樸誠無〔校〕青本下有少字。僞。余兄弟與交，哀樂輒相共。數年來，村隔十餘里，老死竟不相聞。余偶〔校〕青本作每。過其居里，因亦不敢過問之。則月生之苦況，蓋有不可明〔校〕青本作名。言者矣。忽聞暴得千金，不覺爲之鼓舞。嗚呼！翁臨終之治命，昔習聞之，而不意其言皆讖也。抑何其神哉！」

〔何評〕月生所遭，其翁早已知之，殊不可解。豈翁之將終，其人固已鬼歟？

老龍舡户

朱公徽蔭〔吕註〕名宏祚，高唐人。徙濟南。順治戊子舉人，由江南盱眙縣知縣仕至閩浙總督。巡撫粤東時，往來商旅，多告無頭寃狀。千〔校〕青本千上有往往二字。里行人，死不見尸，數〔校〕青本數上有甚至二字。客同遊，全無〔校〕青本作絶。音信，積案纍纍，〔校〕青本作累累。莫可究詰。初告，有司尚〔校〕青本下有欲字。發牒行緝；迨投狀既多，竟置〔校〕上二字，青本作遂竟置而。不問。〔何評〕良有司。公蒞任，歷〔校〕青本無歷字。稽舊案，狀中稱死者不下百餘，其千里無主者，更不知凡幾。〔校〕上二字，青本作其幾何。公駭異惻〔校〕青本作慘。怛，籌思廢寢。〔但評〕有念切斯民，痌瘝在抱者，勿徒羨公之遐邇懽騰也，當法其駭異慘怛，籌思廢寢，乃有得耳。徧訪僚屬，迄少方略。於是潔誠熏沐，致檄〔校〕青本下有於字。城隍之神。已而〔校〕青本下有變食二字。齋寢，恍惚〔校〕青本下有中字。見一官僚，搢笏而入。問：「何官？」答云：「城隍劉某。」〔但評〕思之思之，鬼神通之。願天下長人民者，咸信斯言。「將何言？」曰：「鬢邊垂雪，天際生雲，水中漂木，壁上安門。」

言已而退。既醒，隱謎不解。輾轉終宵，忽悟曰：「垂雪者，老也；生雲者，龍也；水上木爲舡；〔校〕青本作船，下同。壁上門爲户：豈〔校〕豈，青本作合之。非『老龍舡户』〔校〕青本下有也字。耶！」蓋省之東北，曰小嶺、曰藍關，源自老龍津，以達南海，嶺外巨商，每由此入粤。公〔校〕青本下有早字。遣武弁，密授機謀，捉龍津駕舟者，次第擒獲五十餘名，皆不械而服。蓋此等賊〔校〕上三字，青本作寇。以舟渡爲名，賺客登舟，或投蒙藥，或燒悶香，致〔校〕致，青本作使諸。客沉迷不醒；而後剖〔何註〕剖音掊，破也。腹納石，以沉水底。〔校〕青本作於水。冤慘極矣！自昭雪後，遐邇懽騰，謡頌成集焉。

異史氏曰：「剖腹沉石，〔校〕青本作户。慘冤已甚，而木雕之有司，絶〔校〕青本作更。不少關痛癢〔校〕上五字，青本作少疴癢。豈特〔校〕上二字，青本作則。粤東之暗無天日哉！〔校〕哉，青本作久矣。公至則〔校〕青本作而。鬼神效靈，覆盆俱照，何其異哉！然公〔校〕青本下有亦字。非有四目兩口，不過痌瘝〔何註〕痌，痛也。瘝，病也。書，康誥：恫瘝乃身，敬哉。之念，積於中者至耳。彼〔校〕彼，青本作苟徒。巍巍然，出則刀戟横路，入則蘭麝熏心，尊優雖至，究何異於老龍舡户哉！」〔校〕上二句，青本作尊優則極，而何能與鬼神通哉。

〔附朱公祭城隍文〕維康熙二十有七年，歲次戊辰，冬十月，庚子，朔，越十有五日，甲辰，巡撫廣東等處地方，提督軍務，兼理糧餉、鹽法，都察院右僉都御史朱，謹以羊壹、豕壹，致祭於城隍神而告之，曰：「夫幽明雖殊，而治幽治明，均爲寅代天工；熙一帝載，則均當無曠厥職。固不得謂治明者有然，而治幽者遂可聽之冥冥不可知之數也。某奉天子命，來撫是邦，一意以澄清吏治，休養民生爲孳孳。籌畫庶務，披覽案牘，心營口商，目竭腕脱；晝不敢以時食，夜不敢以時寢，中宵皇皇，或起或卧，務思所以上不負國，下不負民：其黽勉莫敢告勞如此。而一自下車，已六閲月，雖不敢謂屬吏之盡洗心，小民之盡被澤，而由是而之焉，亦庶乎有其幾矣。乃往往讞鞫盜案，實繁有徒。而自省至惠、潮一路，舟人劫財殺命者，尤爲慘異。如朱肇運一案，主僕兩命；吳學伊一案，主僕三命；謝俊卿一案，男女五命。至據轅門巡捕、典史周頌稟稱：浙人之往惠、潮，身死無蹤者，百有餘人，皆係明明攬載而去，去竟不知所之。不識主名，不見蹤蹟，爲沉爲殺，了無可據，屠劫慘毒，從來所無。而今謝俊卿者，尤爲可憐，既失其妻，又失其姪，又失其妻之兄，又失其表親；一家而數命隕，一身而數命將向之索也。此其寃苦爲何如者！此皆某未蒞任以前事。比有司以謝俊卿一案爲莫可追結，請緩；余嚴訶之，務求其事之必白。聞邇來謝俊卿以無可如何，日焚詞泣訴於神之廟中。神或者哀而憐之，故今特有以誘啓於某之衷歟？此等事者，人所不知，而神自知之。彰善癉惡，神有其權。境内而有此兇惡，神固宜大奮威嚴，或未事而早爲驅除，或既事而蚤令發露；亦何待呼籲者之鳴鐘伐鼓，久之而始有其感通乎？則小民惟神是依，神惟地方是庇之謂何矣？然及是時而報之靈響，猶未晚耳。諒神既有以啓某之衷，自必陰驅默相，俾旦晚獲賊，以除地方大害，無俟言者。獨念某與神同涖茲土，而不一相報謁，惟是慢神褻民之爲懼也。且職掌之未明，情愫之未白，亦無以表幽明相通之故。爲是齋潔而來，顯告於神：當今聖天子在上，懷柔百神，及河喬嶽；矧神社稷是司，尤當式序是時。厥後理明者某也，理幽者神也。某奉職無狀，神得而察之；神靈爽無憑，某得而責之。某所當盡，昭然在人耳目，無庸悉數。若神之職，風雨以時，年歲以登，瘴癘以除，災沴以滅，毒蟲猛獸以驅，旱乾水潦以免；至於盜賊無良之徒，以消以遏，以誅以殛。之數者，神固不得而諉焉者也。臣曠職則屏斥，神曠職則變置：某與神，亦惟兢兢求免此而已。苟不然者，歲時伏臘，博碩肥腯，而坎鼓蹲舞，以相侑者，神其能久享於此土乎！惟神聰明正直，諒不以余言爲戇。勉思厥職，無作神羞。」

［附各省士民公啓］巡撫廣東朱大人，於丁卯冬仲，朝廷特簡撫粵。正聖天子任賢擇能之重，名臣矢志報國之時。戊辰夏孟，甫涖是邦，惟一片冰心，滿腔浩氣，下車半載，而全省利弊，盡行興除，闔屬無不奉公潔己，士庶謳歌，鄰封誦德矣。乃公特慮粵東江濱海港，爲害最深，舡賊以駕船渡載爲名，肆行謀劫：或燒悶香，或下蒙汗藥，滿船客商，眼睁不能言，手輭不得動；被賊勒其咽喉，縛其手足，刳腸納石，沉尸於水；即闔船多人，無一脱者，貲財行李，盡被捲掠。蹤蹟詭祕，人不得知，亦無從查察。傷哉無辜，而罹此禍！至父不見子，妻不見夫，慘不勝言。即告發，亦無影響物色。公閲案卷，食不下咽，寢不安枕，晝夜籌策，乃焚香告天，於十月望日，

誠心齋潔，復移牒城隍。神鑒公忠誠，隨示夢於公，始知兇惡者即「老龍船户」也。臬司沈公，捐貲懸賞，多方購兵，共獲兇黨五十餘名，俱不刑自認。其非公視民如傷之心，所以感格至此乎！於是使不伸之寃得伸，不白之案皆白矣。昔西門沉女巫，周公斬白額，韓公祭鱷魚，包公坐夜臺，皆不過除一方之害，伸數命之寃而已，而兆民戴德，至今聲施不朽；矧我公之格神明、除羣兇，雪以前千百之寃，活後來無窮之命，而惠及各省者哉！衆等戴德靡涯，無可言報，即建祠勒碑，亦不足酬萬一。惟望各省名公先生，見者聞者，或詩詞歌賦，或贊跋序文，表揚盛德，統祈投付浙紹會館，俾衆等發之棗梨，剞劂成帙，傳播京外，洵當代之異政，萬古之異聞也。謹啓。

［何評］鬼能通神，此自朱公精誠所格；而猶不以正告者，豈非使公自竭其精誠歟？

［但評］問剖腹沉尸之慘寃，前此城隍豈遂未之聞耶？何以必待朱公之潔誠致檄，而始告也？曰：城隍久不得其人而告之耳，非有待於朱公。鄉使於痌瘝不相關之有司，而早以告公之言告之，亦以爲恍惚無憑耳，鬼神雖靈，安能起憒憒者而使之悟哉！

青城婦

費邑高夢説爲成都守，有一奇獄。先是，有西商客成都，娶青城山寡婦。既而以故西歸，〔校〕遺本下有他字。年餘復返。夫妻一聚，而商暴卒。同商疑而〔校〕上二字，遺本作者疑之具狀。告官，官亦疑婦有私，〔校〕遺本作高。苦訊之。横加酷〔校〕遺本作梏。掠，卒〔校〕遺本作迄。無詞。牒解上司，〔校〕遺本作郡臬。並少實情，淹繫獄底，〔校〕上二字，遺本作成都獄。積有時日。後高署有患〔校〕遺本無患字。病者，延〔校〕遺本無延字。一老醫，〔校〕遺本下有入字。適相言及。醫聞之，遽曰：「婦尖嘴否？」問：「何説？」初〔校〕遺本初上有醫字。不言，詰再三，始曰：〔校〕上五字，遺本作問之堅而後言。「此處〔校〕上二字，遺本作蓋。繞青城山有數村落，其中〔校〕遺本無上二字。婦女多爲蛇交，則生女尖喙，〔校〕遺本作嘴。陰中有物類蛇舌。至淫縱時，則舌或出，一入陰管，男子陽脱立死。」高聞之駭，尚未深信。醫曰：「此處有巫媪能内藥使婦意蕩，舌自出，是否［校］遺本無上二字。可以驗見。」高即如［校］遺本作如其。言，使媪治之，舌果出，疑［校］遺本疑上有其字。始解。牒報郡。上［校］遺本作郡。官皆如法驗之，乃釋婦［校］遺本作其。罪。［校］青本無此篇。

鴞鳥

長山楊令，性奇貪。康熙乙亥間，西〔校〕遺本西上有值字。塞用兵，市民間騾馬運糧。〔校〕上二字，遺本作策運糧餉。楊假此搜括，地方頭畜一空。周村爲商賈所集，趁墟者車馬輻輳。楊率健〔校〕遺本作壯。丁悉篡奪之，不下數百餘頭。四方估客，無處控告。時諸令皆以公務在省。〔校〕遺本作郡。適益都令董、萊蕪令范、新城令孫，會集旅舍。有山西二商，迎門號愬，蓋有健騾四頭，俱被搶掠，道遠失業，不能歸，哀〔校〕遺本哀上有故字。求諸公爲緩頰也。三公憐其情，許之。遂〔校〕遺本下有命駕二字。共詣楊。楊治具相款。酒既行，衆言來意。楊不聽。衆言之益切。楊舉酒促〔校〕遺本無促字。釂以亂之，曰：「某有一令，不能者罰。須一天上、一地下、一古人，左右問所執何物，口道何詞，隨問答之。」便倡云：「天上有月輪，地下有崑崙，有一古人劉伯倫。左問所執何物，答云：『手執酒杯。』右問口道何詞，答云：『道是酒杯之外不須提。』」范公云：「天上有廣寒宮，地下有乾清宮，有一古人姜太公。手執釣魚竿，道是『願者上鉤』。」孫云：「天上有天河，地下有黄河，有一古人是蕭何。手執一本大清律，道〔校〕此據遺本，抄本道上有他字。是『贓官贓吏』。」楊有慚色，沉吟久之，曰：「某又有之。天上有靈山，地下有泰山，有一古人是寒山。手執一帚，道是『各人自掃門前雪』。」衆相視覥然。〔校〕遺本下有不作一語四字。忽一少年〔校〕遺本下有人字。傲岸而入，袍服華整，舉手作禮。共挽坐，酌以大斗。少年笑曰：「酒且勿飲。聞諸公雅令，願獻芻蕘。」衆請之。少年曰：「天上有玉帝，地下有皇帝，有一古人洪武朱皇帝。手執三尺劍，道是『貪官剥皮』。」衆大笑。楊恚罵曰：「何處狂生敢爾！」命隸執之。少年躍登几上，化爲鴞，冲簾飛出，集庭樹間，回顧室中，作笑聲。主人擊之，且飛且笑而去。

異史氏曰：「市馬之役，諸大令健畜盈庭〔校〕遺本作廐。者十之七，而千百爲羣，作騾馬賈者，長山外不數數見也。聖明天子愛惜民力，取一物必償其值，焉〔校〕遺本下有烏字。知奉行者流毒若此哉！鴞〔校〕遺本下有之字。所至，人最厭其笑，兒女共唾之，以爲不祥。此一笑，則何異于鳳鳴哉！」〔校〕青本無此篇。

古瓶

淄邑北村〔校〕上四字，青本作邑北村中。井涸，村人〔校〕青本下有某字。甲、乙〔何註〕古詩：甲與乙，相友善。縋入淘之。掘尺餘，得髑髏。誤破之，口含黄金，喜納腰橐。復掘，又得髑髏六七枚。悉〔校〕青本下有冀得含金四字。破之，無金。〔校〕上二字，青本作而一無所有。其〔校〕青本作惟。旁有磁瓶二、銅器一。器大可合抱，重數十斤，側有雙環，不知何用，斑駁陸離。瓶亦古，非近款。既出井，甲、乙皆死。移時乙蘇，曰：「我乃漢人。遭新莽〔吕註〕通鑑：王莽字巨君，孝元后之姪也。初封新都侯，弑平帝，篡漢天下，建國號曰新。僭位十八年，漢兵殺之。之亂，全家投井中。適有少金，因内口中，實非含斂之物，人人都有也。奈何徧碎頭顱？情殊可恨！」〔但評〕投井而以銅瓶磁器相隨，亦好骨董之癖也。衆香楮共〔校〕青本無共字。祝之，許爲殯葬，乙乃愈；甲則〔校〕青本無則字。不能復生矣。〔校〕青本作也。顔鎮孫生聞其異，購銅器而去。袁孝廉宣四〔馮評〕孝廉名藩，淄川人，康熙癸卯舉人。得一瓶，

[校]青本作瓶一入袁孝廉宣四家。可驗陰晴：見有一點潤處，初如粟米，漸闊漸滿，未幾[校]青本下有而字。雨至；潤退，則雲開天霽。[校]上三字，青本作亦開。其一入張秀才家，可[校]青本作用。志朔望：朔則黑點起如豆，與日俱長；望則一瓶徧滿；既望，又以次而退，至晦則復其初。以埋土中久，瓶口有小石黏口上，刷剔不可下。敲[校]青本敲上有欲字。去之，石落而口微缺，亦一憾事。浸花其中，落花[校]青本作花落。結實，與在樹者無異云。

[何評]敲石缺口，秀才殊不解事。

[但評]自漢至此遠矣，乃因少金納口中，而累及他人徧碎頭顱，固村人之貪愚，亦足以見懷璧者之足以賈害，而用寶器以殉葬者，適以自詒伊戚也。

元少先生

韓元少先生〔吕註〕名菼，號慕廬，長洲人。康熙癸丑會、狀，官至禮部尚書。爲諸生時，有吏突至，白主人欲延作師，而殊無名刺。問其家閥，含糊對之。束帛緘贄，儀禮優渥。先生許〔校〕青本作諾。之，約期而去。至日，果以輿來。迤邐〔何註〕迤邐音以里，旁行也。而往，道路皆所未經。忽睹殿閣，下車入，氣象類藩邸。既就館，酒炙紛羅，勸客自進，並無主人。筵既撤，則公子出拜；年十五六，姿表秀異。展禮罷，趨就他舍，請業〔何註〕禮，曲禮：請業則起。謂請問所事之業也。始至師所。公子甚慧，〔校〕上二字，青本作慧絶。聞義輒通。先〔校〕青本先上有而字。生以不知家世，頗懷〔校〕青本作所。疑悶。館有二僮〔校〕上三字，青本作中有二僮爲給役，私詰之，皆不對。〔但評〕以生人爲鬼師，可知冥王非有取於天下第一人也。品行心術，先生乃無愧於爲人師矣。問：「主人何在？」答以事忙。先生求導窺之，僮不可。屢〔校〕青本屢上有又字。求之，乃導至〔校〕上三字，青本作僮乃諾，導之。一處，聞拷楚聲。自門隙目注之，見一王者坐殿上，階下劍樹刀山，〔吕註〕見西遊記。皆冥中事。大駭。方將卻步，内已知之，因罷政，叱退諸鬼，疾呼僮。僮變色曰：「我爲先生，禍及身矣！」戰惕奔入。王者怒曰：「何敢引人私窺！」即以巨〔校〕青本作重。鞭重〔校〕青本無重字。笞訖。乃召先生入，曰：「所以不見者，以幽明異路。今已知之，勢難再聚。」因贈束金使行。曰：「君天下第一人，但坎壈未盡耳。」使青衣捉騎送之。先生疑身已死。青衣曰：「何得便爾！先生食御一切，置〔校〕青本作買。自俗間，非冥中物也。」既歸，坎坷數年，中〔校〕青本作作。會、狀，其言苦驗。

〔何評〕韓宗伯曾爲鬼師，亦所未聞。

薛慰娘

豐玉桂，聊城儒生〔校〕青本作士。也。貧無生業。萬曆〔校〕青本作崇禎。間，歲大祲，孑〔何註〕孑音結，人無右臂形。詩，大雅：靡有孑遺。然南〔校〕青本作遠。遁。及〔校〕及，青本作年餘將。歸，至沂而病。力疾行數里，至城南叢葬處，益憊，因傍冢臥。忽〔校〕忽，青本作少間。如夢，〔馮評〕已死，卻不說明。至一村，有叟自門中出，邀生入。屋兩楹，亦殊草草。室內〔校〕青本無內字。一女子，年十六七，儀容慧雅。叟使瀹柏枝湯，以陶器供客。因詰生〔校〕青本作便向生詰。里居、年齒，既已，乃曰：「洪都姓李，〔校〕青本作李姓。○〔馮評〕姓名多用倒點。平陽族。流寓此間，今三十二年矣。君志此門戶，余家子孫如見探訪，即煩〔校〕青本下有一字。指示之。老夫不敢忘義。義女慰娘，頗不醜，可配君子。三豚兒到日，即遣主盟。」生喜，拜曰：「犬馬齒二十有二，尚少良配。惠以眷好，固佳；但何處得翁之〔校〕青本無之字。家人而告訴［校］上二字，青本作訴之。也？」叟曰：「君但住北［校］青本作此。村中，相待月餘，自有來者，止求不［校］青本作無。憚煩耳。」生恐其言［校］青本無言字。不信，要［何註］左傳，哀十四年：小邾射以句繹來奔曰：使季路要我，吾無盟矣。之曰：「實告翁：僕故家徒四壁，［校］上四字，青本作四壁耳。恐後日不如所望，中道之棄，人所難堪。即無姻好，亦不敢不守季路之諾，即何妨質言之也？」［但評］其意雖要，語則質實委宛可聽。叟笑曰：「君欲老夫旦旦［呂註］詩，衛風：信誓旦旦。耶？我稔知君貧。此訂非專爲君，慰娘孤而無依，相託已久，不忍聽其流落，故以奉君子耳。［但評］叟亦爽快之至。何見疑！」即捉臂送生出，［校］青本無生字。拱手闔［校］此據青本，抄本作閤。扉而去。生［校］青本下有忽似夢三字。覺，則身卧冢邊，日已將午。漸起，次且入村。村人見之皆驚，謂其已死道旁［校］青本作死道旁已。經日矣。［馮評］至此說明。頓悟叟即冢［校］青本作墳。中人也，隱而不言，但求寄寓。村人恐其復死，莫敢留。村有秀才與同姓，聞之，趨詰家世，蓋生緦服叔也。喜導至家，餌治之，數日尋愈。［馮評］窮死骨何以能坐待月餘？村有秀才，是其緦服叔，便可坐待矣。此隨手撮出例，並非補敘法也。因述所遇，叔亦驚異，［校］青本作怪。遂坐待以覘其變。居無何，果有官人至村，訪父墓址，自言平陽進士李叔向。先是，其父李洪都，與同鄉某甲［校］青本下有遠字。行賈，死於沂，某因瘞諸叢葬處。既歸，某亦

〔校〕青本下有尋字。死。是時翁三子皆幼。長伯仁，舉〔校〕青本舉上有後字。進士，令淮南。數遣人尋〔校〕青本作詢。父墓，迄無知者。次仲道，舉〔校〕青本舉上有尋字。孝廉。叔向最少，亦登第。於是親求父骨，至沂徧訪。〔校〕上二字，青本作無處不諳。是日至，〔校〕青本作問。村人皆莫〔校〕青本下有之字。識。生乃引至墓〔校〕青本作葬。所，指示之。叔向〔校〕青本下有以其年少四字。未敢信，生爲具陳所遇，〔校〕青本作生具陳所遭。叔向奇之。審視兩墳〔校〕青本視下有有字，墳下有近字。相接，或言三年前有宦〔校〕青本宦上有仕字，下兩處同。者，葬少妾於此。〔馮評〕前言義女，至此注明一句，猶只說得一半。叔向恐誤發他冢，生遂以所卧處示之。叔向命舁材其〔校〕青本作於。側，始發冢。冢開，則見女尸，服妝黯敗，而粉黛如生。叔向知其誤，駭極，莫知所爲。而女已頓起，四顧曰：「三哥來耶？」叔向驚，就問之，則慰娘也。乃解衣蔽覆，舁歸逆旅。急發旁冢，冀父復活。〔馮評〕冀父復活，掩護一筆以斡旋前頓起句之痕迹也。作者補拙處誰則知之。既發，則膚革猶存，撫〔校〕青本撫上有而字。之僵燥，悲哀不已。裝斂〔校〕青本無斂字。入材，清醮七日；女亦縗絰若女。忽告叔向曰：「曩阿翁有黄金二錠，曾分一爲妾作奩。妾以孤弱無藏所，僅〔校〕青本僅上有故字。以絲〔校〕青本作采。綫縶腰，而未將去，兄得之否？」叔向不知，乃使生反求諸壙，果得之，一如女言。叔向仍以綫志者分贈慰娘。暇乃審其家世。先是，女父薛寅侯無子，止生慰娘，甚〔校〕青本作深。

鍾愛之。女一日自金陵舅氏歸，〔馮評〕生出許多曲折，以補筆爲倒敍。將媪問渡。操舟者乃金陵媒也。適有宦者，任滿赴都，遣覓美妾，凡歷數家，無當意者，將〔校〕青本將上有故字。爲扁舟詣廣陵。忽遇女，隱生詭謀，急招附渡。媪素識之，遂與共濟。中途，投毒食中，女、嫗皆迷。推嫗〔校〕青本作媪。墮江；載女而返，以重金賣諸宦者。入門，嫡始知，怒甚。女又惘然，莫知爲禮，遂撻楚而〔校〕青本無而字。囚禁之。北渡三日，女方醒。婢言始〔校〕青本作本。末，女大泣。一夜，宿於沂，自經〔校〕青本作縊。死，乃瘞諸亂冢中。女在〔校〕青本作至。墓，爲羣鬼所凌，〔校〕青本作陵。李翁時呵護之，〔馮評〕又補一句。女乃父事翁。翁曰：「汝命合不死，當爲擇一快壻。」前〔校〕前，青本作一日。生既見而出，反謂女曰：「此生品誼可託。待汝三兄至，爲汝主婚。」一日曰：「汝可歸候，汝三兄將來矣。」蓋即發墓之日也。〔馮評〕遥接。女於喪次，爲叔向緬述之。叔向歎息良久，乃〔校〕青本作即。以慰娘爲妹，俾從李姓。略買衣妝，遣歸生。曰：「資斧無多，不能爲妹子辦妝。意將偕歸，以慰母心，如何？」女亦欣然。於是夫妻從叔向，輦柩並發。及〔校〕青本作既。歸，母詰得其故，愛逾所生，館諸別院。喪次，女哀悼過於兒孫。母益憐之，不令東歸，囑諸子爲之買宅。〔校〕青本作第。適有馮氏賣宅，直六百金。倉猝未能取盈，暫收契券，約日交兑。及期，馮早至；適女亦從〔校〕青本作自。別院入省母，突見之，絶似當年操舟人。馮見亦〔校〕上二字，青本作亦似。驚。〔但評〕頭緒極繁，筆無經緯，則以棼而治絲矣。鳥跡蛛絲，若斷若續，經營慘澹，大費匠心。女趨過之。兩兄亦以母小恙，俱集母所。女問：「廳前踥蹀者爲誰？」〔校〕上二字，青本作誰也。仲道曰：「幾忘卻，〔校〕此據青本，抄本無上二字。此必前日賣宅者也。」〔馮評〕串插聯合之妙，令人白日欲迷。即起欲出。女止之，告以所疑，使詰難之。仲道諾而出，則馮已去，而巷南塾師薛先生在焉。因問：「何來？」曰：「昨夕馮某浼早登堂，一署券保。適途遇之，云偶有所忘，暫歸便返，使僕坐以待之。」〔校〕上四字，青本作一坐待之也。少間，生及叔向皆至，遂相攀談。慰娘以馮故，潛來屏後〔校〕上三字，青本作自屏後來。窺客，細視〔校〕青本作審。之，則其父也。突出，持抱〔校〕青本作抱持。大哭。翁驚涕曰：「吾兒何來！」衆始知薛即寅侯也。仲道雖於街頭常遇，〔校〕上二字，青本作屢遇之。初未悉其名字。至是共喜，爲述前因，設酒相慶。因留信宿，自道行蹤。蓋〔校〕青本下有自字。失女後，妻以悲〔校〕青本下有傷而二字。死，鰥〔何註〕鰥，老而無妻之稱。居無〔校〕上二字，青本作無所。依，故遊學至此也。〔馮評〕遊學至此，補得無痕。生約買宅後，迎與同居。翁〔校〕青本無翁字。次日往探，馮則〔校〕青本作則馮。舉家遁去，乃〔校〕青本作始。知殺媪賣女者，〔校〕青本無者字。即其人也。〔馮評〕一筆乾淨。馮初至平陽，貿易成家；比年賭博，〔校〕青本作博賭。日〔校〕青本作漸。

就消乏，故貨居宅，賣女之資，亦瀕盡矣。尉娘得所，亦〔校〕青本亦上有即字。不甚仇之，但擇日徙居，更不追其所〔校〕青本作何。往。〔但評〕尉娘只被拐賣，雖縊于沂，實已復生，故以居宅償其貲，不妨使之遁去；若不遁，亦不能置之死地也。殺母之讎，富以無心報之，天道可畏哉！李母餽〔校〕青本作賂。遺不絶，一切日用皆供〔校〕上二字，青本作之需皆。給之。生遂家於平陽，但歸試甚苦。〔校〕青本作但歸赴歲試，深以爲苦。幸是科舉孝廉。〔馮評〕層層卸去，層層生出，如柳塘春水，風動紋生。尉娘富貴，每念媪爲已死，思〔校〕青本下有有以二字。報其子。媪夫姓殷，〔校〕青本下有氏字。一子名富，好〔校〕青本作善。博，貧無立錐。一日，博局〔校〕上二字，青本作以賭局爲。争注，〔何註〕争注，注，通俗文：記物曰注。蓋勝負未分之先，以物記多少之數也。宋史：真宗澶淵之役，王欽若謗曰：寇準以陛下爲孤注。毆殺人命，亡歸平陽，遠投尉娘。〔校〕上四字，青本作雖不識生，然以尉娘故，遠相投。生遂〔校〕青本作喜。留之門下。研詰〔校〕青本下有之道其三字。所殺姓名，蓋即操舟〔校〕青本無操舟二字。馮某也。駭歎久之，因爲道破，乃〔校〕乃，青本作富始。知馮即殺母仇人也。〔校〕上三字，青本作之仇。益喜，遂役生家。〔校〕上四字，青本作遂傭爲生家服役，亦家於西。薛寅侯就養於壻，壻爲買婦，生子女各一焉。

〔何評〕馮某之誘賣尉娘，實爲豐生作合耳。叔向之獲父，寅侯之遇女，莫不曲曲引出。乃知小人無往不福君子；至媪子之顯報，所不待言。

田子成

江寧田子成，過洞庭，舟覆〔校〕青本作覆舟。而没。子良耜，明季進士，時在抱中。妻杜氏，聞訃，仰藥而死。〔何評〕節婦。良耜受庶祖母撫養〔校〕養，青本作育得以。成立，筮〔校〕青本筮上有後字。仕湖北。年餘，奉憲命營務湖南。至〔校〕青本至上有良耜二字。洞庭，痛哭而返。〔何評〕孝子。自告才力不及，〔校〕青本作足。降縣丞，隸漢陽，〔校〕青本下有甚非所樂四字。辭不就。院〔校〕青本院上有諸字。司强督促之乃就。輒放蕩〔校〕青本作浪。江湖間，不以官職自守。一夕，艤舟江岸，聞洞簫聲，抑揚可聽。乘月步去，約半里許，見曠野中，茅屋數椽，熒熒燈火；近窗窺之，有〔校〕青本作則。三人對酌其中。上座一秀才，年三十許；下座一叟；側座吹簫者，年最少。吹竟，叟擊節贊佳。秀才面壁吟思，若罔〔校〕青本下有聽字。聞。叟曰：「盧十兄必有佳作，〔校〕青本作句。請長吟，俾得共賞之。」秀才乃吟曰：「滿江風月冷淒淒，瘦草零花化作泥。千里雲山飛不到，夢魂夜夜竹橋西。」〔馮評〕幽冷之作，音調悽楚。吟聲愴惻。叟笑曰：「盧十兄故態作矣！」因酌以巨觥，曰：「老夫不能屬和，請歌以侑酒。」〔馮評〕叟亦趣。乃歌「蘭陵美酒」〔呂註〕李白客中行：蘭陵美酒鬱金香，玉椀盛來琥珀光。但使主人能醉客，不知何處是他鄉。之什。歌已，一座解頤。少年起曰：「我視月斜何度矣。」〔馮評〕渡下。突出見客，拍手曰：「窗外有人，我等狂態盡露也！」遂挽客入，共一舉手。叟使與少年相〔校〕青本無相字。對坐。試其杯皆冷酒，辭不飲。少年〔校〕青本下有知其意即四字。起以葦炬燎壺〔校〕青本無壺字。而進之。良耜亦命從者出錢行沽，叟〔校〕青本無叟字。固止之。因訊邦族，良耜具道生平。叟致敬曰：「吾鄉父母也。少君姓江，此間土著。」〔呂註〕前漢書，張騫傳：身毒國在大夏東南可數千里，其俗土著。注：土著者，謂有城郭常居，不隨畜牧移徙也。○按：著，陟略切。指少年曰：「此江西杜野侯。」又指秀才：〔校〕青本下有曰字。「此〔校〕青本無此字。盧十兄，與公同鄉。」盧自見〔校〕青本作目視。良耜，殊偃蹇不甚爲禮。良耜因問：「家居何里？如此清才，殊早不聞。」答曰：「流寓已久，親族恒不相識，可歎人也！」言之哀楚。叟搖手亂之曰：「好客相逢，不理觴政，聒絮如此，厭人聽聞！」遂把杯自飲，曰：「一令請共行之，不能者罰。每擲三色，〔校〕青本作骰。以相逢爲率，須一古典相合。」乃擲得幺二三，唱〔校〕青本作倡。曰：「三加幺二點相同，雞黍三年約范公。〔呂註〕後漢書，范式傳：范式字巨卿，與汝南張劭爲友。劭字元伯。二人並告歸鄉里。式謂元伯曰：後二年當還，將過拜尊親。後期方至，元伯具以白母，請設饌以候之。母曰：二年之別，千里結言，爾何相信之審耶？至其日，巨卿果到。〔何註〕范公，范式與友張元伯別，暮秋爲期。元伯九月十五日爲具雞黍，果至。朋友喜相逢。」次少年，擲得雙二單四，曰：「不讀書人，但見〔校〕青本無見字。俚典，勿以爲笑。四加雙二點相同，四人聚義古城中：〔呂註〕見三國演義第十四卷。〔何註〕古城在河南，是劉、關、張散而復聚處。兄弟喜相逢。」盧得雙幺單二，曰：「二加雙幺點相同，呂向兩手抱老翁：〔呂註〕孝苑：唐呂向生父客遠方不還；後有傳父在者，訪索累年不獲。他日自朝還，見一老人，物色之，果父也。下馬抱父足流涕，迎以歸。〔何註〕呂向字子回，涇人也。博學，工草隸。玄宗朝，以詞賦得幸，官翰林。父久客，存亡不相聞。他日道見一老，乃其父也。向抱號慟。帝聞而憐之，爵其父。父子喜相逢。」〔但評〕父子相逢，而以酒令點出，全無痕跡。良耜擲，復與盧同，曰：「二加雙幺點相同，茅容二簋款林宗：〔呂註〕後漢書，茅容傳：茅容字季偉，郭林宗行見之而奇其異，因請寓宿。旦日，容殺雞爲饌，林宗謂爲己設。既而以供其母，自以草蔬與客同飯。林宗起拜之，曰：卿賢乎哉！○易：損二簋，可用享。主客喜相逢。」令畢，良耜興辭。盧始起曰：「故鄉之誼，未遑傾吐，何別之遽？將有所問，願少留也。」良耜復坐，問：「何言？」曰：「僕有老友某，没於洞庭，與〔校〕青本與上有亦字。君同族否？」良耜曰：「是先君也，何以相識？」曰：「少時相善。没日，惟僕見之，因收其骨，葬江邊耳。」良耜出涕下拜，求指墓所。盧曰：「明日來此，當指示之。要亦易辨，去此數武，但見墳上有叢蘆十莖者是也。」〔但評〕自示葬所，鬼誠有靈矣。然非良耜之誠孝，亦不能感此。良耜灑涕，與衆拱別。至舟，終夜不寢，念盧情詞似皆有因。〔校〕青本念上有頓字，因下有不能待旦四字。昧爽而往，則舍宇全無，〔校〕青本作空。益駭。

因遵所指處尋［校］青本尋上有往字。墓，果得之。叢蘆其上，數之，適符其數。恍然悟盧十兄之稱，皆其寓言；所遇，乃其父之鬼也。細問土人，則二十年前，有高翁富而好善，溺水［校］青本作水溺。者皆拯其尸而埋之，故有數墳［校］青本作墓。在焉。遂發冢負骨，棄官而返。歸告祖母，質其狀貌皆確。江西杜野侯，乃其表兄，年十九，溺於江；後其父流寓江西。又悟杜夫人歿後，葬竹橋之西，故詩中憶之也。但不知叟何人耳。

［何評］獲父骸骨，皆孝所感，有不知其所以然而然者。母節子賢，田氏之清風遠矣。

王桂菴

王樨，字桂菴，大名世家子。適南遊，泊舟江岸。鄰［校］此據同本，青本、抄本均作臨。舟有榜人女，繡履其中，風姿韻絶。王窺［校］青本下有瞻字。既久，女若不覺。王朗吟「洛陽女兒對門居」，［吕註］王維洛陽女兒行：洛陽女兒對門居，纔可容顔十五餘。故使女聞。女似解其爲己者，略舉首一［校］青本作以。斜瞬之，俛首繡如故。王神志益馳，以金一錠［校］上二字，青本作錠一枚遥。投之，墮女［校］青本無女字。襟上。女拾棄之，［校］青本下有若不知爲金也者七字。金落岸邊。王拾歸，益怪之，［校］青本無上三字。又［校］青本又上有已字。以金釧擲之，墮足下；女操業不顧。無何，榜人自他歸。王恐其見釧研詰，心急甚；女從容以雙鈎覆蔽之。榜人解纜，［校］青本下有順流二字。逕去。王心情喪惘，癡坐凝思。時王方喪［校］上二字，青本作方娶而喪其。偶，悔不即媒定之。乃詢［校］青本下有諸字。舟人，皆［校］青本作並。不識其何姓。返［校］青本返上有乃字。舟急追之，［校］青本下有目力既窮四字。杳不知其所［校］青本作何。往。不得已，返舟而南。務畢，北旋，又沿江細訪，並無音耗。抵［校］青本作至。家，寢食皆縈念之。踰年，復南，買舟江際，若家焉。日日細數行舟，往來者帆檣皆熟，而囊舟殊杳。［校］青本作渺。○［馮評］朝朝江上望，錯認幾人船。可爲斯人詠之。居半年，貲罄而歸。行思坐想，不能少置。一夜，夢至江村，［何評］異夢。過數門，見一家柴扉南向，門內疎竹爲籬，意是亭園，逕入。［校］青本下有之字。有夜合［呂註］羣芳譜：合歡一名合昏，一名青棠，一名夜合。葉似槐而小，相對而生，朝開暮合。一株，紅絲滿樹。隱念：詩中「門前一樹馬纓花」，［呂註］水仙神詩：錢塘江上是奴家，郎若閒時來吃茶。黃土築牆茅蓋屋，門前一樹馬纓花。○［馮評］虞集詩。此其是矣。過數武，葦笆［何註］葦笆，笆音把，有刺竹籬也，一曰笆籬。光潔。又入之，［校］青本無之字。見北舍三楹，雙扉闔焉。南有小舍，紅蕉蔽窗。［馮評］點綴景色絕好。探身一窺，則椸架當門，罥畫裙其上，知爲女子閨闥，愕然卻退；而內亦［校］青本作已。覺之，有奔出瞰客者，粉黛微呈，則舟中人也。喜出非望，曰：「亦有相逢之期乎！」方將狎就，女父適歸，倏然驚覺，始知是［校］青本作爲。夢。景物歷歷，如在目前。祕之，恐與人言，破此佳夢。又［校］青本作後。年餘，再適鎮江。郡南有徐太僕，與有世誼，招［校］青本下有之字。飲。信馬而去，誤入小村，道途景象，［校］青本作色。彷彿平生所歷。一門内，馬纓一樹，夢境［校］青本作景象。宛然。駭極，投鞭而［校］青本作遝。入。種種物色，與夢無别。再入，則房舍一如其數。夢既驗，不復疑慮，直趨南舍，舟中人果在其中。遥見王，驚起，以扉自幛，叱問：「何處男子？」王逡巡間，猶疑是夢。女見步趨甚［校］青本作履漸。近，閈然扃户。王曰：「卿不憶擲釧者耶？」備述相思之苦，且言夢徵。女隔窗［校］青本作扉。審其家世，王具道之。女曰：「既屬宦裔，中饋必有佳人，焉用妾？」王曰：「非以卿故，昏娶固已久矣。」女曰：「果如所云，足知君心。妾此情難告父母，然亦方命［吕註］書，堯典：方命，圮族。注：方命者，逆命而不行也。而絶數家。金釧猶在，料鍾情者必有耗問耳。父母偶適外戚，行且至。君姑退，倩冰［何註］倩冰，謂倩冰人委禽也。委禽，計無不遂；若望以非禮成耦，則用心左矣。」［馮評］詞嚴義正。王倉卒欲出。女遥呼王郎曰：［校］青本無曰字。「妾芸娘，姓孟氏。父字江蘺。」王［校］青本下有諸字。記而出。罷筵早返，謁江蘺。江迎［校］青本作翁逆。入，設坐籬下。王自道家閥，即致來意，兼納百金爲聘。翁曰：「息女已字矣。」［馮評］驚人之句。王曰：「訊之甚確，固待聘耳，何見絶之深？」翁曰：「適間所説，［校］青本作諸。不敢爲誑。」王神情俱失，拱别而返。［校］青本下有不知其信否五字。

○［馮評］小曲折。當夜輾轉，無人可媒。［校］上二字，青本作可以媒之。向欲以情告太僕，恐娶榜人女爲先生笑；今情急，無可爲媒，質明，詣太僕，實告之。太僕曰：「此翁與有瓜葛，是祖母嫡孫，何不早言？」王始吐隱情。太僕疑曰：「江蘺固貧，素不以操舟爲業，得毋誤乎？」乃遣子大郎詣孟。孟曰：「僕雖空匱，非賣昏者。曩公子以金自媒，諒僕必爲利動，故不敢附爲婚姻。〔馮評〕此翁頗高品。〔何評〕清族。既承先生命，必無錯謬。但頑女頗恃嬌愛，好門户輒便拗卻，不得不與商榷，免他日怨〔校〕青本下有遠字。婚也。」遂起，少入而返，拱手一如尊命，約期乃別。大郎復命，王乃盛備禽妝，納采於孟，假館太僕之家，親迎成禮。居三日，辭岳北歸。夜宿舟中，問芸娘曰：「向於此處遇卿，固疑不類舟人子。當日泛舟何之？」答云：「妾叔家江北，偶借扁舟一省視耳。妾家僅可自給，然儻來物頗不貴視之。笑君雙瞳如豆，屢以金貲動人。初聞吟〔校〕青本作音。聲，知爲風雅士，又疑爲儇薄子作蕩婦挑之也。使父見金釧，君死無地矣。妾憐才心切否？」王笑曰：「卿固黠甚，然亦墮吾術矣！」女〔校〕青本無女字。問：「何事？」王止而不言。又固詰之。乃曰：「家門日近，此亦不能終祕。實告卿：我家中固有妻在，吴尚書女也。」〔馮評〕平地生波，無事生事。聖嘆曰：文字不險不快，險絶快絶。芸娘不信，王故莊其詞以實之。芸娘色變，默移時，遽起，奔出；王躧履追之，則已投江中矣。〔馮評〕驚人之筆。王大呼，諸船驚鬧，夜色昏濛，惟有滿江星點而已。王悼痛終夜，沿江而下，以重價覓其骸骨，亦無見者。邑邑而歸，憂痛〔校〕青本作慟。交集。又恐翁來視女，無詞可〔校〕青本下有以相二字。對。有姊丈官〔校〕青本作壻宦。河南，遂命駕造之，年餘始歸。〔馮評〕文字要繁則累牘連篇，要簡則一語千里，一夕百年。如年餘始歸三句中，包卻一切，掃卻一切，何等迅速，此行文金針也。途中遇雨，休裝民舍，見房廊清潔，有老嫗弄兒廈間。兒見〔校〕青本作睹。王入，即撲求〔校〕上二字，青本作求援。抱，王怪之。又視兒秀婉可愛，攬置膝頭。嫗喚之，不去。少頃，雨霽，王舉兒付嫗，下堂趣裝。兒啼〔校〕青本作涕。曰：「阿爹去矣！」嫗耻之，呵之不止，强抱而去。王坐待治任，忽有麗者自屏後抱兒出，則芸娘也。方詫異間，芸娘罵曰：「負心郎！遺此一塊肉，焉置之？」王乃知爲己子。酸來刺心，不暇問其往迹，先以前言之戲，矢日自白。芸娘始反怒爲悲，相向涕零。先是，第主莫翁，六旬無子，攜媪往朝南海。歸途泊江際，芸娘隨波下，適觸翁舟。翁命從人拯出之，療控〔校〕青本作救。終夜，始漸蘇。翁媪視之，是好女子，甚喜，以爲己女，攜〔校〕青本下有之而二字。歸。居數月，欲爲擇壻，女不可。踰十月，生〔校〕青本作舉。一子，名曰〔校〕青本作之。寄生。王避雨其家，寄生方周歲也。王於是解裝，入拜翁媪，遂爲岳壻。居數日，始舉家歸。至，則孟翁坐待，已兩月矣。翁初至，見僕輩情詞恍惚，心頗疑怪；既見，始共懽慰。歷述所遭，乃知其枝梧者有由也。

［何評］夢中歷歷，固疑赤繩早繫矣。乃先訂後聘，無乃作法於涼？

［但評］文夭矯變化，如生龍活虎，不可捉摸。然以法求之，只是一蓄字訣。前於葛巾傳論文之貴用轉字訣矣；蓄字訣與轉筆相類，而實不同，愈蓄則文勢愈緊，愈伸，愈矯，愈陡，愈縱，愈捷：蓋轉以句法言之，蓄則統篇法言也。朗吟詩而女似解其爲己，且斜瞬之，此爲一伸；拾金而棄之，若不知爲金也者，爲一縮。覆蔽金釧，又伸；解纜徑去，又縮；沿江細訪，並無音耗，又再縮；復南而囊舟殊渺，半年資罄而歸，又再縮；至於合歡有兆，佳夢初成，明探蕉窗，已呈粉黛，相逢在此，老父何來，此借夢中而又作一伸，又作一縮。重遊京口，再至江村，馬纓之樹依然，舟中之人宛在，妖夢可踐，金釧猶存，至告以妾名，示以父字，極力一伸矣；乃訊之甚確，絶之益深，來時一團高興，不啻冷水澆面，又極力一縮。倩冰矣，委禽矣，孟不以利動爲嫌，女不以遠婚爲却，計已遂矣，禮已成矣，至此有風利不得泊之勢，疑其一往無餘矣，此則伸之又伸。試掩卷思之，欲再爲縮住，真有計窮力竭，莫可如何者。乃展卷讀之，平江恬静之際，復起驚濤；遠山迤邐而來，突成絶壁。積數載之相思，成三日之好合，一句戲言猶未了，滿江星點共含悲，此一縮出人意表，力量極大、極厚。往下看去，又生出一番景

象，有如古句所云：「山窮水複疑無路，柳暗花明又一村」者。至大收煞處，猶不肯遽使芸娘出見，而以寄生認父，故作疑陣出之。解此一訣，爲文可免平庸、直率、生硬、軟弱之病。

寄　生 附

寄生字王孫，郡中名士。父母以其襁褓認父，〔馮評〕帶上篇。謂有夙惠，鍾愛之。長益秀美，八九歲能文，十四入郡庠。每自擇偶。父桂菴有妹二娘，適鄭秀才子僑，生女閨秀，慧豔絶倫。王孫見之，心切愛慕。〔校〕上三字，青本作竊愛好思慕良切。積久，寢食俱廢。父母大憂，苦研詰之，遂以實告。父遣冰於鄭；鄭性方謹，以中表爲嫌，卻之。〔馮評〕曲筆。王孫逾〔校〕青本作而王孫益。病。母計無所出，陰婉致二娘，但求閨秀一臨存之。鄭聞，益怒，出惡聲焉。父母既絶望，聽之而已。郡有大姓張氏，五女皆美；幼者〔校〕青本下有小字。名五可，尤冠諸姊，擇壻未字。一日，上墓，途遇王孫，自輿中窺見，〔校〕青本下有之字。歸以白母。母沈〔校〕青本作探。知其意，見媒媪于氏，微示之。媪遂詣王所。時王孫方病，訊知，〔校〕青本下有之字。笑曰：「此病老身能醫之。」〔但評〕情生文耶？文生情耶？亹亹斐斐，曲曲折折，善讀書者，於此等處悟出多少挪展之法，且悟出多少死中得活之法。芸娘問故。媪述張氏意，極［校］青本作並。道五可之美。芸娘喜，使媼［校］青本作即使。往候王孫。媼入，撫王孫而告之。王孫搖首曰：「醫不對症，奈何！」［馮評］曲筆。媼笑曰：「但問醫良否耳：其良也，召和而緩［呂註］左傳，成十年：晉侯求醫於秦，秦伯使醫緩爲之。又，昭元年：晉侯求醫於秦，秦伯使和視之。［何註］和、緩，春秋時名醫，醫和、醫緩也。至，可矣；執其人以求之，守死而待之，不亦［校］青本作已。癡乎？」王孫欷歔曰：「但天下之醫，無愈和者。」媼曰：「何見之不廣也？」遂以五可之容顏髮膚，神情態度，口寫而手狀之。王孫又搖首曰：「媼休矣！」［但評］聞五可容顏髮膚，神情態度，而搖首曰：媼休矣。是所思之人，非五可也，閨秀也。乃偏以所思之人，引出願所不及之人；而此願所不及之人，即不平於生平所思之人，而遂爲從此深情獨鍾之人。是此後所思之人，五可也，非閨秀矣。有此一段文字，不惟關鍵嚴密，而後文翻雲覆雨，裝鬼弄神，都從此變幻而出：文之蜃樓海市也。此余願所不及也。」反身向壁，不復聽矣。媼見其志不移，遂去。一日，王孫沉痼中，忽一婢入曰：「所思之人至矣！」喜極，躍然而［校］青本作能。起。急出舍，則麗人已在庭中。細認之，卻非閨秀，着松花色［校］青本作松黃袍。細褶繡裙，雙鉤微露，神仙不啻也。拜問姓名。答曰：「妾，五可也。君深於情者，而獨鍾閨秀，使人不平。」王孫謝曰：「生平未見顏色，故目中止一閨秀。今知罪矣！」遂與要誓。方握手殷殷，適母來撫摩，蘧然［何註］蘧然，蘧音詎，自得貌。莊子：昔莊周夢爲蝴蝶，俄而覺，則蘧蘧然周也。而覺，則一夢也。回思［校］青本作首。聲容笑貌，宛在目中。陰念：五可果如所夢，何必求所難遘。因而以夢告母。母喜其念少奪，急欲媒之。王孫恐夢見不的，[校]的，青本作得真。託鄰媼[校]青本作媪。素識張氏者，僞以他故詣之，囑其[校]青本作而囑。潛相五可。媪至其家，五可方病，靠枕支頤，婀娜[校]青本作媚。○[何註]婀媚，婀一作妸，美貌。之態，傾絶一世。近問：「何恙？」女默然弄帶，不作一語。母代答曰：「非病也。連日[校]青本作朝。與爹娘負氣耳！」媪問故。曰：「諸家問名，皆不願，必如王家寄生者方嫁。是爲母者勸之急，遂作意不食數日矣。」媪笑曰：「娘子若配王郎，真是玉人成雙也。渠若見五娘，[校]青本下有者字。恐又憔悴死矣！我歸，即令倩冰，如何？」五可止之曰：「姥勿爾！恐其不諧，益增笑耳！」媪鋭然以必成自任，五可方微笑。[但評]媪與五可一段語言，亦是故作滿心快意之筆，而以王孫終不敢以人言爲信，稍稍縮住。至于纖步遲留，玉容盡悉，不特癡公子又將入夢，亦不可謂非玉人之以魂魄來相要也。乃人原可以代閨秀，而前日之趁我來而故却之者，今則我求之而忽變矣，此一挫，豈惟王孫失意，即讀者亦代爲悔悶也。雞骨支牀，已足爲却媪之報。媪歸，復命，一如媒媪言。王孫詳問衣履，亦與夢合，[校]上四字，青本作無不與夢適合。大悦。意雖[校]青本無雖字。稍舒，然終不[校]青本下有敢字。以人言爲信。過數日，漸瘳，祕招于媪來，謀以[校]青本作一。親見五可。媪難之，姑應而去。久之，不至。方欲覓問，[校]青本作之。媪忽忻然來[校]來，青本作而入。曰：「機幸可圖。五娘[校]青本作可。向有小恙，日令婢輩將[校]青本作相。扶，移[校]青本作一。過對院。公子往伏伺之，五[校]青本無五字。娘行緩澀，[何註]澀，滯也。委曲可以盡睹矣。」[校]青本無以字矣字。王孫喜，[校]青本下有如其教三字。明日，命駕早往，媪先在焉。即令縶馬村樹，引[校]青本作導。入臨路舍，設座掩扉而[校]青本作乃。去。少間，五可果扶婢出。王孫自門隙目注之。女從[校]青本作經。門外過，媪故指揮雲樹以遲纖步，[馮評]化工之筆。王孫窺覘盡悉，[校]青本下有彷彿又入夢中六字。意[校]青本作喜。顫不能自持。未幾，媪至，曰：「可以代閨秀否？」王孫申謝而返，始告父母，遣媒[校]青本作妁。要盟。及妁[校]青本作乃媒。往，則五可已別字矣。[馮評]又作驚人之筆。王孫失意，悔悶欲死，即刻復病。父母憂甚，責其自誤。王孫無詞，惟日飲米汁一合。積數日，[校]青本作月。雞骨支牀，[吕註]世說：王戎、和嶠同時遭大喪，俱以孝稱。王雞骨支牀，和哭泣備禮。較前尤甚。媪忽至，驚曰：「何憊之甚？」王孫涕下，以情告。媪笑曰：「癡公子！前日人趁汝來，而故卻之；今日汝求人，而能必遂耶？雖然，尚可爲力。早與老身謀，[校]青本下有者字。即許京都皇子，能奪還也。」[校]上四字，青本作我能奪之使還。○[馮評]媒媪聲口肖。王孫大悦，求策。媪命函啓遣伻，約次日候於張所。桂菴恐以唐突見拒。媪曰：「前與[校]青本作日。張公業有成言，延數日而遽悔之；且彼字他家，尚無函信。諺云：『先炊者先餐。』[但評]先炊者先餐，從此心中無閨秀矣。乃先炊更有先焉者，可代閨秀者未至，而五可所不平者先至，未受雁采者已先至，夢中相要者愈不肯不至。序行以齒，愛如姊妹，猥以癡情，膺此厚福。由前而觀：似閨秀爲主，五可爲賓；由後而觀：又似五可爲主，閨秀爲賓。其實玉山並峙，峽龍雙飛。中間霧合雲迷，連而不連，斷而不斷，不至喧賓奪主，亦不至反主爲賓，璧合珠聯，烘雲托月，方茲文境。何疑也！」桂菴從之。次日，二僕往，並無異詞，厚犒而歸。王孫［校］青本下有悦字。病頓［校］青本作復。起。由此閨秀之想遂［校］青本作始。絶。［馮評］又帶一句收束。

初，鄭子僑卻聘，閨秀頗不懌；既聞張氏婚［校］青本作姻。成，心愈［校］青本作益。抑鬱，遂［校］遂，青本作恍惚若。病，日就支離。［何註］支離，形神失常也。父母詰之，不肯［校］青本作敢。言。婢窺其意，隱以告母。鄭聞之，怒不醫，以聽其死。二娘懟曰：「吾姪亦殊不惡，何守頭巾戒，［何註］頭巾，儒巾也。古無頭巾，巾，賤者所服。蔡邕獨斷謂：古幘無巾，漢元帝額有壯髮，不欲人見，始進幘服之，羣臣皆隨焉，然尚無巾。王莽頭禿，乃始施巾。故語曰：王莽禿，幘施屋。又明太祖見道士作巾稱善，遂令天下無貴賤服之。王達椒宮房舊事：後見秀才巾服與胥吏同，乃更製儒巾藍衫，令上著之。上曰：此真儒服也。遂頒天下，專屬秀才。頭巾戒，猶今言迂腐氣也。殺吾嬌女！」鄭恚曰：「若所生女，不如早亡，免貽笑柄！」以此夫妻反目。二娘［校］青本下有故字。與女言，將使仍歸王孫，若爲媵。女俛首不言，意若甚願。［校］上四字，青本作若甚願之。二娘商鄭，鄭更［校］青本作益。怒，一付二娘，置女度外，［校］上二字，青本作若已死。不復預聞。二娘愛女切，欲實其言。女乃喜，病［校］青本下有始字。漸瘥。竊探王孫，親迎有日矣。及［校］青本作屆。期，以姪完婚，僞欲歸寧，昧旦，使人求僕輿於兄。兄最友愛，又以居村鄰近，［校］青本作邇。遂［校］青本作即。以所備親迎車［校］青本作輿。馬，先迎二娘。［何評］恰可。既至，則妝女入車，使兩僕兩媪護送之。〔校〕之，青本作而去。到門，以氈貼地而入。時鼓樂已集，從僕叱令吹擂，一時人聲沸聒。王孫奔視，則女子以紅帕蒙首，駭極，欲奔；鄭僕夾扶，使令交拜。王孫不知何由，即便〔校〕青本作亦。拜訖。二媪扶女，逕坐青廬，始知其閨秀也。舉家皇亂，莫知所爲。時漸瀕暮，〔何註〕瀕暮，近暮也。王孫不復敢行親迎之禮。桂菴遣僕以情告張；張怒，遂欲〔校〕青本作欲遂。斷絶。五可不肯，曰：「彼雖先至，未受雁采；不如仍使親迎。」父納其言，以對來使。使歸，桂菴終不敢從。相對籌思，喜怒俱無所施。張待之既久，知其不行，遂亦以輿馬送五可至，因另設青帳〔何註〕青帳，青廬也。於別室。而王孫周旋兩〔校〕青本作中。間，蹀躞〔校〕青本作躞。無以自處。〔馮評〕亂點鴛鴦譜，兩占風月樓。母乃調停於中，使序行以齒，二女皆諾。及五可聞閨秀差長，稱「姊」有難色。母甚慮〔校〕青本作憂。之。比三朝公會，〔校〕上二字，青本作同會於母所。五可〔校〕青本無上二字。見閨秀風致宜人，不覺〔校〕青本無上二字。右之，〔何註〕古人以右爲上。詩，小雅，彤弓：一朝右之。訓：尊也。自是始定。然父母〔校〕青本下有皆字。恐其積久不相能，〔何註〕不相能，不相容悦也。而二女卻〔校〕青本作更。無間言，衣履易着，相愛如姊妹焉。王孫始問五可卻媒之故。笑曰：「無他，聊報君之卻于媪耳。尚〔校〕青本作向。未見妾，意中止有〔校〕青本作一。閨秀；既見妾，亦略靳之，以覘君之視妾，較閨秀何如也。使君爲伊〔校〕青本作人。病，而不〔校〕青本下有能字。爲妾病，則亦不必强求容矣。」王孫笑曰：「報亦慘矣！然非于媪，何得一覲芳容。」五可曰：「是妾自欲見君，媪何能爲。過舍門時，豈不知眈眈者在内耶〔校〕青本作也，下同。。夢中業相要，何尚未知〔校〕青本作之。信耶？」王孫驚問：「何知？」曰：「妾病中夢至君家，以爲妄；後聞君亦夢妾，乃知魂魄真〔校〕青本作直。到此也。」王孫異之，遂述所夢，時日悉符。父子之良緣，〔何註〕父子良緣，合前篇桂菴之事而言。皆以夢成，亦奇情也。故並志〔校〕青本作存。之。

異史氏曰：「父癡於情，子遂幾爲情死。所謂情種，其王孫之謂與？不有善夢之父，何生離魂〔校〕此據青本，抄本作情。之子哉！」

〔何評〕父之奇緣以夢成，其子遂至於同夢，可謂突過黃初。

〔但評〕此幅以「情種」二字爲根，「離魂」二字爲線。事固離奇變幻，疑鬼疑神；文亦詭譎縱橫，若離若即。反復展玩，有如山陰道上行，令人應接不暇，及求其運筆之妙，又如海上三神山，令人可望而不可即。

周生

周生者，淄邑〔校〕上二字，青本作時邑侯。之幕客。令〔校〕令，青本作邑侯適。公出，夫人徐，有朝〔校〕朝，青本作參禮。碧霞元君〔呂註〕宋神宗封泰山女爲碧霞元君。○顧寧人山東考古録：世人多以碧霞元君爲泰山之女，後人知其說之不經，而曲引黃帝遣玉女之事以附會之；不知當日所以褒封，固真以爲泰山之女也。今考封號雖自宋時，而泰山女說，西晉前已有之。張華博物志：文王以太公望爲灌壇令，期年，風不鳴條。夢一婦人當道而哭。問其故，曰：我東海泰山女，嫁爲西海婦。欲東歸，灌壇令當吾道。令有德，吾不敢以暴風過也。明日，文王召太公歸，已而果有驟風疾雨去者。○按博物志云：吾是東海神女，嫁於西海神童；未嘗云泰山女也。夢婦人當道哭，及召太公歸，俱作武王，非文王也。俟再考。之〔校〕青本無之字。願，以道遠故，〔校〕上二字，青本作賒遠。將遣僕齎儀代往。使周爲祝文。周作駢詞，歷敘平生，頗涉狎謔。中有云：「栽般〔校〕青本作洛。陽滿縣之花，〔呂註〕羣芳譜：洛陽花爲天下冠。偏憐斷袖；置夾谷彌山之草，惟愛餘桃。」此訴夫人所憤也，類此〔校〕上二字，青本作諸如此類。甚多。脫稿，示同幕凌生。凌以爲褻，戒勿用。弗聽，付僕而去。未幾，〔校〕上二字，青本作居無何。周生卒於署；既而僕亦死；〔校〕青本下有又未幾三字。徐夫人產後，亦病〔校〕青本作病亦。

卒。［馮評］想宰有斷袖之癖，而夫人憤之，周遂據之以瀆神。周死宜矣，而夫人與焚文之僕何以亦受其累乎？人猶未之異也。周生子自都來迎父櫬，夜與凌生同宿。夢父戒之曰：「文字不可不慎也！我不聽凌君言，遂以褻詞，致干神怒，遽夭天年；又貽累徐夫人，且殃及焚文之僕；恐冥罰尤［校］青本作之。不免也！」醒而［校］青本作以。告凌，凌亦夢［校］青本作夢亦。同，因述其文。周子［校］青本下有方知之三字。爲之惕然。［但評］文字不可不慎，施於人且不可，況褻於神乎。夫人何罪，焚文之僕又何罪？狂生猶有人心，當於冥司力爭曰：刀鋸鼎鑊我身當之，不知情者不科罪也。

異史氏曰：「恣情縱筆，輒洒洒自快，此文客之常也。然婬媟［何註］婬音淫，遊戲也。媟音慢，侮慢也。之詞，何敢以告神明哉！狂生無知，冥譴［何註］冥譴，冥，幽冥也。譴，責也。其所應爾。但［校］青本作乃。使賢夫人及千里之僕，駢死而不知其罪，不亦與［校］青本下有俗中之三字。刑律中［校］青本作猶。分首從者，反多憒憒耶？［校］青本作哉。寃已！」

［何評］文豈可褻？況代閨閣立言乎？而又益之以慢，死固其所自取。周雖有才，要亦未識文體耳。

褚遂良

長山［校］青本下有邑民二字。趙某，稅屋大姓。［校］青本下有之家二字。病癥結，［何註］癥音徵，腹中結塊，按之實而可徵者；按之無物曰瘕。又孤貧，奄然就斃。［校］上七字，青本作又素孤貧，難自給，奄就危殆。一日，力疾就涼，移臥簷下。既醒，見絕代麗人坐其［校］青本作身。傍。因詰問之。［校］上六字，青本作因便詰問，女答云。女曰：「我特來爲汝作婦。」某驚曰：「無論貧人不敢有妄想；且奄奄一息，［校］青本作奄忽垂斃。有婦［校］青本下有欲字。何爲！」［但評］觀某之言，可知其平日亦樸誠自守者。前身之真僞不可知，而其遇仙登梯而去，於理可信。女曰：「我［校］上二字，青本作自媒。能治之。」某曰：「我病非倉猝可除；縱有良方，其如無貲買藥何！」［校］上七字，青本作且苦無貲可買藥餌。女曰：「我醫疾不用藥也。」遂以手按趙腹，力摩之。覺其掌熱如火。移時，腹中痞［校］青本作癖。塊，隱隱作解拆［校］青本作坼。聲。又少時，欲登廁。急起，走數武，解衣大下，膠液流離，結塊盡出，覺通體爽快。［校］青本作快爽。

返臥故處，謂女曰：「娘子何人？祈告姓氏，以便尸祝。」［何註］尸祝，古者祭祀皆有尸，以依神祝贊主人饗神者。答云：「我狐仙也。君乃唐朝褚遂良，［呂註］字善登，錢塘人。太宗時，爲諫議大夫，改黄門侍郎；高宗時，貶爲同州刺史，陞吏部尚書，同三品。帝將立武后，力諫不納，乞歸田里。貶爲潭州都督，又爲愛州刺史，以憂卒。○［馮評］褚河南武氏經事先帝一語，千載人猶起慄。身凡幾古，委頓至此。即有夙根者，轉世必爲名人，此何可信。曾有恩於妾家，每銘心欲一圖報。［校］上二字，青本作報之。日相尋覓，今始得見，［校］青本作能得。夙願可酬矣。」某自慚形穢，又慮茅屋竈煤，玷染華裳。女但請行。趙乃導入家，土莝［呂註］宋史，蘇雲卿傳：此獨有灌園蘇翁，無雲卿也。帥漕乃屏騎從，更服爲遊士，入其圃。延入室，土銼竹几，地無纖塵。○按：莝，似宜作銼。［何註］土莝，莝音剉，細斫槀也。謂土上鋪莝而坐也。無席，竈冷無煙，曰：「無論光景如此，不堪相辱；即卿能甘之，請視甕底空空，又何以養妻子？」女但言：「無慮。」言次，一回頭，見榻上氈席衾褥已設；方將致詰，又轉瞬，見滿室皆銀光紙裱貼如鏡，諸物已悉變易，几案精潔，肴酒並陳矣。遂相歡飲。日暮，與同狎寢，如夫婦。主人聞其異，請一見之。女即出見，無難色。由此四方傳播，造門者甚夥。女並不［校］不，青本作無所。拒絕。或設筵招之，女必與夫俱。一日，座中一孝廉，陰萌淫念。女已知之，忽加誚讓。即以手推其首；首過欞外，而身猶在室，出入轉側，皆所不能。［但評］名孝廉而心不孝廉，使其首過欞外，而身猶在室，是明示以內外不相一之報，而儆以身首異處之刑。然則外面粧正人，內裏存邪念者，皆當以此法處之。因共哀免，方［校］青本作乃。曳出之。積年餘，造請者日［校］上三字，青本作詣者。益煩，女頗厭之。被拒者輒駡〔校〕青本作罪。趙。值端陽，飲酒高會，忽一白兔躍入。女起曰：「春藥翁〔吕註〕神異記：月中有玉兔，持杵擣藥。杜甫詩：入河蟾不没，擣藥兔長生。來見召矣！」謂兔曰：「請先行。」兔趨出，逕〔校〕青本作遥。去。女命趙取梯。趙於舍後負長梯來，高數丈。庭有大樹一章，便倚其上；梯更高於樹杪。女先登，趙亦隨之。女回首曰：「親賓有願從者，當即移步。」衆相視不敢登。惟主人一僮，踴躍從〔校〕青本下有諸字。其後。上上益高，梯盡雲接，不可見矣。共視其梯，則多年破扉，去其〔校〕青本無其字。白板耳。羣入其室，灰壁敗竈依然，他無一物。猶意僮返可問，竟終杳已。

〔馮評〕予讀新唐書，褚遂良惡劉泊，誣之至死；又於江夏王道宗有隙，誣其與房遺愛謀反，流象州；又嘗構盧承慶、李乾祐，皆坐貶；及賤買中書譯語人地，爲韋思謙所劾。皆遂良生平大不好處。凡此見正史非小説也。今人止知其對武氏經事先帝一二語耳。

胡致堂曰：遂良，王、魏之亞，豈肯譖人？孫甫曰：太宗征遼，劉泊監國，有誅大臣之對。後遂良諫廢立，被譴，奸人從而誣之。許敬宗修貞觀實録，多以愛憎改易舊文，譖泊之説不足信。

劉全

鄒平牛醫侯某，荷飯餉耕者。至野，有風旋其前，侯即以杓掬漿祝奠之。盡［校］青本盡上有既字。數杓，風始去。一［校］青本一上有又字。日適城隍廟，閒步廊［校］青本作廡。下，見內塑劉全獻瓜像，［但評］獻瓜事得諸小説，不謂果有劉大哥，而且一靈至此。被鳥雀遺糞，糊蔽目睛。侯曰：「劉大哥何遂受此玷污！」因以爪甲爲除去之。後數年，病卧，被二皂攝去。至官衙前，逼索財賄甚苦。［馮評］冥間逼索，亦等陽世。聊齋往往言之。九幽主者與人間之昏官何以異？人官耳目有不及，陰官之燭炤無不周，乃亦爾爾耶？或曰此腐論也，聊齋不過游戲作文章耳。侯方無所爲計，忽自內一緑衣人出，見之訝曰：「侯翁何來？」侯便告訴。緑衣人［校］青本下有即字。責二皂曰：「此汝侯大爺，何得無禮！」二皂喏喏，遜謝不知。俄聞鼓聲如雷。緑衣人曰：「早衙矣。」遂與俱入，令立墀下，曰：「姑立此，我爲汝問之。」遂上堂點手，招一吏人下，略道數語。吏人見侯拱手曰：「侯大哥來耶？汝亦無甚大事，有一馬相訟，一質便可復返。」［馮評］一馬且要具訟，今之醫士奈何。遂別而去。少間，堂上呼侯名。侯上跪，一馬亦跪。官問侯：「馬言被汝藥死，有諸？」［但評］藥馬死尚且訟之冥官，今之誤藥而死者，何以忍死而不一訟，使彼庸醫常在世上殺人耶？不然，豈其所殺者皆天年適盡者耶？侯曰：「彼得瘟症，某以瘟方治之。既藥不［校］青本無上二字。瘳，隔日而死，與某何［校］青本下有所干二字。涉？」馬作人言，［校］青本作語。兩相苦。官命稽籍，籍註馬壽若干，應死於某年月日，數確符。［何評］有此籍可無庸勾侯。因訶曰：「此汝天數已［校］青本作年適。盡，何得妄控！」［馮評］即藥死，免爾羈勒馳驅之苦，豈不佳耶！叱之而去。因謂侯曰：［校］青本無曰字。「汝存心方便，可以不死。」仍命二皂送回。［校］青本作之。前二人亦與俱出，又囑途中善相視。侯曰：「今日雖蒙覆庇，［校］青本作遂蒙覆蔽。生平實未識荆。乞示姓字，以圖啣報。」綠衣人曰：「三年前，僕從泰山來，焦渴欲死。經君村外，蒙以杓漿見飲，至今不忘。」［馮評］一杓之奠，遂得如此厚報，人有遇着旋風，不妨多澆幾瓢。吏人曰：「某即劉全。曩被［校］青本作蒙。雀糞之污，悶不可耐，君手爲滌除，是以耿耿。奈冥間酒饌，不可以奉賓客，請即別矣。」侯始［校］青本下有豁字。悟，乃歸。既至家，款留二皂。皂並不敢飲其杯水。侯甦，［校］青本作蘇。蓋死已踰兩日［校］青本下有夜字。矣。自此益修善。［校］青本下有行字。每逢節序，必以漿酒酧［校］青本作酹。劉全。年［校］年，青本作後年至。八旬，尚强健，能超乘［校］上二字，青本作乘馬。馳走。一日，途［校］青本途上有於字。間見劉全騎馬來，若〔校〕青本作如。將遠行。拱手道温涼畢，〔校〕上四字，青本作温涼已。劉曰：「君數已盡，勾牒出矣。勾役欲相招，我禁使弗〔校〕青本作勿。須。君可歸治後事，三日後，我來同君行。地下代買小缺，〔馮評〕地下小缺亦可買耶？亦無苦也。」遂去。侯歸告妻子，招别戚友，棺衾俱備。第四日日暮，對衆曰：「劉大哥來矣。」入棺遂殁。

〔何評〕泰山途經，神固無在而無不在。廡下雀糞，神豈必依於土偶乎？萬一城隍廡中，競塑此像，並被糞污，則悶睛無可開之日矣。吏人之言，其偶耶？抑其常耶？

土化兔

靖逆侯張〔校〕遺本作張靖逆侯。勇鎮蘭州時，出獵獲兔甚多，中有半身或兩股尚爲土質。一時秦中爭傳土能〔校〕遺本無能字。化兔。此亦物理之不可解者。〔校〕青本無此篇。

烏使

苑城史烏程〔校〕遺本作成。家居，忽有鳥集屋上，香〔校〕疑音或其字之誤。色類鴉。史見之，告家人曰：「夫人〔校〕遺本作天上。遣烏使召〔校〕遺本作告。我矣。急備後事，某日當死。」至日果卒。殯日，鴉復至，隨楷緩飛，由苑之新。及殯，〔校〕上二字，遺本作至殯宫。鴉始不見。〔校〕遺本作始不復見。長山吴木欣目睹之。〔校〕青本無此篇。

姬生

南陽鄂氏，患狐，金錢什物，輒被竊去。迕之，祟益甚。鄂有甥姬生，名士不〔校〕青本不上有素字。羈，焚香代爲禱免，卒不〔校〕青本作弗。應；又祝舍外祖使臨己家，亦不應。衆笑之。生曰：「彼能幻變，必有人心。〔何評〕亦是。我固將引之，俾入正果。」〔呂註〕唐書，經籍志：釋迦教弟子多有正果。數〔校〕青本數上有三字。日輒一往祝之。雖不見〔校〕青本作固不。驗，然生所至，狐遂不擾。以故，鄂常止生宿。生夜望空請見，邀益堅。一日，生歸，獨坐齋中，忽房門緩緩自開。〔校〕青本作閉。生起致敬曰：「狐兄來耶？」殊寂無聲。一夜，門自開。生曰：「倘是狐兄降臨，固小生所禱祝而求者，何妨即賜光霽？」卻〔校〕青本作即。又寂然。案頭有〔校〕上三字，青本作而案頭。錢二百，及明失之。生至夜，增以數百。中宵，聞布幄鏗然。生曰：「來耶？敬具時銅〔何註〕時銅，謂當代銅也。

數百備用。[校]上二字，青本作以備取用。僕雖不充裕，然非鄙吝者。若緩急有需，[校]青本下有用度二字。無妨質言，何必盜竊？」少間，視錢，脱去二百。生仍置故處，數夜不復失。有熟雞，欲供客而失[校]青本作亡。之。生至夕，又益以酒。而狐從此絶迹矣。鄂家祟如故。生又往祝曰：「僕設錢而子不取，設酒而子不飲；我外祖衰邁，無爲久祟之。僕備有不腆之物，夜當憑汝自取。」[校]青本下有之字。乃以錢十千、酒一罇，兩雞皆齧切，陳几上。[何註]錢酒雞肉陳几上，此陳太丘化偷雞賊法也。生卧其傍，終夜無聲，錢物[校]青本下有亦字。如故。狐怪從此亦絶。[校]青本作自此狐怪以絶。生一日晚歸，啓齋門，見案上酒一壺，燂雞[校]青本作雛。盈盤，錢四百，以赤繩貫之，即前日[校]青本無日字。所失物也。知狐之報。嗅酒而香，酌之色碧緑，飲之甚醇。壺盡半酣，覺心中貪念頓生，[何評]奇甚。驀然欲作賊。便啓户出。思村中一富室，遂往越其牆。牆雖高，一躍上下，如有翅翎。入其齋，竊取貂裘、金鼎而出。歸置牀頭，始就枕眠。天明，攜入内室。妻驚問之，生囁嚅而告，有喜色。妻[校]青本下有初以爲戲，既知其真八字。駭曰：「君素剛正，何忽作賊！」[校]青本作此。生恬然不爲怪，因述狐之有情。妻恍然悟曰：[校]青本作自悟。「是必酒中之狐毒也。」因念丹砂可以卻邪，[何評]妻聰明甚。遂[校]青本下有覓字。研入酒，飲生。[校]上二字，青本作使飲之。少頃，生〔校〕青本無生字。忽失聲曰：「我奈何做賊！」妻代解其故，爽然自失。又聞富室被盜，諜傳里黨。生終日不食，莫知所處。妻爲之謀，使乘夜抛其牆內。生從之。富室復得故物，事亦〔校〕青本作其事。遂寢。生歲試冠軍，又舉行〔校〕青本無行字。優，應受倍賞。及發落之期，道署梁上黏一帖云：「姬某作賊，偷某家裘、鼎，何爲行優？」梁最高，非跋足可黏。文宗疑之，執帖問生。生愕然，思〔校〕青本作念。此事除妻外無知者；況署中深密，何由而至？因悟曰：「此必狐之爲〔校〕青本作爲之。也。」遂緬述無諱，文宗賞禮有加焉。生每自念：無所取罪於狐，所以屢陷之者，亦小人之恥獨爲小人耳。〔但評〕生亦自信過深，狐因得而戲弄之耳。我不小人，即不以小人待人。知小人之恥獨爲小人，所以遠小人不惡而嚴。

異史氏曰：「生欲引邪入正，而反爲邪惑。〔馮評〕邪不勝正，然還不足。有轉爲所誘而入之者。事業、人品、心術、文章，有始正而終趨於邪，古來不少。狐意未必大惡，或生以諧引之，狐亦〔校〕青本無亦字。以戲弄之耳。然非身有夙根，室有賢助，幾何不如原涉所云，家人寡婦，一爲〔校〕上二字，青本作以。盜汚遂行淫〔呂註〕前漢書，游俠傳：原涉字巨先。父哀帝時爲南陽太守。及涉父死，大司徒史丹舉能治劇，爲谷口令，時年二十餘。或譏涉曰：子本二千石之世，結髮自修，以行喪推財禮讓爲名，何故自放縱爲輕俠之徒乎？涉曰：子獨不見家人寡婦耶？始自約敕之時，意乃慕宋伯姬、陳孝婦；不幸一爲盜賊所汚，遂行淫失，知其非禮，然不能自還，吾猶此矣。人嘗置酒請涉，涉入里門，客有道涉所知母病避疾在里宅者。涉即往候，叩門，家哭，涉因入弔，問以喪事，家無所有。涉乃側席而坐，削牘爲疏，具記衣、被、棺木，下至飯含之物，分付諸客奔走市買，至日昳皆會。其周急待人如此。哉！吁！可懼也！」

吳木欣云：「康熙甲戌，一鄉科令浙中，點稽囚［校］青本作凶。犯。有竊盜，已刺字訖，例應逐釋。令［校］青本無令字。嫌『竊』字減筆從俗，［校］青本作呙。非官板正字，使刮去之；候創平，依字彙中點畫形象另刺之。盜口占一絕云：『手把菱花［呂註］埤雅：鏡謂之菱花。○飛燕外傳：飛燕始加大號，婕妤奏上三十六物以賀，有七出菱花鏡一奩。仔細看，淋漓鮮血舊痕斑。早知面上重爲苦，竊物先防識字官。』［何評］詩好。禁卒笑之曰：『詩人不求功名，而乃爲盜？』［馮評］詩人爲盜，似調笑今之詩人。盜又口占答之云：『少年學道志功名，只爲家貧誤一生。冀得貲財權子母，囊遊燕市博恩榮。』」即此觀之，秀才爲盜，亦仕進之志也。狐授姬生以進取之資，［何評］□世。而返悔爲所誤，迂哉！一笑。［校］上十字，青本作耳。

［何評］姬生飲狐酒，頓易剛正而貪，此與飲貪泉何異？但不知吳隱之飲，當復何如？

［但評］士君子欲以正化邪，而和光同塵，自謂不磷不淄，可以使之潛移默易；未幾而身受其惑，信之感之，不覺改行易轍，牢不可破，恬不知羞，如姬生者，何可勝道！小人恥獨爲

小人，或以利啗，或以勢熏，或以色迷，或以官餌，鬼嚇狐蠱，其術不窮。慎勿懷兹酖毒，飲若醇醪；移我脚根，納諸陷阱。即使坐失機會，窮困以終，不猶愈於蔡中郎之感恩董卓，揚子雲之受知新莽哉。此特就出處之大節言之耳；至於交遊徵逐之間，亦名節品行之所關者，不惡而嚴，義取諸遯；以同而異，象叶乎睽。故嘗謂不能造乎可磨可涅之境，不如謹守乎不善不入之言。

果報［校］青本題下有二則二字。

安丘某生，通卜筮之術。其［校］青本其上有而字。爲人邪蕩不檢，［何註］不檢，恣意邪蕩而不知檢制也。每有鑽穴踰隙［校］青本作牆。之行，則卜之。［何評］易不爲小人謀。一日，忽病，藥之，不愈。［校］青本作藥。曰：「吾［校］青本作我。實有所見。冥中怒我狎褻天數，將重譴矣，藥何能爲！」亡何，目暴瞽，兩手無故自折。

某甲者，伯無嗣。甲利其有，願爲之後。伯既死，田産悉爲所有，遂背前盟。又有［校］青本下有一字。叔，家頗裕，亦無子。甲又父之。死，［校］死，青本作叔卒。又背之。於是併三家之産，富甲［校］青本作稱富。一鄉。一日，［校］上二字，青本作忽。暴病若狂，自言曰：「汝欲享富厚而生耶！」遂以利刃自割肉，片片擲地。又曰：「汝絶人後，尚欲有後耶！」剖腹流腸，遂斃。未幾，子［校］青本子上有其字。亦死，産業歸［校］青本下有他字。人矣。果報如此，可畏也夫！［但評］求富有者爲養其生，而適以戕生；絶人後者，自私其後，而因以無後。自作之孽，使自割之，自剖之，而又自言之，真是痛快！

公孫夏

〔校〕抄本有目無文。

保定有國學生某，將入都納貲，謀得縣尹。方趣裝而病，月餘不起。忽有僮入曰：「客至。」某亦忘其疾，趨出逆客。客華服類貴者。三揖入舍，叩所自來。客曰：「僕，公孫夏，十一皇子坐客也。聞治裝將圖縣尹，既有是志，太守不更佳耶？」某遜謝，但言：「貲薄，不敢有奢願。」客請效力，俾出半貲，約於任所取盈。某喜求策。客曰：「督、撫皆某最契之交，暫得五千緡，其事濟矣。目前真定缺員，便可急圖。」某訝其本省。客笑曰：「君迂矣！但有孔方〔呂註〕前漢書，食貨志：錢圜函方，輕重以銖。注：外圜而內孔方也。在，何問吳、越桑梓耶。」某終躊躇，疑其不經。客曰：「無須疑惑。實相告：此冥中城隍缺也。君壽盡，已注死籍。乘此營辦，尚可以致冥貴。」〔馮評〕冥中詮政亦復如此，剔清者想只有天上仙班。即起告別，曰：「君且自謀，三日當復會。」遂出門跨馬去。某忽開眸，與妻子永訣。命出藏鏹，市楮錠萬提，郡中是物爲空。堆積庭中，雜芻靈鬼馬，日夜焚之，灰高如山。三日，客果至。某出貲交兑，客即導至部署，見貴官坐殿上，某便伏拜。貴官略審姓名，便勉以「清廉謹慎」等語。乃取憑文，喚至案前與之。［但評］傀儡登場，形容絕倒。某稽首出署。自念監生卑賤，非車服炫耀，不足震懾［何註］懾音攝，謂震驚而懾伏也。曹屬。［馮評］今之震懾曹屬者，車服外無他道也。於是益市輿馬；又遣鬼役以彩輿迓其美妾。區畫方已，真定鹵簿已至。途中里餘，一道相屬，意得甚。［但評］半日榮華，里餘赫耀，笞來五十，緡去五千。悵耗散兮官貲，慘飛騰兮臀肉。其自言曰：此尚可忍，清夜所難堪者，阿憐不知被誰憐耳。忽前導者鉦息旗靡。驚疑間，見騎者盡下，悉伏道周；人小徑尺，馬大如貍。車前者駭曰：「關帝至矣！」某懼，下車亦伏。遥見帝君從四五騎，緩轡而至。鬚多繞頰，不似世所模肖者；而神采威猛，目長幾近耳際。馬上問：「此何官？」從者答：「真定守。」帝君曰：「區區一郡，何直得如此張皇！」某聞之，灑［何註］灑音洒，驚貌。然毛悚；身暴縮，自顧如六七歲兒。帝君命起，使隨馬蹤行。［馮評］今之市儈，充盈仕途，幸不遇我夫子耳，且可出面目以嚇人。道傍有殿宇，帝君入，南向坐，命以筆札授某，俾自書鄉貫姓名。某書已，呈進。帝君視之，怒曰：「字訛誤不成形象！此市儈［呂註］按：牙儈能會合市物，故曰市儈。［何註］市儈，市中牙儈也。耳，何足以任民社！」［馮評］字迹訛誤，德籍全無，此人必多虧損，買爵之罪，特其一耳。又命稽其德籍。傍一人跪奏，不知何詞。帝君厲聲曰：「干進罪小，賣爵罪重！」旋見金甲神綰鎖去。遂有二人捉某，褫去冠服，笞五十，臀肉幾脱，逐出門外。四顧車馬盡空，痛不能步，偃息草間。細認其處，離家尚不甚遠。幸身輕如葉，一晝夜始抵家。豁若夢醒，牀上呻吟。家人集問，但言股痛。蓋瞑然若死者，已七日矣，至是始寤。便問：「阿憐何不來？」——蓋妾小字也。先是，阿憐方坐談，忽曰：「彼爲真定太守，差役來接我矣。」乃入室麗妝，妝竟而卒，纔隔夜耳。家人述其異。某悔恨椎胸，命停尸勿葬，冀其復還。數日杳然，乃葬之。某病漸瘳，但股瘡大劇，半年始起。每自曰：「官貲盡耗，而横被冥刑，此尚可忍；但愛妾不知舁向何所，清夜所難堪耳。」

異史氏曰：「嗟乎！市儈固不足南面哉！冥中既有線索，恐夫子馬蹤所不及到，作威福者，正不勝誅耳。吾鄉郭華野先生〔呂註〕名琇，字瑞卿，即墨人。康熙庚戌進士，歷官湖廣總督。○通志：琇初入臺，即有特參河臣之疏。江南困於水患，誦公疏，人人手額，皆以爲有更生之望。尋陞僉都，有大臣結黨營私疏；再進總憲，有近臣招摇撞騙疏。一時輦下栗然。傳有一事，與此頗類，亦人中之神也。先生以清鯁受主知，再起總制荆楚。〔何評〕此事亦見他書。行李蕭然，〔馮評〕如此考成，恐今之牧令罷斥盡矣。必以蕭然行李爲高，將飲一杯水者便爲循吏乎？子輿氏曰：君子平其政行辟人可也。爲政自有體，君侯百里，士民聲望所關，不可過於炫耀。必以此定賢否，爲去留，則亦未爲平允矣。惟四五人從之，衣履皆敝陋。途中人皆不知爲貴官也。適有新令赴任，道與相值。駝車二十餘乘，前驅數十騎，騶從以百計。先生亦不知其何官，時先之，時後之，時以數騎雜其伍。彼前馬者怒其擾，輒訶卻之。先生亦不顧瞻。亡何，至一巨鎮，兩俱休止。乃使人潛訪之，則一國學生，加納赴任湖南者也。乃遣一价召之使來。令聞呼駭疑；及詰官閥，始知爲先生，悚懼無以爲地。冠帶蒲伏而前。先生問：『汝即某縣縣尹耶？』答曰：『然。』先生曰：『蕞〔何註〕蕞，才外切，小貌。左傳，昭七年：蕞爾國。又魏都賦：宵歌蕞陋。爾一邑，何能養如許騶從？履任，則一方塗炭矣！不可使殃民社，可即旋歸，勿前矣。』〔但評〕此即一家哭何如一路哭之意，特於途中行之，尤爲暢快耳。想如許騶從，紛紛作鳥獸散時，亦有可觀。令叩首曰：『下官尚有文憑。』先生即令取憑，審驗已，曰：『此亦細事，代若繳之可耳。』令伏拜而出。歸途不知何以爲情，而先生行矣。世有未莅任而已受考成者，實所創聞。蓋先生奇人，故有此快事耳。」

〔何評〕明陰洞陽。

〔但評〕市儈而謀縣尹，不自知其非分也。以太守動之，不言德薄才薄，但言資薄，推其心，幾不知名器之重，只要有錢皆可以惟我所欲而已。至僅出半資，居然五馬；倚孔方之力，遂破原籍之例，冥中有此，真銅臭世界，陰霾地獄矣。貴官出身何途，而殿上巍巍，能作「清廉謹慎」勉人之語？鬼臉欺人，是其長矣。特賣爵事發縮鎖後，罪不可逃，而任所取盈之約，亦歸烏有。應自悔當日未曾告白曰：「求現不賒。」

韓方

明季，濟郡以北數州縣，邪疫大作，比户皆然。齊東[校]青本下有有字。農民韓方，性至孝。父[校]青本父上有其字。母皆病，因具楮帛，哭禱於孤石大夫[呂註]章丘縣志：東陵山下大石，高丈餘，有神異，不時化爲人，行醫邑中。嘉靖初，嘗化一男子，假星命，自號石大夫。至陝西渭南時，前令劉公鳳池尚諸生，見其干支，即下拜曰：我父母也。異日登第，必令吾章丘。劉愕然。後果登進士，謁選得章丘。跡其人，父老皆不知。夜石見夢曰：我非人，東陵山下亭亭大石即我也。公因往祭其處，爲立廟。邑人有疾，多往祈禱，輒託之夢寐爲人醫，無不立愈。○按：此第云石大夫，未嘗云孤石大夫也，未知是否。之廟。歸途零涕。遇一人，衣冠清潔，問：「何悲？」[校]青本下有也字。韓具以告。其人曰：「孤石之神，不[校]青本不上有即亦二字。在於此，禱之何益？僕有小術，可以一試。」韓喜，詰其[校]青本作便詰。姓字。其人曰：「我不求報，何必通鄉貫乎？」韓敦[校]敦，青本作方殷殷。請臨其家。其人曰[校]曰，青本作又言。：「無須。但歸，以黃紙置牀上，[校]青本無上字。厲聲言：『我明日赴都，告諸嶽帝！』病當已。」[馮評]一說書大洞經條於門，則能辟疫鬼。又云：書江西人討本頭錢，要緊，要緊，要緊！焚之亦除。韓恐不驗，堅求移趾。其人曰：「實告子：我非人也。巡環使者以我誠篤，俾爲南鄉土地。感君孝，指授此術。目前嶽帝舉枉死之鬼，其有功人民，或正直不作邪祟者，以城隍、土地用。今日殃人者，皆郡城[校]青本下有中字。北兵所殺之鬼，急欲赴都自投，[校]上二字，青本作投狀。故沿途索賂，以謀口食耳。言告嶽帝，則彼必懼，故當已。」[但評]授此術而病果已，固有德於韓矣。然吾謂其術猶疎也，何不甚之徑告嶽帝，使數州縣之邪疫皆祛，且免沿途索賂者之倖進而爲城隍、土地乎？韓悚然起敬，伏地叩謝。及起，[校]青本作伏叩道側，既起。其人已渺。驚歎而歸。遵其教，父母[校]青本下有果字。皆愈。以傳鄰村，無不驗者。

異史氏曰：「沿途祟人而往，以求不作邪祟之用，此與策馬應『不求聞達之科』[呂註]趙璘因話録：唐有德音，搜訪不求聞達者。有人於昭應逢一書生，奔馳入京。問：何事？曰：將應不求聞達之科。者何殊哉！天下事大率類此。猶憶甲戌、乙亥之間，當事者使民捐穀，具疏[校]上二字，青本作疏告九重。謂民樂輸。於是各州縣如數取盈，甚費敲撲。時[校]青本時上有是字。郡北七邑[校]青本下有皆字。被水，歲[校]青本下有大字。祲，催辦尤難。唐[校]青本唐上有吾鄉二字。太史偶至利津，見繫逮者十餘人。因問：『爲何事？』答曰：[校]青本作見繫逮十數人，即當道中問其何事，答云。『官捉吾等赴城，比追樂輸耳。』[但評]樂輸之名，前事可鑑。農民[校]青本下有亦字。不知『樂輸』二字作何解，遂以爲徭役敲比之名，豈不[校]上二字，青本作亦。可歎而可笑哉！」[校]青本作也。

[何評]讀讚語，與程子試處女事同發一笑。

紉針

虞小思，東昌人。居積爲業。妻夏，歸寧〔校〕青本下有而字。返，見門外一媪，偕少女哭甚哀。夏詰之，媪揮淚〔校〕青本作涕。相告。乃知其夫〔校〕夫，青本作男子。王心齋，亦宦裔也。〔但評〕宦裔衰落，亦其常耳。如王心齋者，令人爲宦裔一哭。家中〔校〕青本作衰。落，無衣食業，浼中保貸富室黄氏金，作〔校〕青本作上有學字。賈。中途遭寇，〔校〕青本下有巨梃中顱四字。喪貲，幸不死。至家，黄索〔校〕青本作責。償，計子母不下三十金，實無可〔校〕青本下有以字。準抵。〔校〕青本作之。黄窺其女紉針美，將謀作妾。使中保質〔校〕青本作責。告之：如〔校〕青本下有其字。肯可，折債外，仍以廿金壓券。〔但評〕權子母而謀其女，其惡與權子母而絶人之産者同。吾見之，吾且數見之。王謀諸妻。妻泣曰：「我雖貧，固簪纓之胄。〔何註〕簪纓胄，謂世家後也。彼以執鞭發蹟，何敢遂媵吾女！且紉針固自有壻，〔校〕青本作固有壻耳。汝烏〔校〕青本作何。得擅作主！」〔但評〕王之識見，大不及於其妻；王之氣骨，更有愧於其女。先是，同邑傅孝廉之子，與王投契，生男阿卯，與〔校〕與，青本作於襁。褓中論婚。〔馮評〕遥接。後孝廉官於閩，年餘而卒。妻子不能歸，音耗俱〔校〕青本作消息遂。絶。以〔校〕青本下有是字。故紉針十五，尚未字也。妻言及此，遂〔校〕青本作王。無詞，但謀所以爲計。妻曰：「不得已，其試〔校〕青本作妄。謀諸兩弟。」蓋妻范氏，其祖曾任京職，〔校〕青本作秩。兩孫田産尚多也。次日，妻攜女歸告兩弟。兩弟任其涕淚，並無一詞肯爲〔校〕上二字，青本作爲之。設處。范乃號啼而歸。〔但評〕范之兩弟，亦計子母者流耳。涕泣而告之，叔兮伯兮，褎如充耳，孤負此淚矣。適逢夏詰，且訴〔校〕青本作述。且哭。夏憐之。視其女，綽約〔何註〕綽約，柔媚也。莊子：綽約若處子。可愛，益爲哀楚。因邀入其家，款以酒食。慰之曰：「母子勿戚，妾當竭力。」〔馮評〕襯出夏夫人。范未遑謝，女已〔校〕青本作亦。哭伏在地，益加惋惜。〔校〕青本作益惋惜之。籌思曰：「雖有薄蓄，然三十金亦復大難。當典質相付。」〔馮評〕菩薩語，牟尼心。○天下惟難能之事爲可貴耳。如夏夫人慈悲心腸，當繪作南海大士日禮拜之。母子拜謝。〔校〕青本作别。夏以三日爲約。别後，百計爲之〔校〕青本無爲之二字。營謀，亦未敢告諸其夫。三日，未滿其數；又使人假諸其母。范母女〔校〕青本作子。已至，因以實告。〔校〕青本作因實告之。又訂〔校〕青本下有以字。次日。抵暮，假金至，合裹並置牀頭。至夜，有盜穴壁，以火入。夏覺，睨之，見一人臂跨〔校〕跨，青本作上懸。

短刀，狀貌凶惡。大懼，不敢〔校〕青本下有復字。作聲，僞爲睡者。盜近箱，意將發扃。回顧夏枕邊有裹物，探身攫去，就燈解視；〔校〕青本下有已字。乃入腰橐，不復胠篋〔吕註〕胠，開也。見莊子胠篋篇。而去。〔馮評〕平生喜讀俠客傳，至此不足又道也。遂爲之一哭。夏乃起呼。家中惟一小婢，隔牆告鄰，鄰人集而盜已遠。〔校〕青本下有矣字。夏乃對燈〔校〕青本作燭。啜泣。見〔校〕見，青本作亡何。婢睡熟，〔校〕青本作去。乃〔校〕青本作夏。引帶自經於櫺間。〔校〕青本無間字。天曙婢覺，〔校〕上四字，青本作婢覺，天已大曙。呼人解救，〔校〕青本呼上有始字，救，作其懸。四肢冰冷。〔校〕青本作已冰。虞聞〔校〕青本作知。奔至，詰婢始得其由，驚涕營葬。〔校〕青本下有而已二字。時方夏，尸不僵，亦不腐。過七日，乃殮之。

既葬，紉針潛出，哭於其墓。暴雨忽集，霹靂大作，發墓，〔校〕青本作墓發。紉針〔校〕青本作女亦。震死。〔馮評〕一起一跌，怒濤掀天。虞聞，奔驗，〔校〕青本下有之字。則棺木已啓，妻呻嘶其中，抱出之。見女尸，不知爲〔校〕青本作其。誰。夏審視，始辨〔校〕青本作解。之。方相駭怪。未幾，范至，見女已死，哭〔校〕青本作號。曰：「固疑其在此，今果然矣！〔馮評〕讀至此令人目眩心驚，雙瞳霍霍不定。聞夫人自縊，日夜不絕聲。今夜語我，欲哭於殯宮，我未之應也。」夏感其義，遂與夫言，即以所葬材穴葬之。范拜謝。虞負妻歸，范亦歸告其夫。聞村北一人被雷擊死於途，身有字云：「偷夏氏金賊。」〔馮評〕

快哉！人心天道，理實可信。〔但評〕夏爲女死，女爲夏爲己死而死，而皆以雷電復生；偷金者亦以雷電擊死。此赦過宥罪，所以取象於雷雨之並作；折獄致刑，明罰勑法，所以取象於雷電之皆至也。獨惜計子母而謀人女者之漏網耳。俄聞鄰婦哭聲，乃知雷擊〔校〕上二字，青本作死。者即其夫馬大也。村人白於官，拘〔校〕青本下有其字。婦械鞫，〔校〕青本下有之字。則范氏以夏〔校〕青本作范以夏氏。之措金贖女，對人感泣，馬大賭博無賴，聞之而盜心遂生也。官〔校〕青本作乃。押婦搜贓，則止存二十數；又檢馬尸得四數。官判賣婦償補責還虞。夏益喜，全金悉仍付范，俾償債主。葬女三日，夜大雷電以風，墳復發，〔校〕青本作破。女亦頓活。〔校〕青本作蘇。〇〔馮評〕事雖奇而理可信。不歸其家，往扣夏氏之門，蓋認其墓，疑其復生也。〔馮評〕補清。夏驚起，隔扉問之。女曰：「夫人果生耶！〔校〕青本作也。〇〔馮評〕先此一句妙。我紉針耳。」〔但評〕夫人果生二語，緊接上疑其復生。來望夫人之復生，其本願也；望其復生而不敢謂其必復生，疑其復生而不敢信其真復生。今而見其果生也，我紉針乃可以復生矣。曰我紉針，亦亟欲以報慰我夫人耳。九字中欣慰傷感之情，一時全到。夏駭爲鬼，呼鄰媼〔校〕青本下有共字。詰之，知其復活，〔校〕青本作更生。喜內入室。女自言：「願從夫人服役，不復歸矣。」夏曰：「得無謂我損〔校〕青本作捐。金爲買婢耶？汝葬後，債已代償，可勿見猜。」女益感泣，願以母事。夏不允。〔校〕青本作未諾。女曰：「兒能操作，亦不坐食。」天明，告范。范喜，急至。亦〔校〕青本無亦字。從女意，即以屬夏。范去，夏强送女歸。女啼思夏。王心齋自負女〔校〕青本作之。來，委諸門内而去。夏見，〔校〕青本下有之字。驚問，始知其故，遂亦安之。女見〔校〕青本無上二字。虞至，急下拜，呼以父。虞固無子女，又〔校〕青本無又字。見女依依憐人，頗以爲懽。女紡績縫紉，勤勞臻至。夏偶病劇，〔校〕青本作夏病幾殆。女晝夜給役。見夏不食，亦不食，面上時有啼痕。向人曰：「母有萬〔校〕青本下有分字。一，我誓不復生！」夏少瘳，始解顔爲歡。〔校〕青本作笑。〇〔但評〕夏之仗義，女之感德，曲折寫來，肝膽畢露。至黄之富而不仁，范弟視同膜外，猶無足責。王心齋身受其毒，幾鬻其女，且及他人，他日復被其愚，仰其富，忘其讎，而甘心以女事之。搢紳之家，不應有此闒茸子。〇前聞夫人死，則誓不生；繼疑夫人復生，則我亦不能不復生。然其時猶是夫人也。夫人而既母之矣，母有萬分一，我何敢復生乎。夏不食，亦不食；夏少瘳，始解顔爲笑。此何如性情，旁人聞之，亦應流涕。夏聞〔校〕聞，青本作愈聞之。流涕，曰：「我四十無子，但得〔校〕青本作復。生一女如紉針亦〔校〕青本作者。足矣。」〔馮評〕生下。夏從〔校〕從，青本作自少。不育；踰年忽生〔校〕青本作踰歲忽舉。一男，人以爲行善之報。居二年，女益長。虞與王謀，不能堅守舊盟。〔馮評〕前已定婚傅氏，此言不能堅守前盟，賢如紉針肯聽之耶？惟要文字好看，生出下文争婚一段波瀾耳。王心齋可謂毫無心肝矣。王曰：「女在君家，婚姻惟君所命。」女十七，惠美無雙。此言出，問名者趾錯於門，夫妻爲揀。〔校〕揀，青本作之簡對。富室黄某亦遣媒來。虞惡其爲富〔校〕上二字，青本作富而。不仁，力卻之。爲擇於馮氏。馮，邑名士，子〔校〕青本下有亦字。慧而能文。將告於王；王出負販未歸，遂逕諾之。

黃以不得於虞，亦託作賈，跡王所在，設饌相邀，更復助以資本，漸漬習洽。因自言［校］青本作道。其子慧以自媒。王感其情，又仰其富，遂與訂盟。［何評］愚人。既歸，詣虞，則虞昨日已［校］青本作方。受馮氏壻書。聞王所［校］青本無所字。言，不［校］青本不上有頗字。悅，呼女出，告以情。女怫然曰：「債主，吾仇也！［何評］可知。以我事仇，但有一死！」［馮評］亦分曉，有志氣。王無顏，託人告黃以馮氏之盟。黃怒曰：「女姓王，不姓虞。我約在先，彼約在後，何得背盟！」遂控於［校］青本作投狀。邑宰，宰意以先約判歸黃。馮曰：「王某以女付虞，固言婚嫁不復預聞，且某有定婚書，彼不過杯酒之談耳。」宰不能斷，［校］青本作堅。將惟女願從之。［校］青本作之從。黃又［校］青本作退。以金賂官，［校］官，青本作邑宰。求其左袒，以此月餘不決。［馮評］波總不平。一日，有孝廉北上，公車［校］上四字，青本作赴都道。過東昌，［但評］適從何來，其巧乃至于此。將謂其母之克守舊盟而有是歟？抑謂紉針之以死自誓而致是歟？母固不自有其功，即紉針亦不敢有其功也。然則歸功於雷霆乎？雷霆若曰：紉針之復生，紉針之當復生也。嚮使無夏，則紉針之死，不在潛哭於墓時矣。使人問王心齋。適問於虞，虞［校］青本少一虞字。轉詰之，蓋孝廉姓傅，［校］青本作傅姓。即阿卯也。入闈籍，十八已鄉薦［校］青本作捷。矣。以［校］青本以上有猶字。前約未婚。其母囑令［校］上四字，青本作蓋母囑。便道訪王，問女曾否另字［校］青本作問其女已嫁否。也。虞大喜，邀傅至家，歷述所遭。然壻遠［校］青本無遠字。來千里，患無憑據。［校］青本作質實。傅啓篋出王當日允婚書。虞招王至，驗之果〔校〕青本作而。真，乃共喜。是日當官〔校〕青本無官字。覆審，傅投刺謁〔校〕青本下有邑字。宰，其案始銷。涓吉約期乃去。會試〔校〕青本作禮闈。後，市幣帛而還，居其舊第，行親迎禮。進士報已到閩，又報至東，傅又捷南宫。〔校〕上十一字，青本作自閩中還，蓋傅又捷南宫矣。復入都觀政而返。女不樂南渡，傅亦以廬墓在，遂獨往扶〔校〕青本作還。父柩，載母俱歸。又〔校〕青本作後。數年，虞卒，子纔七八歲，女撫之過於其弟。使讀書，得〔校〕青本作早。入邑庠，家稱素封，皆傅力也。

異史氏曰：「神龍中亦有游俠耶？彰善癉惡，〔校〕青本作癉惡彰善。生死皆以雷霆，此『錢塘破陣舞』也。轟轟屢擊，皆爲一人，焉知紉針非龍女謫降者耶？」

〔何評〕可謂洊雷矣，然而聾者不聞。

桓侯

荊州彭好士，友家〔校〕青本作自他。飲歸。下馬溲便，馬齕草路傍。〔校〕青本作側。有細草一叢，蒙茸可愛，初放黃花，豔光奪目，馬食已過半矣。彭拔其餘莖，嗅之有異香，因納諸懷。超乘復行。馬騖駛絶馳，頗覺快意，竟不計算歸途，縱馬所之。忽見夕陽近山，始將旋轡。但望亂山叢沓，並不知其何所。一青衣人來，見馬方噴嘶，代爲捉啣，〔何註〕啣，馬口鐵，所以控馬者。曰：「天已近暮，吾家主人便請宿止。」彭問：「此屬何地？」曰：「閬中〔呂註〕寰宇記：閬中本漢舊縣，閬水迂曲經其三面，縣居其中，故取以爲名。按：今屬四川保寧府。也。」彭大駭，蓋半日已千餘里矣。因問：「主人爲誰？」〔校〕青本作伊。曰：「到彼自知。」〔校〕青本作到自知之。又問：「何在？」曰：「咫尺耳。」遂代鞚疾行，人馬若飛。過一山頭，〔校〕青本作頂。見半山中屋宇重疊，雜以屏幔，遥睹衣冠一簇，若有所伺。彭至下馬，相向拱敬。俄，主人出，氣象剛猛，巾服都異人世。拱手向客，曰：「今日客莫遠於彭君。」因揖彭，請先行。彭謙謝，不肯遽先。主人捉臂行之。彭覺捉處如被械梏，痛欲折，不敢復争，遂行。下此者，猶相推讓，主人或推之，或挽之，客皆呻吟傾跌，似不能堪，一依主命而行。[但評]讓，美德也，然亦自有節，故揖讓止于三也；況侍于長者，有不敢以客自居之禮乎。每見一席之間，拘迂太過，不憚其勞。本讓也，而跡若相争，至於彼此相持，踰數刻而不能下，于斯時也，惜其不遇桓侯。登堂，則陳設炫麗，兩客一筵。彭暗問接坐者：「主人何人？」答云：「此張[校]青本無張字。桓侯也。」彭愕然，不敢復咳。合座寂然。酒既行，桓侯曰：「歲歲叨擾親賓，聊設薄酌，盡此區區之意。值遠客辱臨，亦屬幸遇。僕竊妄有干求，如少存愛戀，即亦不强。」[馮評]似桓侯聲口。彭起問：「何物？」曰：「尊乘已有仙骨，非塵世所能驅策。欲市馬相易，如何？」彭曰：「敬以奉獻，不敢易也。」桓侯曰：「當報以良馬，且將賜以萬金。」彭離席伏謝。桓侯命人曳起之。俄頃，酒饌紛綸。日落，命燭。衆起辭，彭亦告别。桓侯曰：「君遠來焉歸？」彭顧同席者曰：「已求此公作居停主人矣。」桓侯乃偏以巨觴酹客。謂彭曰：「所懷香草，鮮者可以成仙，枯者可以點金；草七莖，得金一萬。」即命僮出方授彭。[何評]桓侯有點金術。彭又拜謝。桓侯曰：「明日造市，請於馬羣中任意擇其良者，不必與之論價，[校]青本作賈。吾自給之。」

又告衆曰：「遠客歸家，可少助以資斧。」衆唯唯。觴盡，謝別而出。途中始詰姓字，同座者爲劉子翬。〔何注〕翬音煇。同行二三里，越嶺，即睹村舍。衆客陪彭並至劉所，始述其異。先是，村中歲歲賽〔何注〕賽，先代切，報賽也。今俗報祭日賽神，借相誇勝曰賽。通作塞。前漢書，郊祀志：冬塞禱祠。注：報其所禱也。社於桓侯之廟，斬牲優戲，以爲成規，劉其首善者也。三日前，賽社〔校〕青本作神。方畢。是午，各家皆有一人邀請過山。問之，言殊恍惚，但敦促甚急。過山見亭舍，相共駭疑。〔校〕青本作相與駭異。將至門，使者始實告之；衆亦不敢卻退。使者曰：「姑集此，邀一遠客〔校〕青本作賓。行至矣。」蓋即彭也。衆述之驚怪。其中被把握者，皆患臂痛；解衣燭之，膚肉青黑。彭自視亦然。衆散，劉即襆被供寢。既明，村中争延客；又伴彭入市相馬。十餘日，相數十匹，苦無佳者；彭亦拚苟就之。又入市，見一馬，骨相似佳；騎試之，神駿無比。逕騎入村，以待鬻者；再往尋之，其人已去。遂別村人欲歸。村人各餽金貲，遂〔校〕青本作送。歸。馬一日〔校〕青本下有約字。行五百里。抵家，述所自來，人不之信。囊中出蜀物，始共怪之。香草久枯，恰得七莖，遵方點化，家以暴富。〔馮評〕人間杯酒尋常事，笑煞桓侯亦世情。遂敬詣故處，獨祀桓侯之祠，優戲三日而返。

異史氏曰：「觀桓侯燕賓，而後信武夷幔亭〔呂注〕諸仙記：武夷山神號武夷君。始皇二年，語村人曰：汝等以八月十五日會山頂。是日，村人畢集，見幔亭彩幄，設寶座，施紅雲紫霞褥，器用具設，令男女分坐。聞空中人聲，須臾樂作，亦不見其人。酒行命食，味皆甘美；惟酒差薄。因名其地爲幔亭。〔何註〕幔亭一作慢亭。非誕也。然主人肅客，遂使蒙愛者幾欲折肱，則當年之勇力可想。」

吴木欣言：「有李生者，脣不掩其門齒，露於外〔校〕青本下有者字。盈指。一日，於某所宴集，二客遜上下，其争甚苦。一力挽使前，一力卻向後。力猛肘脱，李適立其後，肘過觸喙，雙齒並墮，血下如涌。衆愕然，其争乃息。」此與桓侯之握臂折肱，同一笑也。

〔何評〕爲桓侯客不易。○此書桓侯易馬事。

粉蝶

陽曰旦，瓊州士人也。〔馮評〕袁子才將此篇演作七古長篇，名颶風引。偶自他郡歸，泛舟於海。遭颶風，舟將覆；忽飄一虛舟來，急躍登之。回視則同舟盡没。風愈〔校〕青本作逾。狂，瞑然任其所吹。亡何，風定。開眸，忽見島嶼，舍宇連亘。把棹近岸，直抵村門。村中寂然，行坐良久，雞犬無聲。見一門北向，松竹掩藹。〔校〕青本作靄。時已初冬，牆内不知何花，蓓蕾滿樹。心愛悦之，逡巡遂入。遥聞琴聲，〔馮評〕從颶風大作，天地震炫後，忽聞琴聲，直覺心清神爽，别是一翻世界。小説三國演義敍先主馬跳檀溪後，入水鏡莊聞司馬德操琴聲，同是一樣景色。步少停。有婢自内出，年約〔校〕青本無約字。十四五，飄灑豔麗。睹陽，返身遽入。俄聞琴聲歇，一少年出，訝問容所自來。陽具告之。轉詰邦族，陽又告之。少年喜曰：「我姻親也。」遂揖請入院。院中精舍華好，又聞琴聲。既入舍，則一少婦危坐，朱絃方調，年可十八九，風采焕映。見客入，推琴欲逝。少年止之曰：「勿遁，此正〔校〕青本作即。

卿家瓜葛。」〔校〕青本作眷屬。因代溯所由。少婦曰：「是吾姪也。」因問其「祖母尚健否？父母年幾何矣？」陽曰：「父母四十餘，都各無恙；惟祖母六旬，得疾沉痼，一步履須人耳。姪實不省〔校〕青本作知。姑係何房，望祈明告，以便歸述。」少婦曰：「道途遼闊，音問梗塞〔何註〕梗塞，不通也。久矣。歸時但告而父，『十姑問訊矣』，渠自知之。」陽問：「姑丈何族？」少年曰：「海嶼姓晏。此名神仙島，離瓊三千里，僕流寓亦不久也。」十娘趨入，使婢以酒食餉客，鮮蔬香美，亦不知其何名。飯已，因與瞻眺，見園中桃杏〔校〕青本作李。含苞，頗以爲怪。晏曰：「此處夏無大暑，冬無大寒，花無斷時。」〔何評〕瓊已然，更去三千里可知。陽喜曰：「此乃仙鄉。歸告父母，可以移家作鄰。」晏但微笑。還齋炳燭，見琴橫案上，請一聆其雅操。晏乃撫絃捻柱。十娘自内出，〔馮評〕晏方撫絃，在俗手必即鼓一操，此卻接入十娘自内出。此不肯用平筆。晏曰：「來，來！卿爲若姪鼓之。」十娘即坐，問姪：「願何聞？」陽曰：「姪素不〔校〕青本作未。讀『琴操』，實無所願。」十娘曰：「但隨意命題，皆可成調。」〔馮評〕隨意成調，惟精此道者能之，如歸去來辭、赤壁等篇皆可入譜，勾撥挑剔，自叶宫商。陽笑曰：「海風引舟，〔何評〕已是絶妙好調。亦可作一調否？」十娘曰：「可。」即按絃挑動，若有舊譜，意調崩騰；静會之，如身仍〔校〕上三字，青本作身似。在舟中，爲颶風之所擺簸。

[但評]海風引舟，絶妙命題。意調崩騰，令人靜會，如親歷其境者，無文字之文才是至文。陽驚歎欲絶，問：「可學否？」十娘授琴，試使勾撥，曰：「可教也。欲何學？」曰：「適所奏『颶風操』，不知可得幾日學？請先録其曲，吟誦之。」十娘曰：「此無文字，我以意譜之耳。」乃別取一琴，作勾剔之勢，使陽效之。陽習至更餘，音節粗合，夫妻始別去。陽目注心凝，對燭自鼓；久之，頓得[校]青本作然。妙悟，不覺起舞。舉首，忽見婢立燈下，驚曰：「卿固猶未去耶？」婢笑曰：「十姑命待[校]青本作侍。安寢，掩户移檠耳。」[馮評]接得入妙。審顧之，秋水澄澄，意態媚絶。陽心動，微挑之；[校]青本無之字。婢俯首含笑。陽益惑之，遽起挽頸。婢曰：「勿爾！夜已四漏，主人將起，彼此有心，來宵未晚。」方狎抱間，聞晏喚「粉蝶」。[馮評]粉蝶之名卻從晏隔壁喚出。婢作色曰：「殆矣！」急奔而去。陽潛往聽之。但聞晏曰：「我固謂婢子塵緣未滅，汝必欲收録之。今如何矣？宜鞭三百！」十娘曰：「此心一萌，不可給使，不如爲吾姪遣之。」[馮評]仙人依然眷屬，不知塵心動否，又拖下。陽甚慚懼，返齋滅燭自寢。天明，有童子來侍盥沐，[何註]盥沐，洗手面也。不復見粉蝶矣。心惴惴恐兒譴逐。俄，晏與十娘並出，似無所介於懷，便考所業。陽爲一鼓。[校]青本作奏。十娘曰：「雖未入神，已得什九，肄熟可以臻妙。」陽復求別傳。晏教以「天女謫降」[何註]

謫降，謫音摘，亦降也。之曲，［但評］暗借點題。指法拗折，習之三日，始能成曲。［校］青本作聲。晏曰：「梗概已盡，此後但須熟耳。嫻此兩曲，琴中無梗調矣。」陽頗憶家，告十娘曰：「吾［校］青本作姪。居此，蒙姑撫養甚樂；顧家中懸念。離家三千里，何日可能還也！」十娘曰：「此即不難。故舟尚在，當助爾一帆風。子無家室，我已遣粉蝶矣。」［馮評］明透下。乃贈以琴。又授以藥，曰：「歸醫祖母，不惟卻病，亦可延年。」遂送至海岸，俾登舟。陽覓楫，十娘曰：「無須此物。」因解裙作帆，爲之縈繫。陽慮迷途，十娘曰：「勿憂，但聽帆漾耳。」繫已，下舟。陽淒然，方欲拜別，而南風競起，離岸已遠矣。視舟中糗糧［校］青本作糒。已具，然止足供一日之餐，心怨其吝。腹餒不敢多食，唯恐遽盡，但啗胡餅一枚，覺表裏甘芳。餘六七枚，珍而存［校］青本作藏。之，即亦不復飢矣。俄見夕陽欲下，方悔來時未索膏燭。瞬息，遥見人烟；細審，則瓊州也。喜極。旋已近岸，解裙裹餅而歸。入門，舉家驚喜，蓋離家已十六年矣，［校］青本無矣字。○［馮評］十六年字爲下粉蝶降生作根據耳。始知其遇仙。視祖母老病益憊；出藥投之，沉痾立除。共怪問之，因述所見。祖母泫然曰：「是汝姑也。」初，老夫人有少女，名十娘，生有仙姿。許字晏氏。壻十六［校］青本無六字。歲入山不返，十娘待至二十餘，忽無疾自殂，葬已三十餘年。聞旦言，共疑其[校]青本無其字。未死。出其裙，則猶在家所素着也。餅分啖之，一枚終日不飢，而精神倍生。老夫人命發冢驗視，則空棺存焉。旦初聘吴氏女未娶，旦數年不還，[校]青本作返。遂他適。共信十娘言，以俟粉蝶之至；既而年餘無音，始議他圖。臨邑錢秀才，有女名荷生，豔名遠播。年十六，[馮評]與前離家十六年句應。未嫁而三喪其壻。遂媒定之，涓吉成禮。既入門，光豔絶代。旦視之，則粉蝶也。驚問曩事，女茫乎不知。[馮評]縹渺不盡。蓋被[校]青本作彼。逐時，即降生之辰也。每爲之鼓「天女謫降」之操，輒支頤凝想，若有所會。[馮評]結筆飄飄欲仙，更着不得贊詞。[但評]不結之結，趣味悠然。

[何評]海風引舟，天女謫降，二琴操是其命意處，而文品若仙。

李檀斯

長山李檀斯，國學生也。其村中有媪走無常，謂人曰：「今夜與一人舁檀老投生淄川柏家莊一新門中，身軀重贅，幾被壓死。」時李方與客歡飲，悉以媪言爲妄。至夜，無疾而卒。天明，如所言往問之，則其家夜生女矣。［校］青本無此篇。

錦瑟

沂人〔校〕青本作水。王生，少孤，自爲族。〔校〕青本無上三字。家清貧；然風標修潔，灑然裙屐〔校〕此據青本，抄本作履。少年〔呂註〕北史，邢巒傳：巒表曰：蕭深藻是裙屐少年，未洽政務。〔何註〕裙屐，晉時諸君多清狂，好服裙着屐。灑謂瀟灑，飲中八仙歌：宗之瀟灑美少年。也。富翁蘭氏，見而悅之，妻以女，許爲起屋治產。娶未幾而翁死。妻兄弟鄙不齒數。婦尤驕倨，常傭〔校〕青本作庸，通傭。奴其夫；〔馮評〕吳梅村詩云：男兒作健羞裙屐。庸奴其夫一句已盡。下卻詳寫逼真。文有當發揮處要發揮，當形容處要形容，不宜以一句了事也。自享餚饌，生至，則脫粟瓢飲，折稊爲匕，〔呂註〕王楙野客叢書：食不與箸而折稊焉，賤惡之也。稊，穢草。〔何註〕稊音題，匕音比。置其前。〔但評〕脫粟折稊，妻不以爲夫，形容盡致。王悉隱忍之。年十九，往應童子試，〔校〕青本作科。被黜。自郡中歸，婦適不在室，釜中烹羊臛〔校〕青本作胛。〇〔呂註〕野客叢書：歐公詩：邇來不覺三十年，歲月纔如熟羊胛。於夾字韻內，用史通及骨利國事。骨利國近扶桑，晝長夜短，煑一羊胛初熟，而東方已明，言其疾也。漁隱叢話又引資治通鑑之煑羊脾纔熟，日已出矣。與史通典小異。又觀唐書天文志，則曰羊髀。此一字而三說不同，蓋胛、脾、髀字文相近，諸公姑存其舊。然脾者，肩也，髀者，股也，二字意雖不同，爲熟之時似不甚遠；若胛，則太速矣。黃魯直詩亦曰：數面欣羊胛，論詩在雉膏。不但歐公也。熟，就噉之。婦入，不語，移釜去。[馮評]寫婦之虐其夫，真是十分不堪。生大慚，抵箸地上，曰：「所遭如此，不如死！」婦恚，問死期，即授索爲自經之具。[但評]移釜授索，真是生不如死。遭逢不偶，千古英雄，同此傷心。生忿投羹椀，敗婦顙。生含憤出，自念良不如死，遂懷帶入深壑。至叢樹下，方擇枝繫帶，忽見土崖間，微露裙幅；[馮評]異境獨開。瞬息，一婢出，睹生，急返，如影就滅，土壁亦無綻痕。固知妖異；然欲覓死，故無畏怖，釋帶坐覘之。少間，復露半面，一窺即縮去。念此鬼物，從之必有死樂。因抓石叩壁曰：「地如可入，幸示一途！我非求歡，乃求死者。」久之，無聲。生[校]此據青本，抄本作王。又言之。內云：「求死請姑退，可以夜來。」[但評]求死原非易易，請姑退者，試其志之堅與不堅耳。音聲清鋭，細如游蜂。生曰：「諾。」遂退[校]青本作坐。以待夕。未幾，[校]上二字，青本作居亡何。星宿已繁，崖間忽成高第，静敞雙扉。生拾級[呂註]禮，曲禮：拾級聚足，連步以上。注：拾，當作涉，聲之誤也。級，等也。[何註]拾音涉，躡足升階也。而入。纔數武，有横流湧注，氣類温泉。[馮評]又奇。以手探之，熱如沸湯；不知其深幾許。疑即鬼神示以死所，遂踴身入。熱透重衣，膚痛欲糜；幸浮不沉。泅没良久，熱漸可忍，極力爬抓，始登南岸，一身幸不泡傷。行次，遥見夏屋中有燈火，趨之。有猛犬暴出，齕衣敗襪。摸石以投，犬稍卻。又有羣犬要吠，皆大如犢。[但評]沸湯，所以滌其心也；猛犬，所以静其慮也。於學力，則所謂困心衡慮也；

於境遇，則所謂錯節盤根也；於節操，則所謂鞠躬盡瘁也。與下文負尸、飼狗同看。危急間，婢出叱退，曰：「求死郎來耶？吾家娘子憫君厄窮，使妾送君入安樂窩，〔呂註〕家塾記：邵堯夫在洛所居，號安樂窩。從此無災矣。」〔馮評〕伏下。〔但評〕是明明送之死所也。心一不堅，從此不活矣。挑燈導之。啓後門，黯然行去。入一家，明燭射窗，曰：「君自入，妾去矣。」生入室四瞻，蓋已入己家矣。〔校〕青本作歸己家也。○〔馮評〕起落令人意想不到。反奔而出。遇婦所役老媼曰：「終日相覓，又焉往！」反曳入。婦帕裹傷處，下牀笑逆，〔馮評〕又奇。曰：「夫妻年餘，狎謔顧不識耶？我知罪矣。君受虛誚，我被實傷，怒亦可以少解。」乃於牀頭取巨金二鋌置生懷，曰：「以後衣食，一唯君命，可乎？」〔但評〕裹傷笑逆，啗以巨金，此所謂安樂窩也。真耶僞耶？善讀者當一眼覷破。生不語，抛金奪門而奔，仍將入壑，以叩高第之門。既至野，則婢行緩弱，挑燈猶遥望之。〔馮評〕仙姬幻境試之耳。生〔校〕此據青本，抄本作王。急奔且呼，燈乃止。既至，婢曰：「君又來，負娘子苦心矣。」生〔校〕此據青本，抄本作王。曰：「我求死，不謀與卿復求活。娘子巨家，地下亦應需〔校〕青本作須，通需。人。我願服役，實不以有生爲樂。」〔馮評〕起下。婢曰：「樂死不如苦生，君設想何左也！〔但評〕求死即是求活，爲苦生而後樂死；乃謂樂死不如苦生，無非拂亂其所爲也。〔何評〕微言。吾家無他務，惟淘河、糞除、飼犬、負尸；作不如程，則刵耳、劓鼻、敲刖踁趾。君能之乎？」答曰：〔校〕青本作云。「能之。」又入後門，生問：「諸役何也？適言負尸，何處得如許死人？」婢曰：「娘子慈悲，設『給孤園』，〔呂註〕金剛經：一時佛在舍衛國祇樹給孤獨園，與大比丘衆千二百五人，俱解義。舍衛國有一長者，名須達拏，常施孤獨貧窮，故號給孤獨長者。欲請佛説法。佛令先卜勝地。往白太子祇陀。太子戲曰：若布金滿園即可。須達便運金布八十頃園俱滿。太子不受金，同建精舍。請佛説法。○須達拏，律經異相作須達多。收養九幽〔呂註〕見西遊記。橫死無歸之鬼。鬼以千計，日有死亡，須負瘞之耳。〔馮評〕鬼是如何死法，又如何瘞法？請一過觀之。」移時，入〔校〕青本作見。一門，署「給孤園」。入，則屋宇錯雜，穢臭熏人。園中鬼見燭〔校〕青本作燈。羣集，皆斷頭缺足，不堪入目。回首欲行，見尸橫牆下；近視之，血肉狼籍。曰：「半日未負，已被狗咋。」即使生移去之。生有難色。婢曰：「君如不能，請仍歸享安樂。」〔但評〕不到萬分困苦，不下十分工夫，如何做得出大學問，如何幹得出大事業。君如不能二語，是爲半塗而廢者痛下針砭。生不得已，負置祕處。乃求婢緩頰，幸免尸污。婢諾。行近一舍，曰：「姑坐此，妾入言之。飼狗之役較輕，當代圖之，庶幾得當以報。」〔呂註〕前漢書，李陵傳：身雖陷敗，然其所摧敗，亦足暴於天下。彼之不死，宜欲得當以報漢也。注：言欲立功以當其罪也。去少頃，奔出，曰：「來，來！娘子出矣。」生從入。見堂上籠燭四懸，有女郎近戶〔校〕上三字，青本作近後。坐，乃二十許天人也。生伏階下。女郎〔校〕青本作即。命曳起之，曰：「此一儒生，烏能飼犬；可使居西堂，主簿。」〔校〕青本下有籍字。生喜，伏謝。女曰：「汝似樸誠，可敬乃事。如有舛錯，罪責不輕也！」生唯唯。婢導至西堂，見棟壁清潔，喜甚，謝婢。始問娘子官閥。婢曰：

「小字錦瑟，東海薛侯［呂註］史游急就篇：薛勝客注：有奚仲者，爲夏車正，受封於薛，後還於邳。而仲虺居薛，爲湯左相，其後稱爲薛侯。○［馮評］東海薛侯何人也？曰：見龍威外編。女也。妾名春燕。旦夕所需，幸相聞。」婢去，旋以衣履衾褥來，置牀上。生喜得所。黎明，［校］青本作旦。早起視事，録鬼籍。一門僕役，盡來參謁，餽酒送脯甚多。生引嫌，悉卻之。日兩餐，皆自內出。娘子察其廉謹，特賜儒巾鮮衣。凡有齎賚，［何註］齎，持也，送也。莊子：吾以萬物爲齎送。賚，賜予也。書，堯典：周有大賚。皆遣春燕。婢頗風格，既熟，頗［校］青本作頻。以眉目送情。生斤斤自守，不敢少致差跌，但僞作騃鈍。積二年餘，賞給倍於常廩，而生謹抑如故。［但評］固已能受艱辛矣，然天下亦多有能處貧賤而不能處富貴者，此不能淫之所以難也。樸誠自矢，謹抑不踰，不受苞苴，不惑女謁，從前是十分死工夫，此時是十分真學力。一夜，方寢，聞內第喊噪。急起，捉刀出，見炬火光天。入窺之，則羣盜充庭，廝僕駭竄。一僕促與偕遁，生不肯；塗面束腰，雜盜中呼曰：「勿驚薛娘子！但當分括財物，勿使遺漏。」時諸舍羣賊［校］青本作盜。方搜錦瑟不得，生知未爲所獲，潛入第後獨覓之。遇一伏嫗，始知女與春燕皆越牆矣。生亦過牆，見主婢伏於暗陬。生［校］青本無生字。曰：「此處烏可自匿？」女曰：「吾不能復行矣！」生棄刀負之。奔二三里許，汗流竟體，始入深谷，釋肩令坐。欻，一虎來。生大駭，欲迎當之，虎已啣女。［馮評］如做噩夢，驚魂甫定，險境倏來。生急捉虎耳，極力伸臂入虎口，以代錦瑟。［何評］試思之。［但評］如只斤斤自守，不敢差跌，到變故時仍同木偶，則受恩胡爲者？負女而逃，伸臂以代，國士遇我，國士報之，固如是耳。虎怒，釋女，嚼生臂，脆然有聲。臂斷落地，虎亦返［校］青本作逕。去。女泣曰：「苦汝矣！苦汝矣！」［但評］苦汝苦汝，知己知己。生忙遽未知痛楚，但覺血溢如水，使婢裂衿裹斷處。女止之，俯覓斷臂，自爲續之；乃裹之。東方漸白，始緩步歸。登堂如墟。天既明，僕媼始漸集。女親詣西堂，問生所苦。解裹，則臂骨已續；又出藥糝其創，始去。由此益重生，使一切享用，悉與己等。臂愈，女置酒内室以勞之。賜之坐，三讓而後隅坐。女舉爵如讓賓客。［但評］親詣問苦，出藥以糝之，厚糈以享之，賜宴以勞之，嘉賓以重之。士之積勳名而被恩寵者，何以異是？文其有美人香草之遺意與？久之，曰：「妾身已附君體，意欲效楚王女［校］青本作畀我。之於臣［校］青本作鍾。建。［呂註］左傳，定四年：吳入郢，王奔鄖，鍾建負季芈以從。又，定五年：王將嫁季芈。季芈辭曰：所以爲女子，遠丈夫也；鍾建負我矣。以妻鍾建，以爲樂尹。［何註］畀我，楚平王女，字季芈。但無媒，羞自薦耳。」生惶恐曰：「某受恩重，殺身不足酬。所爲非分，懼遭雷殛，不敢從命。苟憐無室，賜婢已過。」一日，女長姊瑤臺至，四十許佳人也。至夕，招生入，瑤臺命坐，曰：「我千里來，爲妹主婚，今夕可配君子。」生又起辭。瑤臺遽命酒，使兩人易盞。生固辭，瑤臺奪易之。生乃伏地謝罪，受飲之。瑤臺出，女曰：「實告君：妾乃仙姬，以罪被謫。自願居地下，收養冤魂，以贖帝譴。適遭天魔之劫，遂與君有附體之緣。遠邀大姊來，固主婚嫁，亦使代攝家政，以便從君歸耳。」〔馮評〕起下。生起敬曰：「地下最樂！某家有悍婦；且屋宇隘陋，勢不能容〔校〕容，青本作圓成。委曲以共〔校〕青本作謀。其生。」女笑曰：〔校〕曰，青本作但言。「不妨。」既醉歸寢，歡戀臻至。過數日，謂生曰：「冥會不可長，請郎〔校〕青本作即。歸。君幹理家事畢，妾當自至。」以馬授生，啓扉自〔校〕青本作令。出，壁復合矣。生騎馬入村，村人盡駭。至家門，則高廬煥映矣。先是，〔馮評〕追敘法。生去，妻召兩兄至，將箠楚報之；〔但評〕妻召兄一節，即所云安樂窩也。笑逆置金，比箠楚尤毒。此其故，智者知之，愚者惑焉。至暮，不歸，始去。或於溝中得生履，疑其已死。既而年餘無耗。有陝中賈某，媒通蘭氏，遂就生第與婦合。半年中，修建連亘。賈出經商，又買妾歸，自此不安其室。賈亦恒數月不歸。生訊得其故，怒，繫馬而入。見舊媪，媪驚伏地。生叱駡久，使導詣婦所，尋之已遁；既於舍後得之，已自經死。遂使人舁歸蘭氏。呼妾出，年十八九，風致亦佳，遂與寢處。〔校〕青本作簷。賈託村人，求反其妾，妾哀號不肯去。生乃具狀，將訟其霸産占妻之罪。賈不敢復言，收肆西去。方疑錦瑟負約；一夕，正與妾飲，則車馬叩門而女至矣。女但留春燕，餘即遣歸。入室，妾朝拜之。女曰：「此有宜男相，可以代妾苦矣。」即賜以錦裳珠飾。妾拜受，立侍之；女挽坐，言笑甚懽。久之，曰：「我醉欲眠！」生亦解履[校]青本作屨。登牀，妾始出；入房，則生卧榻上；異而反窺之，燭已滅矣。生無夜不宿妾室。一夜，妾起，潛窺女所，則生及女方共笑語。[馮評]笠翁詩：將身變成走盤珠。大怪之。急反告生，則牀上無人矣。天明，陰告生；生亦不自知，但覺時留女所、時寄妾宿耳。生囑隱其異。久之，婢亦私生，女若不知之。婢忽[校]此據青本，抄本作亦。臨蓐難産，但呼「娘子」。女入，胎即下；舉之，男也。爲斷臍置婢懷，笑曰：「婢子勿[校]青本作無。復爾！業多，則割愛難矣。」[校]青本作也。○[但評]業多則割愛難，語不離正宗。自此，婢不復産。妾出五男二女。居三十年，女時返其家，[馮評]家安在，天上耶，地下耶？淘河飼犬之役誰督之？往來皆以夜。一日，攜婢去，不復來。生年八十，忽攜老僕夜出，[校]青本作去。亦不返。

[何評]去蘭入薛，意以爲出地獄而登天堂矣，顧淘河、糞除、飼犬、負尸，初無可樂，世人偏□之者，試思之。樂死不如苦生一語，現示微旨，試思之。

[但評]生於憂患，死於安樂，上下古今，此理不易。孔子三陳、九卦，皆爲憂患之辭；商書三

風、十愆，可爲安樂之鑒。宴安酖毒，懷安必敗，古訓爲昭。即使遭逢不偶，當知疢疾所在，皆天之玉汝於成也。操心危慮，患深德成，而境遇不足言矣。況盈虛消息，天道之常，從未見有動心忍性，增益不能之人，而不降大任者。即不然，只此求生於安樂，而適以速死；求死於憂患，而轉以得生。古人云：「死生亦大矣。」是亦不可以思乎？願後之覽者，有感於斯文。

太原獄

太原有民家，姑婦皆寡。姑中年，不能自潔，村無賴頻頻〔校〕青本作來。就之。婦不善其行，陰於門户牆垣阻拒之。姑慚，借端出婦；婦不去，頗有勃谿。〔吕註〕莊子，外物：室無空虚，則婦姑勃谿。注：勃谿，爭鬬也。姑益恚，反相誣，告〔校〕青本無告字。諸官。官問姦夫姓名。媪曰：「夜來宵去，實不知其阿誰，鞫婦自知。」因唤婦。婦果知之，而以姦情歸媪，苦相抵。拘無賴至，又譁辨：〔校〕青本下有謂字。「兩無所私。〔馮評〕得半。彼姑婦不相能，故妄言相詆毁耳。」官曰：「一村百人，何獨誣汝？」重笞之。無賴叩乞免責，自認與婦通。械婦，婦終不承。逐去之。婦忿告憲院，仍如前，久不決。時淄〔校〕青本作吾。邑孫進士柳下〔吕註〕名宗元，號長卿，淄川人。順治乙酉舉人，乙未進士。授臨晉知縣，陞開封府南河同知，調灤州知州，陞思恩府同知。令臨晉，〔吕註〕屬山西蒲州府。推折獄才，遂下其案於臨晉。人犯到，公略訊一過，寄監訖，便命〔校〕青本作使。隸人備磚石刀錐，質明聽用。共疑曰：「嚴刑自有桎梏，何將以非刑折獄耶?」不解其意,姑備之。明日,升堂,問知諸具已備,命悉置堂上。乃喚犯者,又一一略鞫〔校〕青本作訊。之。乃謂姑婦:「此事亦不必甚求〔校〕青本作求甚。清析。淫婦雖未定,而姦夫則確。〔馮評〕明決。汝家本清門,不過一時爲匪人所誘,罪全在某。堂上刀石具在,可自取擊殺之。」〔馮評〕寬一句好。姑婦趦趄,恐邂逅抵償。公曰:「無慮,有我在。」於是媪婦並起,掇石交投。婦啣恨已久,兩手舉巨石,恨不即立斃之;媪惟以小石擊臀腿〔何註〕腿,俗骽字。而已。又命用刀。婦把刀貫胸膺,〔校〕青本無上六字。媪猶逡巡未下。〔校〕青本無上二字。公止之曰:「淫婦我知之矣。」命執媪嚴梏之,遂得其情。笞無賴三十,〔校〕青本無上五字。其案始〔校〕青本作乃。結。〔但評〕此等吏才,其實可愛。

附記:公一日遣役催租,租户他出,婦應之。役不得賄,拘婦至。公怒曰:「男子自有歸時,何得擾人家室!」遂笞役,遣婦去。乃命匠多備手械,以備敲比。明日,合邑〔校〕上二字,青本作邑中。傳頌公仁。欠賦者聞之,皆使妻出應,公盡拘而械之。余嘗謂:孫公才非所短;然如得其情,則喜而不暇哀矜矣。

新鄭訟〔校〕青本作獄。

長山石進士宗玉，爲新鄭〔呂註〕屬河南開封府。令。〔校〕青本作宰。適有遠客張某，經商於外，因病思歸，不能騎步，賃手車一輛，攜貲五千，兩夫挽載以行。至新鄭，兩夫往市飲食，張守貲獨卧車中。有某甲過，睨之，見旁無〔校〕青本下有一字。人，奪貲去。張不能禦，力疾起，遥尾綴之，入一村中；又從之，入一門内。張不敢入，但自短垣窺覘之。甲釋所負，回首見窺者，怒執爲賊，縛見石公，因言情狀。問張，備〔校〕青本備上有張字。述其冤。公以無質實，叱去之。二人下，皆以〔校〕青本作謂。官無皂白。公置若不聞。頗憶甲久有逋賦，〔馮評〕要有記性。張睢陽於城中人一見無不記其姓名，可知臨民非易事也。遣〔校〕青本遣上有但字。役嚴追之。逾〔校〕青本下有一字。日，即以銀三兩投納。石公〔校〕青本下有喚字。問金所自來。甲云：〔校〕青本作答。「質衣鬻物。」皆指名以實之。石公遣役令視納税人，有與甲同村者否。適甲鄰人在，喚〔校〕青本喚上有便字。入〔校〕青本下有石公二字。問之：「汝既爲某甲近鄰，金所從來，爾當[校]上二字，青本作當自。知之。」鄰曰：[校]青本作答。「不知。」公[校]青本公上有石字。曰：「鄰家不知，其來曖昧。」[何註]曖昧，曖，暗貌，音愛。離騷：時曖曖其將罷兮。又王延壽魯靈光殿賦：霄靄靄而晻曖。甲懼，顧鄰曰：「我質某物、鬻某器，汝豈不知？」[校]上三字，青本作寧聞之乎。鄰急曰：「然，固有[校]青本作聞。之矣。」公[校]青本公上有石字。怒曰：「爾必與[校]上三字，青本作是必與某。甲同盜，非刑詢[校]上二字，青本作窮治之。不可！」命取梏械。鄰人[校]青本下有大字。懼曰：「吾[校]青本作我。以鄰故，不敢招怨；[校]青本下有耳字。今刑及己身，何諱乎。彼實劫張某錢所市也。」遂釋之。時張以喪貲未歸，乃責甲押償之。此亦見石之能[校]上六字，青本作石公此類甚多，亦見其。實心爲政也。

異史氏曰：「石公爲諸生時，[校]青本下有每一藝出，得者祕以爲寶，觀其人十三字。恂恂[何註]恂恂，温恭貌。漢書，李廣傳：恂恂如鄙人。雅飭，意其人[校]青本無上三字。翰苑則優，簿書則詘。[校]上四字，青本作似非簿書才者。乃一行作吏，神君[呂註]晉書，喬智明傳：喬智明，字元達，鮮卑前部人也。成都王穎表爲隆慮、共二縣令。二縣愛之，號爲神君。之名，譟於河朔。誰謂文章無經濟[校]上三字，青本作僅華國之具。哉！故志之以風有位者。」

[何評]太原、新鄭獄二則，可入智囊。

［但評］事有難於驟明者，有得其端倪而不能以口舌争者，非旁敲側擊，用借賓定主之法，則真無皂白矣。所謂實心爲政者，無論事之大小，皆得與民公此是非也。

李象先

李象先，壽光之聞人也。前世爲某寺［校］遺本下有之字。執爨僧，無疾而化。魂出棲坊上，下見市上行人，皆有火光出顛上，蓋體中陽氣也。夜既昏，念坊上不可久居，但諸舍暗黑，不知所之。［校］遺本無上四字。唯一家燈火猶明，飄赴之。及［校］遺本作到。門，則身已嬰兒。母乳之。見乳恐懼；腹［校］遺本作復。不勝飢，閉目强吮。逾［校］遺本無逾字。三月餘，即不復乳；乳之，則驚懼而啼。母以米瀋間棗栗［校］遺本下有雜字。哺之，得［校］遺本下有以字。長成。是爲象先。兒時至某寺，見寺僧，皆能呼其名。至老猶畏乳。

異史氏曰：「象先學問淵博，海岱［校］遺本下有之字。清士。子［校］遺本子上有其字。早貴，身［校］遺本身上有而字。僅以文學終，此佛家所謂［校］遺本作云。福業未修者耶？弟亦［校］遺本下有知字。名士。生有隱疾，數月始一動；動時急起，不顧賓客，自外呼而入，于是婢媪盡避；使〔校〕遺本作適。及門復痿，則不入室而反。兄弟皆奇人也。」〔校〕青本無此篇。

房文淑

開封鄧成德，游學至兗，［校］青本下有州界二字。寓敗寺中，傭爲造齒籍者繕寫。歲暮，僚役各歸［校］青本下有其字。家，鄧獨炊［校］青本作爨。廟中。黎明，［校］青本作旦。有少婦叩門而入，豔絶，至佛前焚香叩拜而去。次日，又如之。至夜，鄧起挑燈，適有所作，女至益早。鄧曰：「來何早也？」女曰：「明則人雜，故不如夜。［校］青本作早。太早，又恐擾君清睡。適望見燈光，知君已起，故至耳。」生戲曰：「寺中無人，寄宿可免奔波。」女哂曰：「寺中無人，君是鬼耶？」［但評］女妙於語言，與後幅同是一口吻。鄧見其可狎，俟［校］青本下有其字。拜畢，曳坐求歡。女曰：「佛前豈可作此。身無片椽，尚作妄想！」鄧固求不已。女曰：「去此三十里某村，有六七童子，延師未就。君往訪李前川，可以得之。託言攜有家室，令別給一舍，妾便爲君執炊，此長策［校］上二字，青本作長久之計。也。」鄧慮事發獲罪。女曰：「無妨。妾房氏，小名文淑，並無親屬，恒終歲寄居舅家，有誰知。」〔校〕上三字，青本作誰知之。鄧喜。既別女，即至某村，謁見李前川，謀〔校〕青本謀上有其字。果遂。約歲前即攜家至。既反，告〔校〕青本告上有早旦二字。女。女約候於途中。鄧告別同黨，借騎而去。女果待於半途，乃下騎，以轡授女，御之而行。至齋，〔校〕青本下有所字。相得甚懽。積六七年，居然琴瑟，並無追逋逃者。女忽生〔校〕青本作舉。一子。鄧以妻不育，得之甚喜，名曰〔校〕青本作之。「兖生。」女曰：「僞配終難作真。妾〔校〕青本下有方字。將辭君而去，又生此累人物何爲！」鄧曰：「命好，倘得餘錢，擬與卿遁歸鄉里，何出此言？」女曰：「多謝，多謝！我不能脅肩諂笑，仰大婦眉睫，爲人作乳媪，呱呱者難堪也！」鄧代妻明不妒，女亦不言。月餘，鄧解館，謀與前川子同出經商。告女曰：「我思先生設帳，必無富有之期。〔校〕青本作理。今學負販，庶有歸時。」女亦不答。至夜，女忽抱子起。鄧問：「何作？」女曰：「妾欲去。」鄧急起，追問之，門〔校〕青本門上有家字。未啓，而女已杳。〔馮評〕去得飄忽。〔但評〕女不招而自來，無故而自去。已爲之生子，而又知其妻不妒，何以忍捨此呱呱者，而反出金以授之哉？女其仙耶、鬼耶？或有前世因，而爲此報耶？想亦鄧夫婦不應遂無此物，而乃有此莫之致而致者耶？駭極，始悟其非人也。鄧以形〔校〕青本無形字。迹可疑，故亦不敢告人，託之歸寧而已。初，鄧離家，與妻婁約，年終必返；既而數年無音，傳其已死。兄以其無子，欲改醮之。婁更以三年爲期，日惟[校]青本下有塊然一室四字。以紡績自給。[校]青本作力。一日，既暮，往扃外户，一女子掩入，[馮評]又來得飄忽。懷中綳兒，[何註]綳兒，綳束其兒于懷也。曰：「自母家歸，適晚。知姊獨居，故求寄宿。」[校]青本下有耳字。婁内之。至房中，視之，二十餘麗者也。[校]上二字，青本作人。喜與共榻，同[校]青本作因。弄其兒，兒白如瓠。歎曰：「未亡人遂無此物！」[呂註]世説：崔瞻才學風流，爲後來之秀。侍中李神儁晚年無子，語邢邵曰：昨見崔㥄兒爲後生第一，我遂無此物，使人傷懷。女曰：「我正嫌其累人，即嗣爲姊後，何如？」[校]青本作如何。婁曰：「無論娘子不忍割愛；即忍之，妾亦無乳[校]青本下有焉字。能活之也。」女曰：「不[校]不，青本作此即何。難。當兒生[校]青本作生兒。時，患無乳，飲藥半劑而效。今餘藥尚[校]青本作猶。存，即以奉贈。」遂出一裹，置窗間。婁漫應之，未遽怪也。既寢，及醒[校]上二字，青本作醒而。呼之，則兒在而女已啓門[校]青本作闢。去矣。[馮評]一閃又去。駭極。日向辰，[校]青本作晨。兒啼飢。[何註]啼飢，韓愈文：年豐而妻啼飢。婁不得已，餌其藥，移時湩[呂註]説文：湩音棟，乳汁也。流，遂哺兒。積年餘，兒漸豐肥，漸學語言，愛之不啻己出。由是再醮之心遂絶。[校]青本作由此再醮之志以絶。但早起抱兒，[校]青本作子。不能操作謀[校]青本無謀字。衣食，益窘。一日，女忽至。婁恐其索兒，先問其不謀而去之罪，後敍其鞠養之苦。

女笑曰：「姊告訴艱難，我遂置兒不索耶？」[但評]一則有所恐而僞言以抑之，一則知其僞而亦僞言以恐之，語皆針鋒相對，文乃搖曳生姿。遂招兒。兒啼入婁懷。女曰：「犢子不認其母矣！此百金不能易，可將金來，署立券保。」婁以爲真，顏作赧。女笑曰：「姊勿懼，妾來正爲兒也。別後慮姊[校]青本無姊字。無豢養之資，因多方措十餘金來。」[校]青本無來字。乃出金授婁。婁恐受其金，[校]上三字，青本作其過此以往。索兒有詞，堅卻之。[校]之，青本作不受。女置牀上，出門逕去。抱子追之，[校]青本作出追。其去已遠，呼[校]青本下有之字。亦不顧。疑[校]青本疑上有猶字。其意惡。然得金，少[校]青本作小。權子母，家以饒足。又三年，鄧[校]青本下有以字。賈有贏餘，治裝歸。方共慰藉，睹兒問誰氏子。妻告以故。問：「何名？」曰：「渠母呼之兖生。」[校]青本下有遂仍其舊四字。生[校]青本作鄧。驚曰：「此真吾子也！」問其時日，即夜別之日。鄧乃歷敘[校]青本作述。與房文淑離合[校]青本作合離。之情，益共欣慰。猶望女[校]青本作冀女猶。至，而終渺矣。

[何評]此鄧既有子，婁亦止其再醮之念，可謂一舉兩得者。

秦檜

青州馮中堂〔吕註〕名溥，字孔博，臨朐人。順治丁亥進士。官文華殿大學士，謚文敏。家，殺一豕，燖〔何註〕燖音潛，温也。於湯中爚肉令温，以便去毛，俗謂之燖毛。去毛鬣，肉内有字云：「秦檜〔吕註〕宋史：秦檜字會之，江寧人。靖康元年，金兵陷汴，二帝北遷，以御史中丞從。與其酋撻賴善，倡割地之議，乃縱之使與其妻王氏航海奔行在。高宗召見，與議國事，大奇之，驟加褒擢，參大政。力主和議，廷臣異己者皆斥逐之。七世身。」〔但評〕註曰七世，紀其數也。推而至於百千萬世，檜之爲豕與天地無終極矣。烹而啖之，其肉臭惡，因棄而投諸犬。〔校〕青本下有投諸犬。嗚呼！檜之肉，恐〔校〕青本無恐字。犬亦不當食之矣！

聞益都人説：〔校〕青本作言。中堂之祖，前身在宋朝爲檜所害，故生平最敬岳武穆。〔校〕上三字，青本作武穆王。○〔吕註〕宋史：岳飛字鵬舉，相州人。少負氣節，好左氏春秋、孫吴兵法。初隸留守宗澤麾下，屢戰有功，授河南、河北諸州招討使，轉少保。志圖恢復，用兵能以寡敵衆。破兀朮時，金將多降。方指日渡河，秦檜下詔班師，以飛不附和議，誣構殺之。至寧宗嘉泰四年，追封鄂王，謚武穆。○天禄識餘：宋贈鄂王，謚忠武。文曰：易名之典雖行，議禮之言未一。始爲忠武之號，旋更武穆之稱。獲睹中興之舊章，灼知皇祖之大意。爰取危身奉上之實，仍取勘定禍亂之文；合此兩言，節其一意。昔孔明之志興漢室，子儀之光復唐都，雖計效以或殊，在秉心而弗異。垂之典册，何嫌今古之同辭；賴及子孫，將與山河而並永。然今天下岳祠皆稱武穆，此未定之謚，當稱忠武爲宜。於〔校〕青本於上有特字。青州城北通衢傍建岳王殿，秦檜、万俟卨［吕註］武穆擊走金兀朮於郾城，追至朱仙鎮，大破之。秦檜矯詔以十二金字牌召之，下大理獄，命何鑄鞫之。鑄察其寃，白檜。檜乃改命諫議大夫万俟卨。卨素與武穆有怨，因傅會其獄，遂誣殺之。其子雲與部將張憲皆棄市。詳見宋史。伏跪地下。往來行人瞻禮岳王，則投石檜、卨，香火不絕。後大兵征于七之年，馮氏子孫毁岳王像。數里外，有俗祠「子孫娘娘」，因舁檜、卨其中，使朝跪焉。百世下，必有杜十姨、伍髭鬚［吕註］國憲家猷：浙西吴風村有伍子胥廟，村俗訛舛，相傳爲伍髭鬚，因塑其像，即鬚分五處。旁又有杜拾遺祠，歲久漫毁，訛傳爲杜十姨。一日秋成，鄉老相與謀以杜十姨嫁伍髭鬚。○按：髭，一作卒。之悞，甚可笑也。

又青州城内，舊有澹臺子羽祠。當魏璫［吕註］明史，魏忠賢傳：魏忠賢，河間人。幼黠慧無藉。與少年賭博相讐，走匿市肆中。少年追逐之。恚甚，因自宫，事東廠太監孫暹。時熹宗爲皇太孫，忠賢因魏朝隸太監王安下。朝與熹宗乳母客氏通，忠賢乘間亦通焉。遂與朝結爲兄弟。及熹宗即位，忠賢矯旨發朝鳳陽，縊殺之，遂得專。客氏封奉聖夫人，勢傾天下。各處刱立忠賢生祠，稱功頌德，曲意獻媚。其上食饗祀，一如王公。像以沉香木爲之，眼耳口鼻手足，一如生人；腹中肺腸，皆以金玉珠寶爲之；髻上穴空其一，以簪四時香花。一祠木像頭稍大，小豎上冠不能容。匠人恐，急削之。小豎抱頭大哭，匠人遂遇害。而福建獨無祠宇，以蔡善繼不肯獻媚也。崇禎登極，謫忠賢鳳陽，尋著錦衣衛擒赴治罪。忠賢聞旨，知不免，因自經。詔磔其尸於河間。○璫，充耳珠也。前漢書，宦者傳：秦漢中常侍參用士人，冠皆銀璫左貂。明改金璫右貂，悉用奄人爲之，故呼奄人爲璫。烜赫時，世家中有媚之者，就子羽毁冠去鬢，改作魏監。此亦駭人聽聞者也。

浙東生

浙東生房某，客於陝，[校]青本下有貧不能歸四字。教授生徒。嘗以膽力自詡。[但評]凡自詡其能者，必敗於其所能之事。其大者干造物之所忌，其小者致鬼物之揶揄。果能而有自矜之心且不可，況無能乎。一夜，裸卧，忽有毛物從空墮下，擊胸有聲；覺大如犬，氣咻咻然，四足撓動。大懼，欲起；物以兩足撲倒之，恐極而死。[校]青本作斃。經一時許，覺有人以尖物穿鼻，大嚔，乃蘇。見室中燈火熒熒，[校]青本作煌。牀邊坐一美人，笑曰：「好男子！膽氣固如此耶！」[但評]膽氣不如此，如何便自矜詡。生知爲狐，益懼。女漸與[校]青本下有狎字。戲，膽始放，遂共狎[校]青本作款。暱。積半年，如琴瑟之好。一日，女[校]青本無女字。卧牀頭，生潛以獵網蒙之。女醒，不敢動，但哀乞。[校]青本作之。生[校]青本下有但字。笑不前。女忽化白氣，從[校]青本作自。牀下出，恚曰：「終非好相識！[但評]膽始放又故粧大膽，此等人如何是好相識。可送我去。」以手曳之，身不覺自行。出門，凌空翕飛。食頃，女釋手，生暈然墜落。適世家園中有虎阱，[何註]阱音靜。陷也。以陷虎，故曰虎阱。周禮，秋官，雍氏：春令爲阱擭溝瀆之利於民者，秋令塞阱杜擭。揉木爲圈，[呂註]按：圈，虎限也。見史記封禪書。又陸啓宏客燕雜説：西苑之北有虎豹圈。結繩作網，以覆其口。生墜[校]青本作墮。網上，網爲之側；以腹受網，身半倒懸。下視，虎蹲阱中，仰見臥人，躍上，近不盈尺，[校]青本作咫。心膽俱碎。園丁來飼虎，見而怪之。扶上，已死；移時，始漸甦，備言其故。[但評]彼以網施，此以網報。在網中者狐也，臥網上者何物乎？不致之死，聊以碎自詡者之膽耳。其地乃[校]青本作爲。浙界，離[校]青本下有其字。家止四百餘里矣。主[校]青本主上有告之二字。人贈以貲遣歸。[校]上二字，青本作而遣之。歸告人：[校]上三字，青本作嘗告人曰。「雖得兩次[校]青本無次字。死，然非狐則貧[校]青本無上二字。不能歸也。」[但評]然非膽力自詡，不能得兩死也。

[何評]生以膽力自詡，故狐疊試之。

博興女

博興民王某，有女及笄。勢豪某窺其姿，伺女出，掠去，無知者。至家逼淫，女號嘶撐拒，某縊殺之。門外故有深淵，遂以石繫尸，沉[校]青本下有諸字。其中。王覓女不得，計無所施。天忽雨，雷電繞豪[校]青本作其。家，霹靂一聲，[校]青本作大作。龍下攫豪首去。[校]上三字，青本作某首而去。○[馮評]剛正之氣幻作神奇，凛凛然。天[校]青本天上有未幾二字。晴，淵中女尸浮出，一手捉人頭，審視，則豪頭[校]青本作審之則豪某。也。官知，鞫其家人，始得其情。龍其女之所化與？不然，[校]青本無上二字。何以能爾[校]青本作然。也？奇哉！

[何評]勢豪稔惡已極，天道必誅，無俟龍女化身。

[但評]每見有無頭冤獄，有司僅以緝兇了事者，恨其不能爲博興女之自捉人頭也。然必如博興女而寃乃得雪，將焉用此有司？

一員官

濟南同知吳公，剛正不阿。［校］青本作徇。○［何註］徇與殉同。漢書，賈誼傳：貪夫徇財，烈士徇名。時有陋規，凡貪墨者，虧空犯贓［何註］贓，漢書作藏；贓則俗不可用。罪，上官輒庇之，［但評］此等陋規，誰始作俑，其故可知矣。以贓分攤屬僚，無敢梗者。以命公，不受；强之不得，怒加叱罵。公亦惡聲還報之，曰：「某官雖微，亦受君命。可以參處，不可以罵詈也！要死便死，不能損［校］青本作捐。朝廷之禄，代人償枉法贓耳！」上官乃改顏温慰之。［但評］不肯捐俸禄代人償枉法贓，堂堂正正，上官其將奈何！大抵肯代人攤贓者，未必捐自俸禄也。更有取枉法贓之官，而亦抵死不肯代人攤賠虧項者，又其另爲一員官也。人皆言斯世不可以行直道；人自無直道耳，何［校］青本作可。反咎斯世之不可行哉！［馮評］兩頭敘事，中間夾此一段作議論，如傳贊然，橫亘其中，鶴膝格也。斷續之妙亦本史法。

會高苑有穆情懷者，狐附之，輒慷慨與人談論，音響在座上，但不見［校］青本作睹。其人。適至郡，賓客談次，或詰之曰：「仙固無不知，請問郡中官共幾員？」應聲答[校]青本無答字。曰：「一員。」共笑之。復詰其故，曰：「通郡官僚雖七十有二，其實可稱爲官者，吴同知一人而已。」[馮評]此狐可即名之曰：狐中董狐。是時泰安知州張公，[校]青本下有者字。人以其木强，[吕註]前漢書，周勃傳：勃爲人木强敦厚。注：木强，不和柔貌。號之「橛子」。凡貴官大僚登岱者，夫馬兜輿[何註]兜輿，上山之輿也。之類，需索煩多，州民苦於供億。[何註]供億，億音臆，謂供其匱乏，使之安也。左傳，隱十一年：寡君惟是一二父兄不能共億。公一切罷之。或索羊豕，公曰：「我即一羊也，一豕也，請殺之以犒騶從。」[何評]易于遺風，於兹未墜。大僚亦無奈之。公自遠宦，别妻子者十二年。初涖泰安，夫人及公子自都中來省之，相見甚歡。踰六七日，夫人從容曰：「君塵甑[吕註]後漢書，范冉傳：范冉字史雲。桓帝時，以冉爲萊蕪長，遭母憂不到官。議者欲以爲侍御史，因遁身逃命於梁、沛之間。所止單陋，有時絶粒，窮居自若。閭里歌之曰：甑中生塵范史雲，釜中生魚范萊蕪。○按：冉，一作丹。[何註]塵甑，謂甑生塵也。猶昔，何老誖不念子孫[吕註]漢書，疏廣傳：廣子孫竊謂其昆弟老人廣所愛信者曰：宜從丈人所勸説，買田宅。廣曰：吾豈老誖不念子孫哉！顧自有舊田廬，今復增益之，以爲贏餘，但教子孫怠惰耳。[何註]誖音背，乖也。耶？」公怒，大罵，呼杖，逼夫人伏受。[校]青本下有責字。○[馮評]鐵面二字不足以盡之。○妻者齊也，何至操杖。且此數語亦俗情常話，聽不聽惟公，何妨正言告之，安得强天下婦女皆作聖賢耶？如張公者終不忍議之矣。公子覆母[校]青本下有身字。號泣，求[校]青本作乞。代。[但評]每見有夫人公子，隨赴任所，内外勾串，關説營私。以此推之，夫人公子亦應杖者。○爲其塵甑猶昔，而老誖加之，原是夫人之謬；怒而杖之，亦戾矣。想亦照枉法贓律擬之，第未計其甫起意而贓未入耳。公横施撻楚，乃已。夫人[校]青本下有怒字。即偕公子命駕歸，矢曰：「渠即死於是，吾亦不復來矣！」踰年，公［校］青本下有果字。卒。此不可謂非今之强項令也。然以久離之琴瑟，何至以一言而躁怒至［校］青本作之。此，豈人情［校］上三字，青本作不情矣。哉！而威福［校］青本作嚴。能行於牀第，事更奇於鬼神矣。［馮評］殿以此篇，抬文人之身分，成得意之文章。

［何評］印綬纍若，獨許爲一員官，吴公之剛正可想。

丐仙

高玉成，故家子，居金城之廣里。善針灸，不擇貧富輒醫之。里中來一丐者，脛有廢瘡，卧於道，膿血狼籍，臭不可近。居人恐其死，日一飴〔何註〕飴音寺，與飼同。本作飤。晉書，王薈傳：以私米作饘粥，以飴餓者。之。高見而憐焉，遣人扶歸，置於耳舍。家人惡其臭，掩鼻遥立。高出艾親爲之灸，日餉〔何註〕餉，式亮切，饋也。以疏食。數日，丐者索湯餅。僕人怒訶之。高聞，即命僕賜以湯餅。未幾，又乞酒肉。〔馮評〕似三歌彈鋏者。〔但評〕惟其有無厭之求，乃益見高雅量。僕走告曰：「乞人可笑之甚！方其卧於道也，日求一餐不可得；今三飯猶嫌粗糲，既與湯餅，又乞酒肉。此等貪饕，〔何註〕饕音滔。左傳，文十八年：縉雲氏有不才子，貪於飲食，冒於貨賄，天下之民比之三凶，謂之饕餮。餮音鐵。只宜仍棄之道上耳！」高問其瘡，曰：「痂漸脱落，似能步履，顧假呻嚘〔何註〕呻嚘，歎也，音伊憂。韓愈赴江陵途中寄人詩：竚立久呻嚘。作呻楚狀。」高曰：「所費幾何！即以酒肉饋之，待其健，或不吾仇也。」僕僞諾之，而竟不與；且與諸曹偶語，共笑主人癡。

次日，高親詣視丐，丐跛而起，謝曰：「蒙君高義，生死人而肉白骨，惠深覆載。但新瘥未健，妄思饞嚼耳。」高知前命不行，呼僕痛笞之，立命持酒炙餌丐者。僕啣之，夜分，縱火焚耳舍，乃故呼號。高起視，舍已燼，歎曰：「丐者休矣！」督衆救滅。見丐者酣臥火中，〔馮評〕焦先生臥雪，此丐乃臥火中。齁聲雷動。喚之起，故驚曰：「屋何往？」羣始驚其異。

高彌重之，臥以客舍，衣以新衣，日與同坐處。問其姓名，自言：「陳九。」居數日，容益光澤，言論多風格。又善手談，高與對局，輒敗；乃日從之學，頗得其奧祕。如此半年，丐者不言去，高亦一時少之不樂也。〔馮評〕查伊璜之於鐵丐，又是一般行徑。即有貴客來，亦必偕之同飲。或擲骰爲令，陳每代高呼采，雉盧無不如意。高大奇之。每求作劇，輒辭不知。

一日，語高曰：「我欲告別。向受君惠且深，今薄設相邀，勿以人從也。」高曰：「相得甚歡，何遽訣絕？且君杖頭空虛，亦不敢煩作東道主。」陳固邀之曰：「盃酒耳，亦無所費。」高曰：「何處？」答云：「園中。」時方嚴冬，高慮園亭苦寒。陳固言：「不妨。」乃從如園中。覺氣候頓暖，似三月初。又至亭中，益暖。異鳥成羣，亂哢清咮，〔何註〕哢音弄，鳥吟也。咮音晝，鳥口也。彷彿暮春時。亭中几案，皆鑲以瑙玉。有一水晶屏，瑩澈可鑑：中有花樹搖曳，開落不一；又有白禽似雪，往來句輈〔何註〕鉤輈，鷓鴣自鳴，鉤輈格磔。於其上。以手撫之，殊無一物。高愕然良久。坐，見鸜鵒棲架上，呼曰：「茶來！」俄見朝陽丹鳳，啣一赤玉盤，上有玻璃琖二，盛香茗，伸頸屹立。飲已，置琖其中，鳳啣之，振翼而去。鸜鵒又呼曰：「酒來！」即有青鸞黃鶴，翩翩自日中來，啣壺啣盃，紛置案上。頃之，則諸鳥進饌，往來無停翅；珍錯雜陳，瞬息滿案，肴香酒洌，都非常品。［但評］呼茶進酒，列饌陳肴，鳥使翩蹮，一新耳目。陳見高飲甚豪，乃曰：「君宏量，是得大爵。」鸜鵒又呼曰：「取大爵來！」忽見日邊熌熌，有巨蝶攫［何註］攫下從又。禮，儒行：鷙蟲攫博不程勇者。疏：以脚取之曰攫，以翼擊之曰搏。鸚鵡盃，受斗許，翔集案間。高視蝶大於雁，兩翼綽約，文采燦麗，亟加贊歎。陳喚曰：「蝶子勸酒！」蝶展然一飛，化爲麗人，繡衣翩蹮，前而進酒。陳曰：「不可無以佐觴。」女乃仙仙［何註］仙仙，舞貌。而舞。舞到酣際，足離於地者尺餘，輒仰折其首，直與足齊，倒翻身而起立，身未嘗着於塵埃。且歌曰：「連翩笑語踏芳叢，低亞花枝拂面紅。曲折不知金鈿落，更隨蝴蝶過籬東。」餘音嫋嫋，［何註］嫋嫋同裊，謂聲韻悠揚也。不啻繞梁。［吕註］洞冥記：漢武帝與王母宴，歌奏春歸之樂，歌聲繞梁三匝，壇上草木枝葉皆動。高大喜，拉與同飲。陳命之坐，亦飲之酒。高酒後，心摇意動，遽起狎抱。視之，則變爲夜叉，［馮評］愈奇。睛突於眥，［何註］眥，目厓也。突，睛突出也。牙出於喙，黑肉凹凸，［何註］凹音淊，低下也。又於交切，音沃。凸，陀骨切。高也。杜甫詩：雲靁心凸知難捧。又杜牧詩：酒凸觥心瀲灩光。瀲音斂。灩音豔，從豐，滿動貌。怪惡不可狀。[但評]巨蝶攫盃，奇情異采；忽化爲麗人，且舞且歌；又忽作夜叉，極怪極惡。真是五花八門之筆。高驚釋手，伏几戰慄。陳以箸擊其喙，訶曰：「速去！」隨擊而化，又爲蝴蝶，飄然颺去。高驚定，辭出。見月色如洗，漫語陳曰：「君旨酒嘉肴，來自空中，君家當在天上。盍攜故人一遊？」[馮評]過峽。陳曰：「可。」即與攜手躍起。遂覺身在空冥，漸與天近。見有高門，口圓如井，入則光明似晝。階路皆蒼石砌成，滑潔無纖翳。有大樹一株，高數丈；上開赤花，大如蓮，紛紜滿樹。下一女子，擣絳紅之衣於砧上，豔麗無雙。[但評]興之所至，信筆直書，非色非空，無虛無實。高木立睛停，竟忘行步。女子見之，怒曰：「何處狂郎，妄來此處！」輒以杵投之，[馮評]似演玉杵之霜故事。中其背。陳急曳於虛所，切責之。高被杵，酒亦頓醒，殊覺汗愧。乃從陳出，有白雲接於足下。陳曰：「從此別矣。有所囑，慎志勿忘：君壽不永，明日速避西山中，當可免。」高欲挽之，反身竟去。高覺雲漸低，身落園中，則景物大非。歸與妻子言，共相駭異。視衣上着杵處，異紅如錦，有奇香。早起從陳言，裹糧入山。大霧障天，茫茫然不辨徑路。躡荒急奔，忽失足，墮雲窟中，覺深不可測；而身幸不損。[但評]纔從天上來，又向雲窟去；頃刻三年間，一枰初斂處。定醒良久，仰見雲氣如籠。乃自歎曰：「仙人令我逃避，大數終不能免，何時出此窟耶！」又坐移時，見深處隱隱有光，遂起而漸入，則別有天地。有三老方對弈，見高至，亦不顧問，棋不輟。［馮評］寫法又與前不同。高蹲而觀焉。局終，斂子入盒，方問客何得至此。高言：「迷墮失路。」老者曰：「此非人間，不宜久淹。我送君歸。」乃導至窟下，覺雲氣擁之以昇，遂履平地。見山中樹色深黃，蕭蕭木落，似是秋杪。大驚曰：「我以冬來，何變暮秋？」［馮評］似爛柯山中樵人歸來時景象。奔赴家中，妻子盡驚，相聚而泣。高訝問之，妻曰：「君去三年不返，皆以爲異物矣。」高曰：「異哉！纔頃刻耳。」於腰中出其糗糧，已若灰燼。相與詫異。妻曰：「君行後，我夢二人皂衣閃帶，似誶賦者，詾詾然入室張顧，曰：『彼何往？』我訶之曰：『彼已外出。爾即官差，何得入閨闥中！』二人乃出，且行且語，云『怪事怪事』而去。」乃悟己所遇者，仙也；妻所夢者，鬼也。高每對客，衷［何註］衷音中，裏褻衣也。杵衣於內，滿座皆聞其香，非麝非蘭，着汗彌盛。

［何評］神仙變幻，指示處亦復神奇。

人妖

馬生萬寶者，東昌人，疎狂不羈。妻田氏，亦放誕風流。伉儷甚敦。有女子來，寄居鄰人寡媪家，言爲翁姑所虐，暫出亡。其縫紉絶巧，便爲媪操作。媪喜而留之。踰數日，自言能於宵分按摩，愈女子瘵蠱。媪常至生家，游揚其術，田亦未嘗着意。生一日於牆隙窺見女，年十八九已來，頗風格，心竊好之。私與妻謀，託疾以招之。〔但評〕秋蟬見陵於螳螂，方欲捕蟬，而不知其後已有黃雀也。天下事大抵如斯。媪先來，就榻撫問已，言：「蒙娘子招，便將來。但渠畏見男子，請勿以郎君入。」妻曰：「家中無廣舍，渠儂時復出入，可復奈何？」已又沉思曰：「晚間西村阿舅家招渠飲，即囑令勿歸，亦大易。」媪諾而去。妻與生用拔趙幟易漢幟〔呂註〕史記，淮陰侯列傳：信與張耳以兵數萬，欲東下井陘擊趙。未至井陘口三十里止舍，夜半傳發，選輕騎二千人，人持一赤幟，從間道萆山而望趙軍。誡曰：趙見我走，必空壁逐我；若疾入趙壁，拔趙幟，立漢赤幟。趙軍已不勝，不能得信等，欲還歸壁，壁皆漢赤幟，而大驚，以爲漢皆已得趙王將矣。兵遂亂，遁走。於是漢兵夾擊，大破虜趙軍。○幟，旌旗之屬。計，笑而行之。〔但評〕拔趙幟易漢赤幟，房幃中絶妙計策，亦絶大戰場。曰曛黑，媪引女子至，曰：「郎君晚回家否？」田曰：「不回矣。」女子喜曰：「如此方好。」數語，媪別去。田便燃燭，展衾，讓女先上牀，己亦脱衣隱燭。忽曰：「幾忘卻，廚舍門未關，防狗子偷喫也。」便下牀，啓門易生。生窸窣入，上牀與女共枕卧。女顫聲曰：「我爲娘子醫清恙也。」[但評]當應之曰：我待娘子醫相思病也。問以昵辭，生不語。女即撫生腹，漸至臍下，停手不摩，遽探其私，觸腕崩騰。女驚怖之狀，不啻悞捉蛇蝎，急起欲遁。生沮之。以手入其股際，則擂垂盈掬，亦偉器也。[但評]前准備拔趙幟易漢幟，此時幾以外蛇鬬内蛇。大駭，呼火。生妻謂事決裂，急燃燈至，欲爲調停。則見女投地乞命。羞懼，趨出。生詰之，云是谷城人王二喜。以兄大喜爲桑冲[呂註]明成化間，石州民桑沖得師大同谷才之法，飾頭面耳足，又巧習女紅，自稱女師。密探大家好女，即住其旁貧小家，夤緣得入，頓成姦合。或女貞不從，則以壓昧法，以致女迷姦遂。女畏敗名，終不敢言。以是十年徧遊河南北、直隸、山東西，污大家女一百八十二人。又傳徒任茂等七人，分途行姦。至二十年七月，沖在晉州高秀才家，爲其壻趙某反欲行姦，始識是男子，捉送晉州，讞出前情具奏。犯人凌遲。急捕任茂等七人，罪皆如之。谷才已死，行姦十有八年矣。其罪案甚煩，姑約録之。門人，因得轉傳其術。又問：「玷幾人矣？」曰：「身出行道不久，祇得十六人耳。」[但評]行道不久，祇醫好十六人清恙耳。生以其行可誅，思欲告郡；而憐其美，遂反接而宫之。[但評]宫之，即以其人所行之道治之。血溢隕絶，食頃復甦。卧之榻，覆之衾，而囑曰：「我以藥醫汝，創痏平，從我終焉可也；不然，事發不赦！」王諾之。明日，媼來，生紿之曰：「伊是我表姪女王二姐也。以天閹爲夫家所逐，夜爲我家言其由，始知之。忽小不康，將爲市藥餌，兼請諸其家，留與荊人作伴。」媼入室視王，見其面色敗如塵土。即榻問之。曰：「隱所暴腫，恐是惡疽。」媼信之，去。生餌以湯，糝以散，日就平復。夜輒引與狎處；早起，則爲田提汲補綴，灑掃執炊，如媵婢然。〔但評〕此真男妾。居無何，桑冲伏誅，同惡者七人並棄市；惟二喜漏網，檄各屬嚴緝。村人竊共疑之；集村媼隔裳而探其隱，羣疑乃釋。王自是德生，遂從馬以終焉。後卒，即葬府西馬氏墓側，今依稀在焉。

異史氏曰：「馬萬寶可云善於用人者矣。兒童喜蟹可把玩，而又畏其鉗，〔何註〕鉗音箝，螯也。大戴禮：蟹二螯八足。因斷其鉗而畜之。〔馮評〕曹操治世能臣語，亦斷其鉗而畜之之意。嗚呼！苟得此意，以治天下可也。」

〔何評〕男子宮之，必不能美，恐不如無鉗蟹之可玩，未知是否？

附録

［校］晉人、夢狼（附則二）、阿寶（附則集癡類十）三篇據黎刻拾遺本，蟄蛇、龍、愛才三篇據得月簃叢書拾遺本。

蟄蛇

予邑郭生，設帳于東山之和莊，蒙童五六人，皆初入館者也。書室之南爲廁所，乃一牛欄；靠山石壁，壁上多雜草蓁莽。童子入廁，多歷時刻而後返。郭責之。則曰：「予在廁中騰雲。」郭疑之。童子入廁，從旁睨之，見其起空中二三尺，倏起倏墜；移時不動。郭進而細審，見壁縫中一蛇，昂首大于盆，吸氣而上。遂徧告莊人共視之。以炬火焚壁，蛇死壁裂。蛇不甚長，而粗則如巨桶。蓋蟄於內而不能出，已歷多年者也。

晉人

晉人某，有勇力，不屑格拒之術，而搏技家當之盡靡。過中州，有少林弟子受其辱，忿告其師，羣謀設席相邀，將以困之。既至，先陳茗果，胡桃連殼，堅不可食。某取就案邊，伸食指敲之，應手而碎。寺衆大駭，優禮而散。

龍

博邑有鄉民王茂才，早赴田。田畔拾一小兒，四五歲，貌豐美而言笑巧妙。歸家子之，靈通非常。至四五年後，有一僧至其家。兒見之，驚避無蹤。僧告鄉民曰：「此兒乃華山池中五百小龍之一，竊逃於此。」遂出一鉢，注水其中，宛一小白蛇遊衍於内，袖鉢而去。

愛才

仕宦中有妹養宮中而字貴人者，有將官某代作啓，中警句云：「令弟從長，奕世近龍光，貂珥曾參于畫室；舍妹夫人，十年陪鳳輦，霓裳遂燦于朝霞。寒砧之杵可掬，不擣夜月之霜；御溝之水可託，無勞雲英之詠。」當事者奇其才，遂以文階換武階，後至通政使。

夢狼 附則二

又邑宰楊公，性剛鯁，攖其怒者必死。尤惡隸皂，小過不宥。每凜坐堂上，胥吏之屬，無敢咳者。此屬間有所白，必反而用之。適有邑人犯重罪，懼死。一吏索重賂，爲之緩頰。邑人不信，且曰：「若能之，我何靳報焉。」乃與要盟。少頃，公鞫是事。邑人不肯服。吏在側呵語曰：「不速實供，大人械梏死矣！」公怒曰：「何知我必械梏之耶？想其賂未到耳。」遂責吏，釋邑人。邑人乃以百金報吏。要知狼詐多端，此輩敗我陰騭，甚至喪我身家。不知居官者作何心腑，偏要以赤子飼麻胡也！

阿寶 附則 集癡類十

窖鏹食貧。對客輒誇兒慧。愛兒不忍教讀。諱病恐人知。出貲賺人嫖。竊赴飲會賺人賭。倩人作文欺父兄。父子賬目太清。家庭用機械。喜子弟善賭。

後　記

在做完《聊齋志異》的會校、會註、會評之後，感覺有必要就這三方面的工作和問題以及本書體例等方面，略述梗概，供讀者參考。

(一)關於會校方面

《聊齋志異》的版本很多。大別之，有手稿本、抄本、刻本、評註本和拾遺本等等。今將重要的幾個本子簡介如下：

①作者手稿本　解放後發現，已有文學古籍刊行社影印本行世。這是很可珍貴的一個本子。根據作者對自己畫像題詞的筆跡，可以證明稿本確是作者的親筆（其中有一部分是別人代抄的），也是作者最後的修訂本。從這裏不但可以窺見原作的廬山真面，而且很多地方經過作者刪改，可以看出作者構思和推敲的經過，具有一定的參考價值。可惋惜的是稿本只存半部，即第一、四、五、十卷的全卷，和第二、十一卷的前一部分，第三、九卷的後一部分。手稿本中

有作者手録的王士禛評語（有數條爲通行本所無）和後來閲者（嘉慶間人，説見後）的評語。解放前尚有袁金鎧影印的部分手稿本，篇數甚少，且流傳不廣。其所收篇目已均見於上述手稿本中。

②乾隆十六年（一七五一）鑄雪齋抄本　北京大學圖書館藏。此本共十二卷，是現存諸本中最爲完整的一個本子。鑄雪齋是歷城張希傑的齋名，他的本子抄自濟南朱氏，朱本是據原稿抄録的，當時就受人們重視，惜已佚。把此本和手稿本對照，雖文字歧異之處甚多，但某些後出刻本因避諱犯忌而妄加删改之處，則此抄本保存原來面貌，與手稿本相同，所以很可寶貴。此外手稿本殘缺，不知本來分作多少卷；通行本均作十六卷；獨此本分爲十二卷。將手稿本各篇的編排次序，對照各本總目一看，顯然基本上和此抄本相同而和其他本子不同。手稿本在《雲蘿公主》這一殘篇前，有半頁殘目，該是作者手定目録的一部分，這個殘目既同於手稿本内容編次，也同於此抄本編次。同時此抄本總目第八卷《夏雪》篇後爲《化男》，《夏雪》記丁亥年事，《化男》文中最後説「亦丁亥間事」，可知《化男》確緊接《夏雪》後，其總目不誤。由此可以肯定抄本總目正是作者的原目，而十二卷也正是作者原定卷數。此本也附有王士禛評語和後閲者一些評語。

③乾隆黄炎熙選抄本　四川大學圖書館藏。原爲十二卷，缺卷二、十二兩卷，現存十卷。有《豬嘴道人》、《張牧》、《波斯人》三篇爲他本所無。

④乾隆三十一年（一七六六）青柯亭刻本（刻者爲趙起杲，一般也稱爲趙本）　這是現存最早的刻本，共十六卷。與它同時另有一種王氏刻本，現已失傳。此本對《聊齋志異》的傳播，有很大功績，篇目並不完全，但重要的篇章都已包括在内了。自此本出後，所有各種評註本、石印本和鉛印本，都根據此本翻印。由於前後經過幾次修改翻刻，此本本身也有好幾種不同的本子，形式雖然大體相同，内容已有歧異；更有個别篇數，彼此不同，如一本裏有《夏雪》而無《蚰蜒》，一本裏却又有《蚰蜒》而無《夏雪》。一種本子前刊有鮑廷博《刻書紀事》和「杭州油局橋陳氏」書牌，一種本子却没有。還有一種本子則文目不全，在前十二卷中少文十餘篇，少目四十餘條。我們這次採用有《紀事》和書牌的本子。此本亦附王士禛評語，並在某些篇後附有有關的附録。

⑤乾隆三十二年（一七六七）王金範刻本　這是一個分類選輯本，共十八卷，分二十六門，收文二百七十餘篇。此本文字曾經刻者王金範氏妄改，缺乏校勘價值。書中每篇間有王氏評語（用别號横山、梓園等），現均輯入「會評」之内。

⑥吕湛恩註本　原爲單刻，不載《志異》原文，有道光五年（一八二五）刻本，姑蘇步月樓翻刻本。近年又發現一種單行抄本，可能即是初稿本，但還不能確定。道光二十三年（一八四三）廣東五雲樓刻本始將吕註與《志異》原文合刻，後又有廣百宋齋和同文書局繪圖本，我們基本上依據同文本。

⑦何垠註本　有道光十九年（一八三九）花木長榮之館刻本，又有光緒七年（一八八一）邵州經畬書屋評註合刊本。我們根據的即是道光初刻本。

⑧何守奇評本　有道光三年（一八二三）經綸堂刻本。

⑨但明倫評本　有道光二十二年（一八四二）但氏自刻本。

⑩馮鎮巒評本　馮評作於嘉慶二十三年（一八一八），早於何、但二家，但至光緒十七年（一八九一）始有四川合陽喻焜刻本，此本係四家（即王、馮、何、但）合評本。

⑪同文書局繪圖本　有光緒十二年（一八八六）石印本。此本的特點是在青柯亭本附録之外，又增加了一些有關的附録。

⑫聊齋志異遺稿　道光四年（一八二四）黎陽段粨刻本。光緒四年（一八七八）有北京聚珍堂翻印本，分爲四卷，改題《聊齋拾遺》。一九三六年又有漢口排印本，題作《聊齋志異未刊稿》。這是段粨據雍正舊抄本録補的，共收佚文五十一篇，間附作者和他友人的評語（署别號雪亭、者島、虞堂、仙舫等）。這是拾遺本中較完整和可靠的一個本子。

⑬聊齋志異拾遺　有道光初年得月簃叢書本，滿人長白榮譽校定。文内對有觸滿清忌諱之處，曾加修改。其中有三篇爲前面遺稿本所無，我們已收入本書附録。

⑭聊齋志異逸編　民國三年（一九一四）肇東劉滋桂刊行。據劉氏自序，謂此書係從《志異》全集内録出，加有評註。

以上十四個本子，是這次會校、會註、會評中所分別應用到的。從文字校勘上説，手稿本價值最大，這是作者的定稿本，可惜只存半部，因此源出手稿本的鑄雪齋抄本就受到我們特殊的重視。青柯亭本是現存最早的刻本，它的來源是作者另一個較早的稿本，其與稿本、抄本文字異同，有些並非刻者擅改，有些則改得很合理，所以也有一定的參考價值。此三本如有疑義難於解決的，再參考同文書局本和遺稿本作一決定。至於吕、何註本和馮、何、但評本等，它們的重點各在註和評，其正文均據青柯亭本翻刻，反而增加了一些訛誤，我們就不把它們作爲校勘依據了。除以上十四個本子之外，尚有乾隆三十二年（一七六七）福建李時憲刻本、光緒七年（一八八一）邵州經畬書屋刻本以及小藝山樵精選本、有正書局鉛印本、中華圖書公司問恨生《聊齋發微》等，或則文字大同小異，或則評語穿鑿附會太甚，我們就不加採用了。

進行會校工作的目的，是希望本書能成爲既採擷各本優點長處而又會萃重要異同，使之成爲可供閲讀和研究參考的一部用書。校勘的原則是，首先依據手稿本（簡稱稿本，稿本所載各篇均於題上加＊記以爲識别）；稿本所未載的各篇，就依據鑄雪齋手抄本（簡稱抄本）。這就是説，凡青柯亭刻本（簡稱青本）、同文書局石印本（簡稱同本）和遺稿本（簡稱遺本）等通行本錯誤之處，都按稿本或抄本加以改正。但是稿本和抄本也有一些錯誤，稿本的錯誤按抄本、青本改正；抄本載有而爲稿本所未載的各篇中的錯誤，按青本改正。青本不能解決問題或者它本身具有問題的地方，以及稿本、抄本有問題而爲青本不曾載有的各篇，再按同本和遺本改正。這樣做，似很繁瑣，但作爲一個會校本，却也有這樣做的必要。

根據各本互校的結果，幾乎可以説，每一篇彼此都有或多或少的差異。這些差異，有的是正誤分明，一望而知；有的却各有是處，難分高下。試從各個方面舉例加以説明。

首先應該談談以抄本校正稿本的錯誤，這些錯誤，通行本和稿本相同。舉例如下：

稿本	抄本	説明
伊室無男子，便可同郎拜也（《公孫九娘》）	拜作往	從上下文義看，應作往，拜是筆誤。
美惡避就，翳豈由人耶（《姊妹易嫁》）	翳作緊	這裏緊當作是字解，翳爲作者筆誤。
二十六年（《瓜異》）	上有康熙二字	年分上應有年號，稿本漏寫。
瞻井臼而懷思，古人所以有魚水之愛也。始而不遂之聲，或大施而小報（《馬介甫》）	「魚水之愛也」下有「第陰教之旗幟日立，遂乾綱之體統無存」兩句	這裏稿本轉得突然，使上下文不能接氣；而抄本有此二句，承上啓下，就通順了。可知是稿本漏掉二句。
因以樹自幛，彼右則左之（《尸變》）	下多「彼左則右之」一句	抄本句意完整，知稿本漏寫此句。

其次是以青本校正稿本和抄本的錯誤，亦舉例如下：

稿（抄）本	青本	説明
年七十餘猶健（《長清僧》）	七作八	下文有「輒道其八十餘年事」，知八是對的，七是筆誤。
冀珠還於合浦，終撈月於滄江（《賭符》）	珠還作還珠	這兩處都是對仗的句子，作者很講究字句的工整，稿本珠還、瓣卸自係筆誤。
蝴蝶過牆，隔窗有耳；蓮花瓣卸，墮地無踪（《臙脂》）	瓣卸作卸瓣	

稿本和抄本上的一些錯字，青本都作了改正，如《種梨》篇裏「扶蘇」改爲「扶疎」，《偷桃》篇裏「凋卸」改爲「凋謝」，《續黃粱》篇裏「効奏」改爲「劾奏」，《郭生》篇裏「幅車」改爲「副車」之類都是。可見青本自有它的價值，可補稿本、抄本之不足，這一點是應該肯定的。

必須指出的是，青本某些地方改得對，某些地方却又改得很不好，它爲了怕「犯帝諱」，「觸時忌」，因而竄改了一些原文。如在《王成》篇裏改「大親王」爲「某王」，改「貝勒府」爲「某巨室」；《夜叉國》篇裏「（夜叉）母女皆男兒裝，類滿制」，後三字被删去；《張誠》篇裏，不但删掉了原文中對清兵入關時擄掠婦女暴行的描寫（《仇大娘》、《嫦娥》等篇裏對滿人虐待漢人，掠爲奴僕的行爲，也同樣加以删改），甚至連「別駕」這個官名都不敢用，而代之以明代獨有的「千户」，用來表示所寫的並非清朝的事情。《促織》篇裏，作者異史氏説的「天子偶用一物」到「皆關民命不可忽也」這一段話，整個被删去了。這些都是由於刻書人爲了避免文字之禍，所以特别小心，但對原作却有很大的損害。

青本還在某些地方，非政治性删改文字，或由於不慎，把稿本、抄本原來不錯的地方搞錯了，或是因脱漏而搞錯了。這些有的按稿本、抄本改回，不作校記，有説得通的，則將異文列入校記。

各本互異之處，有時也有難於確定以從何本爲是的。但是，只要有線索可查，就按着線索尋取解決。例如《焦螟》篇裏「怍庭孫司馬」，稿本作「怍庭」，青本作「祚庭」；《念秧》篇裏「臨淄令高檠」，稿本作「高檠」，青本作「高繁」；《老龍舡户》篇裏「朱公徽蔭巡撫粤東時」，抄本作「巡撫」，青本作「總制」。因爲孫怍庭、高檠、朱徽蔭都實有其人，我們查一查有關史傳，就確定了稿本和抄本是對的。

也還有一些肯定的錯字，包括稿本在内，各本同樣都錯了的，例如《犬姦》篇裏「厖」應作「尨」，《水莽草》和《竹青》篇裏「躃踊」應作「擗踊」，《杜翁》篇裏「笠中」應作「苙中」，《錦瑟》篇裏「刖耳」「劓耳」應作「刵耳」之類。另如《夜叉國》篇裏「乃覓舟來送徐」，據上下文，「送徐」應作「送彪」。這些地方，多半出於作者筆誤，各本因襲未改，我們現均爲之更正。

還應該提出，稿本上原來有一些删改之處，其中絶大部分是作者的親筆，已經作了校記，藉供參考。但有幾處題目的塗改，如《寒月芙蕖》改爲《濟南道人》，《捉鬼射狐》和《蹇償債》改爲《李公》及其「又」篇，不像作者的筆跡，而與稿本上根據「趙刻本」加上的眉批字跡相似，應是後人所竄改，就仍依原文爲準。

如上所説，互校的方法基本上是擇善而從，但校記中却將各本異文列入，這樣做的目的，在提供讀者以較充分的參考研究資料，並藉此可以比較各本文字的工拙，同時，還可以看出因爲政治原因而修改了文字的一些情況。

(二) 關於會註方面

《聊齋志異》的註解本，通行的有吕湛恩、何垠兩家。目前大家所看到的，也還只有這兩家。蒲松齡的學問是相當淵博的，因而書中運用典故的地方很多很多。兩家的註解（尤其是吕註），引經據典，或根據類書，指出某一字句、某一成語的來歷，一般都列舉了原文。這樣，在閲讀方面就給予讀者以很大的便利。其次，對字義方面，對讀音方面，他們也做了一些解釋，這對讀者同樣是有幫助的。

不過，應該指出，在這些註解裏，很多地方僅僅指出字句的出典，或孤立地解釋字義，而没有和正文聯系起來，所以往往不能確切、完全地解決問題。在某些地方，且有根本註解錯了的。

試舉幾個註解典故錯誤的例子。

《紅玉》篇：「君能爲我杵臼否。」何註：「炊爨之事。」其實是用戰國公孫杵臼救趙氏孤兒的故事。

《羅祖》篇：「玉柱下垂。」呂註：「江淹賦：掩金觴而誰御，橫玉柱而覆軾。」其實江淹賦的玉柱僅指琴瑟之類樂器繫絃的柱子，和此處表示佛家坐化鼻垂雙涕的玉柱完全是兩回事。

《八大王》篇：「無端而受罵於灌夫。」何註：「灌，飲也。禮：投壺奉觴曰賜灌。」其實用的是漢朝灌夫使酒罵座的故事。

《鞏仙》篇：「我世外人，不能爲君塞鴻。」何註：「塞鴻，能傳書者也。帛書繫雁足，蘇武事。」其實這裏指的唐傳奇《無雙傳》裏名塞鴻的蒼頭，根本與蘇武無關。

《瞳人語》篇：「吃吃。」呂註據《集韻》釋爲笑貌，這裏實是形容口吃而不是笑聲。

大體説來，呂註較爲謹嚴，何註却蕪雜一些；呂註錯誤較少，何註錯誤較多。因此，我們在彙集兩家註解時，就以呂註爲主，何註爲輔；也就是説，全部採用了呂註，酌量删併了何註。所以這樣做，還有兩個原因：第一，兩家引用古書作註，有時字句完全相同；有時雖個別字句不同，意思却完全一樣。何註後出，很多地方看得出是因襲呂註原文。這樣，採用一家註解就夠了，不必兩註並列，徒佔篇幅。第二，何註每每一註前後疊見若干次，或完全相同，或只改易數字；那些過多的重複註解，實是不必要的。至於註解裏一些顯明的錯誤，如引《後漢書》却誤爲《史記》之類，都予以改正。不過，何註甚多，勢難盡删，我們只去掉了一些較突出的不妥之處。兩家註解有問題的地方或許還很多，有待於讀者審慎對待。

關於會註，最後要説明一點，由於本書是從通行的十六卷本改爲十二卷本，各篇的目次就有了變動：某篇原在前面的，現在移到後面了；某篇原在後面的，現在又提到前面了。可是吕註和何註却都是根據十六卷本的次序，一般是先見先註的。爲了這個原因，本書不得不改換原註，從這一篇移到另一篇去，有的提前，有的挪後。原註也有應註在前而誤註在後的，趁此也都加以調整。但原書篇幅過繁，註解極多，在移動的時候，難免還會有挂漏之處。

（三）關於會評方面

《聊齋志異》的評語，最早的爲王士禛評。後來刊刻成書，自爲一家的，又有馮鎮巒、何守奇、但明倫諸人評語。馮評作於嘉慶二十三年（一八一八），但是直到光緒十七年（一八九一）方才問世，又因刻於蜀中，故見者甚少。何評、但評流傳較廣，尤以但評最爲廣泛。此外，稿本、抄本、王（金範）刻本和遺本裏，都有一些其他人的評語。除抄本裏的評語過於瑣碎不録外，對於其他評語一律會輯收載。

《聊齋志異》完成之後，作者首先以之求教於王士禛，王氏「加評騭而還之」（見青本例言）。作者把這些評語謄録在稿本裏，可以看出對它的重視。這是因爲，王士禛當時既有政治地位，又在文壇上享有很高聲譽，作者不免要藉他的評價以自重。另一方面，王評雖然只挑選某些作品作一總評，但寥寥數語，十分概括，有其精闢之處。

何評本刻於道光三年（一八二三），但評本刻於道光二十二年（一八四二）。兩家評語都有總評（列文末）、夾評（列文旁）。但評較多較詳，而且還有刊於書眉的每段分評。但明倫在《自序》中說，「爲文之法，得此益悟」，可見他之推崇《聊齋志異》，不僅在思想内容方面，而且認爲其文章是足爲楷模的。

稿本上的評語，除作者手録王士禛評外，還有未具姓名者加上去的評語，從筆迹上可以看出有兩家之分：一是《喬女》篇後「己卯孟春」的評語，一是稿本影印本第二册末頁的評語。《酒狂》篇的眉批與總評的字迹，和稿本影印本第二册末頁的評語相同，是一人手筆；稿本其他篇裏的評語，却和「己卯孟春」的評語字迹相同，而且也和稿本上幾次提到「趙刻本」的字迹相同，這又是另一人的手筆。既已提到青柯亭趙刻，可知這裏的「己卯」應指嘉慶二十四年己卯（一八一九），而不會是趙刻本出來以前的乾隆二十四年己卯（一七五九）。「己卯孟春」的評語最後雖然有「王佶英」三字署名，但筆迹和評語筆迹不同，不足據爲評者姓名。至於第二册末頁的評語，一説是王士禛的手筆，也無確證。而且，如果王士禛已看到作者這一部稿本，又已在上面寫了評語，那他的其他一部分評語，又何必要由作者代爲謄録在上面呢？現在我們暫用「無名氏甲」和「無名氏乙」作爲這兩家評語作者的代稱。

總括起來，我們會輯的各家評語，計有：

稿本——王士禛評、無名氏甲評、無名氏乙評三家。

喻氏合評本——馮鎮巒評一家。

何評本——何守奇評一家。

但評本——但明倫評一家。

王刻本——王金範評一家。

遺稿本——段甡、胡泉、馮喜賡、劉瀛珍四家。

以上共十一家評，某些附録中所加的評語還不計在内，故評語實際數尚在此數之上。

從所有的評語看來，大體上有這樣四個作用：一，闡明作者用意，發揮所謂「勸戒」之旨；二，研究文字結構，從用字、句法、章法各方面品評寫作方法；三，注重考據，列舉傳聞異同之處，對原作有所補充；四，某些評語同時也具有注釋性質，指明典故，詮釋字義，可補吕、何二家註釋之不足。此四者，可以幫助讀者分析作品内容，瞭解作者思想，學習寫作技巧，供給研究資料，是有一定用處的。

但是，在很多地方，這些評者看不出作者真意所在，也就是認識不到作者思想的進步性，而只是隔靴搔癢地着重於所謂「忠孝節義」一類舊道德的頌揚，站在維護封建統治的立場上，用「説教」的方式來作評，因而迂腐附會，不一而足。至於評論文章作法，又往往採取八股濫調，形式主義地把文章割裂爲若干段落，枝枝節節地以某字、某句爲重點，這就難免分散了讀者的注意力，反而不能很好地欣賞文字的藝術性。

我們之所以仍然把這些評語全部採用，是因爲本書主要目的是供研究之用，這樣可以較完備地向讀者提供資料。而且，從這些豐富的評語裏，可以知道當時的士大夫階級如何從種種角度來看《聊齋志異》，而給予不同的評價，這對瞭解當時的社會思想和文藝觀點，也未嘗無益。

（四）關於本書體例

最後談一談本書的體例。

通行本的評註，或列文旁，或列文下，或列文後，或列眉上。本書除總評仍列文後之外，其餘校、註、評，一律列在文下。遇到一句之下三者俱有的時候，排列的次序是先校，次註，後評。註、評各家並列的時候，按時代先後排列。有些地方，由於校、註、評多一些，以致正文句與句之間距離較遠，閲讀時可能感到不太方便。但這樣做，對研究者可以免掉上下前後翻閲查對之勞，而且這也是我國書籍行之已久而爲大家所熟悉的夾註夾評的傳統形式。

某些篇後的附記，有的見於青柯亭本，有的僅見於同文書局本（如《林四娘》、《老龍舡户》等篇附記），也有一部分是遺稿本所獨有的，都有附記者的署名。這些附記，對於研究原文故事源流，有一定用處，所以我們全部轉載。

校記方法，原則上正文字數與他本字數相同者，校記註明「某本作某某」；正文字數與他本字數不同者，校記註明「上若干字（或某句至某句），某本作某某」。也有字數相同，但易引起誤會，或字數不同而一望可知，不致混淆的，也不拘於上例，要以便於閱讀爲主。

通行本一共有四百三十一篇，本書根據稿本、抄本，又加進了六十篇（其中《牛同人》只有半篇）。依舊例，所有「又」篇、「附則」都屬於正文，只算一篇。《寄生》一篇雖另有題目，但題下註有「附」字，表示附在前篇《王桂庵》之後，所以也只算一篇。通行本的《募緣》一篇，現根據稿本併爲《青蛙神》的「又」篇。有好幾篇題目相同，内容各别的，都各算一篇。合起來一共是四百九十一篇。

青柯亭本裏《丐仙》、《人妖》兩篇，稿本、抄本裏都不曾載入，不知道它們應排列的目次，因而便列在第十二卷的最後。

遺稿本《蟄蛇》、《晉人》、《龍》、《愛才》、《夢狼附則二》、《阿寶附則集癡類十》等六篇和黄炎熙抄本中的《豬嘴道人》、《張牧》、《波斯人》等三篇，是原作還是後人僞託，尚有待於考證，因此暫只作爲附録。

各本所有的序、跋、題詞、例言、紀事等，本書都已集合收入。序和題詞，稿本、抄本載有小部分，青柯亭本載有大部分，其他見於各本，均註明來源出處。

＊　＊　＊

本書的會校、會註、會評工作，略如上述。由於整理者的水平和工作中的疏漏，一定還會有很多没有做好甚至錯誤的地方，誠懇地期待着讀者的指正。

張友鶴　一九六一年七月

稼軒詞編年箋注	[宋]辛棄疾撰　鄧廣銘箋注
姜白石詞編年箋校	[宋]姜夔著　夏承燾箋校
顧亭林詩集彙注	[清]顧炎武著　王蘧常輯注 吴丕績標校
聊齋志異會校會注會評本	[清]蒲松齡著　張友鶴輯校
納蘭詞箋注	[清]納蘭性德著　張草紉箋注
儒林外史彙校彙評	[清]吴敬梓著　李漢秋輯校

《中國古典文學叢書》(典藏版)已出書目

詩經今注	高亨注
楚辭今注	湯炳正、李大明、李誠、熊良智注
陸機集校箋	[晉]陸機著　楊明校箋
陶淵明集校箋	[晉]陶潛著　龔斌校箋
孟浩然詩集箋注	[唐]孟浩然著　佟培基箋注
李白集校注	[唐]李白著　瞿蜕園、朱金城校注
高適集校注	[唐]高適著　孫欽善校注
杜甫集校注	[唐]杜甫著　謝思煒校注
岑參集校注	[唐]岑參著　陳鐵民、侯忠義校注
韋應物集校注	[唐]韋應物著　陶敏、王友勝校注
劉禹錫集箋證	[唐]劉禹錫著　瞿蜕園箋證
白居易集箋校	[唐]白居易著　朱金城箋校
樂章集校箋	[宋]柳永著　陶然、姚逸超校箋
梅堯臣集編年校注	[宋]梅堯臣著　朱東潤編年校注
嘉祐集箋注	[宋]蘇洵著　曾棗莊、金成禮箋注
東坡樂府箋	[宋]蘇軾著　[清]朱孝臧編年　龍榆生校箋
清真集箋注	[宋]周邦彦著　羅忼烈箋注
李清照集箋注	[宋]李清照著　徐培均箋注
放翁詞編年箋注	[宋]陸游著　夏承燾、吴熊和箋注　陶然訂補